HEYNE BÜCHER

SCIENCE FICTION

Herausgegeben
von Wolfgang Jeschke

AD VISSER

SOBRIËTAS

Roman

Deutsche Erstausgabe

Science Fiction

WILHELM HEYNE VERLAG
MÜNCHEN

HEYNE SCIENCE FICTION & FANTASY
Band 06/4611

Titel der niederländischen Originalausgabe
SOBRIËTAS
Deutsche Übersetzung von Hildegard Höhr
Das Umschlagbild schuf Chasch Coeney

Redaktion: Wolfgang Jeschke

Printed in Germany 1989
Umschlaggestaltung: Atelier Ingrid Schütz, München
Satz: Schaber, Wels
Druck und Bindung: Elsnerdruck, Berlin

ISBN 3-453-03480-5

»Im Licht kosmischer Maßstäbe
hat nur das Phantastische eine Chance,
wahr zu sein.«

Pierre Teilhard de Chardin

SOBRIËTAS

Song 1

❖

Futurian Symphony

1

...schallte es aus dem Fernseher in der Ecke des Zimmers.

Er stand auf und schaltete den Apparat ab. Der Eurovisionsmarsch verstummte mit einem trockenen Klikken, und die zugehörige Vignette verschwand in einem rechteckigen weißen Blitz, der als Strich auf dem Bildschirm nachglühte. Er hatte keinerlei Lust auf ein Fußballspiel, egal, welches Land spielen mochte. Er mußte arbeiten. Dazu war er ja schließlich hergekommen.

Der Oktoberwind füllte mit seinem Pfeifen die Stille, die sich nach dem Ausschalten des Fernsehers ausgebreitet hatte. Die Wände des Ferienbungalows knarrten — Geräusche, an die er noch nicht gewöhnt war und die ihn vorläufig noch daran hinderten, sich auf das Schreiben zu konzentrieren.

Aber was kann man nach zwei Tagen auch schon erwarten, dachte er. Jedenfalls war dies die einzige Möglichkeit, sein Buch noch rechtzeitig fertigzustellen: aus dem Alltag ausbrechen, Freundin und Bekannte hinter sich lassen und sich fünf Wochen lang in der absoluten Stille der Wälder in einen Ferienbungalow vergraben.

Nun ja, die Stille schien auch ihre speziellen Geräusche zu haben, aber er war davon überzeugt, daß er sich in wenigen Tagen an sie gewöhnt haben würde.

Heute abend jedenfalls würde es wohl nicht mehr viel mit der Arbeit, das spürte er deutlich. Ein vages Schuldgefühl nagte so lange an ihm, bis seine Unruhe unerträglich wurde und er beschloß, statt früh ins Bett zu gehen, noch kurz einen Spaziergang ins Dorf zu machen. Der Weg dorthin schlängelte sich vier Kilometer durch den Wald und endete dann plötzlich in einem winzigen Dörfchen, in dem trotz der geringen Einwohnerzahl zwei Kneipen offenbar ausgezeichnet florierten. Seit seiner Ankunft vor zwei Tagen hatte er einmal abends der Leeren Kanne einen Besuch abgestattet, und er fand, daß jetzt das Wirtshaus auf der anderen Seite an der Reihe war. Die schweren Holztüren zur Gaststube ließen sich nur mühsam öffnen. Drinnen war es dunkler, als er erwartet hatte, und er mußte ein wenig blinzeln, bevor er entdeckte, daß in der äußersten linken Ecke ein kleiner Tisch frei war. Offenbar gab es mehr Leute, die keine Lust auf Fußball hatten, denn es war ziemlich voll, und diese Kneipe schien im Gegensatz zur Konkurrenz auf der anderen Straßenseite keinen Fernseher zu haben. Er bestellte ein dunkles Bier, das ihm von einer behäbigen Kellnerin gebracht wurde. Ihre blaugraue Hautfarbe und die tiefen Furchen auf ihrem Gesicht ließen erkennen, daß sie häufig bis tief in die Nacht arbeitete.

»Prost«, murmelte er sich selbst zu.

»Ja, Prost«, antwortete eine heisere Stimme hinter ihm, als er das Glas an die Lippen setzte. Er drehte sich um. An einem kleinen Tisch in einer Nische, die ihm zuvor nicht aufgefallen war, saß ein Mann mit stechenden Augen, der ihn einladend anschaute.

»Radenack, Ers Radenack, wenn ich mich vorstellen darf.« Damit stand der Fremde auf und trat näher.

»Darf ich mich zu Ihnen setzen?«

Ohne auf die Antwort zu warten, setzte er sich. »Tja, an Abenden wie diesem kann man besser zusammen ein Bierchen trinken, das kannst du mir glauben«, sagte er nachdenklich.

Adrian zerbrach sich inzwischen den Kopf, woran ihn der merkwürdige Akzent des Mannes erinnerte. Er konnte ihn nicht einordnen. Vielleicht lag das an der seltsamen heiseren Stimme. Aus dem steifen, unauffälligen Äußeren des Mannes, der sich Radenack nannte, wurde er auch nicht klug. Keine erkennbaren ausländischen Einflüsse, nur der Name deutete auf Osteuropa hin. Und dann die Stimme!

Radenack starrte in sein schales Bier.

»Sie sind nur für kurze Zeit hier.« Das war eher eine Feststellung als eine Frage.

»Tja, tatsächlich«, antwortete Adrian. »Ich hoffe, hier in vier, höchstens fünf Wochen mein Buch abzuschließen. Mein Verleger hat mir geraten, dazu irgendwo in einer ruhigen Gegend ein Ferienhaus zu mieten. Aber weil ich Städter bin, habe ich schon bald feststellen müssen, daß sogar der Herbst mich ganz schön von meiner Arbeit abhalten kann.«

»Das Fallen der Blätter im Rhythmus des Windes. Jede irdische Jahreszeit kennt ihren eigenen Gesang«, sagte Radenack. »Und jede erfüllt die Menschen mit Stimmungen in der entsprechenden Tonart.«

»Das klingt ziemlich poetisch«, bemerkte Adrian.

»Ach, ich reise viel und habe wegen der großen Entfernungen, die ich dabei zurücklege viel Zeit für solche Gedanken.«

»Aha, ich habe mir schon gedacht, daß Sie nicht aus dieser Gegend stammen«, ergriff Adrian die Gelegenheit.

»Wahrscheinlich wegen meiner Stimme — eine unangenehme Folge eines schweren Unfalls. Nach einer Kehloperation habe ich ganz neu sprechen lernen müssen. Hat mir viele Unannehmlichkeiten und außerdem noch diesen Akzent verschafft. Aber was soll's, es gibt größere Sorgen, und auch die möchte ich vorläufig lieber vergessen.«

Daraufhin legte der Mann seinen Kopf zurück und goß sich das Bier in den Mund, wobei die Flüssigkeit offenbar direkt in seine Speiseröhre befördert wurde, denn er schluckte nicht ein einziges Mal.

»Aaah!«

Mit einem genießerischen Seufzer wischte er die feuchten Lippen am Ärmel seines dunkelblauen, auffällig geschnittenen Mantels ab, schaute Adrian melancholisch an und sagte: »Wollen Sie mir vielleicht etwas über ihr Buch erzählen?«

Adrian war nicht entgangen, daß Radenack seiner Anspielung geschickt ausgewichen war und daß er kein Wort über seine eigene Herkunft verloren hatte.

»Ach, so interessant ist das nicht«, sagte er. Wegen der ausweichenden Antwort des Fremden verspürte er nicht viel Lust, diesem noch mehr über sich zu erzählen.

»Es handelt von einem ...«

»Interessant, sehr interessant«, unterbrach ihn Radenack schon.

Überrascht schaute Adrian ihn mit forschendem Blick an und sah, daß sein Gegenüber nervös die Nase rümpfte, während er zwei Männer beobachtete, die soeben den Gastraum betreten hatten.

»Die Bülte des Dwan, deutlich erkennbar in ihren unzulänglichen humanoiden Panzern«, murmelte er.

»Wie bitte?« sagte Adrian.

»Hör gut zu, Adrian«, flüsterte Radenack mit gurgelnder Stimme und beugte sich über den kleinen Tisch zu ihm.

»Woher kennen Sie meinen Namen?« rief Adrian erstaunt aus. »Den habe ich Ihnen doch noch gar nicht genannt.«

»Sssst, nicht so laut! Nur nicht auffallen! Dort stehen zwei Bülte des Dwan. Zweifellos sind ihre Panzer prall gefüllt mit Greifgasen. Alles andere als ein Vergnügen, kann ich dir versichern. Sie dürfen uns hier nicht sehen.«

»Wovon reden Sie eigentlich«, rief Adrian verärgert. »Und was meinen Sie mit *uns? Ich* habe damit auf gar keinen Fall etwas zu tun. Was ist hier los?«

Verärgert stand er auf, doch Radenack reagierte blitzschnell und hielt Adrians Arm wie in einem Schraubstock auf der Tischplatte fest.

»Sitzen bleiben!« befahl er barsch. »Wo die Bülte sind, kommt niemand ungeschoren davon. Hör gut zu! Zeit ist jetzt kostbar. Ich weiß, daß du Adrian bist, geboren in Amsterdam, Blutgruppe Null, Rhesusfaktor positiv. Du hast für fünf Wochen ein Häuschen gemietet, um dein Buch fertigzuschreiben. Es handelt sich dabei um eine Schrift über die Förderung von Heilprozessen mittels Hochfrequenz-Klangmustern.«

Adrian fuhr zusammen. Er war wie vor den Kopf gestoßen. Woher kannte dieser Fremde all diese Details?

Radenack flüsterte gurgelnd in hohem Tempo weiter: »Du kannst mir vertrauen! Du mußt mir vertrauen. In eurem eigenen Interesse.«

Die beiden Gestalten im Hintergrund waren inzwischen in ein Gespräch mit der phlegmatischen Kellnerin verwickelt. Offensichtlich waren Adrian und Radenack der Gegenstand der Unterhaltung, denn plötzlich wandten die drei den beiden ihre Gesichter zu. Adrians Herz blieb vor Schreck fast stehen, als die beiden Bülte langsam auf den Tisch zukamen, an dem er mit Radenack saß. Er sah zwei spitze, einander sehr ähnliche Gesichter, und auch die dunklen langen Mäntel, die die ziemlich dicken Körper der beiden bedeckten, fielen ihm sofort auf. In einem Anflug von Panik wollte er sich zu Radenack umdrehen und eine Erklärung von ihm verlangen, doch der Stuhl neben ihm war leer. Er schaute um sich, doch von Radenack keine Spur. Da brach ihm der Schweiß aus. Was war hier nur los? War er vielleicht überspannt? Ließen ihn seine Sinne im Stich? Oder waren hier wirklich unerklärliche Dinge im Gange?

Die anderen Gäste schienen sich kaum um den Vorgang zu kümmern. Sie verhielten sich jedenfalls nicht anders, als man es von fröhlichen Kneipenbummlern erwartet hätte. Ein einziger ließ seinen Blick länger als ein paar Sekunden auf den beiden Besuchern ruhen, die Adrians Tischgenossen zu seinem schnellen, rätselhaften Aufbruch gezwungen hatten. Adrian merkte, daß er den rechten Arm wieder bewegen konnte, wenn auch nur mühsam. Der Arm war schwer und gefühllos. Die beiden Spitznasen standen jetzt dicht vor ihm. Ein sonderbarer Geruch reizte seine Schleimhäute: Ein beißendes Prickeln wie von einer Chemikalie und ein merkwürdiger, übelkeiterregender, leimartiger Geruch.

»Bitte um Bekanntschaft mit diesem Anwesenden«, sagte einer der beiden, der einen üppigen pechschwarzen Haarschopf hatte.

Adrian vermutete angesichts der verblüffenden Ähnlichkeit der Gesichter, daß es sich um Brüder oder vielleicht sogar um Zwillinge handelte, wobei allerdings der eine pechschwarzes und der andere hellblondes Haar hatte.

»Guten Abend, meine Herren, was kann ich für Sie tun?« Adrian hatte wenig Lust, seine Identität preiszugeben. Er wollte versuchen, einen kühlen Kopf zu bewahren. »Mein Assistent, Herr Drandel, würde gerne von Ihnen erfahren, wo Ihr Tischgast abgeblieben ist«, sagte der Blonde.

»Tischgast? Wie Sie sehen, bin ich alleine hier.« Adrian spürte eine leichte Übelkeit aufkommen.

»Wollen Sie bitte meinem Assistenten, Herrn Brisk, zufriedenstellende Antworten geben«, sagte der Dunkle und wandte sich dann mit einem zischenden: »Soll ich ihm die Gehirnkappe aufsetzen?« seinem Kollegen zu.

»Einen Augenblick noch, Herr Drandel«, ermahnte der Blonde den Schwarzen, und schaute nachdenklich drein. Doch dann räusperte er sich und sagte in beherrschtem Ton: »Mein Assistent hier möchte nun gerne von Ihnen erfahren: a) das Ziel von soeben aufgebrochener Person, vorläufig von uns als Ers Radenack codiert; b) genaue Berichterstattung bezüglich des Inhalts der Gespräche, die Sie mit Zuvorgenanntem geführt haben. Mein Assistent hört zu, und ich warne Sie: Er ist kein geduldiger Mann.«

»Tja, aber meine Herren«, versuchte Adrian es noch einmal. »Es muß sich hier um ein höchst bedauerliches Mißverständnis handeln. Den Herrn, von dem Sie sprechen, kenne ich nicht, es sei denn, Sie meinen den Besucher, der mich soeben auf das Herbstwetter angesprochen hat.«

»Warte«, knurrte der Dunkle mit Namen Drandel, »ich werde seine Nervenfasern einmal trimmen. Herr Brisk, reichen Sie mir den Spatel.«

»Herr Drandel, ich verstehe Ihr Drängen, und glauben Sie mir, ich bewundere Ihren Arbeitseifer, aber ich schlage vor, daß wir uns in dieser Umgebung weniger auffälliger Methoden bedienen.«

»Agrrmmmm, Herr Brisk, Ihre Geduld und Intelligenz verdienen meine aufrichtige Bewunderung. Darf ich in diesem Fall Ihre Meinung über die Anwendung von Greifgasen in dieser Angelegenheit erfahren? Ich denke an das hypnoide Senggas.«

Adrian begriff, daß weiteres Warten ihm alles andere als Annehmlichkeiten bringen würde. Er mußte etwas unternehmen. Mit einer gespielt lakonischen Geste stand er auf, mußte sich jedoch an der Stuhllehne festhalten, da ihn eine neue Welle von Übelkeit überspülte. Durch den verschwommenen Nebel vor seinen Augen schätzte er die Entfernung bis zur Tür. Dann richtete er seinen Blick auf die beiden und sagte so locker wie möglich: »Aber meine Herren, wir sollten das in aller Ruhe besprechen. Darf ich Ihnen etwas zu trinken anbieten?«

Bevor die beiden wußten, wie ihnen geschah, versetzte Adrian dem dunklen Fremden mit aller Kraft einen Stoß, so daß dieser nach hinten über die beiden Tische segelte. Krachend stürzte Drandel samt Mobiliar und

Gläsern zu Boden. Adrian war überrascht über seine Kraft, wartete das Resultat jedoch nicht ab, sondern spurtete, so gut es ging, an den Zechenden vorbei zur Tür. Er hatte erst die Hälfte des Weges zurückgelegt, als plötzlich das Licht erlosch. Keine Sekunde später schoß knisternd ein grüner Feuerstreifen ganz dicht an seinem Kopf vorbei. Das Chaos in der Gaststube war perfekt. In der pechschwarzen Dunkelheit versuchte jeder, sich schreiend und drängelnd den Weg zum Ausgang zu bahnen. Adrian erkämpfte sich als einer der ersten den Weg in die kühle Abendluft. Ohne sich noch einmal umzuschauen rannte er in Richtung Wald. Ein lähmender Schmerz schoß durch seinen rechten Arm, doch im Augenblick mußte er ihn ignorieren. Durch das wirre Geschrei der Dorfbewohner hindurch vernahm er hinter sich in der Ferne ein rasselndes Ticken. Erst als die letzte Straßenlaterne vor dem Waldrand in Sicht kam, wagte er, einen Blick über seine Schulter zu werfen. Schöne Bescherung! Fünfzig Meter hinter ihm folgte ihm eine Gestalt in einem langen Mantel so schnell, daß Adrian zu seinem Leidwesen feststellen mußte, daß er nicht die geringste Chance hatte, den Wald zu erreichen, bevor sein Verfolger in eingeholt hätte.

Ohne daß ihm klar wurde, was er tat, hielt er beim nächsten Laternenpfahl an und drehte sich beherrscht um. Die Füße des Verfolgers blieben unter dem glockenförmigen Mantel verborgen, so daß Adrian der Ursprung des schnellen metallischen Tickens und der offenbar damit zusammenhängenden hohen Geschwindigkeit seines Verfolgers vorläufig verborgen blieb. Übrigens war das nicht das einzige, was er nicht verstand. Ohne sich zu rühren, ließ er den blonden Brisk — denn das war der Verfolger — näher kommen. Verdutzt über sein eigenes Verhalten ging er dem Verfolger sogar noch ein paar Schritte entgegen, bis er mitten in dem dunkelgelben Natriumschein der hohen Straßenlaterne stand. Feierlich wie bei einem Ritual legte er seine Hände ineinander und hielt sie mit nach außen weisenden Handflächen vors Gesicht, wobei die Ellbogen nach außen wiesen, so daß die Arme eine Art Dreieck bildeten.

Brisk, der inzwischen ganz nahe herangekommen war, blieb augenblicklich stehen. Adrian trat einen Schritt auf ihn zu und schnaubte ihn in schneidendem Ton an: »Kehren Sie um, Assistent Brisk! ... Treten Sie augenblicklich ab! ... Sie bringen meine Mission in Gefahr! ... Kontrollieren Sie Ihre Codes! ... Ich bin Bült-Syng-785. Neueste Operations-Einheit des Dwan ... Sie stören mit Ihrem unverzeihlichen Verhalten meine speziellen Aktivitätencodes ... Verschwinden Sie auf der Stelle mit Assistent Drandel aus diesem Sektor!«

Brisks Gesicht zeigte immer noch jenen sterilen Blick, den er wie auch sein Kollege schon im Gasthaus gehabt hatte. Seine Stimme hingegen klang unsicher und verwirrt.

»Bitte um Verzeihung ... Sie sind einer der Syng-Devoten?«

»Sie sollten während Ihrer Unternehmungen nicht versäumen, sich über die Vorgänge auf dem Mutterhafen zu informieren«, schnaubte Adrian gebieterisch. »Durch Ihre tadelnswürdige Unwissenheit bringen Sie Operationen von höherer Ordnung in Gefahr!«

»Ähhh ... ähhh ... Wir sind sehr ausdauernd bei der Durchführung unserer Aufgaben ... Wir erhalten einen hohen Bewertungscode für unseren Einsatz ... bekommen Extraaufgaben ... sind selten auf Mutterhafen ...« Stammelnd versuchte der Verfolger, Adrian seine Situation zu erklären.

»Hören Sie auf zu lamentieren! ... Kehren Sie um! ... Bringen Sie Ihren Kollegen zur Vernunft, und machen Sie den Schaden wieder gut, den sie verursacht haben.«

Adrian stand kerzengerade, obwohl sich der stechende Schmerz in seinem Arm wieder gemeldet hatte. In der Ferne hörte er erneut ein leises Klicken, das sich näherte. Das war zweifellos die dunkle Version des Exemplars, das vor ihm stand. Er mußte sich nun schleunigst aus dem Staub machen, denn mit dem aggressiven Drandel würde er sicherlich größere Schwierigkeiten bekommen.

Barsch unterbrach er Brisk in seinem Gewimmer: »Da kommt Herr Drandel. Bringen Sie ihn zur Vernunft, und verschwinden Sie dann unverzüglich aus diesem Sektor. Halten Sie sich bereit für korrigierende Maßnahmen von Mutterhafen! Ich werde natürlich Bericht erstatten müssen, und wenn sich zeigt, daß ich durch Ihr Zutun Schaden erlitten habe, werde ich Kompensation fordern. Seid gegrüßt!«

Mit hoher Geschwindigkeit verschwand Adrian in Richtung Wald. Hinter ihm entfernte sich Brisk zögernd in Richtung seines Kollegen. Noch ein paar Schritte, und Adrian trat aus dem Laternenlicht und tauchte in die dunkle Geborgenheit des Waldes ein. Er lief, so schnell er konnte, denn sehr groß würde sein Vorsprung vermutlich nicht werden. Er selbst war völlig überrascht, wie er dazu gekommen war, eine solche Mauer aus reinem Bluff zu errichten, und nicht weniger war er über die Auswirkung derselben auf Brisk erstaunt. Er stolperte durch die Finsternis vorwärts, wobei er ab und zu die Arme ausstreckte, um nicht versehentlich mit einem Baum zusammenzustoßen. Trotzdem trafen ihn die dornigen Sträucher und die niedrigen Zweige, durch die er sich flink hindurchschlängelte, wie von Peitschenschlägen. Alle paar Minuten hielt er inne, um atemlos zu horchen, ob er noch verfolgt wurde, aber nichts deutete darauf hin. Hatten die beiden seine unwahrscheinliche Geschichte denn tatsächlich geschluckt und sich davongemacht? Was für merkwürdige Worte sein Gehirn ihm eingegeben hatte! Er konnte nicht verhindern, daß ständig Zweige unter seinen Füßen knackten. Jeder unerwartete Laut ließ sein Herz vor Angst pochen. Er fühlte sich wie ein Elefant im Porzellanladen.

Wenn jemand gute Ohren hätte, würde er ihm mühelos folgen können. Plötzlich blieb er stehen, und das war auch gut so, denn der nächste Schritt hätte ihn in einen Graben befördert. Am Wasserrand, der dummerweise dicht mit Sträuchern und Bäumen bewachsen war, bahnte er sich mühsam seinen Weg. Er lief einfach immer weiter, ohne zu wissen, wo er war. Anfangs war es ihm am besten erschienen, soviel Vorsprung wie möglich vor seinen Verfolgern zu gewinnen, doch da sich jetzt hinter ihm nichts mehr rührte, stellte sich die Frage, welche Richtung er am besten einschlagen sollte. War er seit einer Stunde unterwegs oder schon viel länger? Er hatte nicht die geringste Ahnung, wie lange er schon umherlief. Das Wetter war auch nicht gerade auf seiner Seite, allerdings regnete es nicht, was für diese Jahreszeit schon sehr günstig war. Er hätte es allerdings vorgezogen, diesen erzwungenen Abendspaziergang mit Hindernissen in einer klaren Nacht und bei hellem Mondenschein machen zu können.

Adrian setzte sich erschöpft auf eine mit feuchtem Moos bedeckte Stelle. Sein Rücken juckte von den Tannennadeln, die während seiner Flucht unter das Hemd geraten waren. Ein kalter Windstoß ließ ihn erschauern. Da saß er nun, mitten in der Nacht. Doch seine Grübeleien darüber, was er nun unternehmen sollte, wurden plötzlich abrupt von einem Alarmschrei eines seiner Sinne unterbrochen. Sofort war er auf der Hut. Das Pochen seines Herzens reichte bis in den Kopf, und im Boden spürte er deutlich eine Vibrationswelle — zwar schwach, aber unverkennbar. Er hörte nichts außer dem Knacken und Rauschen der Bäume und dem großen Rauschkonzert der Blätter, das der Herbstwind diese Nacht wieder aufs Programm gesetzt hatte. Dann setzte das Vibrieren erneut und wesentlich stärker als vorher ein. Es schwoll immer mehr an. Außerdem glaubte er ein hohes Zischen zu hören.

Flügelschlagen und erschreckte Vogelrufe zeigten ihm, daß er nicht der einzige Zeuge dieses seltsamen

Vorgangs war. Instinktiv rollte er sich auf die Seite, bis er in den Sträuchern landete. Dort versteckte er sich. Die Vibrationen wurden noch stärker. Das hohe Zischen war nun nähergekommen, und er spürte einen merkwürdigen Druck, der auf seinem ganzen Körper lastete, als ob er sich viele Meter tief unter Wasser befände. Ein bohrender Schmerz in den Ohren unterstrich dieses Gefühl noch. Er hielt sich die Nase zu und preßte die Luft aus den Lungen in die Stirn. Nach einem leisen Knacken verschwand der Schmerz. Alles um ihn herum schien zu beben. Absolut nichts war zu sehen. Er hatte plötzlich keine Lust mehr, hier nur einfach sinnlos der Dinge zu harren, die vielleicht noch kommen würden. Also stand er auf und setzte erneut zu einem Spurt an, wobei er, so gut er konnte, dem Weg des geringsten Widerstandes folgte. Er fühlte sich wie ein Marathonläufer in einem Irrgarten.

Zweige peitschten ihm ins Gesicht. Dornen verhakten sich in seinen Kleidern. Verbissen kämpfte er sich vorwärts. Irgendwann verschwand die zusammengepreßte Luft aus seiner Stirnhöhle. Mit einem Geräusch wie von einem Seufzer entwich sie spontan aus seiner Nase. Der Druck war nun wieder normal. Fast gleichzeitig war das zischende Geräusch verschwunden, doch erst Minuten später spürte er, wie die Vibration im Boden allmählich nachließ. Er überquerte einen Wassergraben, indem er ein kleines Stück die Böschung hinablief und dann auf gut Glück den Sprung wagte. Die Breite konnte er in der Dunkelheit nicht abschätzen. Bei der Landung sanken seine Füße tief in den Schlamm. Mühsam arbeitete er sich nach oben. Noch keine zehn Schritte weiter spürte er unter seinen Füßen plötzlich den vertrauten harten und leicht federnden Asphalt — ein zwei Meter breiter Streifen, der sich nach links und rechts erstreckte, wie er tastend feststellte. Er wählte die linke Seite. Obwohl er völlig die Orientierung verloren hatte, hoffte er, daß seine Intuition ihn nicht im Stich lassen würde. Links ab:

waldeinwärts. Er verfiel in einen Trab, nun nicht mehr durch dornige Hindernisse gebremst.

Nach einer halben Stunde machte der gewundene Weg plötzlich eine scharfe Kurve, und kaum 250 Meter weiter sah er durch die Bäume einen verschwommenen Lichtschein. Er näherte sich dem Licht und erkannte, daß es sich tatsächlich um die pilzförmige Außenlaterne handelte, die über der Tür seines gemieteten Ferienbungalows hing. Noch nie hatte ihn beim Anblick eines derart scheußlichen Kitschobjekts ein so innig warmes Gefühl durchströmt. Erschöpft steckte er den Schlüssel ins Schloß. Seine Kondition ließ wirklich zu wünschen übrig. Da mußte er unbedingt etwas dagegen tun — heute nacht allerdings nicht mehr. Er stolperte ins Innere des Häuschens und ließ sich aufs Bett fallen. Beim Aufprall beglückte ihn sein Arm noch einmal mit einem heftig stechenden Schmerz, und dann gab er sich der schwarzen Welle hin, die sein Bewußtsein erfaßte und die er in diesem Fall als Schlaf erkannte.

2

Es war eine Kugel ... Ähh ... jedenfalls kugelförmig. Obwohl ... nicht die ganze Zeit: Die Kugel schwabbelte und zitterte wie ein mit Wasser gefüllter Ballon. Er selbst befand sich in der Mitte ... Er schwebte offenbar, denn er spürte keinerlei Halt unter sich, während er dort horizontal ... ähh ... hing? Nein, auch das nicht — nichts deutete darauf hin. Glühende Ringe, die mit großer Geschwindigkeit um ihn kreisten, bildeten die Wände seines ... ähh ... Gefängnisses? Tja, das wußte er nicht. Er hatte keine Ahnung, wie er hierhergekommen war, wie lange er sich hier schon aufhielt. Oder — Gefängnis ... schien richtig ... denn jedesmal, wenn er sich mit aller Kraft ausstreckte nach den ... ähh ... Wänden?, wichen die Ringe vor ihm zurück, so daß sie außer Reichweite waren. Nur an dieser Stelle entstand dann eine Ausstülpung, ansonsten blieben die Ringe kreisförmig. Ein Kern mit seinen Elektronenschalen, ein Atom, das war es! Vielleicht ... Ssssst! Eine grelle, phantastische Lanze aus konzentiertem Feuer schoß von Ring zu Ring durch das Zentrum. Zickzack ... zickzack ... haarscharf an ihm vorbei und ab und zu ... »Ahhh!« ... Getroffen! Der glühende Blitzstrahl durchschoß ihn und raste in seinem Körper hin und her wie ein gefangener Tiger. Ein seltsamer Schmerz ... ähh ... Schmerz? Kein gutes Wort dafür! Ähh ... abscheuliches Gefühl. Als würde jemand gegen den Strich über den weichen Samt seiner Nervenbahnen streicheln. Die Bewegungen hinterließen brennende stumpfe, rauhe Striche und Kratzer auf seinem Nervensystem. Die Zeichnung des Chaos. Verzweifelt warf er sich gegen die Wand. Wie in Zeitlupe drehte er sich zu den nachgebenden Ringen, die immer weiter zurückwichen, bis sie einen langen Rüssel bildeten, durch den er weitersegelte, bis er ... ! Um Himmels willen! Seine Füße hatten sich noch nicht von ihrem alten Standort gelöst, und sein Kopf war schon mitten im Rüssel. Er dehnte sich aus ... Er wollte aufhören — aber es ging nicht. Quälend langsam schob er sich durch den Rüssel ... er wurde länger und länger. Gedehnt wie ein elastisches Band. Bis er in äußerster Panik fühlte, daß etwas riß!

Benommen schnappte er nach Luft. Allmählich wurde das Bild auf seiner Netzhaut scharf: Die gelbbraune Holzstruktur eines Lattendachs?

»Willkommen zu Hause«, murmelte er lakonisch.

Stöhnend erhob er sich, ließ seine Beine über den Rand des Bettes gleiten und blieb eine Weile vornübergebeugt, den Kopf zwischen den Händen, sitzen. Ihm war schummrig vor Kopfschmerzen. Er war es zwar gewöhnt, mit einem Kater aufzuwachen, wenn er einmal wieder in Kleidern eingeschlafen war, aber das hier übertraf alles, was er bislang kannte. Ein wilder Strom chaotischer Gedanken wirbelte durch seinen Kopf. Bilder aus seinem Traum vermischten sich mit den Eindrücken der Erlebnisse vom Vorabend zu einem unentwirrbaren Klumpen bizarrer Emotionen. Er stand auf und wankte zu seinen elektrischen Frühstücksgeräten. Doch ein Vorteil, den solch ein Ferienhaus bietet, dachte er, während der Toaster in sanftem Rot aufglühte. Auf den paar Quadratmetern hatte man alles sofort in Reichweite, was man brauchte.

Erst als er das kochende Wasser auf den Tee gießen wollte, fiel ihm etwas auf, und im Nu war er hellwach: An der Innenseite seines rechten Arms, ein paar Zentimeter über dem Handgelenk, saß ein merkwürdiges Schildchen. Es war ungefähr zweieinhalb mal vier Zentimeter groß, hatte die gleiche rote Farbe wie sein Hemd und war fest mit seinem Arm verbunden. Als er versuchte, es abzureißen, schoß ein heftiger Schmerz vom Handgelenk zur Schulter hoch.

»Verflixt, es sitzt *in* meinem Arm«, murmelte er.

Vorsichtig versuchte er, das Schildchen mit einem Messer zu entfernen: »Jetzt mal kurz die Zähne zusammenbeißen. Eins, zwei, hopp, ahh ...!« Einen Schmerzensschrei konnte er nicht unterdrücken, aber jetzt lag das Ding vor ihm auf seinem Teller. Es war etwa zwei

Millimeter dick, seine Rundung paßte genau zu der seines Armes, und in der Mitte befanden sich ein paar kreisförmig angeordnete nadelförmige Spitzen, die auf seinem Arm ein Muster aus roten Pünktchen zurückgelassen hatten, aus denen langsam dunkle Blutstropfen quollen.

Eine Stunde später hatte er sich gewaschen, sich umgezogen, gefrühstückt und sich unterdessen pausenlos gefragt, was das wunderliche Schildchen wohl zu bedeuten hatte. Er führte sich die Ereignisse des vorigen Abends noch einmal vor Augen, und seine Gedanken stockten bei dem Augenblick, in dem die beiden Fremden zu seinem Tisch herübergespäht hatten. Er hatte aufspringen und diesem Radenack sagen wollen, er solle sich doch, bitteschön, selbst um seine Angelegenheiten kümmern. Genau in diesem Augenblick war sein Arm auf die Tischplatte gepreßt worden. Er spürte erneut den eisernen Griff von Radenack. Der Fremde mußte das Schildchen in seinen Arm gepreßt haben, dessen war er sich nun sicher. Dann besah er sich das Ding noch einmal und bemerkte, daß es sich langsam verfärbte. Allmählich nahm es die kreideweiße Farbe des Porzellantellers an, auf dem es lag.

»Wie ein Chamäleon! Das wird ja immer besser«, murmelte er und nahm das Schildchen in die Hand, um es vorsichtig gegen das Licht zu halten, wodurch er allerdings auch nicht viel klüger wurde. Das »wo« und »wer« war ihm nun zwar klar, aber das »was« und »warum« keineswegs. Eine höchst unangenehme Sache.

Vielleicht würde ein Morgenspaziergang zur Lösung des Rätsels beitragen. Wenn es ihm gelänge, den Weg zu rekonstruieren, den er in der vorigen Nacht gegangen war, so würde ihm das vielleicht einen Hinweis liefern. Draußen erwartete ihn ein herrliches Herbstwetter. Die frische Luft tat ihm gut, und schon bald fühlte er sich wesentlich besser. Die Rekonstruktion seines Weges in der Nacht erwies sich jedoch als ziemlich schwierig. Es war unmöglich, die genauen Stellen wiederzufinden, an die ihn seine nächtliche Flucht geführt hatte. Der asphaltierte Fahrradweg begann zwar fast direkt vor der Tür des Bungalows, doch konnte er sich trotz heftigen Kopfzerbrechens nicht daran erinnern, wo er vergangene Nacht auf diesen Weg gestoßen war.

Schließlich streunte er auf gut Glück in der Umgebung umher. Eine plausible Erklärung für die befremdlichen Ereignisse würde er auf diese Weise wohl kaum entwickeln können, das war ihm nur zu klar. Ihm war völlig rätselhaft, wo die Fremden herkommen mochten und wieso dieser Radenack so viel über ihn wußte. Ihm war völlig schleierhaft, worum es bei dieser ganzen Angelegenheit eigentlich ging, und dann war da noch das seltsame Schildchen, das irgend jemand ihm in seinen Arm gestochen hatte.

Alles in allem erschien ihm die ganze Geschichte ziemlich zweifelhaft, und wenn er nicht aufpaßte, würde er noch einen weiteren Arbeitstag vertrödeln. Deshalb entschloß er sich, die unbefriedigende Situation vorläufig hinzunehmen und mit seiner Arbeit zu beginnen, denn dazu war er schließlich hierher gekommen. Er konnte es sich jedoch nicht verkneifen, mit Steinen und Zweigen die Stellen zu markieren, von denen er glaubte, er sei auf seiner nächtlichen Wanderung an ihnen vorübergekommen. Auch das zischende Geräusch und der Luftdruck wollten ihm nicht aus dem Kopf. Es war noch so vieles zu klären. Statt auf direktem Wege zu seinem Bungalow zurückzukehren, ging er ins Dorf, um ein paar Einkäufe zu erledigen, die er ebensogut hätte aufschieben können.

Am Abend war ihm klar, daß es mit der Arbeit wohl nichts werden würde, bis er für die Ereignisse der vergangenen Nacht eine lückenlose Erklärung gefunden hätte. Den ganzen Nachmittag über war er zu unkonzentriert gewesen, um arbeiten zu können. Und je dunkler es draußen wurde, um so stärker wurde seine Erregung — ein Gefühl, dessen Ursprung er sich überhaupt nicht erklären konnte, denn einen direkten Anlaß dafür gab es nicht. Die Wahrscheinlichkeit, daß die Fremden sich in der kommenden Nacht wieder melden würden, schien ihm gering. Dieser Radenack hatte schließlich einen sehr entspannten Eindruck gemacht, als er dagesessen und sein Bier getrunken hatte, und es hatte nicht so ausgesehen, als ob er sehr beschäftigt gewesen wäre oder unter einer akuten Anspannung gestanden hätte. Deshalb vermutete Adrian, daß Radenack die Aufgabe, die ihn an diesen Ort verschlagen hatte, wohl schon hatte erledigen können. Erst als die beiden Verfolger aufgetaucht waren, war er in Panik geraten. Offenbar hatten die beiden Radenack gesucht. Doch nun hatte dieser sich aus dem Staub gemacht und würde wohl nicht so bald wieder auftauchen. Warum soll ich mich also aufregen, dachte Adrian. Sein Herz klopfte weiter in erhöhtem Tempo. Er zuckte die Achseln, packte die Taschenlampe und das Buschmesser ein, das er sich am Nachmittag gekauft hatte, zog sich die Turnschuhe an, die ihm immer das Gefühl gaben, schneller darin laufen zu können, und verließ das Haus. Er schloß die Eingangstür sorgfältig hinter sich ab.

Die Außenlaterne warf einen gelblichen Schein auf den Weg, der noch verstärkt wurde duch die Beleuchtung, die er hinter geschlossenen Gardinen in dem Häuschen hatte brennen lassen.

Nun los, vorwärts! ermutigte er sich. Und so machte er sich, getrieben von seiner inneren Unruhe und zum Zerbersten angefüllt mit brennenden Fragen, erneut auf den Weg in den Wald.

Mit Hilfe der Taschenlampe und der Markierungen, die er am Nachmittag ausgelegt hatte, war er ziemlich schnell an der Stelle angelangt, die er suchte: Hier ungefähr war er in der vergangenen Nacht von den merkwürdigen Erscheinungen überrascht worden. Was er nun tun wollte, wußte er eigentlich nicht ... Warten? — Worauf? Er fühlte sich ziemlich lächerlich. Da stand er mit einem Buschmesser und einer Taschenlampe nachts im Wald. Was, in Gottes Namen, wollte er hier? Wenn jemand ihm in diesem Aufzug begegnen würde ... »Ah, guten Abend, nein, erschrecken Sie nicht, ich hacke nur Holz für den Kamin.« Eine lächerliche Situation. Ein leichtes Beben im Boden riß ihn aus seinen Grübeleien über eine etwaige Entschuldigung. Also doch! Es bestand kein Zweifel. Erschütterungen von geringer Intensität ließen den Boden erzittern. Kein Laut, kein Druck. Offenbar war er weiter von der Quelle des Geschehens entfernt als in der vergangenen Nacht. Er knipste die Taschenlampe an, schirmte jedoch das meiste Licht ab, indem er seine Hand vor das Glas hielt. Den schmalen Lichtspalt, der übrigblieb, richtete er vor sich auf den Boden, um seinen Weg zu beleuchten. Er wanderte in einer immer größer werdenden Spirale um den Ort, wo er gestanden hatte, um auf diese Weise herauszufinden, woher das Beben kam. Nach einer Weile vermutete er, daß die Quelle schräg vor ihm lag. Vorsichtig setzte er sich in Bewegung.

Ebenso wie in der vergangenen Nacht hörte das Beben auch diesmal nach einiger Zeit wieder auf. Adrian blieb jedoch auf seinem Kurs. Beim Licht der Taschenlampe brauchte er das Buschmesser nicht einmal. Glücklicherweise war es diesmal nicht so stockfinster. Der Himmel war nur teilweise bewölkt, und der Mond stand im ersten Viertel — eine willkommene Hilfe. Auch war es heute wesentlich ruhiger im Wald.

»Schwacher bis abnehmender Wind« hatte er am Nachmittag während seines Einkaufs im Wetterbericht gehört. Tatsächlich! Nicht zu fassen! (Ein ziemlich außergewöhnlicher Volltreffer der Wettervorhersage, die in den letzten Monaten ansonsten offenbar von einem Trunkenbold geliefert wurde, der mit verbundenen Augen in einem tiefen Gewölbe unter der Erde saß, und nicht von einem großen Team mit einer hochmodernen Apparatur.) Auf ein scharfes Klicken hin schaltete Adrian blitzschnell die Taschenlampe aus und ließ sich gleichzeitig nach vorne fallen. Eine Sekunde später krachte über seinem Kopf ein Schuß. Zufriedenheit über sein Reaktionsvermögen und Besorgnis über die plötzliche Zuspitzung der Situation kämpften in seinem Geist um die Vorherrschaft. Ihm war völlig schleierhaft, wo der Schuß hergekommen sein mochte. Er hörte nichts und sah ebensowenig. Da er keine besondere Lust verspürte, als Zielscheibe zu dienen, kroch er vorsichtig zur Seite. Zentimeter wurden zu Metern. Nichts geschah. Von einem anderen Schlupfwinkel aus überblickte er nun das Geschehen. Nun ja, »überblicken« war vielleicht übertrieben, denn außer Bäumen konnte er nichts entdecken. Vorsichtig erhob er sich hinter dem Stamm einer dicken Buche. Nur die Geräusche des Waldes waren zu hören, und nichts Außergewöhnliches war zu entdecken.

Er drückte auf ein Knöpfchen an seiner Digitaluhr, das die Ziffern rot aufglühen ließ. 21.43. Gleichzeitig vernahm er ein scharfes Klicken. Adrian hechtete in eine Gruppe feuchter Sträucher. Gerade noch rechtzeitig! Nach dem Schuß war sein linkes Ohr taub. Dann wurde es wieder still, doch in seinem linken Ohr war ein Lärm wie in einer Metallfabrik. Sein Gehirn arbeitete fieberhaft und produzierte eine Eingebung, der er zu folgen beschloß.

Vorsichtig zog er das Buschmesser aus der Scheide. Er erhob sich auf die Knie, und spähte mit der Taschenlampe in der rechten Hand in die Dunkelheit. Ein paar Meter vor ihm lag ein großer Baumstumpf, der auf einer Seite aus dem Boden gerissen war. Er holte weit aus und warf die Taschenlampe in das Loch, das der Baumstumpf hinterlassen hatte, wobei er sie unmittelbar vor dem Loslassen anknipste. Ein gelungener Wurf: Die Lampe verschwand genau in dem Augenblick im Loch, in dem er zum drittenmal ein lautes Klicken hörte. Er sah deutlich, wie ein feuriges, orangefarbenes Lichtkügelchen aus dem Gestrüpp in der Ferne in gerader Linie auf den Baumstumpf zuschoß, dann in einem Bogen in das Loch flog und dort zusammen mit der Taschenlampe explodierte. Dennoch war die Explosion nicht stärker als die vorherige.

Dann war es wieder dunkel, und die Taschenlampe war aus. Wahrscheinlich ist sie in tausend Stücke zersprungen, dachte er und machte sich auf. Mit dem Buschmesser entfernte er hinderliche Zweige und Sträucher und zog sich so schnell wie möglich zurück. Der Gedanke, beschossen zu werden, gefiel ihm ganz und gar nicht. Doch der augenblickliche Angriff jenes merkwürdigen Dings war ungeheuerlich. Er hatte den Unbekannten offenbar unterschätzt. Die Methoden, deren jener sich bediente, waren völlig überraschend für Adrian. »Verschwinden« schien ihm das beste Gegenmittel. Besser zweimal ein schneller Abgang als einmal eine fatale Dummheit begehen. Hinter ihm rührte sich nichts. Diesmal fand er den Fahrradweg und damit auch das Häuschen in wesentlich kürzerer Zeit als in der vergangenen Nacht. Der warme Lichtschein hinter den scheußlichen orangefarbenen Blumengardinen lachte ihm anheimelnd zu. Er schlug die Tür hinter sich zu und drehte den Schlüssel zweimal um. Das Schloß gehorchte brav. Was riecht das hier so komisch? dachte er, während er sich umdrehte und völlig unvermutet in die sterilen Gesichter von Drandel und Brisk schaute.

»Im Namen von mir und meinem Assistenten, Herrn Drandel, wünsche ich Ihnen einen guten Abend«, sagte Brisk.

Adrian war zu verdutzt, um auch nur ein Wort herausbringen zu können.

»Angesichts Ihrer aufsehenerregenden Erklärung vor vierundzwanzig Stunden, die Sie meiner Person gegenüber abgegeben haben«, fuhr Brisk fort, »sehen wir uns gezwungen, Sie noch einmal zu einem Gespräch einzuladen.«

»Mein Assistent, Herr Brisk«, sprach Drandel nun, »hat sich einige Ihrer Bemerkungen zu Herzen genommen, die nach Verifikation meinerseits auf gefährlichen Unzulänglichkeiten zu beruhen scheinen.«

Adrian lehnte bestürzt mit dem Rücken an der Tür, wobei er noch immer das Buschmesser in der Hand hielt.

»Sie meldeten sich als Bült-Syng-785.« Drandel steigerte sich allmählich in Rage. »Nach Verifikation auf Mutterhafen stellte sich heraus, daß diese Einheit nicht codiert ist, was uns Gesichtsverlust und niedrige Bewertungen eingebracht hat ... Sie werden uns dafür ausgiebige Kompensation verschaffen müssen ... Herr Brisk wird Ihnen die Bekanntmachung servieren!«

Brisk trat einen Schritt vor und las von einem schmalen metallischen Streifen in seiner Hand ab, auf dem Buchstaben in Hellgelb aufleuchteten.

»Kompensationsanfrage ZUD 44 AG-GLS, so wie von Mutterhafen erteilt ... Betrifft die Einheit sich benennend Bült-Syng-785.

I. Diese Codierung, nicht registriert seiend, unterliegt damit den Prinzipien der totalen Mitteilsamkeit, so wie vollständig beschrieben in den Listen der Verbeugungen, angenommen von dem Dwanischen Apfel in Zeitabschnitt del 820 — örtlich bekannt.

II. Nicht registrierte Ausgaben, gemacht durch Andersdenkenden, können zusätzlich den Kategorien Fortbewegungs-Organons, Sprach-Organons und Sicht-Organons zugeordnet werden.

Ausführung darf deligiert werden an örtlich fungierenden Prinzipal, insofern eine Quote von minimal zwei und maximal fünf Vereidigten gewährleistet wird.«

Adrian, der dem Bericht bis zu diesem Punkt äußerlich ruhig und ohne Kommentar gefolgt war, wurde klar, daß sich die Situation bedenklich zuspitzte. Vorsichtig schob er eine Hand hinter seinen Rücken und drehte mit kleinen unauffälligen Bewegungen den Türschlüssel. So, jetzt noch ein Überraschungsangriff, und dann nichts wie weg!

Drandel fing schon wieder mit seinen netten Vorschlägen an.

»Aha, Herr Brisk, ich werde ihm die Rindennägel ins Gehirn drehen. Das wird uns reichlich Kompensation verschaffen.«

»Oho, Herr Drandel, nicht so schnell. In diesem Fall werden wir von diesem Vermessenen kaum noch etwas in Erfahrung bringen können. Versengte Stimmbänder können keine Laute mehr hervorbringen.«

»Wieder einmal haben Sie recht, Herr Brisk.«

»Ich schlage vor«, bemerkte Brisk, »daß wir ihn der sorgsamen Obhut des Neunsaugers unterstellen. Er wird dann natürlich nicht so kreischen wie bei Ihrer Rindennagelbehandlung, aber ich hoffe, daß Sie damit vorlieb nehmen. Wir werden so jedenfalls reichlich Informationsmaterial erhalten, was uns in Zusammenhang mit der kommenden Korrektur unseres Bewertungs-Codes von Nutzen sein wird.«

»Sie hören es«, wandte sich Drandel nun an Adrian. »Mein Assistent, Herr Brisk, ist ein scharfsinniger Mann. Ihr Schicksal ist besiegelt. Würden Sie mir freundlicherweise folgen und auf diesem Stuhl Platz nehmen.«

Adrian hielt den Augenblick für gekommen, in Aktion zu treten. Er erhob seinen Arm mit dem Buschmesser, und statt wie geplant auf die Eindringlinge einzusausen, schlug die Klinge hart auf den an der Seitenwand befestigten Heizkörper auf.

»Darf ich Ihnen dies aus den Händen nehmen, um Verletzung zu vermeiden?« sagte Drandel und zeigte ihm einen Stab, der an einen Kugelschreiber erinnerte. »Magnetisches Senden, so würde ich es nennen.«

Das Buschmesser klebte ohne irgendeinen Halt an der Heizung.

Was war hier nur los ...? Die Sache wird zu merkwürdig, als daß man Worte dafür finden könnte, dachte Adrian, der sich mittlerweile große Sorgen über das Kommende machte.

Er saß auf einem Küchenstuhl in der Mitte des Raums und war unfreiwillig zum Hauptdarsteller des Schauspiels erklärt worden, das Brisk und Drandel mit großer Hingabe vorbereiteten. Sie stellten einen leicht durchsichtigen Behälter aus blassem, durchädertem Material vor ihm auf den Tisch. In dem Behälter, der hauptsächlich mit einer lachsrosafarbenen Brühe gefüllt zu sein schien, bewegte sich etwas Undefinierbares. Brisk schraubte den Deckel auf, woraufhin Drandel mit einer Art Schaumlöffel vorsichtig zu schöpfen anfing, bis er einen grauen Ball aus gelbem glitschigen Gewebe herausfischte, den er langsam auf dem Tisch ausrollte. Das Ding blieb zunächst eine Weile regungslos liegen, vollführte dann seltsame Schüttelbewegungen, und mit einem merkwürdigen schlabbernden Geräusch entstanden aus der Kugel vor Adrians Augen zwei gräuliche schleimige Röhren voller Beulen und Unebenheiten. Die Röhren waren ungefähr zwanzig Zentimeter lang und kreuzten einander genau in der Mitte. Unter dem Kreuzpunkt hing eine Art fleischige Trompete, ebenso wie am Ende der Röhren, wo jeweils zwei solcher Trichter zu erkennen waren, die sich in umgekehrter V-Form unter den Röhrenenden ausstülpten.

Drandel sagte mit einer Stimme, in der Verehrung mitschwang: »Sehen Sie hier den Neunsauger.«

Adrian, der bis jetzt noch nichts gesagt hatte, versuchte verzweifelt, sich mit ein paar Redewendungen aus dieser brenzeligen Lage herauszumanövrieren, jedoch ohne auch nur den geringsten Erfolg. Brisk und

Drandel ließen mit keinem Zeichen erkennen, ob sie ihn auch nur hörten.

»Sehen Sie hier die Kraft des großmütigen Neunsaugers«, deklamierte Drandel. Er holte aus dem Obstkorb in der Küchenecke eine große Tomate und legte sie in die Nähe des schlabbernden Tieres. Langsam richtete das Wesen seine Trompete auf und setzte sie auf die Frucht. Mindestens zehn Sekunden vergingen mit gespanntem Abwarten. Dann plötzlich ertönte ein reißendes und schmatzendes Geräusch, und innerhalb von zwei Sekunden war von der Tomate nur noch die Haut übrig.

»Groß ist die Macht des Neunsaugers«, rief Drandel voller Ehrerbietung. »Und glücklich mag sich der Breigeber schätzen, der ihm seine Flüssigkeit schenken darf«, ergänzte Brisk, während er einen langen Draht, eine Art Elektrode, aus dem Deckel des Behälters löste und ihn auf der größten gelben Beule des Tieres befestigte. Ein leises Summen stieg aus dem Deckel auf, woraufhin unverständliche Formeln und merkwürdige Buchstaben in Hellorange über den Deckel flackerten.

»Und jetzt erzählt der Großmütige uns alles über den Breigeber«, blökte Drandel. »Seine Herkunft ... seine Zusammensetzung ... seine Gedanken ... seine Pläne ... kurzum, sein Alles.«

Adrian wurde es schwarz vor Augen. Er sah den weiteren Lauf der Dinge schon vor sich, falls er in Reichweite dieser lebenden Vakuumpumpe kommen würde.

»Preisen Sie sich glücklich«, dröhnte Drandels Stimme, »daß Ihr Gehirn der Breigeber dieses Großmütigen sein darf.«

Brisk packte plötzlich Adrians Handgelenke und preßte sie mit eisernem Griff hinter dem Stuhlrücken zusammen; etwas klickte, und sie saßen wie in einer Schraubzwinge fest. Jetzt ist es um mich geschehen, dachte Adrian.

Er sah, wie Drandel das schleimige Wesen vorsichtig wieder auf den Schaumlöffel manövrierte und langsam auf ihn zu kam. Als Drandel das Wesen über seinen Kopf hielt, drehte sich sein Magen um. Eine schleimige Flüssigkeit tröpfelte auf sein Haar und brannte sich tief in seine Kopfhaut ein.

»Halt!« kreischte er. »Das ist wahnsinnig! Was ist hier los? Wer seid ihr eigentlich? Was soll das alles? Ich habe mit dieser ganzen Geschichte nichts zu tun!«

Statt zu antworten, gab Drandel Brisk ein Zeichen, während er den Schaumlöffel mit dem tropfenden Neunsauger unbeweglich über Adrians Kopf hielt. Brisk fummelte unter seinem Mantel, und einen Augenblick später ertönte aus einem kleinen Lautsprecher, der offenbar irgendwo unter dem weiten Gewand des Fremden verborgen war, das Gespräch, das Adrian am vorigen Abend auf seiner Flucht mit Brisk geführt hatte. Er hörte sich jenes Märchen erzählen, das einer plötzlichen Eingebung entsprungen war.

»Kehren Sie um, Assistent Brisk! ... Treten Sie augenblicklich ab! ... Sie bringen meine Mission in Gefahr! ... Kontrollieren Sie Ihre Codes! ... Ich bin Bült-Syng-785 ... Neueste Operationseinheit des Dwan.« An dieser Stelle nickte Drandel Brisk zu, der die Aufnahme sofort stoppte.

»Sie würden mich sehr erstaunen«, fuhr Drandel fort, »wenn Sie mir befriedigend belegen könnten, daß Sie wirklich nicht wissen, wer wir sind ... Wenn Sie nicht wissen, worum es hier geht, wie Sie uns chaotisch klarzumachen versuchen, dann erklären Sie mir und meinem geschätzten Assistenten Brisk, woher Sie die richtigen Bezeichnungen für unsere Operationseinheiten wußten.«

Adrian spürte die Schweißtropfen auf seiner Stirn — oder war das der ekelhafte Saft des Neunsaugers, den Drandel noch immer über seinen Kopf hielt?

»Ähh ... ähh ... das weiß ich nicht ... ähh ... ich meine ... sehen Sie ... das habe ich einfach nur erfunden ... ja, eine Art List«, rief er verzweifelt. Adrian merkte selbst, daß seine Argumente nicht besonders überzeugend klangen. Allerdings war ihm jetzt klar, warum sie seine Geschichte zunächst geschluckt hatten. Er hatte offenbar die richtigen Begriffe verwendet, ihre Sprache gesprochen. Wie das möglich war, wußte er selbst nicht. Reiner Zufall? Unmöglich! Alles erschien ihm so unerklärlich. Alles war so seltsam.

»Aha, Herr Brisk, es ist diesem Vermessenen spontan eingefallen«, bemerkte Drandel sarkastisch. »Stellen Sie sich vor, sogar die Existenz eines Dwan-Codes und einer Syng-Gruppe auf Mutterhafen, alles selbst ausgedacht!« höhnte er.

»Ja, es klingt vielleicht verrückt, aber so ist es tatsächlich«, sagte Adrian verwirrt. »Irgendwie muß es so sein, ich ... ich ...«

Die Flüssigkeit auf seiner Stirn brannte höllisch. Ganz bestimmt war es der Saft von diesem elenden Scheusal.

»Sehen Sie hier«, rief Brisk. Er stand in der Küchenekke und hatte das fremdartige Schildchen in der Hand, das Adrian auf seinem Arm gefunden hatte. »Sehen Sie hier«, wiederholte Brisk triumphierend und hielt das Schildchen Adrian vors Gesicht. »Das sagt Ihnen sicher auch nichts.«

»Ausgezeichnet, Herr Brisk! Ein trefflicher Fund von interessanter Machart«, rief Drandel begeistert.

In einem Anflug von Verzweiflung ließ Adrian sich mit dem Stuhl hintenüber fallen und tat, als hätte er das Bewußtsein verloren. Das brachte Drandel aus dem Gleichgewicht.

»Holla, Herr Brisk, was überkommt diesen Vermessenen?«

Brisk schlurfte vorsichtig näher.

»Ich sehe ein mir unbekanntes Muster, Herr Drandel«, murmelte er besorgt.

Drandel, der den Schaumlöffel immer noch in der Hand hielt, beugte sich vorsichtig über den am Boden Liegenden.

Plötzlich holte Adrian aus. Sein rechter Fuß traf den Arm mit dem Schaumlöffel. Der Neunsauger sauste durch die Luft und landete auf dem Nacken von Brisk. Mit einem zweiten Tritt setzte er Drandel außer Gefecht. Ein reißendes Schlürfen war im Zimmer zu hören. Adrian sah, daß der Neunsauger neun vollkommen runde Löcher in den Nacken von Brisk gebohrt hatte, durch die alle möglichen Schaltungen und andere elektronischen Elemente herausgesaugt wurden. Drandel hatte sich inzwischen wieder erhoben, doch Adrian ebenfalls. Seine Armgelenke saßen unbeweglich auf dem Rücken fest. Er stürmte vorwärts, den Kopf auf Drandels Magen gerichtet. Doch fünfzig Zentimeter vor seinem Ziel stieß er plötzlich auf so etwas wie einen unsichtbaren Stoßdämpfer, der ihn zurückprallen ließ. Er flog rückwärts und fing den Aufprall mit den zusammengebundenen Händen auf. »Auuuu!« Etwas Scharfes schnitt in seinen Handrücken, und er fiel mit seinem ganzen Gewicht darauf.

Wiederum erklang das Zerreißen des Neunsaugers, der eine weitere Serie von Löchern produzierte, diesmal in der Brust von Brisk. Merkwürdig röchelnd und zukkend wie eine umgefallene Aufziehpuppe lag Brisk am Boden. Sein Mantel war zur Seite gerutscht, so daß Adrian nun deutlich acht blauglänzende dünne beinartige Pfoten erkennen konnte, die aus einem grünlich schillernden Maul ragten. Erst jetzt begriff Drandel das ganze Ausmaß der verhängnisvollen Verwüstung, die der Neunsauger bei seinem Kollegen angerichtet hatte. Er schien kurz zwischen Adrian und Brisk hin- und hergerissen, bevor er schließlich den Schaumlöffel ergriff und seinem Kollegen zu Hilfe eilte. Adrian nutzte diese Gelegenheit, um mit seinen zusammengepreßten Händen einen der Küchenstühle zu packen. Durch blitzartiges Herumdrehen schwang er den Stuhl in Drandels Richtung.

»Bitte, Florence Nightingale, darf ich dir einen Stuhl

anbieten«, schrie er. Doch auch das Möbelstück wurde, bevor es den neben Brisk knienden Drandel traf, wie von einer unsichtbaren Barriere im Flug aufgehalten. Der Stuhl landete krachend und ohne Schaden angerichtet zu haben auf dem Boden. Gleichzeitig sah Adrian, daß aus Drandels Mantel in Höhe der Schulterblätter sechs rosafarbene Rauchwölkchen quollen. Sie wurden zu langen dünnen Rauchfahnen, die mit hoher Geschwindigkeit aus den geometrischen Mustern des Mantelstoffes aufzusteigen schienen. Was genau geschah, konnte Adrian nicht feststellen, doch schien es ihm, als ob das Gas in kürzester Zeit den gesamten Sauerstoff aus dem Raum vertriebe. Ihm wurde heiß, und er bekam Beklemmungen. Das Herz schlug ihm bis zum Halse. Keuchend schnappte er nach Luft. Ein Schwindelgefühl erfaßte ihn und ließ ihn wanken. Er glaubte, er würde hinfallen. Doch bevor dies geschah, hörte er ein Knirschen. Er schaute sich um. Alle vier Fensterscheiben der Seitenwand wölbten sich nach außen wie ein aufgeblasener Ballon und zerbarsten fast gleichzeitig mit einem lauten Knall, so daß eine Fontäne von Tausenden von Glassplittern entstand. Sofort war wieder genügend Sauerstoff da. Adrian wartete nicht länger, sondern nahm Anlauf und stürzte sich durch den leeren Rahmen ins Freie. Mit einem Plumps landete er in den Hortensien. Schwindelig, mit einem Gefühl der Übelkeit und einem Nebel vor den Augen rappelte er sich hoch und fing an zu rennen.

Etwas schoß über ihn hinweg. Er rannte. Hinter sich hörte er einen abscheulich schrillen Schrei wie von einer Heuschrecke, allerdings von zehntausend Dezibel Lautstärke. Er rannte.

Er hatte Angst, nicht weil seine Augen ihn fast völlig im Stich ließen, sondern weil sich ein schwarzer Schleier über seinen Geist legte. Schwarze, betäubende Tentakel streckten sich nach seinem Bewußtsein aus. Er versuchte dagegen anzukämpfen und rannte weiter. Keinesfalls durfte er das Bewußtsein verlieren — doch die tintenschwarze Woge versprach ihm Stille und Ruhe. Er merkte, daß seine Gliedmaßen allmählich jegliche Empfindung verloren. Übrig blieb die tiefschwarze Stille mit ihrer alles betäubenden wohltuenden Ruhe.

3

Er schlug die Augen auf. Das Bild verstand er nicht. Das Abbild auf seiner Netzhaut blieb isoliert von seinem visuellen Gehirnzentrum. Schläuche und Röhren … Zylinder und sich bewegende Membranen.

Er konnte mit dem Bild nichts anfangen. Ein Gedanke aus einem anderen Teil seines Gehirns glimmte auf. Er war noch immer Adrian. Das gab ihm ein Gefühl, das Vertrauen ähnelte.

Dann glitt er plötzlich wieder in den schwarzen Nebel zurück.

Viel später — er sah … Schläuche und Röhren … Zylinder und sich bewegende Membranen. Er öffnete die Augen … Gottseidank, sie waren noch da. Das Bild in seinem Geiste verschmolz mit dem auf der Netzhaut. Klarheit kehrte zurück.

Er lag in einem hellgrünen Raum, der von einem angenehmen Lichtschein erleuchtet wurde. Er war wieder Herr seiner Sinne. Er lag unbeweglich, nur seine Augen konnte er steuern. Schläuche in verschiedenen Farben liefen aus zahllosen Röhren an der Wand zu seinem Gesicht … seiner Nase … seinem Mund … seinen Ohren … seinem Hals … seinem Rumpf. Allmählich kam die Koordination zwischen den verschiedenen Gehirnzentren wieder in Gang.

Der Raum, in dem er lag, war klein und zeimlich niedrig, eine Art ausgepolstertes Rohr, das mit Apparaten vollgestopft war, deren Aussehen und Funktion ihm völlig fremd waren. Dennoch hatte er keine Angst. Sein Herz war ruhig. Dann fragte er sich: Mein Gott, wo bin ich. Unmittelbar über seinem Kopf blitzte ein Bild auf, und während er dort lag, schauten seine Augen direkt in einen wunderschönen Sonnenuntergang über einem sanftblauen Meer. Wellengeplätscher drang leise in sein Ohr.

»Willkommen«, sagte eine sanfte, warme Stimme.

»Versuche nicht zu sprechen ... bleib ruhig liegen ... entspann dich. Du bist in Sicherheit! ... Alles wird gut! ... Alles *ist* gut! ...«

Adrian saugte die Meeresluft tief in seine Lungen. Das Salz prickelte auf seiner Zunge. Er antwortete mit Vertrauen.

»Danke«, sagte die freundliche Stimme. »Ich werde dir erzählen, wo du bist, was genau passiert ist, und alles, was du sonst noch wissen willst. Aber bleib ruhig liegen. Alles braucht seine Zeit. Du bist verwirrt, aber du wirst schon damit fertig werden.«

Das Geräusch der Brandung wurde lauter, und Adrian ließ sich wieder in die Dunkelheit gleiten, während sich auf seinem Gesicht zum erstenmal ein vorsichtiges Lächeln ausbreitete.

»Guten Morgen.«

Die sanfte Stimme hatte auf sein erstes Blinzeln reagiert.

»Wie fühlst du dich?«

Adrian fühlte sich bestens.

»Gut so«, sagte die Stimme.

Er sah, daß die Schläuche, Zylinder und anderen Apparate verschwunden waren.

»Hast du gut gegessen?« fragte die Stimme.

Ja, es war ein herrliches Frühstück, dachte Adrian, der sich fast behaglich fühlte, bis er sich plötzlich fragte, wann er denn eigentlich gefrühstückt hatte.

»Erschrick nicht«, antwortete die Stimme. »Ich habe es dir im Schlaf gegeben.«

Adrian dachte an die Schläuche und Röhren.

»Genau«, sagte die Stimme, »jedenfalls unter anderem. Ich denke, du bist nun so weit, daß dein Geist wieder normal belastbar ist. Ich werde die letzten Barrieren beseitigen.«

Adrian merkte keinen Unterschied, außer, daß eine Reihe von Fragen in ihm aufkamen.

»Nur ruhig, nur ruhig«, besänftigte die Stimme, »wir werden deine Fragen nacheinander beantworten. Ja, du befindest dich an Bord von etwas, das ihr als ›Raumschiff‹ bezeichnet. Du bist in einem Zustand von akutem psychischem Chaos hierhergebracht worden, und ich hatte den Auftrag, dich wiederherzustellen. Das ist jetzt geschehen. Ich denke, daß ihr mich eine Art Computer nennen würdet, obwohl ich das nach euren Maßstäben nicht eigentlich bin.«

»Wer hat dir diesen Auftrag gegeben?« Zum erstenmal hörte Adrian seine eigene Stimme in dem kleinen Raum. Wie merkwürdig sie sich anhörte! Genauso merkwürdig übrigens wie die Stimme, die zu ihm sprach. Es war ein bizarres Kauderwelsch, das er noch nie gehört hatte, und doch verstand er Wort für Wort, als ob es seine Muttersprache wäre.

»Du brauchst nicht zu mir zu sprechen, es sei denn, du möchtest es. Ein Gedanke reicht aus«, sagte die Versorgungsmaschine.

»Was meinen Auftraggeber anbetrifft, so wirst du ihn bald kennenlernen. Ich habe soeben eine Mitteilung an ihn gesandt, daß du bereit bist. Und daß du unsere Sprache verstehst und sprechen kannst, das ist leicht zu erklären. Ich habe dich operativ mit einem Linguasizer versehen. Wenn du noch kurz an einigen Körperüberprüfungen mitarbeiten würdest, könnte ich deine Muskelgruppen schnell einbalsamieren, damit dein Aufenthalt hier keine negativen Folgen hat.«

»Wie lange bin ich hierge ...«, fing Adrian an.

»Hundertneunundzwanzig Stunden, vierzehn Minuten und sechzehn Sekunden«, antwortete die Stimme schon.

Und während Adrian nach den Anweisungen der Maschine verschiedene Bewegungen ausführte, beispielsweise das Ausstrecken von Armen und Beinen, dachte er darüber nach, daß er sich offenbar schon gut fünf Tage an Bord dieses Objekts befand.

»Bist du so weit?« Die Stimme riß ihn aus seinen Grübeleien.

»Ähh, ja, gut«, sagte er. Doch unzählige Fragen tauchten in ihm auf und wirbelten völlig ungeordnet durcheinander. Das Meer und der Sonnenuntergang zum Beispiel, wie konnte ...?

»Immer langsam«, mahnte die Stimme und fuhr fort: »Den Sonnenuntergang über dem Meer fand ich in deiner Erinnerung als einen angenehmen und beruhigenden Anblick gespeichert. Ich habe ihn reproduziert, um dich zu beruhigen. Die besten Heilmittel trägt der Geist stets bei sich. Hör zu, ich öffne mich gleich. Du kannst dann aussteigen und langsam zur Tür gehen. Dahinter findest du einen Gang, dem du folgen mußt, bis du in den Raum kommst, wo mein Auftraggeber dich erwartet ... Jetzt geh!«

Fas geräuschlos öffnete sich die Seitenwand der Röhre in voller Länge. Adrian sah ein leeres, ziemlich großes Zimmer mit abgerundeten Ecken.

Vorsichtig erhob er sich, schob seine Beine über den Rand, bis sie den Boden berührten, ließ sich auf die Knie nieder, bis er sich unter den oberen Rand der Öffnung bücken konnte und im Zimmer stand. Langsam ging er auf die kreisförmige Tür zu. Es klappte ausgezeichnet. Seine Muskeln waren geschmeidig, und er fühlte sich topfit.

Leise zischend schloß sich die Maschine hinter ihm. Die Tür zum Gang bestand aus einer Reihe dünner, nebeneinander plazierter Röhren, die sich bei seinem Näherkommen von selbst in der Mitte auseinanderwölbten, um ihm Durchgang zu gewähren. Bevor er in den Gang trat, drehte er sich noch einmal um.

»Äh ... Maschine ...« Er kam sich doch etwas dämlich vor, weil er nicht wußte, wie man eine Maschine anspricht.

»Ja, was kann ich für dich tun?« antwortete die warme Stimme sofort.

»Äh ... ja ... äh, danke für alles«, sagte Adrian und verschwand im Gang.

Bevor die Röhren hinter ihm wieder ihre ursprüngliche Position einnahmen, hörte er noch die Antwort des Geräts: »Viel Erfolg, Adrian.«

Der Gang war lang und verschachtelt. Er bestand aus einer Art ineinandergesteckter, langer, abgerundeter rechteckiger Schachteln mit offenen Enden, wie die Zinnen in einer geraden Linie abwechselnd nach rechts und links vorsprangen. Ein schmaler gleißender Streifen von rosigem Licht folge ihm an der Decke und beleuchtete spärlich seinen Weg. Adrian ging durch viele Röhrentüren, die alle gleich aussahen, bis er schließlich hinter einer dieser Türen in der Ferne einen tiefroten Schein erblickte. Als er näherkam, sah er, daß der Gang in einen Raum mündete, der wie ein geschliffener Diamant geformt und mit komplizierten Apparaturen angefüllt war. Als Adrian einen Augenblick später durch das durchsichtige Dach blickte, erschrak er.

Der erhabene Anblick des Weltalls, der sich ihm durch die obersten schrägen Wände bot, erschütterte ihn so, daß er eine Zeitlang sprachlos hinausstarrte. Er fühlte sich so klein und nichtig in seinem Versuch, diese Erhabenheit mit seinem Geist zu erfassen, daß er sich, ohne es zu wollen, dagegen verschloß, um nicht die Kontrolle über sich zu verlieren.

Er merkte zum erstenmal, daß er nicht mehr auf der Erde war. Ein herzzerreißendes Gefühl der Einsamkeit, vermischt mit Sensationssucht, durchströmte seine Seele.

»Dort liegt unsere Vergangenheit, Gegenwart und Zukunft«, sagte eine Stimme neben ihm.

Im gedämpften roten Licht der tausenden aufglühenden Pünktchen auf den Apparaten um sich her sah er eine große schlanke Gestalt in einem dunklen, eng sitzenden Anzug aus einem rostfarbenen, moosartigen Stoff mit einem metallischen Schimmer. Das Wesen hatte ein hageres Gesicht und vorstehende Backenknochen. Das Auffälligste an diesem Gesicht waren Stirn, Hinterkopf und Schädeldecke, die aus einer Art durchsichtigem Plexiglas bestanden. Das Material war vermutlich violett gefärbt, doch im roten Lichtschein war das nicht gut zu erkennen. Hingegen konnte man deutlich das Gehirn und die vielen blutdurchflossenen Äderchen sehen.

»Du brauchst nichts zu sagen«, meldete sich die Gestalt. »Ich habe dich zuerst in den Psomptor gesteckt, damit du dich dort erholen konntest. Du warst geistig sehr angeschlagen, und jetzt noch diese Eindrücke ...« Die Gestalt deutete mit einem Nicken auf das Weltall über ihnen.

»Jetzt kannst du es verarbeiten. Der Psomptor hat es bestätigt, also kannst du beruhigt sein.«

Adrian hielt sich an einer Stange, einer Art Brüstung, fest. Einen Moment lang hatte er geglaubt, er würde umkippen. Alles war so unwirklich. Ein befremdlicher Traum.

»Hier«, sagte die Gestalt, »leg dich ruhig hin! Wir haben noch viel zu besprechen.« Aus der Brüstung wurde eine Art Liege aus sechs Kissen ausgefahren, die mit kleinen Zwischenräumen hintereinander auf einen Rahmen aus dünnen Röhren und Stangen montiert waren.

Adrian ließ sich darauf nieder und merkte, daß sich jedes Kissen genau seinen Gliedmaßen anpaßte. Wenn er sich bewegte oder sein Gewicht verlagerte, folgten die Kissen seinen Bewegungen. Die Gestalt hatte sich auf einer ebensolchen Liege direkt neben Adrian niedergelassen. Der Kosmos über ihnen verschwand blitzschnell, und an seine Stelle trat ein sanftrotes Leuchten. Adrian erkannte nun, daß es sich nicht um Fenster, sondern um große Bildschirme handelte.

»Was ist denn nun eigentlich los, und was ist überhaupt passiert?« stammelte er. Er versuchte mit aller Kraft, seine irdische Nüchternheit wieder die Oberhand gewinnen zu lassen.

»Zu allererst«, antwortete der Fremde, »werde ich dir etwas über mich selbst erzählen.

Ich bin ein Glifon, und du kannst mich Onalm nennen. Glifone findet man auf verschiedenen Planeten, doch darüber später mehr. Ich habe dich von der Erde mitgenommen, weil jemand mich darum gebeten hat. Das war nicht leicht für mich, denn ich bin noch nie dort gewesen. Wir Glifone haben eigentlich nicht die Absicht, auf der Erde aufzutauchen. Trotzdem habe ich dich aufgespürt und dich gerade noch rechtzeitig vor den beiden pflichtbesessenen Bülte retten können. Das wäre fast ins Auge gegangen. Es ging um wenige Minuten.«

Adrian konnte sich keinen Reim auf das machen, was er hörte, und fragte deshalb den Glifon, ob er vielleicht so freundlich sein könne, am Anfang zu beginnen.

»Ehrlich gesagt, weiß ich nicht, wo deine Geschichte anfängt«, antwortete Onalm.

Also beschloß Adrian, selbst mit seiner Geschichte zu beginnen. Nach allem, was geschehen war, schien es ihm schon ein Jahrhundert her zu sein, seit er in der Dorfkneipe einen gewissen Ers Radenack kennengelernt hatte, der blitzschnell verschwunden war, sobald Probleme in Form des merkwürdigen Paares Brisk und Drandel aufgetaucht waren. Dieser verdammte Radenack hatte ihn in all diese Unannehmlichkeiten gestürzt und ihn dann einfach sitzenlassen.

»Um von Anfang an kein Mißverständnis aufkommen zu lassen«, unterbrach ihn der Glifon, »ich habe dich auf eine Bitte von Ers Radenack hin aus den Krallen dieser beiden Bülte geholt. Warum? Das wird er dir wohl selbst erzählen, denn du wirst ihn in Kürze treffen. Ers Radenack hatte, das mußt du mir glauben, einen nur zu guten Grund, beim Anblick der beiden Bülte des Dwan so schnell wie möglich zu verschwinden. Diesen Leuten kann man nicht trauen, und sie hatten dort nichts Gutes im Sinn.«

»Woher kommen sie?« fragte Adrian.

»Von Isgria, einem Planeten in einem verwandten Sternensystem. Es handelt sich übrigens keineswegs um Humanoide; sie hatten sich nur als solche verkleidet, allerdings wie gewöhnlich mit ziemlich unzulänglichen Mitteln. Ihre Panzer sind beschämend einfach gebaut und weisen deutliche Mängel auf.«

»Ich habe mir am Schluß gedacht, daß es Roboter sind«, bemerkte Adrian und dachte an die Verwüstung, die der Neunsauger bei Brisk angerichtet hatte.

»Ach nein. Sie sind nur halb so groß wie Menschen. Und im Körperbau ähneln sie den irdischen Spinnenartigen, nur daß ihre Beine alle auf einer Seite sitzen und sie aufrecht gehen. Ihre Zivilisation ist Jahrtausende alt. Eine wunderliche Rasse mit seltsamen Gewohnheiten, aber sie haben sich im Weltall eine wichtige Rolle erkämpft. Beliebt sind sie nicht, eher gefürchtet. Doch werden sie auch bewundert, hauptsächlich wegen ihrer Umgangsformen. Ihre soziale Struktur ist durch große persönliche Beherrschung gekennzeichnet. Deshalb können Milliarden von Sgriars selbst auf kleinstem Raum in Harmonie miteinander leben.«

»Nun, so beherrscht kamen sie mir aber gar nicht vor«, protestierte Adrian. »Wenn das bewunderungswürdige Umgangsformen sein sollen, so stelle ich persönlich mir darunter doch etwas Erfreulicheres vor.«

»Du darfst nicht vergessen«, antwortete der Glifon, »daß sie dich als Feind angesehen haben.«

»Aber warum denn nur?« fragte Adrian mit einem Anflug von Verzweiflung in der Stimme.

»Das weiß ich nicht genau«, rätselte Onalm, »Mißverständnis spielt möglicherweise bei diesem Vorfall eine große Rolle. Mißverständnis und sicherlich auch Unvorsichtigkeit. Einerseits hatten die beiden Bülte nichts damit zu tun, doch Ers Radenack verstieß gegen die Regeln, indem er mit dir Kontakt aufnahm. Mir ist ebenso unklar wie dir, was da vorgefallen ist. Als Ers Radenack mich bat, dich aus der Gefahr zu holen, habe ich das getan, ohne Fragen zu stellen. Dazu wäre die Zeit zu knapp gewesen. Der Kontakt zwischen mir und Ers Radenack besteht schon seit Hunderten von Jahren, und wir haben einander immer wieder geholfen.«

»Wer ist dieser Ers Radenack eigentlich?« fragte Adrian, der das Gefühl hatte, daß jeder Versuch, eine Erklärung von Onalm zu erhalten, nur noch mehr Fragen aufwarf.

»Ers Radenack ist ein Humanoide aus dem Biomeng-656-Kreis, der vom Planeten Elkha-3 stammt. Er ist zum Infokrat mit extremen Befugnissen ernannt worden. Du würdest ihn vermutlich als beratende, kreative, kontrollierende Einheit bezeichnen«, sagte Onalm.

Nachdenklich antwortete Adrian, daß er das zwar nicht sagen würde, daß er aber glaube, das Gemeinte einigermaßen zu verstehen. Er stellte sich eine Art Inspektor oder Aufseher vor, eventuell sogar einen Sicherheitsagenten.

»Ers Radenack weiß viel mehr über die Erde und das Irdische als ich«, sagte Onalm. »Er wird es dir selbst erzählen; dann wirst du alles besser verstehen. Wir sind auf dem Weg zu einem Treffen mit ihm. In vier irdischen Tagen werden unsere Fahrzeuge einander kreuzen, und du wirst an Bord des Fahrzeugs von Ers Radenack gehen können. Vor den Bülten brauchst du vorläufig keine Angst mehr zu haben.«

»Sind das vielleicht auch kreative kontrollierende Einheiten oder wie du das gerade genannt hast?« bohrte Adrian weiter.

»Mehr oder weniger ja. Die Bülte sind eine Gruppe speziell codierter Kaderagenten des Oberrates des Dwan, der höchsten Autorität, deren Sitz Isgria ist.«

»Ach, laß nur«, sagte Adrian, der allmählich von den vielen unverständlichen Informationen ermüdete. »Ich möchte sehr gerne noch ein paar Einzelheiten wissen, dann reicht es vorerst. Du sagst, daß du mich aus den

Krallen dieser ... ähh ... Bülte geholt hast, aber davon habe ich nichts bemerkt. Wie ist das vor sich gegangen?«

Onalm streckte sich in voller Länge auf der Liege aus. Er schaute zum Dach hinauf und antwortete: »Ers Radenack hat mir gesagt, in welchem Gebiet ich dich finden könne. Er hoffte, daß ich deine Person schnell aufspüren würde, denn er hatte einen Tritter bei dir hinterlassen. Er fürchtete allerdings, daß er ihn zu plötzlich und zu schnell angebracht hätte und du das Ding möglicherweise frühzeitig entdecken würdest. Es wäre dann sehr schwierig geworden, dich aufzuspüren, und die Zeit war sehr knapp.«

»Was ist ein Tritter?« unterbrach Adrian den Bericht Onalms, der noch immer zur Decke starrte. Onalm erhob sich nun, begleitet von einem leisen Klirren der Liege, ließ eine Hand in einen Spalt in der Brüstung gleiten, und legte eine Sekunde später ein kleines Schildchen vor Adrian.

»Aha! *Das* ist also ein Tritter«, sagte Adrian. Er erkannte das Schildchen, das er am Morgen nach seiner ersten erschütternden Erfahrung an seinem Arm gefunden hatte. »Wie funktioniert dieses Ding?«

»Es handelt sich um ein bemerkenswertes Stück biotronischer Ingenieurskunst«, erklärte Onalm. »Es besteht aus einem Nährboden, auf dem sich eine Kultur speziell gezüchteter Bakterien befindet, die Informationen übertragen können. Diese vermögen in den Nervenbahnen angeschlossener lebender Gewebe kontrollierte Kettenreaktionen zu erzeugen. Die Information wird durch einen — um es einmal so zu nennen — eingebauten Sender übermittelt und kann auf diese Weise große Entfernungen zurücklegen.«

»Ist es möglich, auf diese Weise jemanden aus der Entfernung zu beeinflussen?« fragte Adrian, der plötzlich den Grund für sein merkwürdiges Verhalten in jener Nacht ahnte, als er plötzlich in der Lage gewesen war, Brisk und Drandel ein Märchen zu erzählen und die beiden Bülte auf diese Weise irrezuführen.

»Natürlich ist das möglich, das versuche ich dir doch gerade zu erklären«, antwortete Onalm geduldig.

»Nun wird mir wenigstens *das* klar«, seufzte Adrian. »Ers Radenack hat mir mittels dieses Dings ... dieses Tritters ... die Information übermittelt, mit der ich in der Lage war, Brisk und Drandel an der Nase herumzuführen, woraufhin sich mich in Ruhe ließen.«

Adrian hatte die nächtliche Verfolgung wieder vor Augen. Sein plötzlicher Entschluß, stehenzubleiben und zu warten, bis Brisk nähergekommen war ... das Märchen, das er Brisk erzählt hatte und von dem er selbst nicht gewußt hatte, woher, in Gottes Namen, er es nur hatte ... Er erinnerte sich an den stechenden Schmerz in seinem Arm und an seine Übelkeit. Endlich paßte alles einigermaßen zusammen. Dann erinnerte er sich an den darauffolgenden Morgen und sagte: »Aber wie hast du mich dann finden können, denn am Morgen nach diesem Vorfall habe ich den Tritter entdeckt und von meinem Arm entfernt.«

»Die Verbindung lieferte tatsächlich keine Information mehr«, fuhr Onalm fort. »Ich habe gewartet, bis ich in dem besagten Gebiet alarmierende Signale auffing. Das geschah, als die beiden Sgriars erneut mit ihrem Schiff auftauchten und landeten. Ich bin ihnen im Braxlior gefolgt — das ist ein kleiner Ultrakreuzer, den ich hier an Bord habe. Fast hätte ich sie verloren, weil sie so schnell landeten, daß ich keine Möglichkeit hatte, ihre genaue Landeposition zu ermitteln. Außerdem verstehen die Sgriars ihre Schiffe vortrefflich zu verbergen. Wenn sie erst einmal gelandet sind, sind sie selbst mit den empfindlichsten Apparaten nicht mehr zu registrieren. Glücklicherweise fing ich nach einiger Zeit doch noch ein unerwartetes Signal auf. Irgend etwas hatte den Sicherungsgürtel aktiviert, den die Sgriars gewöhnlich um ihr Schiff legen. Dadurch waren sie gezwungen, sich mittels ihrer Handapparatur über die Lage zu informieren. Die Signale, die diese aussendet, konnten sie nicht verbergen. Durch meine Messungen konnte ich nicht nur ihre Landeposition, sondern außerdem die Stelle ermitteln, an der sich die beiden Bülte befanden — ein armseliges Gebäude von primitiver Konstruktion, das den örtlichen Namen Haus oder Häuschen trug. Später stellte sich heraus, daß du es warst, der sich in der Nähe ihres Schiffes herumgetrieben hatte, aber das merkte ich erst, als du schon in selbiges Haus oder Häuschen hineingegangen warst. Meine Vorschriften verbieten mir aufs Strengste, meinen Braxlior in Außenzonen wie dieser zu verlassen. Was ich auch tun wollte, ich war gezwungen, es mit meinen Geräten zu tun. Glücklicherweise kamst du mir aber nochmals zur Hilfe, indem du den Tritter wieder einschaltetest.«

»Davon weiß ich nichts«, antwortete Adrian sichtlich verdutzt.

Onalm starrte ihn mit einem kühlen, unergründlichen Blick an und sagte: »Ich fand ihn später an einer deiner beiden Hände, die auf den Rücken gebunden waren.«

»Dann muß das während des Kampfes passiert sein«, murmelte Adrian. »Jedenfalls war es reiner Zufall.«

Onalm erhob sich geschmeidig und richtete seine Aufmerksamkeit auf ein nicht identifizierbares Instrument mit goldfarbenen Leisten, das in die Seitenwand eingelassen war. Klirrend verschwand seine Liege in der Brüstung. Während er mit einer Hand über die Leisten strich — so als wollte er kontrollieren, ob auch gut Staub gewischt worden sei —, fuhr er in bedächtigem Ton fort.

»Da der Tritter signalisierte, daß die beiden Sgriars Senggas einzusetzen anfingen, mußte ich schnell handeln. Ich übermittelte dir einen Impuls zu handeln — ich räumte die Hindernisse aus dem Weg und bewirkte durch ein paar technische Hilfsmittel, daß du mir entgegenkamst, während ich dich in meine Richtung dirigierte. Außerdem erschreckte ich die beiden Zurückbleibenden noch kurz mit ein wenig Feuerwerk aus einer speziell für solche Zwecke entwickelten allerliebsten Erfindung. Jedenfalls gelang es mir, dich im Augenblick, in dem du zusammenbrachst, aufzusammeln. Wir machten uns dann sofort auf den Weg zum Schiff, woraufhin der Psomptor den Rest erledigte, wie du inzwischen weißt. So, das ist ungefähr die ganze Geschichte.«

Onalm drückte auf ein paar der Leisten, die sich langsam zu verfärben begannen, und drehte sich um.

»Ich muß einmal kurz die Ladung kontrollieren. Bis gleich.«

Die große Gestalt des Glifon verließ mit schwingenden Schritten, die an einen exotischen Tanz denken ließen, den in rotem Dämmerlicht liegenden Raum. Adrian blieb mit den vielen aufregenden Gedanken allein zurück. Obwohl er sich noch nicht sehr ausgeglichen fühlte — wie wäre das nach solch erschütternden Erlebnissen auch möglich gewesen —, merkte er doch, daß Onalms Erzählung ihm geholfen hatte. Glücklicherweise konnte er nun wieder einen einigermaßen verständlichen, logischen Bezug herstellen. Dies gab ihm einen gewissen Halt und Ruhe. An die Zukunft wagte er zwar keinen Gedanken zu verschwenden, obwohl ihm die Vorstellung, daß er in Kürze Ers Radenack persönlich gegenüberstehen würde, sehr zusagte. Dieser merkwürdige Fremde, der ihm immer noch höchst rätselhaft war, war ja schließlich die Ursache all dieser hektischen Ereignisse. Radenack war die Schlüsselfigur, und mit ihm hatte er noch ein dickes Hühnchen zu rupfen.

Adrian erhob sich langsam. Die Liege schob sich leise klirrend automatisch in die Balustrade zurück, genauso wie die, auf der Onalm gelegen hatte. Er machte sich daran, den achteckigen Raum näher zu inspizieren und schaute sich die langen Reihen von Gerätschaften an, die ihm allesamt völlig fremd waren. Oberflächlich wirkten sie wie bestimmte moderne irdische Geräte, allerdings waren ihm die Materialien, aus denen sie gebaut waren, völlig unbekannt.

Die sechs Röhren des Zugangs summten und gaben in der Mitte einen Durchlaß für Onalm frei. »Vielleicht wäre es gut, dich für das Leben im Raum ein wenig besser auszurüsten«, sagte er. »Ich habe dem Psomptor aufgetragen, ein paar Kleider für dich anfertigen lassen. Hier, zieh das mal an!«

Er gab Adrian ein außergewöhnliches Kostüm, das aus einer Hose und einer eng sitzenden Jacke mit hohem Kragen bestand. Es war aus dem gleichen moosartigen Stoff gemacht, den auch Onalm trug.

»Der Psomptor hat den Entwurf dieses Anzugs nach deinen eigenen irdischen Gewohnheiten in Kombination mit den Erfordernissen dieser Umgebung angefertigt«, erklärte Onalm.

Adrian zog sich zögernd um. Onalm beugte sich wieder über seine Instrumente und nahm von Adrians Anwesenheit kaum noch Notiz. Der Anzug paßte wie angegossen. Allerdings kam er Adrian übertrieben eng vor. In den ersten Minuten konnte er kaum Atem holen, so sehr zwängte ihn das Kleidungsstück ein. Doch schon nach kurzer Zeit erzeugte der Stoff ein entspannendes Prickeln auf der Haut. Während Adrian vorsichtig in seinem neuen Outfit ein paar ungewöhnliche Schritte ausprobierte, deklamierte er mit der etwas gezwungenen Stimme eines überenthusiastischen Modenschau-Conferenciers: »Und hier haben wir Adrian in seinem modernen Raumanzug aus moosgrauem Stoff. Achten Sie auf die schlanke Taille! Saloppe Kleidung für den modernen Mann im Kosmos. Natürlich von C & A, wie immer preisgünstiger.«

»Was heißt das?« fragte Onalm erstaunt.

»Das nennen wir einen humoristischen Versuch, glaube ich«, sagte Adrian zögernd. »Ein Versuch, witzig zu sein«, fügte er dann noch hinzu. Onalm sah ihn verständnislos an. Er schien immer noch nicht viel zu begreifen.

Adrian dachte nach und versuchte es noch einmal: »Humor ist Auge und Gefühl für fröhlich machende Widersprüche, kurzum: Frohsinn, Witz und gute Laune!«

»Oh«, sagte Onalm etwas abwesend, und machte dabei den Eindruck, auch nach dieser Erläuterung nicht klüger geworden zu sein.

»Dann bin ich wenigstens nicht der einzige, der hier nicht alles versteht«, sagte Adrian und freute sich im stillen darüber.

»Hast du noch etwas zu deinem Anzug anzumerken?« fragte Onalm, Adrians Äußerung ignorierend.

»Ach, ich muß mich erst daran gewöhnen, aber ich glaube, daß er mir gut gefallen wird. Was für ein Stoff ist das eigentlich?«

»Es ist ein Stoff auf pflanzlicher Basis, der mittels eines speziellen Metallmolekülstrahls verfestigt wird und auf einer sorgfältig gefertigten Haftlage angebracht ist«, beschrieb Onalm in feierlichem Ton.

»Er ist erstaunlich geschmeidig«, bemerkte Adrian und machte versuchsweise ein paar Kniebeugen.

»Das ist so, weil der Stoff lebt. Dieser Anzug verschleißt nicht. Er wächst kontinuierlich mit, zumindest so lange, bis der Nährboden erschöpft ist. Danach fällt er auseinander.«

»Passiert das schnell?«

»In irdischer Zeit gemessen dauert es ungefähr sechzig Jahre.«

Beeindruckt strich Adrian über den Stoff. »Er fühlt sich sehr steif und schwer an, und doch trägt er sich so leicht. Das kommt bestimmt durch den ...«

Ein durchdringendes Signal unterbrach ihn. Ein tiefer vibrierender Laut schwang in einem breiten Akkord im Raum. Onalm setzte sich blitzschnell in Bewegung.

In einer Ecke sah Adrian verschiedenfarbige Lichter aufblitzen, die sich über ein schimmerndes bronzenes

Schaltbrett bewegten. Onalm war wie der Blitz zur Stelle, beugte sich über das faszinierende Gerät und ließ seine Hände über die glänzende Oberfläche gleiten, als ob er auf einer Art Klavier mit Schreibmaschinentastatur spielen würde, nur mit dem Unterschied, daß seine Akkorde keinen einzigen Ton erzeugten. Fasziniert verfolgte Adrian, was er tat.

»So. Bald wird wieder Ruhe herrschen. Die Reise dauert etwas zu lange«, murmelte Onalm.

»Lange?« mischte sich Adrian ein. »Wieso?«

»Für unsere Ladung«, antwortete Onalm abwesend, während er voller Hingabe bunte Muster erzeugte, die auf einem Bildschirm dreidimensional dargestellt wurden. Adrian entdeckte, daß Onalm sich an entsprechend gefärbten Figuren auf einem Nachbarbildschirm orientierte. »Sieh nur, ich hab's«, sagte Onalm, und Begeisterung schwang in seiner Stimme. Die Farbmuster auf beiden Bildschirmen wurden einander immer ähnlicher, bis Onalm das Muster offenbar vollständig erfaßt hatte und kein Unterschied mehr sichtbar war. Allmählich wurden die Figuren in einer der Boxen weniger steril, und die Farben verblaßten. Onalm verfolgte diese Veränderungen aufmerksam, und nach einer halben Minute war das leise Rauschen der Stille wieder in den Kontrollraum eingekehrt.

»Was passiert jetzt?« fragte Adrian neugierig.

»Unsere Ladung war etwas widerborstig geworden. Sie sucht stets nach neuen Kombinationen und durchbricht auf diese Weise manchmal die Verriegelung, so wie gerade eben. Doch ich habe die Situation durch manuellen Eingriff wieder unter Kontrolle gebracht.« Onalm warf noch einen letzten Blick auf die Apparatur, um sich davon zu überzeugen, daß alles wieder in Ordnung war. Dann drehte er sich um, kam auf Adrian zu und fragte ihn: »Was hältst du von einer guten Mahlzeit?«

»Kann ich gut gebrauchen«, antwortete Adrian begeistert und folgte Onalm in einen anderen Gang, nicht den, durch welchen er gekommen war. Sie betraten einen Raum, der offenbar für die Zubereitung von Mahlzeiten vorgesehen war.

Onalm nahm zwei tropfenförmige Schalen, die innen mehrfach unterteilt waren. Er hielt eine der Schalen unter eine Art Zapfhahn, und ein glasiger Brei verteilte sich gleichmäßig in die verschiedenen Abteilungen. Achtzehn separate Bereiche zählte Adrian in der Schale. Als sie alle gefüllt waren, versiegte der breiige Strom von selbst. Onalm forderte Adrian auf, die andere Schale ebenso zu füllen. Der glasige Brei erschien Adrian nicht gerade verlockend, doch nachdem sie sich nebeneinander an eine halbkreisförmige Tischplatte gesetzt hatten, die aus der Mauer ausgeschwenkt war, erwartete ihn eine Überraschung: Onalm reichte ihm ein ganz normales irdisches Besteck, während er selbst sich auf die Ringfinger beider Hände ein löffelartiges Schäufelchen schraubte.

»Woher hast du das denn so schnell bekommen?« fragte Adrian überrascht und deutete auf sein Besteck.

»Ach, solche Angelegenheiten löst der Psomptor«, antwortete Onalm, der inzwischen geschickt den Brei in sich hineinlöffelte. Zögernd nahm auch Adrian einen kleinen Bissen. Er konnte seinen Geschmackspapillen nicht glauben! Das Zeug mochte ja vielleicht ziemlich unappetitlich aussehen, so glasig, wie es war, aber es schmeckte vorzüglich.

Adrian kostete perfekt zubereiteten Sauerkohl. Der gleiche Brei schmeckte im nächsten Fach nach einem köstlichen Curry. Adrian stellte verwundert fest, daß der Brei achtzehn verschiedene Geschmäcke seiner Leibgerichte angenommen hatte, unter anderem auch die von Walnüssen und Mangos. Von Onalm erfuhr er, daß der Psomptor diese Geschmäcke inklusive Angaben über besondere Vorlieben in seiner Erinnerung gefunden hatte. Die Geschmackskomponenten hatte der Psomptor als eine Art Essenz produziert und die achtzehn verschiedenen Konzentrate waren dem Brei zugesetzt worden. Adrian genoß die Mahlzeit. Während des Essens tranken beide einen Krug einer sirupartigen, etwas harzig schmeckenden Flüssigkeit und sprachen kaum ein Wort. Anschließend führte Onalm ihn zu einem riesigen eiförmigen Objekt, von dem er den Deckel abschraubte. Dort begab Adrian sich müde von den vielen Eindrükken zur Ruhe.

Song 2

❖

Techno – Fandango

4

Er kroch aus dem Ei. Es diente ihm jetzt schon seit Tagen als ausgezeichneter Ruheplatz. Wie lange schon? Er wußte es nicht genau, da seine Digitaluhr aus irgendeinem Grund nicht mehr funktionierte. Die Ziffern rasten, ohne auch nur einen Augenblick langsamer zu werden oder anzuhalten. Ab und zu hatte er Onalm nach der irdischen Zeit gefragt, doch in diesem Schiff, in dem nichts das künstliche Gleichgewicht der glatten roten Dämmerung zu stören schien, gab ihm einzig sein eigener Körper Hinweise auf die irdische Zeiteinteilung. Das rhythmische Pendeln seines Körpers zwischen Eß- und Schlafphasen sagte ihm, daß er nun mindestens den dritten Tag bewußt auf dem Raumschiff erlebte.

Im Eßraum dachte Adrian über seinen Aufenthalt an Bord nach, während er vor einer Schüssel voll glasigem Brei saß. Diesmal schmeckte der Brei nach Spiegeleiern mit Speck, eingelegten Sardellen, Orangensaft, Müsli, Joghurt, Cornflakes und noch elf weiteren Frühstücksgeschmäckern. Er hatte zuletzt immer weniger Kontakt mit Onalm gehabt. Das letzte ausführliche Gespräch mit dem Glifon lag schon zwei Tage zurück; bei diesem Anlaß hatte er eine Vorstellung von Onalms Leben auf seinem Heimatplaneten bekommen. Kralta war der Beschreibung nach ein friedlicher Ort, dessen Bewohner in Harmonie miteinander lebten. Den durchsichtigen Schädel sah Adrian inzwischen mit ganz anderen Augen.

Die Autokratie auf Kralta basierte auf einem Kastensystem, das die Bevölkerung in drei Hauptgruppen unterteilte. Dieses System war vor ungefähr fünfhundert Jahren durch ein abscheuliches Geschehen entstanden. In jener dunklen Zeit hatten die Glifone als einzige von ursprünglich sechzehn Rassen eine Virusepidemie von apokalyptischem Ausmaß überlebt, die ihren Heimatplaneten heimgesucht hatte. Sie breiteten sich auf Kralta aus. So entstand die Grundlage für eine Gesellschaft, die ihr gesamtes Hoffen und Trachten auf die Wissenschaft gesetzt hatte. Nur Wissen, so glaubte man, würde die letzte Rasse auf Kralta vor der endgültigen Vernichtung retten können. Infolgedessen erlebte die Wissenschaft eine sprunghafte Entwicklung, und hundertfünfzig Jahre später wurde als Höhepunkt medizinischer Kunst die erste erfolgreiche Gehirntransplantation durchgeführt. Die künstliche Gehirneinheit schien hervorragend zu funktionieren, und die Ingenieure, die für ihren Entwurf und Bau verantwortlich waren, sahen sich in kürzester Zeit mit einer extrem hohen Nachfrage nach künstlichen Gehirnen konfrontiert. Schon nach weniger als hundert Jahren jedoch verursachte diese brillante Erfindung in zunehmendem Maße soziale Spannungen. Für den Glifon ist das Gehirn das Zentrum des Lebens, der Ursprung der Persönlichkeit und der Seele. Als man dazu überging, natürliche Hirne durch die neuen Apparate zu ersetzen, stellte sich die ethische Frage, ob man jemanden mit einem künstlichen Gehirn überhaupt noch Glifon nennen könne. Das Problem spitzte sich mit der Weiterentwicklung der Biotronik noch zu, nämlich als es gelang, Roboter mit Teilen von lebendem Gewebe zu versehen, etwa mit bestimmten Muskelgruppen, die dann zu einem Bestandteil der Maschinen wurden. Schließlich entwickelte man, um die Spannungen zu lösen, ein Dreikastensystem, wobei sich die höchste Kaste dadurch auszeichnete, daß ihre Angehörigen noch ihr natürliches Gehirn besaßen. Ein Glifon wurde, um beweisen zu können, daß er zu dieser höchsten Kaste gehörte, bei seiner Geburt mit einem transparenten Schädeldach ausgestattet. Dieses bestand aus einem harzartigen Material, das von speziellen Zellen erzeugt wurde, die das neue Schädeldach mitwachsen ließen. Die höchste Kaste hatte als einzige Stimmrecht bei wichtigen Angelegenheiten. Bei der zweithöchsten Kaste befand sich unter dem durchsichtigen Schädeldach ein künstliches Gehirn. Ein Glifon mit einem künstlichen Gehirn zählte, auch wenn dies sein einziges künstliches Körperteil war, zur zweiten Kaste, die weniger Rechte hatte. Hingegen zählte jemand mit Dutzenden von Prothesen, wenn er noch im Besitz seines natürlichen Gehirns war, zur ersten Kaste. Der dritten Kaste gehörten die maximierten Lebensformen aus den Roboterfabriken an. Diese technischen Wunderwerke waren mit einem biotronischen Gehirn ausgerüstet und sie hatten Haut und Gliedmaßen aus lebendigem Gewebe, das speziell für diesen Zweck in Laboratorien gezüchtet wurde. Die dritte Kaste hatte kaum Rechte, sondern hauptsächlich Pflichten.

Ausführliche Gespräche dieser Art mit Onalm halfen Adrian, das depressive Gefühl zu überwinden, unter dem er seit einer Weile litt. Zuerst hatte er die eintönige Stille seines Aufenthalts an Bord dafür verantwortlich gemacht. Außer seinen eigenen Gefühlen gab es in diesem Fahrzeug nichts, das sich veränderte. Es gab weder Tag noch Nacht, sondern nur diesen völlig statischen Gleichgewichtszustand in einer rötlichen Dämmerung, durch den er sich furchtbar eingezwängt fühlte. Er hatte die langen Gänge mit den vielen Röhrentüren allesamt mit großer Neugierde erkundet, doch scheinbar gab es in diesem Raumschiff nicht viel mehr zu entdecken, als er schon in den ersten Stunden an Bord gesehen hatte. Die Räume waren allesamt bis auf eine Grundausstattung von ein paar Blöcken und runden Kisten gleich leer, und ihr eintöniger Anblick irritierte ihn ebensosehr wie das, was er scherzhaft die Holiday-Out-Einförmigkeit zu nennen pflegte, wenn er die Einrichtung von großen Hotels sah. An welchem interessanten Ort der Erde man sich auch befand, im Hotel war man stets mit immer jener gleichen abscheulichen Geschmacklosigkeit konfrontiert, die die Einrichter offenbar für Luxus hielten. Ob in Bombay, San Francisco oder Paris: im Innern dieser Kästen sah es immer gleich aus.

Griesgrämig ging Adrian zum Steuerraum, in dem Onalm bei seinem Eintreten sofort den Anblick des Kosmos von den fensterförmigen Bildschirmen oben in der diamantförmigen Kuppel verschwinden ließ, so daß ihm jede Sicht ins All genommen war.

»Glaube mir, es ist nur zu deinem Besten«, sagte Onalm, dem Adrians Niedergeschlagenheit offenbar nicht entgangen war. »Ers Radenack hat mir versichert, du würdest zweifellos von heftigen Halluzinationen heimgesucht werden, wenn ich nicht solche Vorkehrungen treffen würde. Dein Nervensystem muß sich allmählich an die neue Situation gewöhnen.«

Adrian zuckte die Achseln und sagte bissig: »Die Umsicht von Ers Radenack ist herzerwärmend, aber ich würde diesen Wohltäter jetzt doch lieber mal persönlich treffen, damit ich ihm ein Wort des Dankes übermitteln kann.«

Onalm ignorierte Adrians schlechte Laune.

»Dann kann ich dir hiermit die erfreuliche Mitteilung machen, daß wir die Zone des Treffpunkts erreicht haben. Es dauert jetzt wahrscheinlich nicht mehr lange, bis wir ihm gegenüberstehen.«

»Na und worauf warten wir dann noch?« sagte Adrian gedehnt.

»Die Zone des Treffpunkts erstreckt sich über ein Gebiet von drei Milliarden Kubikkilometern, denn nur so ist eine sichere Begegnung zu garantieren. Unsere Tastapparatur, die den Kontakt vorbereiten wird, hat ihren eigenen Rhythmus. Maximal dreizehn Stunden sind dazu erforderlich.«

»Eine wirklich praktische Verabredung«, erwiderte Adrian sarkastisch. »Zuerst vier Tage reisen, und dann noch einmal dreizehn Stunden suchen.«

»Vielleicht sollten wir etwas essen«, versuchte Onalm ihn abzulenken.

»Ach nein, danke, ich stehe nicht besonders auf Kleister.« Mit mürrischem Gesichtsausdruck verließ Adrian die Kabine und suchte mit langen Schritten seinen Schlafplatz auf.

»Also wieder zurück ins Ei wie ein dummes Küken«, murmelte er, während er hineinkroch. Doch er war viel zu verärgert, um schlafen zu können. Außerdem spürte er in seinem Nacken immer noch das unangenehme Brennen des Linguasizers, den der Psomptor dort implantiert hatte. Onalm hatte ihm gesagt, diese biotronische Übersetzereinheit, die an seine Sprach- und Gehörorgane angeschlossen sei, ermögliche es ihm, alle wichtigen galaktischen Sprachen zu verstehen und sogar zu sprechen. Zum Lesen und Schreiben gab es eine ähnliche Einheit, doch da ein wesentlich schwererer medizinischer Eingriff erforderlich gewesen wäre, um sie zu implantieren, hatte der Psomptor dies vorsichtshalber unterlassen. Adrian wälzte sich ruhelos herum, ohne in seinem Innern den Weg zur Ruhe und Entspannung finden zu können. Wellen der Frustration wogten mit immer größerer Macht in ihm auf. Er fühlte sich hilflos, obwohl er gerade das am allerwenigsten sein wollte. Sein Ärger konzentrierte sich auf Onalm. Er fing an, den Glifon zu verdächtigen, daß dieser ihm etwas vormache und daß das Ziel ihrer Reise vielleicht ein völlig anderes sei, als irgendwo im Weltall Radenack zu treffen. Übrigens dachte er an den Träger dieses Namens mit dem größten Abscheu. Von Minute zu Minute wurde Adrian mißtrauischer, weil er keinen Blick nach draußen werfen durfte. Warum enthielt ihm Onalm jeden Blick in den Kosmos vor? Welchen Schaden hätte der Anblick des Weltalls bei ihm anrichten können? Immer mehr kam er zu der Überzeugung, daß die Geschichte, die dieser Glifon ihm erzählt hatte, nicht stimmte. Auch an die scheinbare Einsamkeit im Raumschiff glaubte er plötzlich nicht mehr so ganz. So ein großes Raumschiff, und nur leere Räume! Da fiel ihm auf, daß er nirgendwo eine Ladung entdeckt hatte, obwohl er sich alle Räume angeschaut hatte. Er konnte sich aber deutlich daran erinnern, daß der Glifon ein paarmal über eine Ladung gesprochen hatte. Er kam sich plötzlich wie ein großer Idiot vor. Natürlich! Wie hatte er das nur übersehen können! Er hatte zwar alle Gänge und alle Räume des Schiffes betreten und nichts darin gefunden, aber diese lagen alle auf einer Ebene. Da er bei seinem Rundgang automatisch wieder an seinem Ausgangspunkt angekommen war, hatte er angenommen, er habe alles gesehen — er hatte ja auch nirgendwo Treppen, Lifte oder irgendwelche andere Verbindungen bemerkt, die eine vertikale Bewegung in ein anderes Stockwerk des Raumschiffs ermöglicht hätten. Nach Onalms Erzählungen mußte es ein gigantisches Schiff sein. Sogar einen kleinen Raumkreuzer sollte es an Bord geben. Über oder unter ihm mußten sich noch weitere Räume befinden, davon war er jetzt überzeugt. Doch wie konnte man dorthin gelangen? Adrian kroch aus dem Ei, das sich wie gewöhnlich leise summend um ihm schloß. Sorgfältig suchte er den Gang nach einem Hinweis ab, aber vergeblich.

Bei der Lösung des Rätsels konnte nur Onalm ihm helfen. Er betrat den Steuerraum, und Onalm schaltete wie gewöhnlich sofort den Bildschirm aus. Der flüchtige Blick, den Adrian darauf werfen konnte, verriet nicht viel. Ein paar offenbar weit entfernte, tiefrot gefärbte Sterne schienen die nächsten Himmelskörper zu sein. Adrian unterdrückte seine Verärgerung darüber, daß ihm die Aussicht auf das All verwehrt wurde, und begrüßte Onalm überschwenglich.

»Hast du gut geschlafen?« fragte dieser.

»Aber natürlich«, antwortete Adrian unschuldig. »Ich wurde allerdings von einem Gepolter aufgeweckt. Ich glaube, es kam irgendwo von unten.«

Onalm reagierte nicht.

»Wie sieht's aus? Hast du Radenack schon ein Signal gegeben?«

Onalm antwortete ausweichend: »Ich weiß nicht genau, was los ist, aber komischerweise habe ich bis jetzt keins von den vereinbarten Signalen finden können. Bei der Ankunft in einem Begegnungsgebiet hinterlassen wir gewöhnlich an bestimmten Stellen Signale, die die Suche vereinfachen und gleichzeitig anzeigen, daß alles nach Wunsch verlaufen ist.«

»Am Ende taucht unser Freund gar nicht auf«, entfuhr es Adrian, »dann mußt du mich den ganzen Weg wieder zurückbringen.«

»Wenn du zur Erde zurückkehren würdest, würdest du den Sgriars nicht lange verborgen bleiben. Die zwei Bülte haben mittlerweile eine ansehnliche Rechnung mit dir zu begleichen.«

»Oh, dann soll ich wohl den Rest meines Lebens hier an Bord verbringen.«

»Nur immer mit der Ruhe«, versuchte Onalm ihn zu besänftigen. »Wenn wir Ers Radenack gefunden haben, kommt alles wieder in Ordnung. Er wird dafür sorgen, daß die Dinge wieder ins Lot kommen.«

»Na, dann gehe ich mal was essen«, sagte Adrian. »Bei dem Gepolter da unten ist an Schlafen sowieso nicht zu denken.«

Onalm reagierte wieder nicht. Adrian verließ die Kommandobrücke und betrat den Gang, der zur Essenskabine führte, blieb aber in einer Nische stehen und harrte der Dinge, die da kommen würden. Nach einer Weile hörte er ein Summen und sah, wie sich die Zugangsröhren auseinanderbogen, um Onalm durchzulassen. Mit seinem bemerkenswerten tänzelnden Gang eilte er an Adrian vorbei, ohne ihn zu bemerken. Der Lichtstreifen über ihm an der Decke paßte sich seinem Tempo an. Adrian ließ Onalm einen gehörigen Vorsprung und folgte ihm dann so vorsichtig wie möglich.

Plötzlich hörte er seltsame Piepsignale und spürte ein sanftes Beben in den Wänden. Hinter der nächsten Kurve sah er, was los war. Ein Stückchen weiter versank

Onalms Oberkörper samt einem großen Teil des Gangs allmählich im Boden. Damit hatte er nicht gerechnet. Mindestens neun Meter Gang verschwanden in der Tiefe. Der Boden des Gangs wurde zu einem Graben, der immer tiefer sank, bis er die nächsttiefere Etage erreicht hatte. Nachdem Onalm nicht mehr zu sehen war, federte der versunkene Teil des Gangs weich in seine ursprüngliche Position zurück. Mindestens siebzig Personen konnten nach Adrians Schätzung auf diese Weise gleichzeitig die Etage wechseln.

Vorsichtig betrat Adrian den verbiegbaren Teil des Gangs und durchquerte ihn. Dahinter wartete er. Schon nach einer Viertelstunde setzte sich der Gang erneut in Bewegung. Onalm wurde allmählich wieder sichtbar. Er trug eine seltsame Kappe, aus der in Augenhöhe zwei rüsselartige gerippte Schläuche ragten. Die Röhren trafen auf dem Hinterkopf zusammen und waren dort mit einem querstehenden schmalen Zylinder von etwa zwanzig Zentimetern Länge verbunden. Die Vorderseite der Kappe umschloß ein schmales fensterförmiges Gitter. Augenlöcher konnte Adrian eigenartigerweise nicht entdecken, aber er hatte auch keine Zeit, sich die Maske genauer anzuschauen, da Onalm schnell zurück in Richtung Steuerraum tänzelte. Bevor der bewegliche Gangteil seine alte Position wieder erreicht hatte, drückte Onalm mit einer Hand gegen die rechte Seitenwand.

Adrian wartete einen Moment lang, bevor er seine Entdeckungsreise antrat. Dort, wo er Onalm hatte hantieren sehen, tastete auch er nun die Wand ab. Eine Zeitlang fummelte er ergebnislos herum, doch plötzlich fing der Gang erneut an zu sinken. Adrian hatte seine zusammengedrückten Fingerspitzen genau auf die Stelle in der Wand gelegt, die auch der Glifon zuvor berührt hatte.

Sanft sank er in die Tiefe. Der Teil des Ganges, in dem er sich befand, paßte genau in einen viele Meter tiefer gelegenen Röhrengang von gleicher Größe. Auch in dieser Röhre folgte ihm das Licht, wenn auch wesentlich schwächer und gedämpfter.

Hier gab es keine Röhrentüren. Da und dort kam er an ein paar trapezförmigen roten Flecken auf den Seitenwänden vorüber, die von vielen Nähten durchkreuzt waren. Vielleicht waren es Luken, hinter denen sich Räume befanden. Doch da sie sich bei seinem Nähertreten nicht öffneten und er auch keine Möglichkeit sah, sie selbst zu öffnen, wurde er nicht viel klüger. Am Ende mündete der Gang in einen sehr kleinen Raum, der vermutlich unter dem Steuerraum lag. Im schwachen Lichtschein sah er ein paar technische Apparate, deren Funktion er nicht erraten konnte. Er beschloß, sie vorläufig nicht anzurühren, um nicht vorzeitig entdeckt zu werden. Aus irgendeinem Grund war er davon überzeugt, daß diese Expedition ihn zu etwas Wichtigem führen würde. Es schien ihm kein Zufall zu sein, daß Onalm diesen Teil des Schiffes vor ihm verborgen gehalten hatte. Dies bestärkte ihn in seiner Annahme, daß der Glifon ihm etwas vorspiegelte — vielleicht waren sie gar nicht zu Radenack unterwegs. *Wrsss* ... Eine große Luke in der Wand rollte zur Seite, als er nähertrat. Ein schwachblauer Schein erleuchtete einen großen, wabenartigen Raum. Ein leicht bitterer Geruch lag in dem lauen Luftstrom, der Adrian streifte, als er den Raum betrat. Überall standen mannshohe Kugeln mit leicht abgeflachtem Boden und einem Deckel aus einer dünnen Scheibe, die, wie Adrian feststellte, drehbar war. Die erste Scheibe konnte er mit seinen Händen leicht herumdrehen, bis plötzlich der letzte Teil hochsprang, als ob sich in der Kugel ein enormer Druck entwickelt hätte. Die Kugel war leer, doch ein würziger, sehr bitterer intensiver Geruch stieg daraus empor und machte seine Augen tränen. Er legte die Scheibe rasch wieder auf das Kugelfaß und verschloß sie fest. Dann öffnete er ein anderes Faß, und der gleiche Geruch, diesmal sogar noch etwas stärker, legte sich erneut auf seine Schleimhäute. Diese Kugel war bis zum Rand gefüllt mit einem grüngelben Gelee, in dem azurblaue Stücke und Brocken einer lederartigen Substanz eingebettet waren, die in ihrer Form an kleine Kekse erinnerte: Hämocyanin — der Name einer kupferhaltigen blauen Flüssigkeit trieb eine Zeitlang auf der Oberfläche seines Geistes, bis er diesen Gedanken als unzutreffend verwarf.

Er hob einen stabförmigen Gegenstand vom Boden auf, der wahrscheinlich von einem der Deckel abgebrochen war, und rührte damit vorsichtig durch den Brei. Dabei fiel ihm auf, daß die lederartigen Brocken leicht erzitterten, sobald er sie auch nur kurz mit dem Stab berührte. Die Stücke schienen alle gleich groß zu sein. Bei einer Länge von ungefähr fünfunddreißig Zentimetern hatten die zylinderförmigen Stücke an der dicksten Stelle einen Durchmesser von ungefähr fünfundzwanzig Zentimetern und verjüngten sich zum anderen Ende hin auf zehn Zentimeter. Die Azurfärbung an den Enden war intensiver als die der lederartigen Umhüllung des Zylinders. Außerdem zählte Adrian fünf Löcher an der Stelle mit dem größten Durchmesser und zwei am dünnen Ende. Das Faß war vollgepfropft mit diesen Brokken. Siebzehn solcher Kugelfässer befanden sich in dem Raum, die alle auf der Drehscheibe das gleiche Symbol trugen, das offenbar mit fluoreszierender Farbe aufgemalt worden war, denn es leuchtete in der Dunkelheit giftgrün. Ein paar Meter weiter fand er eine weitere Stellage mit einer mindestens ebensogroßen Anzahl kugelförmiger Fässer. Zwar waren diese mit einem anderen Symbol versehen, doch bemerkte Adrian beim Öffnen auch hier den gleichen bitteren Geruch. Nur hatten die azurblauen Stücke, die sich in dem grüngelben Gelee befanden, eine andere Form: Es waren Röhren, die zapfenförmig zuliefen und sich von zehn am einen auf fünf Zentimeter Durchmesser am anderen Ende verjüngten. Am schmaleren Ende war aus der gleichen lederartigen Substanz eine flexible vertikale Scheibe befestigt, eine Art Rad — das allerdings nicht drehbar war — aus einem weichen pelzigen Material mit geripptem, hornartigem Rand. Die Gesamtlänge der Röhre inklusive Scheibe betrug höchstens zwanzig Zentimeter. Bei jeder Berührung ging ein Zittern durch die Scheiben.

Adrian verschloß das Faß wieder und sah ein paar Meter weiter im Dämmerlicht undeutlich eine dritte Stellage, auf der ebenfalls eine Reihe von Fässern stand. Er tastete sich tiefer in den Raum vor. Die einzige Lichtquelle befand sich in der Mitte der Decke — ein fahler blauer Lichtfleck, der die äußersten Ecken des Raumes nicht erreichte. Adrian sah so gut wie nichts und verließ sich fast ausschließlich auf seine Hände. Plötzlich stieß er unerwartet auf die gegenüberliegende Wand des Raums. Vorsichtig schob er sich an der spiegelglatten Mauer entlang, bis er auf ein weiteres Hindernis stieß. Offenbar eine Art Schaltbrett. Vielleicht für das Licht? Er ließ seine Hände langsam über die Oberfläche gleiten und versuchte, einen Hebel mit sanftem Druck nach unten zu bewegen. Mühelos, als ob er aus Luft wäre, gab er nach. Kurze Zeit herrschte Stille. Dann rollte rechts von ihm mit lautem Krachen eine Luke hoch, die ein Meer von weißem Licht freigab.

Geblendet von der Helligkeit stand er eine Weile angespannt da und horchte, ob der Lärm Onalms Aufmerksamkeit erregt hätte. Es blieb jedoch still. Der neue Raum lag ein Stück tiefer und war über einen Zugangsweg zu erreichen, der ziemlich steil ein oder zwei Meter abfiel. Der Boden war aus einem glänzenden, bronzefarbenen Material, ebenso wie die Wände und das große Bassin, das Adrian vor sich sah. Der riesige Behälter war ungefähr ein Meter tief und mündete in einer trichterförmigen Rinne, die bis zu einer Stelle in der Außenwand abwärts verlief, an der sich offenbar eine Art Luke befand. Über dem Bassin zählte Adrian in der rechten Wand mehrere kreisförmige Löcher, die mit Gittern abgedeckt waren. Aus irgendeinem Grunde gefiel ihm der sterile Anblick, den dieser blitzblanke Raum bot, ganz und gar nicht. Ihm war unbehaglich zumute. Er drehte sich um und wollte gerade zurückgehen, als er ein Geräusch zu hören glaubte. Regungslos horchte er. Waren das Stimmen, die gedämpft durch eine Wand drangen? Adrian bewegte sich langsam auf das Geräusch zu. In der Nähe der Stellagen schien es etwas lauter zu werden. Eindeutig hörte er jetzt ein vages Gemurmel. War er doch nicht der einzige Gast an Bord? Zwar wußte er immer noch nicht genau, ob er nun Gast oder Gefangener war, doch war ihm das im Augenblick sowieso egal. Wer außer ihm mochte in diesem Raumschiff sein? Das war die einzige Frage, die ihn im Augenblick beschäftigte. Nun war es ganz deutlich zu hören: Es gab noch mehr Passagiere an Bord. Das Gemurmel war zwar unverständlich, doch bezüglich seines Ursprungs bestand kein Zweifel. Keine Maschine könnte solche Laute produzieren. Die Geräusche kamen aus den Fässern. Mit größter Mühe gelang es ihm, ein Faß zur Seite zu rükken. Er stemmte sich mit dem Rücken gegen das Faß und stieß sich mit seinen Füßen an einer Reihe weiterer Fässer ab; auf diese Weise gelang es ihm, ein Faß nach dem anderen von der Stelle zu bewegen. So bahnte er sich allmählich einen Pfad nach hinten und näherte sich der Quelle des Geräuschs. Es schien, als ob das Gemurmel lauter würde, je näher er kam. Keuchend verschob er noch einmal ein paar Fässer. Bald würde er mehr wissen. Der Schweiß lief ihm übers Gesicht, doch er kam vorwärts. Jetzt noch ein letztes Faß, das ihn noch von dem Geräusch zu trennen schien. Es setzte sich nur sehr schwerfällig und unter Aufbietung größter Anstrengung in Bewegung. Als soviel Raum entstanden war, daß er sich zwischen Wand und Faß hindurchschlängeln konnte, hielt er voller Spannung Ausschau nach dem Ursprung des Geräuschs. Er wußte selbst nicht, was er erwartet hatte, doch das, was er sah, war es auf keinen Fall gewesen. Enttäuscht stand er vor einem Faß wie all den zahllosen anderen, die er hatte verschieben müssen, um an diese Stelle zu gelangen. Als er jedoch die Kugel berührte, schwoll das Gemurmel im Innern erheblich an. Wieder packte ihn die Neugierde. Was mochte sich nur in dieser Kugel befinden?

In dem spärlichen Licht, das bis in diese Ecke vordrang, öffnete er vorsichtig den Drehverschluß. Wie bei den anderen Fässern ließ er sich auch bei diesem mühelos aufdrehen. *Wong!* Die Scheibe schoß mit einem Knall hoch wie der Korken einer Champagnerflasche. Gleichzeitig wurde das Gemurmel viel lauter. Es klang nun aufgeregt und war mindestens zwei ganze Töne höher. Im Tank wurde ein Gluckern hörbar. Adrian sah, daß sich in der Kugel, die ihm bis auf Brusthöhe reichte, etwas bewegte. Doch was es war, konnte er in dem spärlichen Licht nicht erkennen.

Klatsch — ein Strahl einer Flüssigkeit schoß aus dem Faß und traf Adrian am rechten Oberarm. Igitt! Das war das grüngelbe, bitter stinkende Zeug, das er schon von den anderen Fässern kannte, die er geöffnet hatte. Ein schriller Schrei ging Adrian durch Mark und Bein und ließ sein Blut gefrieren. Gleichzeitig sprang etwas aus dem Faß. Da es hinter ihm landete, konnte er nicht erkennen, was es war. Das Gemurmel im Tank verstummte abrupt. Hinter dem Faß ertönte noch einmal ein Schrei. Dann sprangen mehr Dinger aus dem Faß, eines nach dem anderen. Adrian sah, daß es große blaue, dreieckige Kreaturen mit einem ovalen Maul und dreieckigen Zähnchen waren. Die Wesen bestanden hauptsächlich aus einem Kopf. An der Stelle, wo Adrian Ohren erwartet hätte, saßen lange runzelige Pfoten, die in einer dreifingrigen Kralle endeten. Er versuchte, das Faß zu verschließen, um den sich ergießenden Strom von blauen Köpfen aufzuhalten, die sich jetzt zu Dutzenden gleichzeitig einen Weg in die Freiheit bahnten, aber es gelang ihm nicht mehr, denn der Deckel war hinter das

Faß gefallen. Die meisten Köpfe flüchteten sich auf ihren Beinen sofort in die sichere Dunkelheit zwischen den Fässern. Einer landete dicht neben Adrian auf dem Boden, so daß er das abstoßende Monsterchen gut erkennen konnte. Es hatte ebenso wie die anderen die Augenlider geschlossen. Mit dem Fuß schob Adrian das Wesen ins Licht und beugte sich darüber. Plötzlich öffneten sich die drei Augen des kleinen Ungetüms, und Adrian schlug mit einem Schmerzensschrei die Hände vor seine Augen. Es war, als hätte er direkt in den Scheinwerfer eines Leuchtturms geschaut, so stark brannte der Blick des Wesens auf seiner Netzhaut. Stöhnend stand er da und versuchte verzweifelt, sich zu erholen. Er kniff seine Augen fest zu, doch auf der Netzhaut erschien zwischen farbigen Klecksen, Streifen, Kugeln und Sternen das Bild des Wesens. Er sah deutlich den großen Kopf mit den zwei Beinen auftauchen. Dann öffnete Adrian die Augen, doch das Bild war nach wie vor da.

»Ich bin blind«, schrie er und versuchte in Panik, davonzulaufen, wobei er ständig gegen Fässer stieß. Der grimmige Kopf des Tiers füllte nun seine ganze Netzhaut aus: das Maul, die Beine und die drei sengenden Augen. Sie waren immer da, ob er seine Augen geöffnet oder geschlossen hielt. Stolpernd und strauchelnd versuchte er, sich so rasch wie möglich zu entfernen. Er war völlig in Panik. Der Verlust seines Sehvermögens erschreckte ihn so sehr, daß er jegliche Beherrschung verlor. Das Bild des Wesens blitzte kurz auf. Einen Augenblick später blitzte es wieder auf. Beim dritten Mal sah Adrian, daß ein anderes Bild an die Stelle des ersten getreten war. Beim viertenmal blieb das Bild eine halbe Sekunde lang präsent, lange genug, um den Hebel in der Wand zu erkennen, den er zuvor auf gut Glück betätigt hatte. Das Bild des Hebels tauchte nun in seinem Geist abwechselnd mit dem des schrecklichen Kopfes auf. Adrian rannte, obgleich er nicht sehen konnte, wohin. Krachend prallte er gegen irgend etwas. Er streckte seine

Hände als Fühler aus und tastete sich weiter vor. Der Hebel, das Tier, der Hebel, das Tier, brüllte es in seinem Geist, ohne daß er eine Möglichkeit gesehen hätte, sich von diesen Zwangsvorstellungen zu befreien. Er strich mit seinen Händen über die glatte Oberfläche einer Wand, bis er abrupt stehenblieb, weil er etwas fühlte, das ihm bekannt vorkam. Der Hebel! Gleichzeitig war das Bild dieses Handgriffs im Close-up in seinem Geist aufgeblitzt und blieb ihm nun konstant wie ein Standbild vor Augen. Er öffnete die Augen — oder schloß er sie? Er wußte es nicht. Er spürte den Hebel und sah den Hebel und wußte doch, daß er ihn nicht selbst sah. Das Bild bohrte sich in seinen Geist. Dann fing die Stange an sich zu bewegen. Langsam schwenkte sie nach links, richtete sich ein wenig auf und wurde dann nach außen gedrängt. Unterdessen spürte Adrian, daß der Hebel sich in seinen Händen nicht bewegt hatte. Wieder bewegte sich der Hebel in seinem Geist auf die gleiche Weise. Gleichzeitig blitzte ein neues Bild auf, doch ebenso wie das vorige anfangs zu kurz, als daß man es hätte erkennen können. Doch diesmal verstand Adrian die Bedeutung schon beim fünften Aufblitzen. Das Bild, das er nun schon einige Sekunden lang sah, war das Bild, das von seinen eigenen Augen erzeugt wurde: das von ihm unmittelbar wahrgenommene Bild des Hebels. Ohne zu zögern bewegte Adrian den Hebel, so wie es ihm in seinem Geiste vorgemacht worden war. Ohne das Summen, Pfeifen und Klappern zur Kenntnis zu nehmen, das sich um ihn herum erhob, stand er wie versteinert da, während seine Hände den Hebel so fest umklammerten, daß seine Knöchel sich weiß färbten. Die Verzweiflung des letzten Strohhalms. Er wartete. Er wartete auf ein Zeichen des Wesens! Der Blick des Wesens veränderte sich nicht. Er bohrte sich unnachgiebig in seine verletzliche Seele. Doch die Belohnung kam. In Blitzaufnahmen wechselte das Bild des Wesens mit den Bildern seines eigenen Sehsinns ab, wobei die Bilder des eigenen Sehsinns allmählich die Oberhand gewannen. Nach ungefähr zehn Minuten tauchte das Bild des Monsters nur noch jeweils dann auf, wenn sich seine Augenlider in ihrem natürlichen Rhythmus schlossen, um seinen Augapfel vor Austrocknung zu bewahren. Das war zwar eine ziemlich anstrengende Art zu sehen, doch Adrian war schon dafür dankbar. Dies war zumindest ein Anfang auf dem Weg, wieder Herr seiner selbst zu werden. Dann schaute er sich um und sah, was er angestellt hatte.

Mechanische Arme in den Stellagen hatten die Deckel von den Fässern gedreht. Der Boden der Fächer bewegte sich langsam nach hinten, als handele es sich um ein Fließband. Am schmalen Ende eines jeden Fachs wurde eine Öffnung sichtbar, zu der die Kugeln nacheinander hinbewegt wurden, bis sie sich auf dem letzten Stück drehten und genau mit der Öffnung nach unten im Loch liegenblieben.

Adrian rannte in den angrenzenden Raum, in dem er das Bassin gefunden hatte. Ein unbeschreiblicher Anblick bot sich ihm. Aus den Löchern in der Decke strömte der Inhalt der Fässer nach unten. Im Bassin wimmelte eine azurblaue Masse in einem grüngelben Brei. Er zog sich vorsichtig zum Eingang zurück und beobachtete von dort aus das Geschehen. Er wollte kein Risiko eingehen und er wollte auch nicht noch einmal visuell gebrandmarkt werden. Deshalb war besondere Vorsicht geboten. Das Bild des Monsters war ohnehin noch in ihm.

Im Bassin wimmelte und glitschte es von Hunderten von Köpfen mit Beinen, die über und zwischen den blauen Brocken aus den anderen Fässern paddelten. Allmählich wurde ihm klar, was da vor sich ging. Er sah, wie sich manche Köpfe an jene blauen Gewebestücke hefteten, die er in den ersten Fässern entdeckt hatte. Ein Kopf schleppte eines jener Stücke mit sich und fand nach einer Weile eines der röhrenförmigen Teile mit dem radartigen Anhängsel. Die drei Stücke schienen perfekt zusammenzupassen. Zusammengebaut bewegte sich das Wesen plötzlich viel schneller, und die Bewegungen waren auch besser koordiniert und viel weniger ruckartig.

Adrian war inzwischen klar geworden, daß die drei unterschiedlichen Stücke eine zusammenhängende physiologische Einheit bildeten. Diese Wesen vermochten auch in Stücke zerlegt weiterzuleben und sich zum geeigneten Zeitpunkt und wenn alle notwendigen Teile vorhanden waren, aus eigener Kraft wieder zu ihrer ursprünglichen Form zusammenzufügen. Das Gewimmel in dem Bassin war ein bestürzender Anblick. In Adrian kam eine instinktive, maßlose Abneigung gegen das, was er sah, auf. Die Wesen, die sich vervollständigt hatten, versammelten sich in einer Ecke des Bassins, wo sie unter immer lauter werdendem Gemurmel nervös umeinanderwirbelten. Je mehr Wesen in der Ecke zusammenrückten, um so höher wurde jenes Gemurmel, das Adrian zuvor zu dem Faß mit den Köpfen gelockt hatte. Wahrscheinlich heckten sie wieder irgend etwas aus, vermutete er. Viel Zeit, um darüber nachzudenken, blieb ihm nicht, denn vor seinen Augen scharten sich die Wesen in der Ecke des Bassins zu einem massiven Block zusammen. Gleichzeitig kamen von hinten ein paar weitere mit hoher Geschwindigkeit auf die Gruppe zu, erhoben sich schließlich aus dem Brei und bewegten sich wackelnd über die Köpfe der anderen nach vorne, bis sie mühelos über den Bassinrand gleiten und ihre ersten Schritte in die Freiheit setzen konnten. »Schritte« war in diesem Fall übrigens nicht ganz der richtige Ausdruck, da sie sich senkrecht auf dem fleischigen Rad fortbewegten, dessen Hornränder für die Fortbewegung sorgten, die den rhythmischen Schlängelbewegungen einer Raupe ähnelte. Obgleich die radförmige Scheibe nicht drehbar war, entwickelten die Wesen mit Hilfe der Schlängelbewegungen eine erstaunlich hohe Geschwindigkeit.

Nachdem Adrian sich wieder einigermaßen beruhigt hatte, erschien es ihm am besten, sich so schnell wie möglich aus dem Staub zu machen, um Onalm über die neuesten Entwicklungen zu informieren. Ob er dies nun gerne tat oder nicht — er hatte keine andere Wahl. Die Frage, ob er Onalm vertrauen konnte, war im Augenblick zweitrangig. Er schloß seine Augen etwas länger, als der natürliche Rhythmus dies erfordert hätte. Der wüste Kopf des Wesens war immer noch da! Allerdings hatte es jetzt seine Augen geschlossen. Während in rasendem Tempo immer mehr von den Viechern aus dem Bassin auftauchten und wie nasse Hunde den klebrigen Gelee von sich abschüttelten, lief Adrian leise zurück zum Gang. Sein Verschwinden wurde entweder nicht bemerkt oder reaktionslos toleriert; jedenfalls empfing er keinerlei Signal, als er sich aus dem Raum entfernte. Nachdem er wieder in der oberen Etage angekommen war, rannte er so schnell er konnte zum Steuerraum, wo er Onalm anzutreffen hoffte. Er fühlte sich äußerst unwohl und war sehr unruhig, wofür er das Tier verantwortlich machte, das sich noch immer in seinem Geiste befand und darin herumwühlte.

Der Steuerraum war eine Oase der Ruhe, in sanftes rotes Dämmerlicht getaucht. Onalm war nicht da. Die riesigen Bildschirme, die das Dach der Kuppel bildeten, waren noch in voller Funktion. Ein gigantischer Himmelskörper, der in einen tiefvioletten Nebel gehüllt war, schwebte majestätisch im Kosmos — ein faszinierender Anblick. Adrian entdeckte in der Ferne noch vier weitere kleine Himmelskörper, die Licht aus einer Quelle außerhalb des Bildschirms jeweils in einer anderen Farbe widerspiegelten, wobei sich das Farbspektrum von eisigem Blau bis zu mattem Altrosa erstreckte. Er riß sich von der hypnotisierenden Schönheit der stillen galaktischen Riesen in der Kuppel los. Auf dem Gang hörte er schnelle Schritte. Onalm betrat hastig den Steuerraum.

»Wo bist du denn die ganze Zeit gewesen? Ich habe

dich gesucht«, sagte er, und ohne die Antwort abzuwarten, fuhr er fort: »Wir haben große Probleme. Irgendwie haben die Amatokdes es geschafft, auszubrechen. Wir müssen uns beeilen, bevor sie anfangen, sich spontan zu intranimieren!«

»Ich fürchte, ich bin an dieser Sache nicht unbeteiligt«, versuchte Adrian seine Gewissensbisse zu artikulieren, aber Onalm hörte ihm gar nicht zu. Er drückte heftig auf einige Knöpfe und während auf dem Bildschirm der untere Teil des Schiffes auftauchte, winkte Onalm Adrian aufgeregt zu.

»Komm hierher, dann zeige ich dir unsere Probleme bei lebendigem Leibe!«

»Ich habe es schon ...« — ›gesehen‹ hatte er noch hinzufügen wollen, doch das letzte Wort war ihm in der Kehle steckengeblieben. Das Wesen in ihm hatte sich gerührt und ihn zum Schweigen gebracht — eine absurde, Zensur, gegen die er sich nicht wehren konnte.

Onalm merkte nichts von Adrians Problemen. Er war völlig in die chaotischen Bilder aus der unteren Ebene des Raumschiffs vertieft.

»Bei Baklans schreienden Mondralen, das ist ja noch viel schlimmer, als ich geglaubt habe! Alle Amatokdes sind im Begriff, sich frei zu intranimieren! Wie ist das nur möglich! Da ist nichts mehr einzudämmen! Ein ganzes Quadrip Amatokdes entsäuert! Siebenhundertneunundfünfzig widerspenstige Passagiere mit schädlichen Gedanken. Wehe uns!« Jammernd und mit bestürztem Gesichtsausdruck starrte Onalm auf die Schirme. Adrian bekam Beklemmungen. Er spürte, daß das Wesen in ihm wieder aktiv geworden war. Wenn er die Augen schloß, sah er dem scheußlichen Kopf direkt in die drei geöffneten Augen, ein Anblick, den er möglichst vermeiden wollte. Deshalb hielt er so lange, wie es nur ging, die Augen offen, um dann nur ein paarmal blitzschnell zu blinzeln, wenn er den brennenden Schmerz seiner trockenen Augäpfel nicht mehr ertragen konnte.

Er war fest entschlossen, dagegen anzukämpfen, auch wenn er nicht wußte wie.

»Was sind die Amatokdes für Wesen?« fragte Adrian und versuchte, das Viech in seinem Innern zu ignorieren.

»Es sind Bewohner des sumpfigen Planeten Urlan. Sie leisten als Gräber in den Pulva-Minen von Kralta hervorragende Dienste. Die Amatokdes verfügen nämlich über eine kinetische Sendekraft. Wenn eine genügend große Zahl von ihnen zusammenkommen, können sie mit Hilfe dieser Kraft Materie fortbewegen. In noch größerer Zahl können sie sogar Materie verändern. Wir benutzen beispielsweise hohe Konzentrationen von Amatokdes in unseren chemischen Gärten und in den biotronischen Ateliers, wo sie chemische Zusammensetzungen zeitweilig verändern können. Man muß allerdings sehr vorsichtig mit ihnen umgehen, denn schon ein einziges Exemplar über eine bestimmte kritische Menge hinaus verändert die Kraft und die Möglichkeiten der gesamten Gruppe. Deshalb darf niemals mehr als ein Quadrip in einem Raumschiff transportiert werden: siebenhundertneunundfünfzig Amatokdes, die außerdem für den Transport sorgfältig in drei Teile zerlegt und in Bittersäure konserviert werden müssen; nur so kann man die Reise wagen. Aber auch dann noch besteht die Gefahr, daß sich ihre Kine-Kraft bündelt. Doch bevor sich die Kraft auf die Seele oder auf den equilibrischen Antrieb der Motoren auswirkt, können wir diese durch manuelles Eingreifen und durch Tele-Reduktion ausschalten, aber das bezieht sich auf zerlegte Amatokdes. Was uns jetzt erwartet, ist die hoch-spansorische Kine-Kraft integrierter Einheiten, und ihnen vermögen die automatischen Schutzvorrichtungen kaum standzuhalten.«

Adrian hatte die ganze Zeit über kein Wort herausbringen können. Er kämpfte gegen das Wesen in seinem Innern, das ihn unaufhörlich seiner Willenskraft beraubte und sein Gehirn mit immer neuen Aufträgen füllte. Das Bild des Steuerraums veränderte sich auf Adrians Netzhaut. Acht dünne, zusammengenietete Zylinder, die sich in Wirklichkeit hinter seinem Rücken auf der anderen Seite des Steuerraums an der Wand befanden, standen plötzlich im Close-up in seinem Geist. Zwei Hände holten aus einem Schlitz einen scharfen Stab, der einer Aale ähnelte; dieser wurde mit großer Kraft in das kristallartige glänzende Zentrum des Zweigrohrs gestoßen, in das die Zylinder einmündeten. Dies wiederholte sich mit immer größerer und roherer Gewalt.

Adrian schnappte nach Luft und versuchte, sich gegen die Suggestionen des Monsters zur Wehr zu setzen, indem er sich zu anderen Gedanken zwang. Aber er hatte keine Chance. Ein quälender Kopfschmerz wurde immer stärker, bis er das Gefühl hatte, sein Kopf würde zerplatzen, als ob er von innen unter enormen Druck gesetzt würde. Verkrampft näherte sich Adrian dem Instrumentarium, das sich ihm so hartnäckig aufdrängte. Onalm beachtete ihn nicht, sondern drückte nervös auf Knöpfe, die immer wieder andere Bilder der Ereignisse im Umkreis der Amatokdes lieferten. Die gellenden Befehle in Adrians Geist betäubten seinen Willen und lähmten sein Sprachzentrum. Zwar war in einem Teil seines Gehirns noch der vage Impuls vorhanden, Onalm zu warnen, doch machte das Tier es ihm unmöglich zu sprechen. Er wußte, daß er sich von dem unerträglichen Schmerz nur durch Handeln befreien konnte, und das tat er dann auch. Ohne etwas zu sehen, fand seine Hand den messerscharfen Gegenstand, den das Bild ihm beschrieben hatte, und stieß ihn in einem blinden Kraftakt tief in das empfindliche Gerät. Eine Fontäne farbiger Lichtstrahlen ergoß sich knisternd in den Raum. Ein durchdringendes Arpeggio aus fünf hohen Tönen erschallte und wiederholte sich mit beängstigender Lautstärke. Gleichzeitig fingen die malträtierten Zylinder in einer unverständlichen Sprache schrill zu schreien an. Die beiden folgenden Stöße zerstörten den transparenten Innenteil des Zweigrohrs, und der Farbenregen verblaßte zu einem matten Flackern. Sein Arm hob sich zu einem weiteren Stoß, doch mußte er plötzlich mit einem krampfhaften Zucken sein Zerstörungswerk abbrechen, da Onalm sich Adrian von hinten genähert hatte und eine Metallklammer über seine Schultern warf. Ein brennendes Prickeln lief über sein Rückgrat, wodurch er zusammenbrach und keuchend auf den Kabinenboden fiel. In dem Mahlstrom von Bildern, die durch seinen Kopf rasten, erkannte er das besorgte Gesicht Onalms, der sich über ihn beugte. Er wollte Onalm etwas sagen, ihm etwas zurufen, etwas zuschreien, aber der Schrei kam nicht über das Innere seines Schädels hinaus. Ein schreckliches Gefühl der Machtlosigkeit und Einsamkeit breitete sich in ihm aus und erzeugte eine erschreckende Stille in ihm. Verstört schaute er Onalm an, der das beschädigte Instrumentarium zum Schweigen brachte.

Allmählich erlangte Adrian sein Sprechvermögen wieder. Mühsam und unter Stöhnen beichtete er Onalm seine Expedition zum tiefergelegenen Teil des Raumschiffs und erzählte ihm von seinen Erlebnissen mit den Amatokdes einschließlich der unglückseligen Folgen.

»Jetzt wird mir alles klar«, sagte Onalm. »Du trägst das Zeichen der Amatokdes. Es ist ein Wunder, daß du die Spannung ertragen kannst. Ich als Glifon kann mich den Amatokdes nur mit einer speziellen Fludo-Maske nähern, die die Sinne abschirmt. Wenn ich den Amatokdes ohne Maske entgegentreten würde, wäre es um meinen Geist geschehen.«

»Hast du solch eine Maske für mich?« stöhnte Adrian. »Ich muß das Biest loswerden. Es sitzt die ganze Zeit in meinem Kopf.«

»Tja, du könntest es versuchen, aber ich fürchte, daß es jetzt nicht mehr wirkt. Du bist schon von den Amatokdes gezeichnet. Die Maske ist eigentlich nur als Präventivmaßnahme gedacht.«

Trotzdem kam Onalm kurze Zeit später mit einer schwarzen Kappe zurück, die genauso aussah wie das Exemplar, das er getragen hatte, als er aus dem beweglichen Gang gekommen war. Von heftigen Schwindelanfällen gequält erhob sich Adrian. Er lehnte sich gegen die Wand und probierte die Maske an. Sein Kopf verschwand tief in der Kappe und wurde völlig von ihr umschlossen. Nach einer Weile sah er im Stockfinsteren auf Augenhöhe flammendrote Konturen erscheinen. Onalms Stimme drang krächzend zu ihm. Die Laute kamen von einer Stelle knapp über Ohrhöhe.

»Kannst du etwas sehen?« fragte Onalm.

»Ich sehe nur rot-schwarz«, antwortete Adrian langsam, wobei er seine eigene Stimme viel lauter als normal hörte. »Alles ist in einer dünnen roten Linie abgezeichnet. Ich sehe nur die Umrisse der Dinge, und hier und da ein paar Details.«

»Was siehst du von meinem Kopf?«

»Nur den Umriß, einen Mund, Nase und Augen in feurigem Rot«, antwortete Adrian.

»Prima«, entgegnete Onalm. »Dann funktioniert die Kappe auch bei dir. Und wie steht es jetzt mit dem Zeichen der Amatokdes?«

»Ich sehe es noch, aber viel verschwommener.«

»Dann hast du Glück gehabt«, stellte Onalm überrascht fest. »Sobald du allerdings die Maske abnimmst, können die Amatokdes dich wieder ungehindert erreichen, und zwar so lange, bis sie wieder zerlegt sind und in Bittersäure in ihren Fässern schwimmen. Doch wird es uns wahrscheinlich kaum gelingen, sie dorthin zu befördern.«

»Jedenfalls fühle ich mich mit dieser Maske viel besser. Das Wesen in meinem Kopf ist jetzt wesentlich ruhiger. So werde ich schon mit ihm fertig, denke ich.«

»Das läßt hoffen«, bemerkte Onalm. »Denn der Schaden, den die Amatokdes durch dich den Telereduktern zugefügt haben, duldet keine Fortsetzung.«

»Meinst du, daß ich den Schutzmechanismus gegen die Amatokdes beschädigt habe?«

»Leider lautet der Schadensbericht: Funktionell zerstört. Der Selbstwiederherstellungsprozeß dieser Einheit wird lange Zeit dauern. Und während dieser Zeit wird die Verletzlichkeit des Schiffes und unserer beider Personen ein Höchstmaß erreichen. Doch dies muß zu den Problemen geringeren Ausmaßes gerechnet werden«, seufzte Onalm. »Der irdische Mensch ist eine merkwürdig ruhelose Brut. Obwohl ich den Erdbewohnern im allgemeinen und auch diesem Menschen Adrian im speziellen nicht ohne Wohlwollen begegne, ist die Situation, die durch diese leider typisch irdische Kombination von Neugierde und Mißtrauen entstanden ist, von außergewöhnlich bedenklicher Art. Es befinden sich nun siebenhunderteinundsechzig organische Verbrennungseinheiten an Bord, die in bezug auf ihre Energie alle von der gleichen Nahrungsquelle abhängig sind, welche für eine so riesige Gesellschaft nur sehr kurze Zeit ausreichen wird.«

»Ich gebe zu, daß ich dir nicht vertraut habe«, sagte Adrian, »und ich weiß nicht, was mit mir los war, aber es kam mir verdächtig vor, daß du mir kategorisch untersagt hast, durch die Kuppel zu schauen. Und als ich entdeckte, daß unter dieser Etage noch eine zweite lag, war ich mir sicher, daß irgend etwas nicht stimmte.«

»Vielleicht hätte ich dir mehr erklären sollen«, sagte Onalm niedergeschlagen. »Dann wäre es möglicherweise nicht zu einer Kontaktstörung zwischen uns gekommen. Ers Radenack hatte mich so davor gewarnt! Ich hätte an die zerbrechlichen Loyalitätsprinzipien denken müssen, die den irdischen Menschen charakterisieren, aber ich dachte, ich könnte dich am besten vor den Gefahren schützen, indem ich dich von den besonders riskanten Orten fernhielte. Eine fehlerhafte Spekulation.

Wie schade! Wir werden uns auf unsere Möglichkeiten bezüglich unserer nächsten Zukunft besinnen müssen. Und Ers Radenack macht es uns dabei auch nicht gerade leicht.«

»Wieso? Gibt es etwas Neues?« fragte Adrian überrascht.

»Ja, ich habe einen Schattenimpuls empfangen«, berichtete Onalm und fuhr mit einem fragenden Blick auf Adrian fort: »Ein Schattenimpuls ist eine codierte Nachricht, die auf einer bestimmten Frequenz zu einem bestimmten Reiseziel ausgesendet wird und die sich nach ihrer Ankunft so lange wiederholt, bis sie ihren Adressaten erreicht hat.«

Onalm lief nach hinten und drückte auf einen Knopf. Auf dem großen Bildschirm wurde eine Explosion von Punkten und Streifen sichtbar, die sich langsam gruppierten, bis das Gesicht von Ers Radenack erschien. Gleichzeitig ertönte die charakteristische heisere Stimme, die Adrian schon bei seiner ersten und einzigen Begegnung mit Ers Radenack erstaunt hatte.

»Lobenswerter Onalm. Mein Dank dir und den Deinen gegenüber ist sehr groß. Es ist eine dunkle Zeit für mich, einen schockierend Leichtsinnigen. Brachte ich zuerst einen Erdbewohner aus dem Gleichgewicht, so trifft mich jetzt wiederum Tadel, da mein Freund, der mir zu Hilfe kam, seinen Pfad besät findet mit bösen Trieben. Mein Bild erklärt Ihnen in aufrichtiger Sprache, daß ich nicht an Ort und Stelle ankommen werde, um die von uns geplanten Verrichtungen durchzuführen. Meine einsame Reise bringt mich, bedingt durch hartnäckige Gesellschaft aufgrund früherer Begegnungen, in eine erzwungene direkte Beziehung zu meinem Basisplatz. Unter Lobpreisungen bezüglich Ihrer Person werde ich später gerne ausführlich berichten über Ihre bereitwillige und tatkräftige Bemühung, den Erdbewohner vor einem tragischen galaktischen Schicksal zu bewahren. Innerhalb eines Zeitlimits, das Ihre heutige Tat nicht verdoppeln wird, werde ich mich aus der lästigen Klammer der Autoritäten befreien und mich auf der

Stelle an Sie wenden, um auszuführen, was wir heute hatten tun wollen. Ein Schattenimpuls möge mich leiten.«

Radenack verschwand von der Bildfläche, und die grünblauen Flecken und Streifen tanzten und hüpften wieder über den Schirm.

»So ganz verstehe ich das nicht«, sagte Adrian mürrisch, »aber ich habe den Eindruck, daß er vorläufig nicht kommen wird.«

»Eine richtige Interpretation der Botschaft«, erwiderte Onalm und fuhr zögernd fort: »Ers Radenack schlägt sich mit einer schweren Last von bedeutenden Problemen herum. Er wird kommen. Er ist hochqualifiziert.«

»Die Frage ist nur, wann«, fügte Adrian besorgt hinzu und setzte sich die Kappe auf, die er während des Berichts ausgezogen hatte.

Onalm wiederholte den Text: »›Innerhalb eines Zeitlimits, das Ihre heutige Tat nicht verdoppeln wird.‹ Das heißt, in irdischer Zeit gemessen maximal zweimal die Anzahl der Tage, die bis jetzt seit deinem Aufbruch von der Erde vergangen sind.«

»Noch einmal acht Tage!« rief Adrian erschrocken aus. »Wie sollen wir das bloß schaffen? Wir müssen etwas tun, sonst sehen wir Radenack nie mehr.«

Der Glifon schaltete den Bildschirm zurück auf die Situation im unteren Stockwerk des Schiffes. Fast alle Amatokdes hatten sich schon »intranimiert«, wie Onalm es nannte; »vervollständigt« schien Adrian ein besserer Ausdruck für den Vorgang. Nur noch einige wenige schwammen immer noch als Stücke ruhelos durch das Bassin. Adrian war der Verzweiflung nahe. Da saß er nun in einem Raumschiff mit fremden aggressiven Wesen gefangen, und die Chance, mit heiler Haut davonzukommen, wurde mit jeder Minute geringer.

»Was machen sie denn jetzt bloß?« fragte er.

Onalm gab keine Antwort, sondern starrte weiter konzentriert auf die Bildschirme. Einen Augenblick später konnten sie beobachten, wie ein riesiger Haufen von Amatokdes sich langsam in Bewegung setzte. In geschlossener Formation schwabberten die Wesen eine Abschrägung hinauf in den angrenzenden Raum, wo sich die Fässer befanden, die nun umgestoßen und leer durcheinander lagen. Onalm ließ das Bild dem Zug folgen. Offenbar war das den Wesen im unteren Stock aufgefallen, denn plötzlich erschien der abscheuliche dreieckige Kopf eines Amatokdes direkt vor der Linse der Kamera. Das Bild erzitterte. Blitzende Streifen schossen knisternd von links nach rechts, bis nichts anderes mehr zu sehen war als ein grellweißes, flackerndes Licht.

Onalm schaltete auf eine andere Kamera um, doch dadurch veränderte sich das Bild nicht. Erst sein fünfter Versuch stellte den Kontakt wieder her — aber nur für kurze Zeit. Doch bevor auch diese Kamera ausfiel, hatten Adrian und Onalm gesehen, daß die Amatokdes sich vor einer verschlossenen Luke zusammenscharten, die den Zugang zu den anderen Gängen des Schiffes versperrte.

Onalm murmelte so etwas wie »Das letzte Auge« und schaltete wild hin und her. Wahrhaftig, es glückte! Ein verschwommenes Bild zwar, das unangenehm flackerte, doch hatten sie nun wieder eine Verbindung zu den Geschehnissen dort unten hergestellt. Erstaunt sah Adrian, daß die schwere Luke sich wie eine Kaugummiblase nach innen wölbte, bis sie platzte. Die Amatokdes strömten durch das gezackte Lock in den Gang. Dann schmolz auch die letzte Kamera.

»Was tun wir jetzt?« rief er nervös. »Mir scheint, das ganze gerät ziemlich außer Kontrolle.«

»Eine äußerst betrübliche Situation, zweifellos«, sagte Onalm ungerührt. »Jedoch kein Grund zur Panik.«

»Du redest wie ein Regierungsmitglied von der Erde«, erwiderte Adrian. »Die erklären bei den größten Katastrophen auch immer, es bestünde kein Grund zur Sorge. ›Kein Grund zur Panik‹ und so weiter.«

»Genau, ich habe die Situation einigermaßen unter Kontrolle. Schau!« Onalm führte eine Bewegung auf dem Schaltbrett aus. »Jetzt habe ich alle Räume hermetisch abgeschlossen. Dutzende von Luken, die schweren Erschütterungen und enormen Zentrifugalkräften standzuhalten vermögen, bilden jetzt unüberwindliche Barrieren für die Amatokdes.«

Ein dumpfes Krachen wie ein rollender Donnerschlag erscholl irgendwo unten in der Tiefe, und die darauffolgenden Erschütterungen ließen den Steuerraum erbeben.

»Was ist denn jetzt schon wieder?« rief Adrian.

»Zweifellos versuchen sie vergeblich, ihren Weg fortzusetzen. Aber sie werden inzwischen gemerkt haben, wie nutzlos ihre Aktionen sind. Ein einziges Quadrip Amatokdes hat seine Grenzen. Hab keine Angst.«

Onalm holte seine Liege hervor und wollte sich entspannt ausstrecken. Doch genau in diesem Augenblick erbebte das Schiff unter kreischendem Getöse, wodurch Onalm neben seiner Bank auf dem Boden landete.

»Du kannst mir erzählen, was du willst, aber das geht ins Auge«, murmelte Adrian.

Onalm erhob sich würdevoll wieder auf die Füße.

»Gewisse Unannehmlichkeiten sind in solchen Situationen unvermeidlich.« Er wollte sich wieder hinlegen, doch Adrian hinderte ihn daran. Ein metallisches Kreischen wie von Kreissägen schrillte aus allen Teilen des Schiffes. »Wir müssen etwas tun«, versuchte er Onalm zu Verstand zu bringen. »Wir können hier doch nicht einfach sinnlos herumsitzen und abwarten. Schau wenigstens nach, was sie jetzt wieder aushecken!«

Onalm starrte Adrian an. »Mit welch wankelmütigem Gemüt ist der irdische Mensch doch ausgestattet.«

Er ging gemessenen Schrittes zur Schalttafel. »Schau hier, siehst du die Grenzen ihres Aufenthaltsortes.« Und mit erstaunlicher Selbstsicherheit deutete er auf den Knopf, mit dem er soeben alle Luken des Schiffes geschlossen hatte. Irgend etwas auf dem Schaltbrett erschien jedoch seine Aufmerksamkeit zu wecken, denn er beugte sich vor und klopfte mit seinen verhornten Knöcheln auf die Scheibe.

»Ist etwas nicht in Ordnung?« fragte Adrian erschrokken.

»Ach, ein kleiner Defekt spielt uns Streiche, aber du kannst mir glauben, daß die Amatokdes sich noch im abgeschlossenen Teil des Schiffes befinden.«

Allmählich platzte Adrian der Kragen.

»Da stecken sie natürlich nicht! Hör doch diesen Lärm! Sie kommen immer näher!«

»Ach nein, beruhige dich doch«, sagte Onalm. »Das ist nur ihre halluzinatorische Kraft. Es ist Einbildung, weiter nichts.«

In diesem Augenblick blitzte ein Strahl blauer und orangefarbener Funken knisternd aus dem Schaltbrett.

»Dann ist das sicher auch Einbildung!« reagierte Adrian prompt. »Hmmm.« Onalm untersuchte die Apparatur. »Sie haben den Nahrungsmittelspeicher geöffnet, vielleicht sogar vernichtet. Ein unbedeutendes Ärgernis, eines Glifons unwürdig.«

»Heißt das etwa, das wir vorläufig nichts mehr von dem nahrhaften Brei sehen werden?«

»Auf dieser Reise vermutlich nicht mehr, nein«, antwortete Onalm ruhig.

»Schön, schön«, kommentierte Adrian sarkastisch. »Darf ich dann, werter Freund, vielleicht einmal von Ihnen erfahren, wie wir, während unser Raumfahrzeug völlig demoliert wird und mit defekter Nahrungsmittelversorgung die Reise zu unser aller Zufriedenheit fortsetzen sollen?«

»Aha, ich merke, daß Sie wieder Herr Ihrer Sinne sind«, sagte Onalm. »Ein erfreuliches Zeichen.« Gut gelaunt fuhr er fort: »Ein erholsamer Schlaf wird uns gut tun. Ich werde mich deshalb in Kürze in meinen Schlummerkokon zurückziehen, nachdem ich den Kurs zu meinem Heimatplaneten Kralta eingegeben habe. Dann werde ich alle Apparaturen desintegrieren lassen, wie Knochen, die zu Staub zerfallen. Sie haben mir dann lange genug treue Dienste geleistet. Die Reise nach Hause ist programmiert, die Apparatur verschwunden, und kein Quadrip Amatokdes wird etwas daran ändern können. Wir werden in sanftem Schlaf die Rückreise antreten, du im Psomptor, ich in meinem Kokon. Auf Kralta wird man uns von dieser lästigen Plage befreien, und wir sind dann auch sofort wieder zu Hause.«

»Ähh, *zu Hause* scheint mir in diesem Fall etwas übertrieben«, erwiderte Adrian lakonisch. »Wie lange wird diese Reise denn wohl dauern, und was soll *ich* dort?«

»Nach irdischen Maßstäben würde diese Reise bedeuten, daß wir ungefähr ein halbes Jahr lang ruhig schlafen.«

»*So* müde bin ich nun auch wieder nicht.«

Onalm überhörte diese Bemerkung. »Ich werde Ihnen auf Kralta die mangorischen Strahlspritzer zeigen, deren Schönheit meines Wissens bis heute unübertroffen ist. Sie können sich in der Kunst des Grabschneidens unterweisen lassen und sich so eine sorgenfreie Zukunft aufbauen.«

Zischend sauste einer der großen Bildschirme an einem dicken Bündel Kabel und einem Gewirr von anderen kleinen Teilen von der Decke herunter, bis er kurz über dem Boden schmorend an einem einzigen Kabel hin und her baumelte.

»Ein richtiger Zeitpunkt duldet keinen Aufschub«, sagte Onalm ruhig, als würde er eine große Weisheit verkünden. »Ich werde nun den Rückreisekurs eingeben.«

»Warte!« rief Adrian. »Ich will nicht nach Kralta. Ich muß Radenack suchen.« Onalm drehte sich beherrscht um und flüsterte etwas in ein kelchförmiges Instrument, das aus der Wand ragte. Das rote Licht in der Kuppel blinkte ein paarmal auf, dann erschien ein hellglühender Gegenstand, der frei durch die Kabine schwebte.

»Ers Radenack ist auf Elkha-3 oder Sobriëtas, wie die Bewohner es nennen«, erwiderte Onalm. »Er setzt sich im Augenblick mit seinen eigenen Problemen auseinander. Wir dürfen ihn keinesfalls dabei stören. Er wird von den Autoritäten beurteilt.«

Aus dem seltsamen Diabolo-förmigen Gegenstand war inzwischen ein dicker weißer, klebriger Faden zum Vorschein gekommen, aus dem das schwebende Ding surrend zwei Schlaufen webte, die es anschließend sorgfältig an die Decke der Kuppel klebte. Danach glitt der leuchtende Diabolo abwärts und fing langsam an, Onalm in Fußhöhe zu umkreisen, so daß seine Füße mit dem dicken Faden umwickelt wurden. Adrian merkte, daß Eile geboten war.

»Dann bring mich zurück zur Erde!« befahl er verzweifelt.

»Unmöglich«, antwortete Onalm resolut. »Es verstößt gegen die Vorschriften, mit einer Gruppe intranimierter Amatokdes an Bord eine Zwischenlandung zu machen.« Inzwischen war er bis zu den Hüften in einem wolligen Kokon verschwunden. Erneut versuchte Adrian ihn zu überreden.

»Hab keine Angst und geh in den Psomptor. Oder willst du lieber genau wie ich die wohltuende Ruhe des Konkons erproben? Es würde deine Seele mit Geisteskraft laben, mit der ...«

»Hör zu!« unterbrach Adrian ihn mit Nachdruck, »wenn du mich schon nicht zur Erde zurückbringen kannst, mußt du mich wenigstens jetzt sofort mit Ers Radenack in Kontakt bringen.«

Krachend stürzte ein Teil der Apparatur an der Rückwand zu Boden. Ein Funkenregen ergoß sich in den Raum. Um das Krachen und Summen zu übertönen, mußte Adrian schreien.

»Los, sag schon endlich! Wo kann ich Radenack finden?«

Onalm schwieg. Seine Finger tanzten über eine kleine

metallische Matrix, auf der er Symbole aus Kunststoff verschob.

»Der Kurs ist eingegeben«, verkündete er nach einiger Zeit feierlich. Dann steckte er beide Arme an den Seiten des Körpers in den weißen Klumpen, so daß sie bis zum Ellbogen darin verschwanden. Während er sich weiter einspinnen ließ, wiederholte er: »Der Kurs ist eingegeben, ein für alle mal und endgültig. Es gibt keinen wankelmütigen Weg zurück mehr. Die Steuerungsmechanismen werden ihre Aufgabe perfekt ausführen, ohne daß die unerwünschten Eindringlinge sie dabei stören können. Dann ... ääähh ... sagen wir in einer halben irdischen Stunde, wird die Kommandoapparatur sich in Staub auflösen. Ein einziges Quadrip Amatokdes hat nicht genügend Kine-Kraft, um den Kurs beeinflussen zu können. Eine sichere Rückkehr ist deshalb gewährleistet. So bleibt mir nur noch eins zu sagen: Wenn wir uns gleich in Bewegung setzen, wird das Schiff Kräfte entwickeln, die wir nur mit äußerer Hilfe überstehen können. Deshalb bitte ich Sie, sich wieder in den Psomptor zu begeben, auf daß wir beide schadlos das Kraftfeld von Sobriëtas durchbrechen können.«

Adrian reagierte wie von einer Tarantel gestochen.

»Sobriëtas?« rief er aus. »Sind wir denn in der Nähe? Dort ist doch Radenack, hast du gerade gesagt! Dann sind wir ja in seiner Nähe! Warum gehen wir nicht dorthin!«

»Würden Sie so freundlich sein und mich nicht von meinen schattenspendenden Gedanken abhalten. Ihr Gejammer ist überflüssig, unpassend und lästig.«

Überall krachte und zischte es, dumpfe Explosionen ließen das Schiff beben, und Metall ächzte.

Adrian sprang zur Steuervorrichtung der Bildschirme und hantierte aufs Geratewohl an verschiedenen Knöpfen herum. Gleichzeitig rief er Onalm zu, er müssen den Kurs unbedingt abändern. Doch Onalm war inzwischen bis zum Hals eingesponnen. Noch eine Augenblick, und er würde ganz in der klebrigen Hülle verschwinden. Er reagierte auf das Geschrei von Adrian lediglich mit einem starren, emotionslosen Blick, als wäre er betäubt. Auf dem einzigen Bildschirm, der noch an seinem Platz stand, erschien ein farbengestörtes Bild von einem großen, spröden Planeten, den Adrian schon früher einmal für einen kurzen Augenblick auf dem Bildschirm gesehen hatte: Sobriëtas! Radenacks Heimatplanet! Wie konnte er das Schiff nur dorthin steuern! Er schaute sich um und sah, daß Onalm schon vollständig im Kokon verschwunden war. Der schwebende Diabolo hatte seine Farbe verändert und ließ durch einen hohlen Faden vermutlich irgendein Gas oder eine Flüssigkeit in den Kokon strömen, denn dieser blähte sich nun auf.

Knöpfe, Hebel und Regler, Adrian probierte alle Möglichkeiten aus. Es konnte nicht mehr lange dauern, bis die ersten Amatokdes auftauchen würden. Was hatte er also noch zu verlieren? Doch soviel er auch ausprobierte, ein sichtbares Ergebnis erzielte er nicht. Aber es gab ja noch mehr Apparate. Er würde sich um die ganze Steuerkuppel herumarbeiten. Kaum hatte er den imposanten Mittelteil des Schaltbretts verlassen, als es immer lauter zu ticken anfing. Kurze Zeit später sah er etwas hellgelb aufleuchten und dann zu grauem Staub zerfallen, als ob es von innen heraus von einer mysteriösen Kraft verzehrt würde. Vorsichtig trat er näher. Der zerfallene Teil strahlte keine Hitze ab. Er berührte zögernd die Knöpfe. Wie eine Sandburg zerfiel der letzte Rest des Schaltbretts zwischen seinen Fingern. Er erkannte, daß es zu spät war. Wie Onalm vorhergesagt hatte, ließ sich der Kurs des Raumschiffs nicht mehr ändern. Er hatte keine Wahl — der Psomptor würde wieder einen Kunden bekommen. Er schaute sich ein letztes Mal um, packte die Fludo-Maske ein und sah, wie der Diabolo den eingesponnenen Glifon in die Schlaufen an der Decke hob. Dann verließ er die Steuerkuppel.

Er wollte die Maske aufsetzen, sobald sich das Wesen

wieder in seinem Innern meldete. Im Gang waren die kratzenden und reißenden Geräusche noch lauter als in der Steuerkuppel. Hastig eilte er in Richtung Psomptor. Auf halbem Wege entdeckte er einen klaffenden Riß im Boden, der bei seinem Näherkommen immer größer wurde. Ein gewaltiger, an den Seiten abbröckelnder Riß zog sich durch den Gang und über einen großen Teil der Seitenwände. Durch das Loch im Boden konnte Adrian mindestens sieben Meter tief in die darunterliegende Ebene blicken, wo es von den Amatokdes nur so wimmelte. Der Riß war genau an der Stelle entstanden, die Onalm so selbstsicher als unüberwindliche Luke bezeichnet hatte. Und was noch schlimmer war, die Amatokdes hatten in ihrer Befreiungswut auch einen Teil des unteren Gangs vernichtet. Sie hatten Stücke der Luke und Teile der Wandverkleidung als Brücke über den Riß in ihrem Gang gelegt. Was sie damit bezweckten, war Adrian nicht klar. Jedenfalls herrschte in beiden Richtungen eine rege Betriebsamkeit. Alle losen Teile des Schiffs wurden von langen Reihen von Amatokdes abtransportiert. Andere Bereiche des Schiffs hallten noch immer von dumpfen Explosionen wider. Da leuchtete im flackernden Lichtschein einer Funkenfontäne etwas in der Tiefe unter der improvisierten Brücke der Amatokdes auf. Nur ein paar Sekunden lang erhaschte Adrian einen Blick tief in die metallische Schlucht, in der die Umrisse einer dritten Gangebene angedeutet wurden. Ohne sich weiter um die Amatokdes zu kümmern, nahm er Anlauf und sprang über den Riß vor seinen Füßen. Mit einem dumpfen Plumps landete er auf der anderen Seite und rannte gleich weiter, ohne sich umzuschauen. Überall waren Risse und Spalten. Das Licht über ihm flackerte unregelmäßig und fiel manchmal über Meter aus. Schließlich fand er den Raum, wo der Psomptor seine hilfreichen Aufgaben erfüllte. Doch aus irgendeinem Grund ließ sich die Tür nicht öffnen. Die Rohre gaben keinen Millimeter nach. Ein knirschendes

Geräusch stieg von der Schwelle auf. Nach guter irdischer Gewohnheit trat Adrian ein paarmal gegen die Röhren und ging eine Zeitlang stampfend vor der Tür auf und ab, um auszuprobieren, ob man den Mechanismus vielleicht auf diese Weise zur Vernunft bringen könnte. Doch es half nichts.

Hinter sich im Gang hörte er Lärm. Die Amatokdes waren jetzt auch zur oberen Etage vorgedrungen. Plötzlich erbebte das Schiff. Es ächzte und krachte in allen Fugen. Neue Sprünge und Risse tauchten auf und durchzogen in Zickzacklinien das glänzende Material wie Sprünge in Porzellan. Eine zweite Erschütterung brachte Adrian aus dem Gleichgewicht und warf ihn gegen die Röhre der Zugangstür, wodurch die beiden mittleren Rohre ein wenig auseinandergebogen wurden. Diese kleine Öffnung gab ihm die Zuversicht, daß sich das Ganze doch noch bewegen ließe.

Ein paar Sekunden später zerrte er schon an einigen dünnen Stangen, die aus dem aufgerissenen Flur neben der Tür herausragten. Was ein Stück weiter im Gang alles passierte, wußte er nicht, doch er ließ sich durch das Gescharre in der Ferne nicht aufhalten. Er setzte eine abgerissene Stange als Hebelarm ein und stemmte den Eingang Zentimeter um Zentimeter weiter auf, bis er die Fludo-Maske und anschließend sich selbst hindurchzwängen konnte. Bei seinem Eintreten blitzte das Licht auf. Er sah den Psomptor und gleichzeitig den Riß im Metall, der durch das Zimmer und die Maschine verlief. Die Klappe des Psomptors war verschoben und ragte wie ein gebrochener Schulterknochen heraus. Verzweifelt starrte Adrian auf das beschädigte Innere.

»Hat-keinen-Sinn-Adrian«, stammelte die Versorgungsmaschine.

»Kann ich nicht schnell etwas reparieren? Du müßtest mir nur sagen wie.«

»Meine-Energiezellen-sind-gerissen. Meine-Energiefelder-gestört. Du-hast-keine-Chance.«

»Kann ich denn absolut nichts anderes tun, als sinnlos abzuwarten?« fragte Adrian verzweifelt. »In was weiß ich wievielen Minuten reist dieses Schiff zu einem anderen Sonnensystem, und meine einzige Chance liegt auf Sobriëtas.«

Der Psomptor schwieg. Adrian seufzte tief und fügte mutlos hinzu: »Es ist übrigens sehr fraglich, ob dieser Schrotthaufen die lange Reise überhaupt schafft.« Er ließ sich langsam neben dem auseinandergebrochenen Psomptor auf den Boden nieder. Die Amatokdes schienen kein besonderes Interesse mehr an ihm zu haben, denn das Wesen in seinem Innern verhielt sich außergewöhnlich ruhig, es war allerdings immer noch da.

»Kann-keine-Information-mehr-bekommen ...«, fing der Psomptor wieder zu stammeln an. »Kontakt-mit-Kommandozentrum-unterbrochen ... Nach-eigenen-Berechnungen ... Schnittflug nach Sobriëtas ... möglich ...«

Adrian, der nur noch mit halbem Ohr den Worten des Psomptors zuhörte, sprang plötzlich auf.

»Wie meinst du das, Schnittflug möglich?« wiederholte er.

»Geringe Masse ... via ... Kurs Mirguum: ASKG 6 MM3, Tirguum: Vultag-19 KS 5 zur Oberfläche Planet Code ELKHA-3 Name Sobriëtas ...«

»Na los! Weiter!« rief Adrian aufgeregt. »Sag mir, wie!«

Der lädierte Psomptor sprach immer langsamer und leiser.

»... Masse dieses Körpers zu groß, um den Kurs zu überstehen ...« Bei dieser Bemerkung lösten sich Adrians letzte Hoffnungen schlagartig in Luft auf. Das Klappern, Scharren und Kratzen auf dem Gang war schon bedenklich nahe gekommen. Plötzlich war ihm alles egal. Wenn es keine Alternativen gab, blieb ihm nichts anderes übrig, als sich in sein Schicksal zu fügen.

»... Maximale Masse verhält sich nach den Maßstäben von Grax zum äußersten Konsentor ... in der Symbiose: Circom 64 GG H zu Virula ZG 18 ...« Der Psomptor setzte mit immer längeren Unterbrechungen und immer geringerer Lautstärke seine theoretischen Erläuterungen fort.

»Die Welt ist merkwürdig«, grübelte Adrian und verbesserte sich: »Das Leben ist merkwürdig«, denn es schien noch viel mehr Welten zu geben als die seine, und das war in seiner irdischen Muttersprache nicht vorgesehen. Da saß er nun also irgendwo im Kosmos neben einer sterbenden Maschine, in einem Raumschiff voller feindlichen Gesindels. »Das Leben ist merkwürdig und hart, vor allem, wenn man es auf diese Weise verlassen muß«, dachte er.

»... Codaxiale Verschleißfaktoren werden beim Impersu-Widerstand ...« —, der Psomptor faselte ununterbrochen —, »so daß ausschließlich braxliorale Permanenz ein Ergebnis zum Positiven hin erzeugt ... so daß ausschließlich braxliorale Permanenz ...«

Das letzte Stündlein, dachte Adrian, als der Psomptor anfing, sich endlos zu wiederholen.

»... sitiven hin erzeugt ... so daß braxlior ... ale ... Perma ...«

Mitten in diesem Gestammel des Psomptors flammte plötzlich eine Idee im Gehirn Adrians auf.

Braxlier oder Braxlior, das war das Wort gewesen, das Onalm im Bericht über seine Expedition zur Erde verwendet hatte. Dabei war irgendein Raumkreuzer im Spiel gewesen.

»Wo finde ich den Braxlier oder Braxlior?« schrie Adrian den Psomptor aufgeregt an.

»Braxlior steht ... bereit ... auf Frontscheibe ...« murmelte dieser.

»Wie finde ich die Frontscheibe?« schrie Adrian jetzt.

»... niedrigster Teil ... esnubren ...«

Das letzte Wort hatte Adrian nicht verstanden, aber bevor er weiter fragen konnte, fuhr der Psomptor mühsam fort: »... Nimm Kommunikationseinheit aus dem Halter ... und beeil dich ...«

Ein schwacher Lichtschein flackerte im Innern des Psomptors auf, und Adrian sah einen dünnen Kunststoffring, der von einem Lichtbündel angeleuchtet wurde. Vorsichtig ergriff er ihn und besah ihn genau, wußte aber nicht, was er damit anfangen sollte. Der Ring vibrierte in seiner Hand. Er hielt ihn ans Ohr und hörte die Stimme des Psomptors.

»Geh jetzt ... ich habe nicht mehr viel Kraft ... Der Braxlior muß starten, bevor das Schiff zum Sprung nach Kralta ansetzt.«

Adrian legte den Ring um sein Ohr und fragte: »Wieviel Zeit habe ich noch?«

»... zwölf Minuten ... sechsundzwanzig Sekunden ... irdischer Zeit ...« ertönte die gequälte Antwort.

»Wo finde ich die Frontscheibe?« fragte er weiter.

»... Neben dem Nahrungssteg und den Ladekabinen auf der untersten Ebene ...«

Eilig verließ Adrian die letzte Ruhestätte des Psomptors.

Er hatte gerade erst den Gang erreicht, als er hinter einer Kurve eine große Gruppe Amatokdes auf sich zugleiten sah. Er packte die Fludo-Maske fest und jagte zurück. Das Raumschiff erinnerte stark an eine Metallfabrik, so polterte und dröhnte es überall. Ihm war rätselhaft, was die Amatokdes im Schilde führten. Wieder rannte er am Psomptor-Raum vorbei und weiter in das Schiff hinein. Immer wieder spähte er furchtsam um die Ecken, bevor er in einen neuen Gang einbog. Es schien, als hätten die Verfolger hinter ihm ihre Geschwindigkeit erhöht. Ihr Lärm kam schnell näher. Im nächsten Teil des Gangs konnte er kaum noch seine eigene Hand vor den Augen erkennen. Das Licht war fast völlig erloschen. Er war gezwungen, sein Tempo zu verringern. Schritt für Schritt kam er nur langsam vorwärts, bis ihn ein klaffender Riß im Boden zum Anhalten zwang. Die andere Seite konnte er nicht einmal mehr sehen. Zu springen war ihm zu riskant.

»... Neun Minuten, dreiundvierzig Sekunden ...«, meldete das schwache Signal des Psomptors in seinem Ohr.

Die Gruppe der Amatokdes konnte jeden Moment in den dunklen Gang einrollen. Im letzten spärlichen Licht sah er, daß auch hier die Wände teilweise aufgesprungen waren. Es waren Doppelwände, zwischen deren beiden Schichten sich ein schmaler Zwischenraum für irgendwelche undefinierbaren Schiffsteile wie Kabel, Kästchen und Klammern befand. Mit äußerster Mühe zwängte er sich zwischen die Verkleidung. Die Luft in diesem engen Raum war trocken und beißend und brachte seine Augen zum Tränen.

Die Amatokdes waren inzwischen unter hellem Gemurmel in Sichtweite gekommen. Aus seinem Versteck zwischen den Wänden konnte er nicht überblicken, was draußen vor sich ging. Als er die dröhnenden Schläge hörte, die die Platten seines Unterschlupfs zum Erzittern brachten, blieb sein Herz vor Schreck fast stehen. Krachend stürzte etwas zu Boden, und kurze Zeit später entfernten sich die Amatokdes wieder unter dem gleichen Gemurmel, mit dem sie gekommen waren. Adrian wartete nur so lange, wie er unbedingt für notwendig hielt, und kroch dann aus seinem Versteck hervor. Seine Augen waren inzwischen besser an die Dunkelheit gewöhnt. Die Amatokdes hatten eine riesige Deckenplatte vom gegenüberliegenden Teil des Gangs losgerissen und als Laufplanke über den Riß gelegt.

»... Sechs Minuten, siebenundzwanzig Sekunden ...«, hörte er in seinem Ohr.

Adrian wartete nicht länger und ließ sich über den messerscharfen Rand des Risses in die Tiefe gleiten. Langsam und vorsichtig kletterte er abwärts in die Wunden des Schiffes. Er fand genügend Trittstellen, nur waren die meisten spitz und scharf, als wäre das Schiff von einem riesigen Büchsenöffner aufgerissen worden. Mit einem lauten Plumps landete Adrian schließlich auf dem Boden. Er hatte sich das letzte Stück fallen lassen müssen, aber jedenfalls war er jetzt eine Etage tiefer.

»Was nun?«, rief er.

»Die Frontscheibe liegt noch tiefer«, hörte er in seinem Ohr.

Adrian fand keinen Riß mehr, der breit genug war, um hindurchzuklettern. Er rannte vorwärts. Neben ihm öffnete sich eine Luke, in die er hineinstürmte. Mitten in einem hohen Raum stand ein Bauwerk, das aus den verschiedensten Schiffsteilen errichtet worden war, und — noch schlimmer — es wimmelte dort von den Amatokdes. Er sah Dutzende von diesen Kreaturen, und sie sahen ihn. In panischer Angst rannte er zurück in den Gang und zog sich die Maske fest über den Kopf. Was er befürchtet hatte, geschah auch prompt. Das Wesen in seinem Innern rührte sich. Es schrie ihn an, doch die Maske bewirkte, daß er das Gefühl hatte, durch ein umgedrehtes Fernrohr in seinen eigenen Geist zu schauen. Das Biest verwandelte sich zu einem schreienden Punkt, den er leicht ignorieren konnte, und er rannte weiter. Die Amatokdes verfolgten ihn in Massen. In jeder Kurve stieß er gegen die Wand, da er wegen der Maske nicht genügend sehen konnte. Er vermochte die Silhouetten und Kontraste in Rot und Schwarz einfach nicht schnell genug zu identifizieren. Luken öffneten sich, wenn er näherkam, und schlossen sich wieder, sobald er sie passiert hatte. Plötzlich schoß er nach links durch eine breite Luke, die sich gerade erst halb geöffnet hatte — *Krrdff*, schloß sie sich schon wieder. Wegen der Maske konnte er nur schlecht sehen, so daß er nicht feststellen konnte, wohin sein Weg ihn führte. Er schlurfte tastend vorwärts, bis sich eine Röhrentür summend vor ihm öffnete. Er lief blindlings auf das Geräusch zu. Wieder begriff er wegen der chaotischen Rot-Schwarz-Zeichnung nichts von seiner Umgebung.

Er mußte das Risiko eingehen und sich die Fludo-Maske abreißen. Ein schriller Schrei gellte durch seine Seele und ließ ihn zusammenzucken. Der große Amatokdes-Kopf füllte seine Netzhaut. Im Bruchteil einer Sekunde hatte sein Körper den gesamten restlichen Adrenalinvorrat in die Blutbahn ausgeschüttet.

»Drei ... drei Minuten achtzehn Sekunden ... vor Braxlior-Start«, informierte ihn soeben das Gerät am Ohr.

»Hilf mir doch!« schrie Adrian und rappelte sich wieder hoch.

»Sag ... mir ... wo du ... bist«, ertönte es stockend.

»Ich weiß es nicht«, keuchte Adrian.

»Was siehst du?«

Durch das Bild des Amatokdes-Kopfes hindurch sah Adrian, dessen Nerven zum Zerreißen gespannt waren, gigantische Trichter von der Decke herunterragen. Ein schmaler Laufsteg erhob sich spiralförmig vom Boden und verlief parallel zur Oberseite der Trichter.

Erst als er nach unten schaute, merkte er, daß sich der Boden viele Dutzende von Metern unter ihm befand. Er stand auf einem Balkon.

»Ich bin auf einer Plattform, die ...«

»Die Schmierpurgatoren des Antriebs ...«, unterbrach der Psomptor ihn. »Die Schmierung des Antriebs ... geh nach oben!«

Er jagte die Laufbrücke hoch und versuchte, das unausstehliche Kreischen des Wesens in seinem Kopf zu ignorieren. Er schaute einfach durch es hindurch. Als er fast oben war, stürzte der erste Teil der Brücke in die Tiefe. Hinter ihm auf der Plattform waren sechs Amatokdes aufgetaucht, die mit bohrenden Blicken ihre kinetischen Fähigkeiten an der Laufbrücke auszulassen begannen. Noch ein paar Schritte, und er war oben. Unter seinen Füßen knickte die Brücke langsam ein. Das Material schmolz wie Schokolade in der Sonne. Mit einem Sprung erreichte er ein Gitter, das auf die offenen Oberseiten der Trichter montiert war. Unter ihm in den zylinderförmigen Reservoirs brodelte ein abscheulich stinkender Brei. Er hörte ein Geräusch von reißendem Metall, machte einen Satz vorwärts und klammerte sich am Gitter fest.

Der riesige Trichter, an dem die Laufbrücke befestigt war, war der Länge nach aufgesprungen und hing in Stücken herab. Die weiche Paste spritzte und strömte in alle Richtungen. Die Amatokdes griffen nun offenbar zu harten Methoden.

Er kroch über das Gitter weiter. Ein Gutes hatten ihre Aktionen ja. Sie konnten ihm jetzt wenigstens nicht mehr folgen. Ein zweiter Trichter brach auseinander und riß im Fallen die Leitungen eines dritten mit sich. Fontänen blaugrauen Schlamms spritzten aus den abgebrochenen Röhren.

»Suche eine leeren Tank ...«

Die Stimme des Psomptors war noch leiser geworden. Vier Trichter weiter rief Adrian: »Gefunden!«

»Greif in die roten Fächer des Gitters und dreh es nach links!«

Adrian führte die Anweisung so schnell wie möglich aus. Unter donnerndem Getöse stürzte hinter ihm etwas in die Tiefe. Er beachtete es nicht weiter. In den beiden roten Fächern auf dem Gitter fand er einen Handgriff. Er drehte ihn und sank sofort mit einem Stück des Gitters in den Trichter. Summend fuhr es langsam zwischen zwei blinkenden Gleitstangen in die Tiefe.

»Halte beim zweiten Verteiler an!« ertönte die Anweisung. »... über die schwarzen Fächer ...«

Adrian machte sich bereit, anzuhalten. Das erste Zweigrohr war voll von angebackenem, dunkelgrauem und braunem Brei. Grob gezackte, ausgetrocknete Spitzen ragten krumm und schief heraus.

In Höhe des zweiten Verteilerstücks legte er die schwarzen Handgriffe herum. Das Gitter kam mit einem leichten Ruck zum Stehen. Das in fließenden Linien eingefräste Zweigrohr ließ eine stark abfallende Kurve einer glänzenden Röhre erkennen, als Kreuzpunkt von fünf riesigen auseinanderfächernden Röhren.

»Klettere in das Zweigrohr!« lautete die nächste geflüsterte Anweisung. Er würde springen müssen, um den leicht abgeflachten breiten Anschluß erreichen zu können. Also stieß er sich ab, schwebte kurz über der unermeßlichen Tiefe und landete bäuchlings auf dem Rand der Leitung. Er wollte sich hinsetzen, doch gelang ihm das nicht. Alles war tropfnaß und glitschig. Eine einzige unvorsichtige Bewegung, und er würde das Gleichgewicht verlieren und in die Tiefe stürzen. Keuchend vor Anstrengung versuchte er, seine Beine anzuziehen, so daß er sich aufsetzen konnte. Plötzlich rutschte er aus und stürzte kopfüber durch das Zweigrohr in eine der Röhren. Mit ausgestreckten Armen glitt er mit hoher Geschwindigkeit durch die klebrige Röhre, in der es viele Wölbungen und Kurven gab, bis er schließlich hart irgendwo aufprallte.

Verwirrt und benommen schaute er sich um. Alles tat ihm weh. Viele Röhren endeten hier nebeneinander, und manche waren an einen breiten Balg angeschlossen, durch den unter lautem Schlürfen Flüssigkeit gepreßt wurde.

»... Fünfundvierzig Sekunden vor Braxlior-Start ...«

Diese Nachricht des Psomptors brachte ihn zur Besinnung. Er sprang auf. Vor ihm befanden sich im rechten Winkel zueinander drei rechteckige Luken von riesenhaftem Ausmaß. Vor der mittleren stand ein merkwürdiger Apparat von metallischgelber Farbe. Am ehesten war er mit einer gigantischen zusammengedrückten Eierschachtel zu vergleichen. Zweifellos war dies der Braxlior. Ein letzter Sprint, und er hatte den Raumkreuzer erreicht.

»Wie komme ich hinein?« schrie er unterdessen dem Psomptor zu.

»Oben ist die Drehklappe«, flüsterte dieser.

Auf der Rückseite fand Adrian Einbuchtungen in der Wand, über die er nach oben klettern konnte.

Von allen Seiten tauchten plötzlich Amatokdes auf. Sie schienen von überall her auf den Braxlior zuzuströmen.

Oben auf dem Rumpf der Maschine entdeckte er eine muldenförmige Aushöhlung, die mit weichem Material ausgepolstert war. Die Amatokdes umzingelten den Braxlior, während Adrian sich in die Mulde fallen ließ, die sogleich automatisch mit einem Schirm verschlossen wurde. Die Mulde setzte sich in Bewegung, und er fühlte, wie er um seine Achse wirbelte. Der Schirm klappte auf, und er stürzte buchstäblich in das Fahrzeug.

»Was jetzt?« schrie er.

Der Psomptor schwieg.

»Heh, was jetzt?«

Quälend langsam kam die Antwort. »... siebzehn Sekunden ... nach sicherem Braxlior-Start ... bitte nicht starten ... bitte nicht starten ...«

»Du kannst mich mal!« schrie er. Er rannte zwischen allen möglichen Apparaten hindurch in Richtung Steuerkabine.

»Wie starte ich dieses Ding?«

»... Bitte nicht st ...«

»Gib mir den Kurs, ich muß hier weg!«

»... Unvernünftige Handlungsweise ...«

Adrian hörte Gepolter auf dem Fahrzeug. »Schnell, sag wie, es ist meine letzte Chance!«

»... Wert Kommunikations-Einheit in Kommandozelle ...«

»Wo? Welche Kommandozelle?«

»... Zylinderförmiger Sprechempfänger ...«

Adrian blickte wild um sich. Er sah ein kelchförmiges Gerät, das demjenigen ähnelte, in das Onalm hineingesprochen hatte. Hastig riß er den Ring von seinem Ohr und warf ihn in das Gerät. Noch bevor er die Liege erreicht hatte, schalteten sich zwei große Bildschirme ein, die zeigten, wie sich die mittlere Luke zu einem Schnabel aufklappte. Die Maschine kam in Bewegung und schoß samt einer dichten Wolke umherwirbelnder Amatokdes hinaus in den Raum.

Song 3

❖

March of Hope

5

Es war eine Kugel ... ähh ... jedenfalls kugelförmig. Obwohl ... nicht die ganze Zeit: Die Kugel schwabbelte und zitterte wie ein mit Wasser gefüllter Ballon. Er selbst befand sich in der Mitte ... Er schwebte offenbar, denn er spürte keinerlei Halt unter sich, während er dort horizontal ... ähh ... hing? Nein, auch das nicht — nichts deutete darauf hin. Glühende Ringe, die mit großer Geschwindigkeit um ihn kreisten, bildeten die Wände seines ... ähh ... Gefängnisses? Tja, das wußte er nicht. Er hatte keine Ahnung, wie er hierhergekommen war, wie lange er sich hier schon aufhielt. Oder — Gefängnis ... schien richtig ... denn jedesmal, wenn er sich mit aller Kraft ausstreckte nach den ... ähh ... Wänden?, wichen die Ringe vor ihm zurück, so daß sie außer Reichweite waren. Nur an dieser Stelle entstand dann eine Ausstülpung, ansonsten blieben die Ringe kreisförmig. Ein Kern mit seinen Elektronenschalen, ein Atom, das war es! Vielleicht ... Ssssst! Eine grelle, phantastische Lanze aus konzentriertem Feuer schoß von Ring zu Ring durch das Zentrum. Zickzack ... zickzack ... haarscharf an ihm vorbei und ab und zu ... »Ahhh!« ... Getroffen! Der glühende Blitzstrahl durchschoß ihn und raste in seinem Körper hin und her wie ein gefangener Tiger. Ein seltsamer Schmerz ... ähh ... Schmerz? Kein gutes Wort dafür! Ähh ... abscheuliches Gefühl. Als würde jemand gegen den Strich über den weichen Samt seiner Nervenbahnen streicheln. Die Bewegungen hinterließen brennende stumpfe, rauhe Striche und Kratzer auf seinem Nervensystem. Die Zeichnung des Chaos. Verzweifelt warf er sich gegen die Wand. Wie in Zeitlupe drehte er sich zu den nachgebenden Ringen, die immer weiter zurückwichen, bis sie einen langen Rüssel bildeten, durch den er weitersegelte, bis er ...! Um Himmels willen! Seine Füße hatten sich noch nicht von ihrem alten Standort gelöst, und sein Kopf war schon mitten im Rüssel. Er dehnte sich aus ... Er wollte aufhören — aber es ging nicht. Quälend langsam schob er sich durch den Rüssel ... er wurde länger und länger. Gedehnt wie ein elastisches Band. Bis er in äußerster Panik fühlte, daß etwas riß!

Ein Déjà-vu-Erlebnis!

Ein paar Stunden lang hatte er nahezu bewegungslos über der Liege geschwebt, umgeben von einer kugelförmigen, durchsichtigen Haut. Er streckte seine Hand danach aus, doch die Haut wich zurück. Er wußte nicht, wie er hierhingekommen war. Doch kam ihm dies alles irgendwie bekannt vor, so als ob er es schon einmal erlebt hätte. Er war davon überzeugt, daß zukünftige Ereignisse ihre Schatten zurückwerfen konnte, indem sie bestimmte Gedankenformen weckten. Doch diesmal konnte er sich an den Zeitpunkt seines früheren Erlebnisses nicht mehr genau erinnern.

Er war erschöpft. Jetzt, wo die Spannung der Flucht von ihm abgefallen war, fühlte er sich wie ausgewrungen. Dankbar stellte er fest, daß der grelle Stempel des Amatokdes aus seinem Geist verschwunden war. Das hieß allerdings nicht, daß in seinem Geist Ruhe herrschte. Bilder der vergangenen Stunden tobten ohne irgendeine erkennbar sinnvolle Reihenfolge in einem wilden Wirbelsturm von Emotionen in ihm.

Nach ein paar Stunden Schlaf wurde Adrian durch ein bohrendes Hungergefühl geweckt. Das Innere dieser Steuerkabine ähnelte der Kuppel des großen Schiffes, allerdings war hier alles viel einfacher und kleiner. Sobriëtas zeigte sich in überwältigender, matt-violetter Schönheit. Als er sich aufzurichten versuchte, zerplatzte die Haut wie eine Seifenblase, und er landete sanft auf der Liege. Wahrscheinlich war die Haut eine Vorsichtsmaßnahme der Maschine zum Schutz der Passagiere, dachte er.

Neugierig schlurfte er durch den Braxlior und suchte nach einem Gefäß für den unnachahmlichen glasigen Brei. Er fand diesen zu seiner Überraschung schon bald sowie auch vier Schalen und das restliche glifonische Geschirr. Diesmal schmeckte der Brei jedoch abscheulich. Er war nicht dem irdischen Geschmack angepaßt, sondern der erlauchten Kochkunst der Glifone. Eine herrliche Mahlzeit, Aquarium à la crème, dachte Adrian, während er den abscheulich riechenden Brei löffelte. Nun ja, es war auszuhalten. Er fühlte sich jedenfalls etwas munterer, da er nun merkte, daß er immer noch ungefähr so geblieben war, wie er sich selbst kannte.

Nach der Mahlzeit unternahm er eine Inspektionsreise durch den Raumkreuzer, um sich ein Bild von der Ausrüstung an Bord zu machen. Die Bedeutung der meisten Gegenstände, die er vorfand, war ihm unklar. Und als er das letzte Abteil inspiziert hatte und zur Steuerkabine zurückging, fiel sein Blick plötzlich direkt auf den dreieckigen Kopf eines Amatokdes. Minutenlang rührte sich keiner von beiden von der Stelle. Adrian überlegte klopfenden Herzens, was er nun tun sollte. Langsam tastete er mit den Augen die Umgebung nach geeigneten Waffen ab, doch allmählich wurde ihm bewußt, daß das Wesen noch kein Zeichen von Feindseligkeit hatte erkennen lassen. Auch konnte Adrian seinen Gedankenstrom immer noch frei steuern; nicht einmal eine Spur von dem grellblauen Wesen war dort zu finden. Die drei Augen strahlten ihn an, ohne auch nur den geringsten schädlichen Einfluß auszuüben.

Wie sollte man sich in diesem Fall verhalten? Er sagte zögernd: »Ähh ... Guten Mittag«, obwohl er nicht einmal wußte, ob es wirklich Mittag war. Er wußte übrigens eine ganze Menge nicht mehr, was mit der guten alten Erde in Zusammenhang stand, aber das war im Augenblick auch nicht so wichtig. Ihm schien es das beste, sich von nun an wie ein normaler Erdbewohner zu verhalten.

»Guten Mittag«, wiederholte er. Als wieder keine Reaktion erfolgte, trat er vorsichtig einen Schritt näher. Der Amatokdes, der ungefähr einen Meter über dem Boden auf einer dünnen Kabelrinne stand, rührte sich nicht. Adrian trat noch zwei Schritte näher, woraufhin das Wesen vorsichtig auf dem schmalen Sims zurückwackelte. Dann blieben beide wieder stehen. Erneut trat Adrian zwei Schritte vor, und das Ganze wiederholte sich. Daraufhin ging Adrian langsam weiter und redete gleichzeitig mit leiser Stimme auf das Wesen ein, um es zu beruhigen.

»Ähh, komm, lustiger Freund, können wir nicht freundschaftliche Beziehungen unterhalten?«

Wie gewöhnlich in Ausnahmesituationen hatte er große Mühe, sich selbst ernst zu nehmen.

Der Amatokdes war, ebensoschnell wie Adrian vorwärts, rückwärts gegangen, drehte sich jedoch plötzlich um, sprang von der Kabelrinne auf den Boden und rollte blitzschnell in den Gang. Adrian folgte ihm, bis beide in der Steuerkabine angekommen waren. Dort streckte sich Adrian auf der Liege aus und behielt das Wesen dabei aufmerksam im Auge.

Eine hellblaue Farbe leuchtete in seinem Bewußtsein auf. Er war sofort auf der Hut, doch das Leuchten war warm und samtig und ähnelte ganz und gar nicht dem gräßlichen Zeichen des Wesens, wie er es zuvor erfahren hatte. Es veränderte sich mehrmals von Hell- nach Dunkelblau, und verschwand dann wieder. Adrian hatte verstanden: Das war ein Freundschaftsangebot.

Die Zeit, die zwischen dem Start des Braxliors und dem Augenblick, in dem er zum drittenmal wach wurde, vergangen war, schätzte Adrian auf zwanzig bis vierundzwanzig Stunden. Der Amatokdes saß auf der anderen Seite der Kabine und starrte auf die Bildschirme. Magisch leuchtend füllte Sobriëtas die Bildschirme fast völlig aus. Der Umriß des Planeten war nicht mehr zu sehen. Adrian räkelte sich und stand auf. Der Amatokdes drehte sich urplötzlich um die eigene Achse. Adrians Bewußtsein wurde mit orangefarbenen Flammen gekitzelt, die fröhlich in einem blauen Feld flackerten.

»Alles in Ordnung, ich fühle mich prima«, sagte er

und hoffte, daß der Amatokdes irgend etwas mit seinen Worten anfangen könnte. Dann verließ er die Steuerkabine und kam kurze Zeit später mit zwei Schalen Brei und Eßgeschirr zurück. Eine der beiden Schalen setzte er einladend anderthalb Meter von sich entfernt auf die Anrichte und fing dann selbst zu essen an. Nach kurzem Zögern rollte der Amatokdes näher, grapschte die Schale mit beiden Armen und entleerte ihren Inhalt mit einem einzigen Schluck in sein Maul.

Das ist ja praktisch beim Essen, dachte Adrian, während er die beiden Arme auf Ohrhöhe des Wesens betrachtete. Ob dem Amatokdes dieses Essen wohl schmeckte? Ein dunkelgrüner Nebel wurde in seinen Geist projiziert. Nach der Mahlzeit sandte der Amatokdes matt-violette Signale aus. Vielleicht meinte er damit den Planeten auf dem Bildschirm, überlegte Adrian. Zu seiner Überraschung erschien plötzlich das komplette Bild des Sterns samt dem ihn umgebenden Kosmos in seinem Gehirn. Das war mehr, als die Schirme zeigten!

»Ja genau, du verstehst es«, rief Adrian erfreut. Was für ein Glück, daß die Kommunikation funktioniert, dachte er, und er kann mir die Dinge sogar noch viel detaillierter schildern, als ich vermutet habe. In den folgenden Stunden perfektionierten beide ihren Kommunikationsprozeß. Die Rollen waren schnell verteilt: Adrian sprach und benutzte außerdem seine Hände, und der Amatokdes sandte Bilder aus.

Mitten in dieser Übung wurden die beiden plötzlich durch eine laute Stimme gestört. Sie ertönte in der Sprache der Glifone. Es stellte sich heraus, daß das Mischpult in der Mitte der Steuervorrichtung mit durchdringender Stimme einen Fortissimo-Monolog von sich gab. Worum es genau ging, war Adrian wegen der vielen technischen Ausdrücke ein Rätsel. Mehr sagte ihm der Bildschirm. Sie waren Sobriëtas jetzt so nahe gekommen, daß die Steuervorrichtung vermutlich meldete, der Zeitpunkt zur Landung sei gekommen.

»This is your captain speeking. Will you please stop smoking and fasten your seat belts«, deklamierte Adrian und nickte dem Amatokdes fröhlich zu, der ihm zwei Bilderreihen eines landenden Braxliors übermittelte: einmal eine gelungene Landung, die zweite war weniger erfolgreich.

»Das weiß ich auch nicht«, antwortete Adrian. »Ich hoffe nur, daß dieser Psomptor doch noch alles einigermaßen hat regeln können.«

Adrian machte es sich auf der Liege bequem und schaute nach, ob es dort Gurte oder etwas ähnliches gab, was den eventuellen Aufprall abdämpfen konnte. Er fand aber nichts dergleichen. Die Schutzhaut war übrigens auch nirgendwo zu finden. Schließlich beschloß er, einfach abzuwarten, was weiter geschehen würde. Der Amatokdes verschwand aus der Kabine. Adrian fühlte, wie der Braxlior, ohne auch nur ein einziges Mal zu rucken oder zu beben, zur Landung ansetzte und seine Geschwindigkeit allmählich drosselte. Auf den Bildschirmen sah es allerdings so aus, als flöge der Raumkreuzer immer schneller. Er wußte, daß das eine Täuschung sein mußte, da sie sich jetzt schnell dem festen Boden näherten.

Plötzlich fiel der Antrieb aus. Mit immer noch unglaublicher Geschwindigkeit flog der Braxlior weiter, schoß plötzlich steil in die Höhe, legte sich auf die Seite und raste dann im Zickzackkurs mit unverminderter Geschwindigkeit auf die Planetenoberfläche zu. Ein lautes Kratzen und Knirschen zeigte an, daß sie auf dem Boden angekommen waren. Auf den Bildschirmen lag ein grauer Schleier, der zu dunkel war, als daß man irgend etwas hätte erkennen können. Adrian klammerte sich an der Liege fest, die sich um ihre Längsachse drehte, um die Landungskräfte, denen er nun ausgesetzt war, zu neutralisieren. Plötzlich legte sich aus dem Nichts eine durchsichtige Kugel um ihn, in der sich Luftdruck und Schwerkraft veränderten.

Während er in seiner beschützenden Kugel schwebte, merkte er kaum etwas von den heftigen Bewegungen, mit denen der Braxlior schließlich zum Stillstand kam. Unglaublich, wir haben es tatsächlich geschafft, dachte Adrian und rief scherzend: »Wir sind soeben auf Sobriëtas gelandet! A pleasure to have you aboard, good bye.«

Nachdem die Haut auf ebenso rätselhafte Weise wieder verschwunden war, wie sie zuvor aufgetaucht war, blieb er noch ein Weilchen sitzen, bevor er es wagte, auszusteigen. Was würde ihn dort unten erwarten? Er dachte an die Erde und fragte sich verzweifelt, ob er sie jemals wiedersehen würde. Ein Poltern hinten im Braxlior weckte seine Aufmerksamkeit. Im Gang stellte er fest, daß es der Amatokdes war, der in die Drehkappe stieg. Die Luke schloß sich, und der Kasten kippte sanft nach außen. Adrian ging zurück in den vorderen Teil des Raumkreuzers. Kurze Zeit später war auf den Bildschirmen plötzlich die unmittelbare Umgebung des Raumschiffs zu sehen. Der Braxlior schien sich während seiner unkonventionellen Landung teilweise eingegraben zu haben. Der Amatokdes entfernte Erde, Schutt, Steine und Pflanzen von den Bildsensoren, bis Adrian auf eine Ebene blickte, die am Horizont von einem Hügelrücken durchschnitten wurde. Ein plötzliches Bedürfnis, wieder festen Boden unter seinen Füßen zu spüren, brachte ihn dazu, selbst ebenfalls die Drehkappe zu besteigen. So kippte auch er Sobriëtas entgegen. Als er auf dem Boden angekommen war, hielt er den Atem an und schaute sich neugierig um. Eine wundervolle, verträumt-natürliche Schönheit bot sich seinem Blick: eine wunderschöne, tiefrote Steppe mit Zehntausenden von milchweißen Grassoden, zwischen denen unzählige bronzefarbene Tümpel oder Pfützen seidig glänzten. Vorsichtig füllte er seine Lungen. Die Luft war dünn, aber rein und verursachte ihm ein leichtes Schwindelgefühl. Kein Lüftchen regte sich. Das Azurblau des Amatokdes stand in schrillem Kontrast zum Farbspektrum von Sobriëtas, doch Adrians glifonischer Raumanzug fügte sich harmonisch in die Landschaft. Der Amatokdes antwortete auf Adrians Begeisterung mit Signalen in einer ähnlichen Stimmung.

Nachdem Adrian eine Stunde lang die Aussicht genossen und sich von der Reise erholt hatte, war er zu der Überzeugung gelangt, daß sie den Braxlior zurücklassen mußten. Obwohl sich der Schaden, den der Raumkreuzer bei der Landung erlitten hatte, in Grenzen hielt, wußte er nicht, wie man den Steuercomputer richtig bediente. Noch schlimmer: Er wußte nicht einmal, wie man den Braxlior startete.

So weit er blicken konnte, entdeckte Adrian keinerlei Anzeichen von Zivilisation, was ihn vor die schwierige Entscheidung stellte, seine Richtung intuitiv bestimmen zu müssen. Der Amatokdes bevorzugte ebenfalls keine bestimmte Richtung, wie die Bilder, die er Adrian zusandte, anzeigten. Die meisten Apparate an Bord des Braxliors mußten dort bleiben, da sie beide nicht wußten, wozu sie dienten. Außerdem wollte Adrian so wenig wie möglich mitnehmen, weil völlig unklar war, wie lange die Reise dauern würde; selbst das geringste Gewicht konnte nach einer Weile zu einer unerträglichen Last werden. Nach einem letzten Rundgang durch das Raumfahrzeug schienen ihm die vier ovalen Eßschalen am geeignetsten zur Verwirklichung der Idee, die ihm gekommen war. Der Amatokdes verschmolz mittels seiner besonderen kinetischen Fähigkeiten das Zentrum der Schalen mit Stäben, die er zuvor aus dem Braxlior abmontiert hatte. So entstanden zwei Achsen mit ovalen Rädern. Nach ein paar weiteren Stunden war unter Verwendung weiterer Teile aus dem Braxlior ein etwas seltsamer Karren entstanden. Zwei etwas dickere Röhren, die ungefähr anderthalb Meter lang waren, wurden an einem Ende abgedichtet und mit Nahrungsbrei gefüllt. Diese ein Meter fünfzig Brei und die anderthalb Meter

Getränke wurden jeweils mit einem Deckel versehen und auf den Karren geladen.

Adrian bedauerte, daß er an Bord keine Waffen gefunden hatte. Es wäre ihm nun einmal lieber gewesen, auf alles vorbereitet zu sein. Eine Kiste mit Werkzeug wanderte ebenso auf den Karren wie eine runde Kiste mit großen schwarzen Schaumstoffstücken, die eventuell als Deckel dienen konnten. Nach einem letzten Blick auf den halb im Boden vergrabenen Braxlior ergriff Adrian entschlossen die Stange, die er am provisorischen Rahmen des Karrens befestigt hatte. Dann trat der die Reise an, die ihn zu Radenack führen sollte, denn das war immer noch sein einziges Ziel. Der Amatokdes folgte ihm.

Adrian war erstaunt, wie schnell ihre Kommunikation Fortschritte machte. Jedes gemeinsame Erlebnis wurde sofort zu einem Bestandteil ihrer »Sprache«. Das Bild des strömenden grauen Breikrans bedeutete: »Ich habe Hunger. Sollen wir etwas essen?« Das Bild der Umgebung, das sich schnell auf ein bestimmtes Detail einzoomte, hieß: »Schau einmal her.« Adrian sprach und wiederholte seine Worte, und der Amatokdes sandte anschließend seine Bilder aus. Es schien ein vielversprechender Anfang zu sein, der sich erweitern ließ.

Der Boden federte weich unter Adrians Füßen. Jeder Schritt brachte ihn näher zu den sanft ansteigenden, tiefroten Hügeln, die sich scharf gegen den Horizont abzeichneten.

Zwei einsame Gestalten, die verloren über eine riesige Ebene auf einem unbekannten Planeten wanderten. Der Erdbewohner und der Amatokdes, zwei Wesen, die einander bis vor kurzem völlig fremd gewesen waren, hatten sich zusammengetan auf der Suche nach einem kosmischen Strohhalm, philosophierte Adrian vor sich hin. Abrupt blieb er plötzlich stehen. Er konnte seine Füße kaum noch bewegen. Ohne es zu merken, war er in einen mattglänzenden Tümpel geraten. Bis über die Knöchel stand er darin. Die Flüssigkeit preßte seine Füße auf den Boden und schien dermaßen schwer zu sein, daß es ihm nur mit äußerster Anstrengung gelang, einen Fuß ein paar Zentimeter anzuheben. Stöhnend und ächzend kämpfte er sich Zentimeter um Zentimeter rückwärts. Der Flüssigkeitsspiegel war leicht in Bewegung zu bringen, aber sobald etwas hineingetaucht wurde, ließ es sich kaum noch bewegen. Adrian brauchte mindestens eine halbe Stunde, um seine beiden unbedachten Schritte in die bronzene Pfütze wieder rückgängig zu machen. Als seine Füße wieder zum Vorschein kamen, waren sie völlig trocken, und auch auf seinen Schuhen war kein Anzeichen von Nässe zu erkennen. Erschöpft ließ er sich auf den Boden fallen, um sich auszuruhen. Der Amatokdes zeigte ihm in einer Bildfolge, daß er froh darüber war, weil alles so gut ausgegangen war. Er schlug vor, das Bild von den zwei Beinen in der bronzenen Flüssigkeit als Signal zu benutzen: »Paß auf, Gefahr!«

»Okay«, sagte Adrian und dachte gleichzeitig, daß der Vorfall auf diese Weise doch noch etwas Gutes bewirkt hatte.

Er gönnte sich keine lange Ruhepause.

»Los!« sagte er. »Wir müssen weiter«, und rappelte sich wieder hoch. »Ich weiß nicht, wie es sich hier mit der Nacht verhält, aber falls es so etwas hier gibt, dürfen wir uns nicht davon überraschen lassen. Laß uns versuchen, die Hügel zu überqueren und dort unser Lager aufzuschlagen!«

Ein genaues und sehr detailliertes Bild der Hügel in der Ferne tauchte in seinem Geist auf als Zeichen dafür, daß der Amatokdes mit seinem Vorschlag einverstanden war. Adrian fiel auf, daß das Bild der Hügel in seinem Kopf mehr Details enthielt als dasjenige, das er mit eigenen Augen erkennen konnte. Der Amatokdes verfügte über eine sehr ausgeprägte Wahrnehmungsfähigkeit, die ihnen sicherlich noch gute Dienste leisten würde.

Seltsam eigentlich, daß er den Namen des Wesens immer noch nicht kannte. Vielleicht hatte es gar keinen. Auf sein wiederholtes Fragen wurde jedesmal eine andere Bilderfolge gesendet, deren Bedeutung er nie verstand. Er hatte kurz daran gedacht, sich selbst einen Namen auszudenken, aber das erinnerte ihn dann doch zu sehr an Robinson Crusoe. Allerdings hätte er statt des Namens ›Freitag‹ wahrscheinlich doch etwas Passenderes gewählt: ›Video‹ oder ›Videotokdes‹ wäre ein guter Name, überlegte er, doch bei ihrer derzeitigen Kommunikationsform war ohnehin kein Name nötig.

Nachdem er stundenlang einen Schritt nach dem anderen auf die purpurne Ebene gesetzt hatte, tauchten die ersten Hänge auf. Sanfte Formen erhoben sich aus der Steppe zu schlanken, spitzen Kämmen. Es fiel Adrian immer schwerer, den Karren hinter sich herzuziehen. Wege waren nirgends zu sehen, und die Höhen schienen mit einem niedrigen, wolligen Gewächs bedeckt zu sein, das Ähnlichkeit mit einem dicken Teppich aus Holzwolle hatte. Immer wieder sank er bis zu seinem Schienbein in die Pflanzenschicht ein, die ihn im Gehen stark behinderte und in die er sich oft verstrickte. Dem Amatokdes war es wegen seiner geringen Größe schon bald unmöglich, dieses Hindernis zu überwinden. So bekam der Karren einen Passagier. Das blaue Wesen projizierte eine Folge von aufmunternden Bildern in Adrians Geist, die seine Muskeln stärkten und ihm die Kraft gaben, den mühsamen Aufstieg fortzusetzen. Hinter jedem hohen Kamm gingen die Hügel wieder in eine riesige Ebene über, die sie überqueren mußten, um die nächste Höhe zu erreichen. Aus der Entfernung war das nicht zu erkennen gewesen. Sie würden wesentlich länger brauchen, um die höchste Stelle zu erreichen, als sie ursprünglich gedacht hatten. Adrian wollte unbedingt auf den Gipfel, denn er war gespannt auf die Aussicht und hoffte, dort Zeichen einer Zivilisation zu entdecken.

Je höher sie kamen, um so merkwürdiger wurden die Pflanzen auf dem Wege. Auf mehreren Hochebenen gab es die verschiedensten schwarzen borstigen Stengel, die meterhoch in die Luft ragten und sich mit ihren gewundenen, unverzweigten Ästen über die beiden Reisenden wölbten.

Adrian erschien es am besten, so schnell wie möglich einen Ruheplatz zu suchen. Ein paar Stunden Schlaf würden ihm gut tun. Der Amatokdes schien nie zu schlafen. Als der Karren in einer großen, bewachsenen Mulde steckenblieb, hatte er genug. Er nahm noch eine Portion Brei zu sich und sah dann die Umgebung wieder mit anderen Augen an. Anfänglich war sie ihm ungeeignet zum Kampieren erschienen, doch dann hatte er einen großen Stengel entdeckt, in dessen horizontal verlaufendem Teil sich eine gähnend tiefe Höhle befand. Das war eine unerwartete Möglichkeit. Er nahm den Behälter mit dem schwarzen Schaumstoff vom Karren, und während der Amatokdes ihm interessiert zuschaute, kletterte er am Stamm nach oben, bis er das Loch erreicht hatte. Er machte es sich in der Höhle bequem und deckte sich mit dem schwarzen Knäuel zu. Bevor er in einen tiefen Schlaf sank, bat er den Amatokdes noch, ihn bei Gefahr zu warnen.

Nach einer Weile schreckte Adrian hoch, weil er nicht mehr allein in der Höhle war. Der Amatokdes hatte sich zu ihm gesellt. Das Licht draußen war dunkelgrün geworden, und der Stengel schwankte in einem Sturm. Etwas wie heftiger Hagel klatschte gegen die Rinde des Schlupfwinkels. In der grünen Dämmerung sahen sie einen dunklen Schleier aus Millionen winziger dunkler Körner in Fäden vorübersausen. Der Wind heulte und pfiff an dem Stengel vorbei, der sich elastisch mitbewegte. Adrian versuchte erneut einzuschlafen, doch es gelang ihm nicht. Er mußte sich also damit begnügen, sich durch bloßes Liegen auszuruhen. Stunde um Stunde verging, ohne daß sich irgend etwas veränderte.

Als er zum zweitenmal aufwachte, merkte er, daß er

offenbar doch wieder eingeschlafen war. Die dunkelgrüne Dämmerung war von jenem rosigen hellen Licht abgelöst worden, das sie schon von ihrer Ankunft her kannten.

Der Amatokdes ließ sich unter geschäftigem Murmeln eine Portion Brei schmecken. Adrian gesellte sich zu ihm und nahm ein paar Schlucke aus der langen Trinkröhre. Nach einer Bildserie der finstersten Augenblicke während des Sturms veränderte sich das Licht der projizierten Bilder, und der Amatokdes versäumte es auch nicht, die Sonnen, die inzwischen hoch am Himmel standen, in Adrians Geist aufgehen zu lassen. Dieses Lichterpaar war eine außergewöhnliche Kombination: Die eine Sonne verbreitete ein hellrötliches Licht, die andere ein leuchtend karminrotes. Adrian aß schweigend seinen Brei, während der Amatokdes erzählte. Der Brei schmeckte scheußlicher denn je. Die Verpackung bekam der Qualität nicht gerade. Er schaute zu dem Wagen hin. Die Räder waren nun nicht mehr oval, sondern rund abgeschliffen und hatten höchstens noch die Hälfte ihrer anfänglichen Größe. Doch sie mußten weiter.

Der höchste Hügelkamm vor ihnen leuchtete in dem rosigen Schimmer. Der Aufstieg dauerte lange und war sehr mühsam. Je höher sie kamen, um so seltener wurden die Stengel, doch die wenigen Exemplare, die sie hier noch antrafen, wurden zunehmend dicker und höher. Adrian kämpfte sich vorwärts. Mit jedem Schritt sank er bis über die Waden in die Vegetation ein, die immer mehr den Charakter von Fallstricken annahm. Er war jetzt froh über den Anzug, den Onalm ihm geschenkt hatte. Vor allem die Hosenbeine, die sich eng um die Knöchel legten und in den weichen hohen Schuhen steckten, erwiesen sich als äußerst praktisch. Trotzdem blieb hin und wieder etwas an den Falten seiner Hose hängen.

Die absolute Stille von Sobriëtas bedrückte ihn nun allmählich. Das monotone Gemurmel des Amatokdes war der einzige Laut, der sein Trommelfell ab und zu in Bewegung brachte. Seine Gedanken kehrten zur Erde und zu all dem Schönen zurück, das sein Heimatplanet zu bieten hatte. Ein intensives Gefühl des Heimwehs durchströmte ihn. Er trat mit dem rechten Fuß in die Luft, doch die dunkle Schicht, die sich darauf abgesetzt hatte, löste sich nicht. Nach einer Viertelstunde hatten sich seine Füße in einen Klumpen grauen Staubs mit Tausenden von kleinen und größeren Körnern verwandelt. Je mehr er versuchte, diesen Staub abzuschütteln, um so mehr Körner setzten sich auf seinen Füßen ab — grobe Teilchen eines schwammigen Gesteins, die zwischen der Vegetation lagen.

Song 4

❖

Nostalgia for Earth

»Ich verstehe nicht, was das ist«, murmelte Adrian und hielt nachdenklich ein großes Korn gegen das Licht. Der Amatokdes sandte ihm das Bild des dunklen Schleiers, der während ihres Aufenthalts in dem überdimensionalen Stengel vom Himmel gefallen war.

»Du hast recht, das ist möglich«, sagte Adrian, der an das Geräusch des Hagels erinnerte. »Aber wie werde ich das nur wieder los?«

Sogar einige Hilfsmittel aus der Werkzeugkiste, die der Amatokdes projizierte, erwiesen sich als nutzlos. Zwar gelang es ihnen, die Staubkruste damit zu entfernen, doch mußten sie das Werkzeug schon nach nur zwei Schritten erneut einsetzen, da sich die Kruste wieder neu gebildet hatte. Es war einfach nichts zu machen.

Da der Gipfel des Hügels nahe war, kämpfte Adrian sich weiter. Kurz bevor sie den Gipfel erreichten, kamen sie in einem Paß im Hügelkamm an zehn riesigen kahlen Stengeln mit vielen seltsamen Löchern und Höhlungen vorbei, die mit der gleichen dicken verkrusteten Schicht bedeckt waren wie Adrians Füße.

Die Staubschicht reichte nach einiger Zeit bis an die Oberschenkel, wodurch das Gehen noch mühsamer wurde. Der letzte Teil des Kamms war am steilsten. Ein paarmal versuchte der Amatokdes, selbständig weiterzugehen, doch jedesmal verhakte er sich hoffnungslos in der Schlingpflanzenschicht, daß er wieder auf dem Karren platznehmen mußte.

Schwankend erreichte Adrian den höchsten Punkt des Gebirges, und die Aussicht, die sich ihm dort bot, war ein reicher Lohn für die Mühen. Keuchend ließ er sich vornüber fallen. Der Amatokdes taumelte aufgeregt murmelnd neben ihm durch die Vegetation. Auf der anderen Seite fiel der Hügelkamm sanft ab. Plötzlich ließ ein schriller hoher Schrei des Amatokdes Adrian erstarren. Ein dunkler Fleck tief unten im Tal wurde in seinen Geist projiziert.

»Ja, den habe ich auch gesehen«, sagte Adrian. »Aber was willst du damit sagen?«

Die Antwort war ein aus nächster Nähe eingezoomtes Bild des schwarzen Flecks, und nun sah Adrian, weshalb der Amatokdes so aufgeregt war. Obwohl man es nur schwer erkennen konnte, hatten die Ausbuchtungen des Flecks viel Ähnlichkeit mit Türmen. Wenn das zutraf, dann blickten sie auf eine Siedlung, die ihnen möglicherweise eine freundlichere Zukunft verhieß als das momentane, etwas trostlose Zigeunerleben in einem unbekannten Gebiet. Adrian stand auf. Er stolperte zum Rand des Abhangs. Er konnte nun praktisch nicht mehr gehen, denn er steckte bis über die Hüften in einer dikken Kruste, die hartnäckig an ihm haftete und sich bei jedem Schritt immer weiter ausbreitete. Mit weitgespreizten Beinen kam er nur mühsam Schritt für Schritt voran, wobei die Krusten an seinen Beinen aneinander scheuerten. Auf diese Weise würde er es nie bis zur Stadt — oder was auch immer das da unten war — schaffen. Als er den Abhang erneut betrachtete, kam ihm eine Idee. Es war nicht ganz ungefährlich, doch ein besserer Plan fiel ihm im Augenblick nicht ein. Dem Amatokdes erging es offenbar ebenso, denn als Adrian ihm seinen Plan unterbreitete, erhielt er ausschließlich Bilder als Antwort, die Verzweiflung übermittelten.

Adrian brachte den Karren, auf dem nur das Allernotwendigste sorfältig festgebunden war, an den Rand des Abhangs und stieg auf. Er klammerte sich an den vertäuten Nahrungsrohren fest, während der Amatokdes den Karren über den Rand schob. Langsam kam der Wagen in Bewegung, verhakte sich jedoch schon nach einigen Metern in der Vegetation. Adrian zerrte den Karren mühsam wieder nach oben und versuchte es erneut, nachdem er ihn sorgfältig in die alte Fahrspur gesetzt hatte.

Mit größerer Geschwindigkeit als beim erstenmal kam das merkwürdige Gefährt nun in Bewegung. Diesmal schien es genügend Geschwindigkeit zu entwickeln, um die Pflanzenschicht durchdringen zu können. Ein paar Sekunden später sah Adrian schon nichts mehr von der Umgebung als farbige, wirbelnde Streifen, die neben ihm herjagten, so schnell raste das kleine Fahrzeug abwärts. In beängstigendem Tempo schoß er in die Tiefe, bis das Wägelchen plötzlich über eine unerwartet auftauchende Bodenwelle schoß, in hohem Bogen durch die Luft flog und dann unter lautem Krachen wieder auf dem Boden aufprallte und zerschellte. Adrian spürte, daß er durch die Luft flog, und bereitete sich auf den Aufprall vor, der jedoch viel sanfter und weicher ausfiel, als er befürchtet hatte. Er blieb aber nicht liegen, sondern rollte weiter abwärts, und während er verzweifelt mit seinen Armen das Tempo zu verringern versuchte, wurde er immer schneller und schneller, wobei ihm so speiübel wurde, daß ihm Hören und Sehen verging. Der Amatokdes fand Stunden später am Fuß des Hügels einen Kopf, der aus einem riesigen Klumpen verkrusteter Körner herausragte. Dieser Kopf sagte nichts, er reagierte nicht, und die Augen waren und blieben geschlossen.

Legionärskrankheit ... Ein wütendes Fieber zehrt den Patienten langsam bis auf das Mark aus. Eine lodernde Hitze, die das Herz versengt und die Adern austrocknen läßt ...

Schweißtriefend schlug Adrian die Augen auf. Die Hitze war unerträglich. Er lag auf dem Boden. Verzweifelt sah er sich die dicke Kruste an, unter der sein Körper verborgen war. Die gräuliche Schicht isolierte seine Körperwärme wie eine Thermoskanne. Er spürte, daß etwas auf seiner Stirn und auf seinem Gesicht klebte. Ein Versuch, seine Arme zu bewegen, blieb erfolglos. Er rüttelte so lange, bis genügend Spielraum in der Kruste entstanden war, so daß er zumindest frei atmen konnte.

Wo mochte er nur sein? Er lag in einer Mulde, die mit dünnen stacheligen Strängen aus pflanzlichem Material abgedeckt war. Hoch über sich sah er ein bemoostes

Dach, das war alles. Die brütende Hitze ließ ihn nach Luft schnappen.

Was war geschehen? Wo war der Amatokdes? Er versuchte sich hochzurappeln, doch das war unmöglich. Die erstickende Staubkruste verhinderte jeden Versuch, sich zu erheben. Leises Rascheln ließ ihn erstarren. Irgend etwas oder irgend jemand trieb sich hier herum. Kurze Zeit später tauchte ein abscheulicher Kopf über dem Rand auf. Er war platt und häßlich wie die Nacht. Zwischen den schrägen Augen verliefen in gerader Reihe spitze Höcker nach unten, aus denen plötzlich lange dünne Stacheln hervorschossen, die ebenso schnell wieder verschwanden.

Adrian lag totenstill da. Die Nadeln bohrten sich dicht neben seinem Körper in den Boden und wurden wieder zurückgezogen. Plötzlich bebte das Wesen, fiel mit einem markerschütternden Geheul auf die Seite und wurde kurz darauf nach hinten gezogen und weggeschleppt. Dann kroch wieder etwas näher. Adrian spähte durch das dornige Gestrüpp nach oben und wagte kaum Atem zu holen. Ein mageres Gesicht mit einem kahlen Schädel tauchte auf. Der kleine Mund in dem Gesicht bewegte sich schnell, und Adrian hörte eine Anzahl äußerst schriller Töne. Es dauerte fast eine Minute, bis er die Bedeutung der Töne zu verstehen anfing. Der Linguasizer in seinem Nacken brauchte offenbar eine gewisse Zeit, um auf eine andere Sprache umzuschalten.

»Meine Ankunft ein zweifach guter Augenblick. Erstens genau rechtzeitig für Grafka. Zweitens Bewußtsein des Findlings aktiviert«, sagte das Gesicht.

Wieder fragte sich Adrian in fieberhafter Geschwindigkeit, wo er war. Er versuchte, sich an alle Einzelheiten der Ereignisse zu erinnern, und wollte der Gestalt über sich, die jetzt die Dornensträucher zu entfernen begann, etwas zurufen. Sein Mund war völlig ausgetrocknet.

»Mein Name ist Adrian. Ich habe friedfertige Absichten, und wer sind Sie?« wollte er sagen, doch seine Stimmbänder weigerten sich, die Botschaft zu übermitteln. Er schnappte nach Luft und versuchte vergeblich zu sprechen, bis er hörte, daß aus seiner engen Kehle schrille Laute kamen, deren Herkunft und Entstehung ihm völlig rätselhaft war. Das Gesicht über ihm reagierte mit Überraschung, antwortete jedoch mit ebensolchen kratzenden Tönen: »Wagenführer, sechster Darg, mit allen Konzessionen.«

Als der letzte Dornenstrauch entfernt war, sah Adrian, daß der Kopf zu einer ziemlich kleinen, schmalen Gestalt gehörte, die in einem weiten Overall aus einem dicken farblosen Stoff steckte, welcher an den Knöcheln und Handgelenken mit dünnen Riemen zusammengebunden war. Der Mann, der sich Wagenführer nannte, zog Adrian mit großer Kraft aus der Mulde und half ihm auf die Beine. Zuallererst schaute sich Adrian nun nach seinem Gefährten um, dem Amatokdes.

Nichts, keinerlei Lebenszeichen. Er sah nur das sechsbeinige Tier mit dem scheußlichen Kopf, das der Fremde sich auf den Rücken lud.

»Selbständige Fortbewegung, kann dies unternommen werden?« übersetzte der Linguasizer in seinem Nacken holprig die Frage des Mannes. Adrian merkte, daß die Staubkruste an seinen Füßen abgefallen war, denn er konnte, wenn auch nur mit der größten Mühe, kleine Schritte tun. Sehen konnte er seine Füße und Beine nicht, so dick war der Staubball rund um seinen Körper. Inzwischen redete der Fremde ununterbrochen weiter. Doch was er sagte, drang kaum in Adrians Bewußsein, so verblüfft war er über die frappierende Ähnlichkeit zwischen diesem Fremden und dem irdischen Menschen. Allerdings hätte er dies eigentlich schon aufgrund des Äußeren von Radenack, der ja auch von diesem Planeten stammte, vermuten können.

Vor sich sah er einen Wald von glatten, weit auseinanderstehenden, sanft gebogenen Stämmen, die ein riesiges flaches Dach trugen. Es erstreckte sich, so weit das Auge reichte. Hunderte von schlanken Stämmen neigten sich jeweils in Dreiergruppen einander zu. Sie durchdrangen das Dach, und ihre Gipfel waren nicht zu sehen.

»Säulenbäume«, erklärte Wagenführer, der das Tier, das er auf dem Rücken trug, in die Mulde gleiten ließ und mit Gestrüpp bedeckte. »Grafka lange Zeit schmackhaftes Essen.«

Der Grafka schien Adrian alles andere als ein Leckerbissen zu sein. Ihn interessierte das sonderbare Dach über seinem Kopf mehr als dieses leblose Monster, über das der Mann so begeistert zu sein schien.

Grinsend schob Wagenführer ein letztes Bündel Zweige auf seinen Platz und murmelte: »Außer Sicht der Gesetze wird die Übertretung Gewohnheit.«

Obwohl Adrian nicht genau verstand, was der Fremde damit meinte, nickte er ihm freundlich zu.

»Auf daß wir uns aufmachen«, rief der Mann jetzt, und bevor Adrian wußte, wie ihm geschah, umarmte der Mann den Krustenball und hob ihn wie eine Feder vom Boden.

Wagenführer, sechster Darg, mit allen Konzessionen, setzte zu einem schnellen Marsch an. Adrian wogte sanft auf den Händen des Fremden auf und ab, die dieser über seinen Kopf hielt. Unterdessen redete Wagenführer ohne Unterbrechung. Adrian merkte, daß die Übersetzung seines Linguasizers immer fließender wurde. Er erfuhr, daß er schon viel früher gefunden worden war und daß sein Retter beschlossen hatte, ihn in der Mulde zu verstecken, bis sich zeigen würde, ob seine Seele noch im Körper weilte. Mit keinem einzigen Wort erwähnte der Fremde den Amatokdes. So blieben viele quälende Fragen unbeantwortet.

»Wo gehen wir hin?« fragte Adrian und merkte, daß ihm die schrillen Laute viel leichter als beim erstenmal über die Lippen kamen.

»Möge das wohltätige Rasthaus von Sanuke deine Lebensumstände verbessern«, lautete die Antwort, und sogleich krächzte Wagenführer eine schauerliche Melodie, die dumpf von der Decke hoch über ihm widerhallte.

Ein paar Stunden später — Adrian schien es, als ob sie einen großen Umweg gemacht hätten — tauchten schwarze Schatten am Horizont auf.

Der Fremde hielt plötzlich an, setzte ihn ab und holte ein farbloses Tuch aus der Tasche seines schlotternden Overalls.

»Es ist besser, nicht den richtigen Weg zu kennen«, flüsterte er geheimnisvoll und band Adrian das Tuch vor die Augen.

Adrian hatte daher auch nicht die geringste Ahnung, wo er war, als er nach einem steilen Aufstieg und ein paar scharfen Kurven wieder auf den Boden gesetzt und von dem Tuch vor seinen Augen befreit wurde. Er stand in einem dunklen schwülen Gang, wo er wegen seines Ballastes kaum ausreichend Platz zum Gehen hatte.

»Über den darübergelegenen offiziellen Ausgang werden wir unseren Weg verfolgen«, flüsterte der Fremde und ging ihm voran. So schnell Adrian konnte, schob er sich hinter ihm her. Am Endes eines engen Gangs öffnete der Fremde eine Tür, und plötzlich waren sie wieder an der frischen Luft. Adrian schaute sich überrascht um.

Vor sich sah er eine riesige Versammlung auf kurzen Sockeln ruhender pyramidenförmiger Bauwerke von verschiedenster Machart und Größe. Zum Zentrum hin wurden die Gebäude immer größer, höher und einförmiger, bis ihre phantastischen hochaufragenden Spitzen sich im Funkeln der beiden Sonnen verloren, die die Stadt in ihre Strahlen tauchten.

Doch sogar die größten Pyramiden verblaßten angesichts der beiden monumentalen exotischen Bauwerke, die im Zentrum auf einem riesigen steinernen Plateau die Stadt überragten und deren unzählige wunderliche Statuenreihen noch aus dieser Entfernung zu erkennen waren.

»Momdule, die heilige Stadt«, verkündete Wagenführer in ehrfurchtsvollem Ton. »Doch komm, folge mir!«

Adrian passierte hinter Wagenführer einen schmalen Laufsteg, der leicht unter seinen Füßen federte und ihm das Gefühl gab, er würde schweben. Er drehte sich um und sah, wo sie gerade herausgekommen waren. Es handelte sich um eine riesige elipsenförmige Kabine, die von einem Rundgang umgeben war.

»Ist das nicht wunderschön«, sagte Wagenführer, der neben ihm stand. »Ein echter Quon-Wagen.« Doch Adrian beachtete die mit Statuen und Standarten verzierte langgestreckte Gondel nicht, sondern schaute auf die Landschaft, die sich vor ihm erstreckte.

Die Stadt Momdule war auf einer gigantischen Plattform errichtet. Die niedrigen Sockel, auf denen die Pyramiden ruhten, waren die Spitzen der Säulenbäume, die den Boden des Plateaus durchdrangen und Dutzende von Metern tiefer auf dem Boden des Planeten von Sobriëtas endeten. Er hatte also unter der Stadt gelegen, als er von der Mulde aus auf das bemooste Dach geschaut hatte, und die schlanken Säulenbäume waren die Pfeiler der Pyramiden. Ein eindrucksvolles Fahrzeug von riesigen Ausmaßen rollte auf die Stadt zu. Es sah so aus wie dasjenige, auf dem er selbst sich befand. Adrian entdeckte den Fahrer in einer ähnlichen Art Gondel, die sich oben an dem schmalen, turmhohen Fahrgestell befand. Für die Fortbewegung sorgte eine lange Reihe kurzer plumper Beine, die das Riesenfahrzeug fortbewegten. Rollen an den Beinen paßten genau in eine Spur gleichgroßer Bodenlöcher, die sich bis zum Horizont erstreckte. In der Stadt gab es eine tiefe, V-förmige Bucht, deren Spitze ins Zentrum wies, so daß die Wagen bis in das Herz der Vororte gelangen konnten. In den Ausläufern dieser Bucht befanden sich zahlreiche Einkerbungen, in die die Rümpfe der Wagen genau hineinpaßten. Der Fahrer wählte eine dieser Einkerbungen aus und ließ das riesenhafte Fahrzeug in den Hafen rollen. Selbst dann noch ragte die Gondel hoch über das Stadtplateau hinaus.

»Komm, wir müssen uns beeilen!« ertönte es hinter Adrian. Er folgte Wagenführer auf die steile Laufplanke. Als er auf dem Pier stand, merkte er, daß ein Teil der Stadt von einer hohen wellenförmig verlaufenden Mauer mit einem breit überstehenden Rand umgeben war.

Unter großer Mühe versuchte er, mit Wagenführer Schritt zu halten. Sie liefen durch enge Gäßchen, die sich zwischen farblosen Pyramiden hindurchschlängelten. Hinkend und stolpernd folgte Adrian dem Fremden. Auf der Straße war kein Laut zu hören.

»Eile ist geboten«, sagte Wagenführer in gebieterischem Ton und schwenkte dabei die Arme.

Sie durchquerten ein verwinkeltes Gäßchen und standen plötzlich vor einer verfallenen dreieckigen Tür, die Wagenführer ohne zu zögern öffnete. Die geräumige Halle dahinter war in ein gelbliches Licht getaucht. In den angrenzenden großen Räumen saßen viele Männer in der gleichen Kleidung wie Wagenführer und tranken aus schlanken hohen Kelchen. In der Mitte befand sich eine Art steinerne Feuerstelle, auf der ein glühender Rost lag. Eine kleine Frau mittleren Alters legte viereckige kleine Kissen darauf, die sich zischend aufblähten und einen würzigen Geruch verbreiteten.

»Hier zu warten empfiehlt sich«, sagte Wagenführer und ging auf die Frau zu. Während er mit ihr sprach, schauten beide ein paarmal zu ihm hinüber. Adrian zog sich unwillkürlich in den dunkelsten Teil der Halle zurück.

Plötzlich öffnete sich die Tür hinter ihm mit einem Schwung, und eine Anzahl schrill kreischender Männer betrat die Halle. Ihre Kleidung war voller Flecken und

Risse. Einer von ihnen, der eine bunte Mütze trug, kam armeschlenkernd auf Adrian zu.

»Beizfäule in deinen Adern«, schrie er aufgeregt, holte blitzschnell eine gabelförmige Stichwaffe hervor und schwenkte diese vor Adrians Augen hin und her.

»Ruhig Blut, ich will wirklich keine Schwierigkeiten«, sagte Adrian nervös und sah, daß der Wagenführer immer noch mit der Frau sprach.

»Du Schlammtreter, weißt du nicht, daß du verschwinden mußt, wenn die Wagenführer der tausend Spuren sich zeigen?«

Adrian stammelte hastig ein paar Entschuldigungen, doch das schien nicht zu helfen. Die Kameraden des Krakelers gesellten sich hinzu, was den Jähzornigen noch stärker anzuheizen schien.

»Dieser Bodenspucker in seinem Klumpenkleid besudelt uns«, schrie er. »Los, sing das Lied der Entschuldigung, oder ich werde ein paar zusätzliche Löcher in deinen Schädel bohren!«

»Sing, yeah, sing!« riefen die anderen.

Der Krawall hatte mittlerweile die Aufmerksamkeit aller Anwesenden auf sich gezogen. Mit wenigen Sätzen war Wagenführer zur Stelle. Er schob den Raufbold grob zur Seite und verpaßte Adrian einen kräftigen Faustschlag, so daß dieser rückwärts gegen die Mauer fiel. Dann wandte er sich an den Jähzornigen.

»Laß mich das nur machen, Wagengenosse. Dieser unverschämte Nabenputzer gehört zu meiner Gruppe, und sein schändliches Verhalten liegt in meiner Verantwortung. Sie können sicher sein, daß ich ihm wegen seines Verhaltens eine nachhaltige Lektion erteilen werde.«

Aus einer Falte seines Anzugs holte er ein großes zweizackiges Messer hervor und fuhr dann fort: »Ich nehme an, daß hiermit alles auf zufriedenstellende Weise geregelt ist.«

Der Randalierer, der immer noch nichts gesagt hatte, murmelte etwas Unverständliches, zuckte dann mit den

Achseln und drehte Adrians Wagenführer den Rücken zu.

»Eine Kanne Plurg für die ganze Mannschaft«, rief dieser der Frau zu, mit der er geredet hatte. Die Kameraden des Raufbolds johlten und drängten sich in die Schankstube. Der Mann mit der bunten Mütze kam bedächtig hinter ihnen her und schaute sich noch zweimal nachdenklich um, bevor er am Tisch neben seinen Freunden Platz nahm und seinen Kelch mit dem inzwischen herbeigebrachten Plurg füllen ließ.

Adrian lag benommen auf dem Boden. Der Schlag, den er von Wagenführer bekommen hatte, dröhnte noch immer dumpf in seinem Kopf nach.

»Ich hatte keine andere Wahl«, sagte dieser, beugte sich über ihn und versuchte ihn hochzuzerren. »Das sind Wagengenossen der roten Serie. Leute ohne festen Vertrag. Söldner, die sich um kein Gesetz kümmern.«

»Aber war das denn wirklich nötig«, stöhnte Adrian und tat vorsichtig ein paar Schritte.

»Und ob es nötig war. Einen Augenblick später, und du wärst an der Wand aufgespießt worden. Wir werden noch viel vorsichtiger sein müssen. Komm mit!«

Er packte Adrian roh am Nacken und schob ihn vor sich her durch eine dreieckige kleine Tür. Dahinter lag ein Gang, der spärlich beleuchtet war und spiralförmig nach oben führte. Durch ihn gelangten die beiden in einen höhergelegenen Teil des Gebäudes. Es war ein niedriger Raum mit drei großen, rechteckigen Blöcken, die durch zahlreiche steinerne Kanäle mit mehreren kleineren, würfelförmigen Gebilden verbunden waren. Es stank nach Verwesung. An der unbehauenen Decke aus Lavagestein glänzte überall Schimmel.

»Was haben wir hier zu suchen?« fragte Adrian.

»Wir werden hier die Kruste entfernen. Nichts kann dich besser davon erlösen als ein paar hundert Karkargen. Hier, steig ein!«

Wagenführer hatte eines der würfelförmigen Dinger

aufgeklappt. Adrian erkannte, daß es sich um eine Art verschließbare Badewanne handelte. Vorsichtig kletterte er hinein. Die Wanne fühlte sich an seinen Füßen kalt an. Der Fuhrmann schob langsam Adrians Nacken in einen Halbkreis und schloß den Deckel. Knarrend klappte die Wanne zu. Nur Adrians Kopf ragte noch aus dem Tank.

»Was wird jetzt geschehen?« fragte er nervös.

Wagenführer ging zu dem großen rechteckigen Block, mit dem Adrians Tank über die Kanäle verbunden war und antwortete, während er ein großes Speichenrad zu drehen begann: »Ich lasse die Karkargen zu dir kommen. In dem lauen Chromokül werden sie dich kahlfressen.«

Adrian stieß einen Schrei des Abscheus aus, als er spürte, wie eine klebrige lauwarme Flüssigkeit in den Tank floß. Der Dampf, der an seinem Hals vorbei aufstieg, machte ihn noch schwindeliger, als er ohnehin schon war. Er spürte deutlich, daß etwas Lebendiges um ihn herumglitt. Er erschauerte und rief, er wolle wieder heraus, doch Wagenführer ignorierte ihn und verließ den Raum. Das glitschige Gewimmel wurde immer unerträglicher. Die Karkargen fraßen die verkrustete Schicht. Adrian versuchte verzweifelt, den Tank zu öffnen und sich durch das Loch zu zwängen, jedoch vergeblich. Erschöpft ließ er sich schließlich in der Flüssigkeit treibend von Hunderten von glitschigen Karkargen abschlecken.

Eine halbe Stunde später kam Wagenführer zurück, um zu fragen, wie es ihm gehe. Adrian hatte sich völlig in sein Schicksal gefügt und murmelte irgend etwas Unwichtiges. Wagenführer nickte ihm sichtlich zufrieden zu und sagte: »Bald wirst du von deiner Last befreit sein. Ich bin gleich wieder da«, und mit einem Knall schlug er die dreieckige Tür hinter sich zu, die sich außerhalb von Adrians Blickfeld befand. Das Schwindelgefühl war zum Glück fast völlig verschwunden. Die Geräusche von unten drangen gedämpft herauf. Rauhe Stimmen krächzten im Befehlston.

Vermutlich geben sie Bestellungen auf, dachte er. Dann weckte ein leises Knarren einen Augenblick lang seine Aufmerksamkeit. Er drehte den Kopf, so weit er konnte, in Richtung des Geräuschs, doch er sah nichts. Wieder glaubte er etwas zu hören: ein leises schleifendes Geräusch wie von einem nackten Fuß auf Stein. Jemand oder etwas hatte sich eingeschlichen. Immer noch konnte er nichts sehen. Er schrie: »Wagenfüüüaaahhhhh!«

Plötzlich wurde ihm ein Band über den Mund geworfen und von hinten stark angezogen. Sein Schrei erstickte in einem hilflosen Gewimmer. Seine wehrlose Position ließ ihm keinerlei Handlungsmöglichkeiten. So spürte er nur, wie zwei Hände seinen Kopf nach unten drückten. Wie besessen versuchte er sich zu wehren, doch seine Beine und Füße suchten vergebens Halt an den glatten, glitschigen Wänden. Der Druck auf seinem Kopf wurde stärker. Er glitt in den Tank und tauchte in die Flüssigkeit ein. Über seinem Kopf wurde die Luke geschlossen. Ein brennendes Prickeln durchzog alle seine Glieder, und allmählich verlor er das Bewußtsein ...

Er schlug die Augen auf und erkannte im Bruchteil einer Sekunde, daß sich alles zum Guten gewendet hatte. Das nachdenkliche Gesicht Wagenführers starrte ihn an. Neben ihm sah er in einem Knäuel aus Draht ein geknebeltes blaues Wesen. Der Amatokdes! Er schoß in die Höhe, doch ein stechender Schmerz ließ ihn ebenso schnell wieder zurücksinken. Er lag auf einer kühlen steinernen Mauer hinter den Tanks. Von der Kruste war keine Spur mehr zu sehen.

»Als ich nach dir schauen wollte, fand ich den verschlossenen Tank, und dieses Scheusal war gerade dabei, an einem der Zulaufhähne zu drehen«, sagte Wagenführer. Adrian hob eine Hand hoch, schluckte ein paarmal mühsam und sagte: »Moment, das ist ein Amatokdes. Er ist mein Freund.« Dann schwieg er, da der Amatokdes ihm inzwischen in einem schnellen Bilderstrom erzählte, wie ihn der Notruf Adrians erreicht hatte und wie er herbeigeeilt war, um die Ablaufschleuse zu öffnen, damit der Tank leerlaufen konnte.

»Er wollte mir nur helfen«, sagte Adrian zu Wagenführer, der ihn erstaunt anschaute und antwortete: »Helfen? Indem er dich ertränkte?«

»Das ... das ist er nicht gewesen. Im Gegenteil, er kam später und wollte mir helfen, genau wie du.«

»Woher weißt du das?«

»Das hat er mir gerade erzählt. Er spricht in Bildern, nicht in Worten«, erklärte Adrian Wagenführer, der ihn anschaute, als hätte er den Verstand verloren.

»Binde ihn nur los«, drängte Adrian. »Ich erzähle dir gleich die ganze Geschichte.«

Unsicher wandte sich Wagenführer dem Amatokdes zu, der sich jedoch schon selbst aus der Fessel befreite, indem er sie mit seiner kinetischen Kraft versengte. Das Erstaunen Wagenführers schlug nun sichtlich in Argwohn um. Adrian beruhigte ihn.

»Komm, wir werden uns ausführlich darüber unterhalten, aber vorher möchte ich wissen, wem ich diesen Vorfall zu verdanken habe.«

Der Amatokdes erklärte ihm, er habe niemanden gesehen, als er auf Adrians Notruf hin herbeigeeilt sei. Er war von oben gekommen, während Wagenführer unten im Gang gestanden und ebenfalls niemanden gesehen hatte.

»Es gibt nur einen einzigen Weg nach unten«, sagte Wagenführer. »Ich hätte dem Eindringling begegnen müssen.«

»Laß uns einmal nachschauen«, schlug Adrian vor und ging zu Tür.

»Hier, zieh erst diese Limarna an!« Wagenführer gab ihm ein blaßgrünes Exemplar des weiten Overalls, den, wie er sagte, alle Bewohner von Momdule trugen. Adrian zog das Ding vorsichtshalber über seinen anderen Anzug, weil er sich nicht von Onalms geschmeidigem Raumanzug trennen wollte. »Bereit für die Untersuchung«, stellte er fest, als er die Knöchelriemen festgebunden hatte.

Der Gang verlief weiter spiralförmig nach oben und gabelte sich zweimal, bevor sie die Stelle erreichten, wo der Amatokdes Adrians Hilferuf gehört hatte. Im grauen Dämmerlicht untersuchten beide die Abzweigungen. Ein Gang endete vor einer grauen Mauer, der andere vor einem schwarzen sternförmigen Gitter. Bei genauerer Untersuchung stellten sie fest, daß das Gitter mit einem scharfen Gegenstand bearbeitet worden war und sich mit einigem Zerren teilweise aufbiegen ließ. Die Öffnung war groß genug, um einer schlanken Person einen Durchlaß zu gewähren. Tief unter sich sah Adrian die Straße. Schmale horizontale Simse mit regelmäßigen Zwischenräumen von jeweils ungefähr zwanzig Zentimetern liefen über die Außenmauer des Rasthauses. Es mußte möglich sein, über das Gitter und über die Simse einen sicheren Ausgang zu finden. Die Rückseite des Rasthauses, die durch das Gitter zu erreichen war, grenzte an die hohe, in Wellenlinien verlaufende Mauer, die die Spitze des Gasthauses überragte.

»Was liegt dahinter?« fragte Adrian Wagenführer.

»Dort beginnt die heilige Stadt«, erklärte er. »Wir befinden uns hier im Quon, dem Quartier der Wagenführer, Lader und Schauerleute. Sie nennen uns die Befleckten, weil wir die außerstädtischen Kontakte aufrechterhalten. Solche Kontakte sind den Bewohnern der heiligen Stadt verboten. Sie dürfen nicht hierherkommen, und wir nicht dorthin.«

»Nun, ich habe den Eindruck, daß es irgend jemand dort nicht so genau mit dieser Vorschrift nimmt«, sagte Adrian grübelnd, und deutete auf den grobfaserigen Strang, der direkt unter dem vorstehenden oberen Rand der Mauer befestigt war und dessen Ende von einem hochgelegenen Sims der Gasthausmauer nur einen Sprung weit entfernt war. »Jemand hat hier seinen privaten Zugangsweg, und diese Person hielt es offenbar für angebracht, mich in der lauwarmen Brühe ertrinken zu lassen.«

»Ich fürchte, vorläufig werden wir nicht viel mehr in Erfahrung bringen können«, meinte Wagenführer.

Adrian brachte das Gitter sorgsam wieder in die ursprüngliche Position. Wagenführer ging vor ihnen her nach unten und führte sie vorsichtig an dem großen Raum vorbei. Ein schneller Blick ins Innere zeigte ihm, daß die Raufbolde verschwunden waren. Er bog in einen schmalen Gang ein, steckte ein glänzendes Stäbchen in die Tür eines Seitenraums und öffnete sie. Auf einer Erhöhung stand in der Mitte ein großer, mit einfachen Reliefs verzierter Metalltopf auf einem Brenner. Die Dämpfe, die daraus aufstiegen, erinnerten Adrian an Zimt. Begeistert eilte Wagenführer zu den Speisen, nachdem er vorsichtshalber das Stäbchen aus der verschlossenen Tür gezogen hatte.

»Meine Lieblingsausschweifung«, sagte er erfreut und schob den anderen einen Stuhl zu. »Geporzellierter Grafka, getränkt in Laveit und Kivuten, los, greift zu! Es ist genug für alle da, und füllt eure Kelche mit dem besten Plurg aus dem Hochland von Ranaven, monatelang geschüttelt nach den geheimen Bewegungsritualen der besten Getränkeschüttler.«

Vorsichtig probierte Adrian von dem Essen und nippte an dem Getränk. Als das Zeug seine Geschmackspapillen erreichte, bekam er augenblicklich eine Gänsehaut, die sich bis zu seinen Nackenwirbeln ausbreitete. Der Amatokdes begnügte sich schon bald mit dem mattschwarzen süßen Plurg-Trank, ergänzt durch ein paar tomatenförmige weißgelbe Früchte, die Wagenführer Daldei-Nüsse nannte. Genüßlich schmatzend erzählte Wagenführer, daß der Verzehr von Grafkas in Momdule mit den abscheulichsten Strafen geahndet würde. Der Boden und alles, was er hervorbringe, sei nach der Lehre heilig, doch hier im Quartier der Wagenführer würden die Gesetze glücklicherweise nicht so streng befolgt. »Andernfalls würde ich jetzt auch an den synthetischen Zralblumenkuchen kleben.« Lachend füllte Wagenführer aus einem großen lederartigen Behälter die Kelche auf. »Wenn sie wüßten, daß ich auf dem Boden auf die Jagd gehe ... Allein schon für das Betreten des Bodens würden sie mir den Kopf plätten. Aber du kannst von Glück reden, daß ich meine eigenen Wege gehe, sonst hätte ich dich nie gefunden.«

Er füllte seinen Kelch bis zum Rand und fuhr fort: »Nun erzähl mir mal, wie du eigentlich dorthin gekommen bist.«

Adrian erzählte, sie hätten als Schiffbrüchige ihr Raumfahrzeug verlassen müssen, weil der Motor beschädigt und die interne Klimaanlage ausgefallen sei. Er erzählte nicht die ganze Wahrheit, weil er nicht allzuviel verraten wollte.

Wagenführer wurde ganz aufgeregt und fragte begeistert: »Ihr wart Reisende in einem Luftwagen? Dann gibt es sie also wirklich?«

»Ja, wußtest du das denn nicht?« fragte Adrian überrascht.

»Nun, man hört alle möglichen Geschichten darüber, und es gibt sogar einen Wagenführer, der behauptet, er habe einmal etwas Derartiges gesehen.«

Sichtlich erregt verfiel Wagenführer in tiefe Grübeleien. Adrian erzählte weiter. Den letzten Teil der Geschichte diktierte ihm der Amatokdes in Bildern. Als er bewußtlos in dem Krustenball unten an den Hügeln gelegen war, hatte das blaue Wesen ihn bis unter die Stadt gerollt, eine Reise, die nach irdischen Maßstäben mindestens anderthalb Tage gedauert hätte. Dort hatte der Amatokdes bei ihm gewacht, bis der Wagenführer aufgetaucht war. Dann hatte er sich versteckt und beobachtet, wie der Wagenführer versucht hatte, Adrian zu Bewußtsein zu bringen. Weil ihm dies nicht gelungen war, hatte er ihn in einer Mulde zurückgelassen, die er zuvor mit Gestrüpp abgedeckt hatte. Dann war er fortgegangen, und der Amatokdes war ihm gefolgt. »In diesem Rasthaus hörte der Amatokdes, wie du zu der Frau sagtest, daß du in Kürze einen Kranken mitbringen würdest. Also beschloß er, sich hier zu verstecken, bis du mit mir zurückkommen würdest. Und siehe da ...« Mit einem kräftigen Zug aus dem mit mattschwarzem Saft gefüllten Kelch beendete Adrian seinen Bericht.

»Und was jetzt?« fragte Wagenführer.

»Wir sind auf der Suche nach einem gewissen Radenack. Wir müssen ihn dringend sprechen.«

Der verständnislose Blick Wagenführers machte Adrians Hoffnung zunichte.

»Namen sagen mir nichts«, bemerkte Wagenführer. »Funktionen, darum geht es. Ist er ein Lader, ein Schauermann oder vielleicht ein Kesselfalter oder Kesselflechter?«

Adrian schüttelte den Kopf. »Er arbeitet für die Autoritäten. Er ist eine Art Aufseher.«

Wagenführer dachte nach und sagte dann entschieden: »Nein, dabei kann ich dir nicht helfen. Vielleicht wissen sie in der Stadt mehr. Dieser Radenack könnte ein Kontaktmann aus den Kreisen des Garanten sein.«

»Wer ist das?«

»Der Garant ist der Herrscher von Momdule, das heißt, zusammen mit der Repräsentantin der Lehre.«

»Nun, dann suchen wir sie doch einfach auf«, meinte Adrian, der sich dank der Mahlzeit wesentlich besser fühlte.

»Das Betreten der Stadt wird als unverzeihlicher Verstoß gegen die Lehre angesehen und mit Plätten des Herzens in einer riesigen steinernen Presse vergolten. Deshalb ist es gefährlich, dumm und sinnlos, die Stadt als Lösung anzusehen«, sagte Wagenführer entschieden, während er in der Wand einen kleinen Deckel aufklappte. Das orangefarbene Licht im Raum verfärbte sich zu einem angenehmen tiefen Rot.

Beeindruckt betrachtete Adrian die Beleuchtung. Das System bestand aus einer tiefen Furche in der Mauer, die wie eine Rinne zwanzig Zentimeter unter der Decke parallel zu dieser verlief und in der kleine Flämmchen aufflackerten.

»Wenn ich dir mit einem nützlichen Ratschlag dienen darf«, fuhr Wagenführer fort, »dann würde ich hier so schnell wie möglich einen anständigen Beruf erlernen und mich ansonsten so ruhig wie möglich verhalten. Ich glaube, du hast noch nicht verstanden, was für ein Glück es für dich war, daß ich dich gefunden habe. Die meisten Bewohner des Quons hätten euch, wenn ihr überhaupt jemals aus eigener Kraft hier angekommen wäret, sofort an den ersten besten Saftzieher verkauft, der euch, ohne daß auch nur ein Blatt deswegen geraschelt hätte, in seinen Speisetöpfen verschnitten hätte. Eure einzige Chance liegt hier. Mit Sanuke, der Wirtin dieses Rasthauses, kann ich, wie du wohl schon gemerkt hast, manches regeln. Vielleicht könntet ihr hierbleiben, und ich kann dich«, er deutete auf Adrian, »bei einer Gruppe von Nabenputzern einschreiben. Der Amatokdes sollte am besten in der Raststätte bleiben und sich nicht draußen blicken lassen. Mit viel Glück und harter Arbeit könnt ihr wahrscheinlich überleben. Sei damit zufrieden, und versuche nicht, das Schicksal noch mehr zu strapazieren, wenn sich schon der erste Sprung zeigt.«

Adrian ignorierte diese Weisheiten und fragte: »Aber hör doch einmal ... ähh ... verflixt ... wie heißt du denn eigentlich?«

»Man nennt mich Wagenführer D.E., letzteres steht für meinen Beinamen: ›Der Eigenmächtige‹. Du kannst aber ruhig Wagenführer zu mir sagen.«

»Gut«, begann Adrian von neuem. »Wagenführer, wo ist hier die nächste Stadt?«

Dieser seufzte. »Du wirst noch eine Menge lernen müssen, und zwar so schnell wie möglich«, sagte er. »Es gibt keine andere Stadt! Momdule ist ein heiliges Gebiet von riesigem Ausmaß, und es ist: die einzige Stadt. Das ist ›all und ausreichend‹, wie die Lehre sagt.«

»Aber wohin reist du dann als Wagenführer? Es gibt doch diese breite Schiene, auf der du mit dem Wagen die Stadt verläßt ... Die führt doch irgendwohin?«

»Oh, natürlich, der Pfad der Quonfahrer ist die einzige Verbindung zur Grenzlinie der Lehre. Eine wunderschöne Reise, die viel Zeit kostet. Ein eindrucksvolles Erlebnis für jeden Wagenführer, doch eine Reise, die von der Lehre ablenkt. Deshalb dürfen diejenigen, die diesen Weg gegangen sind, den heiligen Teil der Stadt Momdule nie mehr betreten.«

»Ja, aber jetzt hör doch einmal zu!« drängte Adrian weiter und fühlte, wie seine Kehle und seine Stimmbänder allmählich zu brennen anfingen von den grotesken Lauten, die man hervorbringen mußte, um diese Sprache sprechen zu können. »Von hier fahren doch regelmäßig Wagen los, und die fahren doch irgendwohin? — Wo kommen sie dann an? — Wie heißt dieses andere Land denn beispielsweise?«

»›Tralantea‹ wird das Gebiet jenseits der Grenzlinie der Lehre genannt. Der Name bedeutet: ›das Gebiet, in dem du verloren bist‹. Wir Wagenführer kommen nie dorthin. Wir fahren bis zur Grenzlinie, wechseln dann unser Fahrzeug und fahren wieder zurück. Das ist der einzige Weg ... etwas anderes gibt es nicht!«

»Und wer übernimmt dort die Wagen von euch?«

Wagenführer zuckte die Achseln und sagte: »Die Partei jenseits. Sie lassen sich aber nie in der Wechselstation blicken. Wenn man dort ankommt, steht der neue Wagen schon bereit. Einen Grund, sich dort aufzuhalten, gibt es nicht. Dort gibt es nichts.«

Wagenführer wunderte sich offensichtlich über die Fragen. Er schaute Adrian eine Weile schweigend an und fragte dann sehr vorsichtig: »Aber wo kommt *ihr* her?«

»Ich komme von der Erde, und der Amatokdes hier kommt von ...« Adrian schwieg. Jemand machte sich an der Tür zu schaffen. Wagenführer stand auf, steckte das Stäbchen wieder in die Tür und sagte, während er sie öffnete: »Die Erde, davon habe ich noch nie gehört. Sie liegt sicher noch viel weiter entfernt als die Grenzlinie.«

Adrian begriff plötzlich, daß Wagenführer glaubte, der Amatokdes und er kämen aus einem anderen Teil von Sobriëtas. In der Tür stand die Frau, die ihr Wohltäter Sanuke genannt hatte. Sie war ebensogroß wie Wagenführer und hatte ein freundliches Gesicht. Ihre Haut war außergewöhnlich runzelig, obwohl ihre Haltung und ihre Bewegungen zeigten, daß sie noch nicht sehr alt sein konnte. Sanuke reichte Wagenführer einen geflochtenen Korb und einen Stoffbeutel, die dieser vorsichtig entgegennahm. In leisem, hohem Ton tauschten sie einige Wort aus, die der Linguasizer in Adrians Nakken nicht übersetzte. Danach nickte die Frau ein paarmal und verschwand lautlos. Wagenführer stellte das Körbchen vorsichtig auf die Erhöhung in der Mitte des Raums. Aus dem Beutel holte er eine Art stumpfen Hammer, in dessen Schlagfläche sich eine Mulde befand.

Feierlich verkündete er: »Zur Abrundung der Mahlzeit möchte ich euch in den Genuß einer leider ebenfalls verbotenen Leckerei bringen: In Firrkraut gewaschene, sahnige Peroltraxen.« Dann nahm er den Hammer in die Hand und öffnete eine viereckige Klappe im Korb. Eine Zeitlang geschah nichts. Das leise Zischen der roten Flämmchen in der Lichtrinne war der einzige Laut in dem fensterlosen Raum. Plötzlich schien sich in der Öffnung des Korbs etwas zu bewegen. Mit erstaunlicher Geschwindigkeit schoß ein länglicher Käfer mit einem dicken behaarten Kopf ins Freie und blieb plötzlich stehen. Der Kopf auf dem langen, aus mehreren Segmenten bestehenden Hals bog sich nervös in alle Richtungen.

Pong! Mit einem wohlgezielten Schlag hatte Wagenführer mit dem Hammer so auf das Tier geschlagen, daß der Rumpf in der Einbuchtung landete und unbeschädigt zum Vorschein kam, als er den Hammer wieder hochhob. Der Rest war zu einem feuchten Flecken auf dem Boden geworden. Behende schob sich Wagenführer den Bissen in den Mund. Der nächste Käfer wurde auf die gleiche Weise zubereitet und dann dem Amatokdes angeboten. Da dieser ein fröhliches Farbenspektrum aussandte, wußte Adrian, daß die Spezialität ihm offenbar schmeckte. Die Öffnung im Korb war so klein, daß nur jeweils ein Käfer seinem Schicksal entgegengehen konnte. Allerdings konnten die Käfer selbst das Tempo bestimmen, und es sah ganz so aus, als hätten sie es eilig. Mit einem Hagel von Schlägen bearbeitete Wagenführer die Käfer zu mundgerechten Leckerbissen. Adrian überwand seinen Widerwillen und kostete von einem der angebotenen Exemplare. Er schluckte, ohne zu schmecken. Trotzdem blieb ein ekelhafter säuerlicher Geschmack in seinem Mund zurück, und sein Magen revoltierte mit einem brennenden Gefühl. Unauffällig schob er den Rest seines Anteils der Käferschlachtung dem Amatokdes zu, dem dies sehr willkommen war.

Plötzlich ertönte von draußen Geschrei und das Getöse von fallendem Mobiliar. Wagenführer rannte zur Tür und öffnete sie vorsichtig. Aus der Schankstube drangen die schrillen Schreie verstörter Gäste. Eine rauhe Stimme sprudelte eine Sturzflut von Worten hervor, die Adrian wegen des Echos in dem großen Raum nicht verstehen konnte. Er eilte hinter Wagenführer her, bis dieser sich plötzlich umdrehte und ihm bedeutete, stehenzubleiben. Adrian spähte um eine zerbrochene Säule und sah, wie Wagenführer die Schankstube betrat, in der es drunter und drüber ging. Überall lagen Möbel auf dem Boden herum. Die meisten Gäste drängten sich in den Ecken zusammen und schrien verängstigt. Manche deuteten auf etwas, das Adrian von seinem Versteck aus nicht sehen konnte, offenbar der Grund des Aufruhrs. Wagenführer sprang aus seinem Blickfeld. Ein langgezogenes näselndes Summen, das nicht enden wollte, vibrierte an den Mauern entlang, gefolgt von einer Anzahl peitschender Schläge.

Die Gäste wichen voller Grausen so weit wie möglich in die Ecken zurück. Behutsam schlich sich Sanuke nach vorne. Mit bebenden Händen legte sie ein paar große, braungelb gefleckte Klumpen in die Mitte des Raums auf den Boden und entfernte sich dann vorsichtig wieder in den Hintergrund. Keine Sekunde später sprang ein graurotes Wesen auf die Klumpen zu und riß mit einem Schlag seiner stumpfen Schnauze, die in ein paar scharfen Spitzen endete, einen der Klumpen in Fetzen. Milchartiger Gelee und rote Saftstrahlen spritzten umher. Die Frucht — denn eine solche war es vermutlich — schlürfte das Biest in Sekundenschnelle aus. Nun tauchten zwei weitere dieser Wesen auf und fielen zusammen mit dem ersten über die restlichen Früchte her. Adrian sah sich die fremden Besucher genau an und kam zu dem Schluß, daß sie trotz ihres grausigen Aussehens etwas Faszinierendes hatten. Schon allein der untersetzte Rumpf war außergewöhnlich. Er war mit flaumigem, grauem Haar bedeckt, unterbrochen von roten Daunenflecken und gänzlich kahlen Stellen, an welchen fahle, sandfarbene Schuppen zu sehen waren. Die Wesen standen auf drei erstaunlich kurzen dicken Beinen, die fast völlig unter langen flockigen Haarsträhnen verborgen waren, welche vom Unterkörper bis auf den Boden herabhingen. Auf dem stumpfen Kopf und dem kurzen Nacken wuchsen mehr rötliche Büschel als anderswo am Körper. Das Auffälligste jedoch waren die beiden unbehaarten Anhängsel, die mindestens anderthalbmal so lang waren wie das Wesen selbst und die links und rechts vom Kopf aus den Schultern ragten. Eines der

Wesen holte damit nun kräftig nach Wagenführer aus, der sich ihnen vorsichtig zu nähern versuchte. Geschickt wich er den Schlägen des Tieres aus, die wie Peitschenschläge durch den Raum knallten. Er sprang federnd hin und her wie in einem bizarren Tanz und kam ihnen immer näher. In seinen Händen hielt er einen langen Stock, mit dem er die angefressenen Fruchtstücke ein Stück weiter schleuderte. Die Wesen liefen hinterher und schlugen immer wieder nach dem Störenfried. Vorsichtig, wiederholte Wagenführer das Manöver, wieder schleuderte er die Obststücke ein Stück weiter. Sanuke reichte ihm noch ein paar große, unbeschädigte Früchte, die er gut gezielt in Richtung der Tiere rollen ließ, jedoch mit soviel Kraft, daß sie an ihnen vorbeisausten und erst im Gang draußen vor der Schankstube liegen blieben.

Adrian preßte sich an die zerbrochene Säule, als wenige Meter von ihm entfernt ein Wesen die weggerollte Frucht erreichte. Er glaubte zu verstehen, was Wagenführer im Sinn hatte. Ein paar Minuten später fiel mit einem dröhnenden Schlag die Eingangstür ins Schloß. Wagenführers Plan war geglückt. Er hatte die für die Wesen so begehrenswerten Früchte allmählich aus der Raststätte hinausgerollt, und nachdem die grauroten Wesen den Früchten ins Freie gefolgt waren, hatte er die Eingangstür sorgfältig abgeschlossen. In der Schankstube entstand nun ein Aufruhr. Die erfolgreiche Aktion von Wagenführer hatte nicht verhindern können, daß ein Gast von einem der Peitschenschläge getroffen worden war. Ein tiefroter Striemen verlief quer über das Gesicht eines blonden jungen Mannes, der auf dem Boden lag und verzweifelt um sich blickte. Die übrigen Gäste in der Schankstube bildeten einen weiten Kreis um den am Boden Liegenden. Der junge Mann stand stöhnend auf und stieß ein paar wilde Schreie aus, worauf ein paar Frauen erschrocken von ihm wegsprangen. Ein älterer Mann wagte sich näher als die anderen an ihn heran und redete ihm besänftigend zu. Adrian konnte von seinem

Versteck aus nichts verstehen, doch ihm war klar, daß der Alte das Opfer zu beruhigen versuchte. Auf den Jungen hatte dies jedoch kaum eine Wirkung. Plötzlich ergriff er einen Krug, der auf einem Tisch stand, und schleuderte diesen unbeherrscht in Richtung einiger besonders aufdringlicher Zuschauer. Diese stoben auseinander, und der Krug fiel zu Boden und zerbarst in tausend Stücke. Der alte Mann ließ sich davon nicht stören, und den Jungen schien nun Mutlosigkeit zu überfallen. Wie eine abgeknickte Pflanze sank er wieder zu Boden und ließ den wohlmeinenden Wortschwall des Alten über sich ergehen.

Plötzlich öffnete sich die Außentür. Adrian kroch erschrocken weiter hinter seine Säule zurück. Fünf Uniformierte, von denen vier eine Art langer Mistgabel trugen, marschierten durch die Halle in die Schankstube. Die Zuschauer wichen verängstigt zur Seite, um sie durchzulassen. Als die Uniformierten sich um den Jungen aufgestellt hatten, streckte der alte Mann die Hände über seinen Kopf und stimmte ein klagendes Summen an, in das alle Anwesenden außer den Uniformierten einstimmten. Dann stießen zwei der Uniformierten ihre Gabeln von vorne und von hinten auf Hüfthöhe in Richtung des Jungen. An den Gabeln waren keine spitzen Zacken, sondern halbkreisförmige eiserne Bänder. Als die Bänder einander berührten, schienen sie zu verschmelzen, und der Junge war in einem Reifen gefangen. Mit ein paar schnellen Drehbewegungen verringerte der weiter hinten stehende der beiden Männer den Umfang des Reifens. Das Band drückte die Arme des Jungen so fest gegen seinen Körper, daß er einen Schmerzensschrei ausstieß. Zwei andere Uniformierte ließen nun ähnliche Zangen, jedoch mit viel breiteren Bändern, um den Kopf des Jungen einklicken, so daß eine Kappe entstand, in der sein Kopf verschwand. Er trat wild um sich, doch das war völlig sinnlos, denn seine Peiniger waren am Ende der langen Stiele außer Reichweite der einzigen Waffe, über die der Junge noch verfügte. Aus der Kappe ragten drei riesige Schrauben hervor, die nun vom Anführer der Uniformierten langsam angezogen wurden, bis ein erstickter Schrei ertönte. Adrian lief es kalt über den Rücken. Die Zuschauer summten voller Hingabe und reagierten ansonsten nicht auf das Geschehen. Mit zwei Uniformierten an der Spitze, zwei am Ende und dem Jungen in der Mitte marschierten die Sechs davon. Das Opfer gab keinerlei Lebenszeichen mehr von sich. Sein Körper schleifte schlaff über den Boden, als er zwischen den Zangen der Uniformierten fortgezerrt wurde. Der Anführer der Gruppe ließ seinen Blick forschend über die Umstehenden schweifen. Dann zog er aus seinem Wams ein Pamphlet voller fremdartiger Hahnenfüße, das er demonstrativ an die Eingangstür der Gaststube nagelte. Schließlich marschierte er, ohne sich noch einmal umzuschauen, hinter seinen Kollegen her, die das Rasthaus inzwischen verlassen hatte.

Das Summen in der Schankstube verstummte. Es kehrte wieder Ruhe ein, doch war eine bedrückte, niedergeschlagene Stimmung zu spüren.

Adrian hastete zurück in den Raum, in dem der Amatokdes saß und sich nicht von der Stelle rührte. Adrian erzählte ihm, was er gesehen hatte, und starrte dann schweigend in die roten Flammen in der Wand, bis Wagenführer zurückkam. Die Erleichterung war ihm anzusehen, und mit einer fast überschwappenden Kanne Plurg in der Hand ließ er sich auf seine Kissen sinken.

»Das Glück ist uns wieder gut gesonnen«, bemerkte er fröhlich. »Dieses Ereignis hat gefährliche Seiten in bezug auf unsere Position.« Als er Adrians verständnislosen Gesichtsausdruck bemerkte, fuhr er fort: »Der Quon hat wieder einmal unerwarteten Besuch von einer herumstreunenden Horde Khorovigs, die auf Nahrungssuche sind. Was wir auch versuchen, um sie fernzuhalten, es ist vergeblich. In regelmäßigen Abständen dringen einige von ihnen in die Stadt ein und streunen so lange durch den Quon, bis alle die Nahrungsmittel vor ihnen verstecken. Dann erst verschwinden sie.«

»Ja, aber«, unterbrach Adrian, »warum jagt ihr sie dann nicht?«

»Daendelan Swantui!« rief Wagenführer. »Was der gute Boden nicht alles hervorbringt! Du hast überhaupt nichts begriffen! Die Lehre befiehlt, den Boden zu lieben und zu ehren. Es ist unter Androhung der grauenvollsten Strafe verboten, den Boden zu betreten oder auch nur anzuschauen. Alles, was der Boden hervorbringt, ist heilig.«

»Und was war das dann mit diesem Jungen?« fragte Adrian schockiert.

»Als die Khorovigs auf der Suche nach Nahrung hier eindrangen, hätte er sich besser genau wie die anderen abseits gehalten. Doch er wollte zeigen, daß er mit ihnen fertig werden könne. Natürlich konnte er das nicht. Es gelang ihm nicht, einem wütenden Angriff eines der Khorovigs auszuweichen, und dabei zog er sich eine fatale Schändung zu.«

»Fatal scheint mir etwas übertrieben«, bemerkte Adrian. »Ein paar Wochen Ruhe, und er hätte es schon überstanden.«

»Er hat seine Ruhe auf ewig gefunden«, erklärte Wagenführer kopfschüttelnd. »Er dient jetzt schon dem Boden. Die Helfer des Garanten werden ihn dabei unterstützen. Er mußte sich gegenüber der Lehre verantworten. Alles, was der Boden hervorbringt, unterliegt den Gesetzen der Lehre. Die Khorovigs leben in Herden, die über die heilige Ebene des Bodens ziehen. Deshalb verdienen sie den Respekt der Lehre. Er hat den Khorovig berührt und damit gegen die Lehre gefehlt. Dafür mußte er büßen.«

Adrian sprang entrüstet auf.

»Wenn du mit Berühren meinst, daß dieser Khorovig ihm einen Schlag versetzt hat, daß ihm Hören und Sehen verging, so scheint mir das eine sehr merkwürdige Argumentation zu sein!«

Geduldig ließ Wagenführer ihn gewähren und sagte dann: »Es war direkter Kontakt; direkte Berührung! — Er hat die Gesetze geschändet ... Seine Strafe war gerecht. Aber der Junge ist bereits vermust, der Vorfall gehört also glücklicherweise bereits der Vergangenheit an. Vergiß das Ganze!« sagte Wagenführer gutgelaunt und entleerte den Inhalt seines Kelchs unter vergnügtem Gluckern in den Mund.

Adrian starrte eine Weile still vor sich hin und stellte dann nachdenklich fest: »Wir haben Glück gehabt, es ist hier zweifellos eine ebensolche Todsünde, Grafkas und Peroltraxen zu essen. Es ist sogar verboten, den Boden zu betreten und diese Tiere zu jagen. Und doch sind wir von einem jagenden Wagenführer aufgelesen worden, der seinen eigenen Gesetzen zu folgen scheint. Wir haben erstaunlich viel Glück gehabt.«

Grinsend füllte Wagenführer den Kelch des Amatokdes auf und sagte erleichtert: »Endlich scheint dir klar zu werden, wie die Dinge hier liegen.«

Adrian stand auf, baute sich direkt vor Wagenführer auf und sprach in feierlichem Ton: »Ich stelle mich hiermit als Nabenputzer zur Verfügung.«

6

Zew Druyrg war ein schlacksiger Mann von fahlgelber Hautfarbe. Der lange Schatten des mageren Nabenputzers malte sich immer als erster zu Beginn eines Arbeitstages auf der Mauer der dämmrigen Werkstatt ab, und er blieb auch nach Ende der Arbeitsperioden immer am längsten an seinem Arbeitsplatz. Sprechen konnte er kaum, wie Adrian entdeckte, als der Vorarbeiter Grosol Hugmells ihn Zew unterstellte. Soweit Zew, ein einsamer Waise, zurückdenken konnte, war er schon Nabenputzer gewesen. Der schmutzige Arbeitsplatz, der nur durch ein paar schmale Lichtspalte in der schräg nach oben zulaufenden Decke beleuchtet wurde, war Zews Paradies. Dort arbeitete und rackerte er sich ab, ohne etwas darum zu geben, daß er die Arbeit tat, die das geringste Ansehen genoß. Sogar daß seine zwölf Nabenputzerkollegen ihn links liegen ließen, war ihm völlig gleichgültig. Zew hatte keine andere Ambition, als die Naben der riesigen Achsen, die aus verschiedenen Schlitzen im Boden hochrollten, zu schrubben, zu polieren, und zu wienern, bis sie wie Goldzähne glänzten.

Grosol Hugmells war ein mürrischer Kerl. Er war klein und dick und hatte rot geäderte Augen und einen kugelrunden Kopf. In regelmäßigen Abständen lief er jährzornig in der Nabenputzerwerkstatt umher und verteilte mit seiner unangenehm schrillen Stimme seine berüchtigten Spezialaufträge. Grosol hatte keine hohe Meinung von den Fähigkeiten Adrians, der als sogenannter Kombinant Zew unterstellt worden war.

Ein Nabenputzerteam bestand aus zwei Männern, die mit speziellen Ketten die aus dem Boden auftauchenden Wagenachsen mit einer Winde hochzogen und sie in einer starken Salzlösung Wechselbädern unterzogen. Dabei mußten die Naben mit rotierenden Handbürsten von Korrosion und Belag befreit werden. Bei dieser Prozedur hatte der Nabenputzer die Leitung, der Kombinant mußte seinen Anweisungen genau folgen.

Trotz der dunklen Kombinantenschürze aus Gummi, der Plateaustiefel, der groben Handschuhe und des Gesichtsschutzes litt Adrian unter den ätzenden Salzen, die seine Haut aufrauhten und reizten, wie die vielen schuppigen roten Flecken auf seinem Körper zeigten. Nach irdischer Zeitrechnung arbeitete er hier nun schon anderthalb Wochen. In dieser Zeit hatte er mehr vom alltäglichen Leben im Quon kennengelernt, als ihm lieb war.

»Halsen und fertig für den Viererdreh!« rief Zew mit übertriebenem Pathos und leerem Blick.

Das war eine völlig überflüssige Bemerkung, denn Adrian kannte die Prozedur mittlerweile in- und auswendig. Alle Handgriffe wiederholten sich vier- bis fünfmal am Tag in immer gleicher Reihenfolge. Mit sanftem Schwung drehte sich die riesige Achse an den Ketten zur Seite und kam über dem Schlammbecken zum Stillstand. Jeder Wagen bewegte sich auf acht solcher riesigen Achsen mit jeweils zweiundsiebzig schweren Speichen vorwärts.

»Schlammkratzer an!« kommandierte Zew.

Adrian seufzte und drückte auf den Knopf, der die Messer seines Kratzers über die Naben sausen ließ. Ein hohes Kreischen von Metall auf Metall hallte durch die Werkstatt. Adrian nutzte diese Gelegenheit, um Zew mit deftigen irdischen Schimpfworten in allen Tonarten zu verwünschen. So konnte er sein Herz erleichtern, ohne daß seine fremde Sprache bei anderen Argwohn erweckte.

Als Wagenführer ihn bei Grosol Hugmells als Nabenputzer vorgestellt hatte, der lange Zeit auf der Wechselstation gearbeitet hätte, hatte Grosol zu Adrians Bestürzung vorgeschlagen, er solle die Leitung einer Gruppe von Salzspritzern übernehmen. Doch Wagenführer hatte Grosol kurz zur Seite genommen, und infolge dieser

Unterredung war Adrian nun Zew als Kombinant zur Seite gestellt worden.

»Kratzer aus und sausende Reifen!«

Unermüdlich arbeitete Zew weiter, Nabe um Nabe, Achse um Achse. Behäbig tauchte die monströse Achse in die dampfende Flüssigkeit des ersten Bades ein. Adrian schaltete die rotierenden Bürsten ein und reichte Zew eine davon. Eigentlich lohnte es gar nicht, jetzt noch mit der Bürstenbehandlung zu beginnen, denn die vierte Arbeitsperiode war schon fast vorüber. Aber er wollte nicht wieder schuld sein, daß Zew vor Erregung rot anlief und sich vor Wut stampfend bei Grosol über seinen unwilligen Kombinanten beklagte. Adrian schaute auf die Uhr hoch oben an der Rückwand. Sie bestand aus acht kurzen, durchsichtigen Röhren, wobei sich jeweils eine breite neben einer dünnen Röhre gleicher Länge befand. Die breite Röhre stand für die Arbeitszeit und füllte sich innerhalb von ungefähr zwei Stunden mit einer roten Flüssigkeit. Anschließend lief eine schmale Röhre, die die Zeit für Meditation und Gebet anzeigte, in einer Viertelstunde voll. Danach brach die zweite Arbeitsperiode an, die wiederum durch die Füllung der nächsten dicken Röhre angezeigt wurde. Ein Arbeitstag bestand aus vier Arbeitsperioden, denen einundzwanzig Stunden Freizeit folgten. Ein Tag und eine Nacht dauerten demnach dreißig irdische Stunden.

Die meisten Nabenputzer hatten den Arbeitsplatz schon verlassen, als Adrian, nachdem er sich umgezogen hatte, Zew einen bodenfrüchtigen Marzam wünschte (eine Zeitspanne, die dem demütigen Studium der Lehre gewidmet wird), so wie man es hier am Ende jeder Arbeitsphase zu tun pflegte. Zew knurrte irgend etwas Unverständliches und fuhr starrsinnig mit seiner Arbeit fort. Adrian wußte, daß er erst dann wieder aufhören würde, wenn die ganze Achse wie ein Spiegel glänzte; anschließend würde sich Zew auf einen Lumpenhaufen in der Ecke der Werkstatt schlafen legen.

Als Adrian an der Kabine von Grosol vorbeikam, fand er die Tür und die beiden Sichtluken geschlossen. Gut so, dachte er. Dies war das erste Mal, daß Grosol zur gleichen Zeit wie die anderen verschwunden war. Doch halt! Adrian blieb abrupt stehen, als er glaubte, durch einen Spalt in einer der Luken einen Lichtstreifen zu sehen. Er spähte durch den Schlitz und staunte: Grosol Hugmells befand sich in einer höchst kompromittierenden Situation mit ein paar der Mädchen des Chors, der während der Meditationsperioden in der Fabrikkapelle sang. So so, dieser Grosol machte ja interessante Überstunden!

Das kam Adrian äußerst gelegen, denn nun würde er sich endlich einmal in aller Ruhe umschauen können. Er rüttelte vorsichtig an einer Tür, die zu öffnen — wie Grosol mehrmals ausdrücklich gesagt hatte — verboten sei. Er allein war befugt, durch sie die tiefer gelegenen Räumlichkeiten zu betreten. Tatsächlich, die Wollust hatte Grosol einen Streich gespielt: Er hatte vergessen, die verbotene Tür zu verschließen, wie seine Vorgesetzten es von ihm verlangten. Hinter der Tür fand Adrian eine Werkstatt von etwa gleicher Größe wie oben, die allerdings wesentlich luxuriöser eingerichtet war. Helles Tageslicht strömte üppig durch die zahlreichen großen sternförmigen Dachfenster ins Innere. Die Luft war sauber und frisch und wurde zweifellos öfter umgetauscht als in der Nabenwerkstatt. Etwa sechzehn imposante Arbeitstische waren im Raum verteilt. Hier und da steckten fremdartige Apparate in den Schraubstöcken. Unter anderem gab es da eine Art überdimensionalen Sahneschläger mit glänzenden Schaufeln, die länger als ein Meter waren. Adrian vermutete, daß es sich um irgendeine Wartungsabteilung handelte. Aber wozu dann die Geheimniskrämerei von Grosol und den anderen? Auf diese Frage fiel ihm keine sinnvolle Antwort ein. Er öffnete eine Tür mit roten Kupferbeschlägen und merkte erst dann, daß dies kein Schrank war, sondern der Zugang zu einem schmalen Gang, der in einer Spirale steil nach oben verlief. Am Ende entdeckte er einen gläsernen Durchgang, hinter dem an einem riesigen Schreibtisch jemand saß, der ihm den Rücken zuwandte. Die Person sprach zu einem Mosaik aus beweglichen Bildern, das sich auf der Wand vor ihr befand. Adrian wagte nicht näherzutreten, weil er Angst hatte, entdeckt zu werden. Deshalb konnte er kaum erkennen, was sich drinnen abspielte.

Der rothaarige, große Mann sprach in gemessenem Ton und verlieh einigen Worten durch Heben der Stimme besonderen Nachdruck, so daß Adrian sie verstehen konnte. »... beenden ... Dangruber äußerste Eile ... Pirdelvings-Quotum ...«

Ein zu großer Teil des Textes ging in unverständlichem Gemurmel unter, so daß er aus den wenigen klaren Worten keinen Sinn abzuleiten vermochte. Dies war übrigens das erstemal, daß Adrian auf Sobriëtas eine Apparatur zur Telekommunikation sah. Im gesamten Quon hatte er weder Telefon noch Radio und auch keinen Fernseher entdecken können. Nicht einmal die Wagenführer hatten die Möglichkeit, von ihren Wagen aus über Radio oder mittels anderer Kommunikationstechniken Kontakte zu unterhalten. Der Rothaarige mußte folglich eine besondere Funktion innehaben.

Dann ertönte von oben ein Poltern, eine Tür schlug zu, und Schritte hallten durch den Gang. Der Mann hinter dem Glas sprach ohne aufzublicken weiter. Resolut ging Adrian den Schritten entgegen. Plötzlich stand er einem Mann gegenüber, der kleiner als Adrian selbst war und mit einer Hand eine schwarzweiß gestreifte flache Dose an seine Brust drückte. Sein Gesicht war in sorgenvolle Falten gelegt. Adrian hob seine Hand und sagte sehr bestimmt: »Er darf nicht gestört werden.« Die stumpfgrauen Augen des Mannes starrten ihn ängstlich an.

»Wer sind Sie? Ich kenne Sie nicht. Sie müssen mich

augenblicklich passieren lassen«, sagte er nervös. »Molto Dangruber erwartet dieses Bulletin!« Eingeschüchtert schwenkte er die Schachtel.

»Molto Dangruber wünscht ausdrücklich, nicht gestört zu werden. Geben Sie mir das Bulletin!« erwiderte Adrian.

Er streckte seine Hände nach der Schachtel aus, doch der Bote wich zurück.

»Nein, nein! ... Das geht nicht! ... Frimner würde es niemals gutheißen ... Er hat mir aufgetragen, es unverzüglich Molto Dangruber auszuhändigen ... Wer sind Sie eigentlich?«

»Das haben Sie schon einmal gefragt, und ich muß Sie darauf hinweisen, daß man von Ihnen erwartet, daß Sie gehorchen, anstatt überflüssige Fragen zu stellen. Händigen Sie mir das Bulletin jetzt sofort aus, sonst werde ich Molto Dangruber über Ihr eigenmächtiges Verhalten unterrichten müssen.«

»Das ist nicht nötig«, sagte der Mann hastig. »Ich tue nur meine Pflicht, so wie Frimner es mir aufgetragen hat.«

Mit bebenden Händen reichte er Adrian die Schachtel. »Es wird Frimner nicht gefallen«, jammerte er.

»Frimner wird dazu gar keine Gelegenheit haben«, sagte Adrian barsch. »Ich verbiete Ihnen im Namen von Molto Dangruber, mit irgend jemand über diesen Vorfall zu sprechen! Andernfalls wird Ihnen die denkbar schlimmste Zukunft zuteil werden. Molto Dangruber duldet keinen Klatsch über vertrauliche Angelegenheiten! Merken Sie sich das und gehen Sie nun wieder an Ihre Arbeit! Und löschen Sie zu Ihrem eigenen Besten diesen Vorfall aus Ihrem Geist!«

Adrian machte demonstrativ kehrt, um anzudeuten, daß die Unterhaltung beendet sei. Der Bote murmelte, daß er sich genauestens an die neuen Instruktionen halten würde, und ging fort. Vorsichtig öffnete Adrian die Schachtel und fand drei elastische Streifen eines durch-

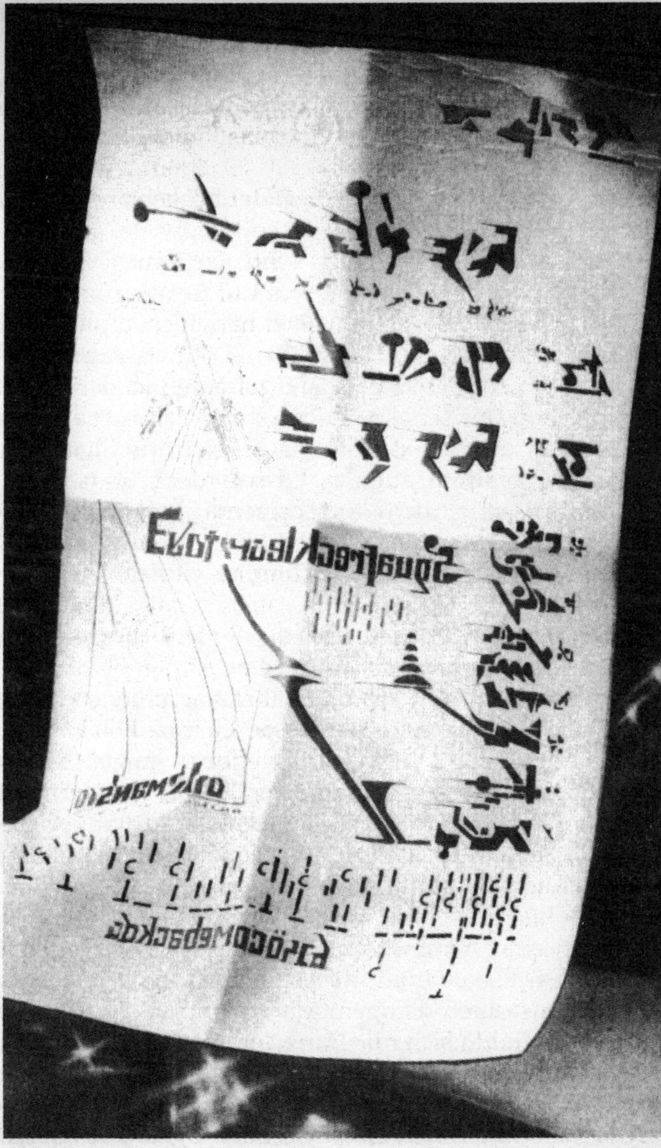

sichtigen Materials sowie eine Anzahl von Dokumenten. Nachdenklich schaute er sich einen der Berichte an.

Enttäuscht stellte er fest, daß er nichts damit anfangen konnte. Hätte er seinen Commodore-Computer bei sich gehabt, dann wäre er jetzt nicht so hilflos gewesen! Wehmütig dachte er an seinen VIC 20, der ihm in so kurzer Zeit ein so unentbehrlicher Freund geworden war. Aber da war leider nichts zu machen ...

Nun wurde es Zeit für den nächsten Schritt. Er legte alles wieder in die Schachtel und lief zurück zum Büro. Der Rothaarige war immer noch in sein kompliziertes Bildprogramm vertieft. Selbstbewußt öffnete Adrian die gläserne Tür. Wie auf Kommando drehte sich der Mann vor ihm mitsamt seinem Stuhl um, so daß Adrian ihm direkt in das runde Gesicht schaute. Der Stuhl hatte offenbar automatisch auf das Öffnen der Tür reagiert. Adrian trat unter dem forschenden Blick von Molto Dangruber näher. Als Dangruber die gestreifte Dose erblickte, verzog er das aufgedunsene Gesicht zu einer merkwürdigen Grimasse.

»Ah, Sie bringen das Precidio-Bulletin«, schnauzte der Mann mit knarrender Stimme.

»Ähh, ja ... ähh ... Frimner hat mir aufgetragen, speziell Ihre Meinung zu diesem Bulletin einzuholen.«

Der scharfe Blick der pechschwarzen Augen Molto Dangrubers schien sekundenlang Adrians Gehirn zu durchbohren, bevor er sich langsam den Papieren zuwandte. Seine Augenlider waren von einer Entzündung stark gerötet. Der Rothaarige warf einen flüchtigen Blick in die Dokumente, legte sie dann oben auf einen großen Stapel in einer Zimmerecke, ließ sich wieder in seinen Stuhl zurückfallen und steckte einen der beigelegten Streifen aus durchsichtigem Material in die Stuhllehne. Der Stuhl drehte sich mit Dangruber in einer schnellen Bewegung wieder zu der Wand, wo die Abbildung einer Art Grundriß aufblitzte.

In einem unbewachten Augenblick ergriff Adrian ein

harmonikaartig gefaltetes Papier von Dangrubers Schreibtisch, das ihm wegen der großen eckigen Vignette, die darauf abgebildet war, ins Auge stach.

Inzwischen lauschte Molto Dangruber andächtig drei unterschiedlich hohen Stimmen, die durcheinander und mit großer Geschwindigkeit die Bilder kommentierten. Adrian verstand wegen des hohen Tempos gar nichts. Nur ab und zu glaubte er, Bruchstücke von dem, was er zuvor auf den Karten gesehen hatte, wiederzuerkennen. Orangefarbene und gelbe Buchstaben blitzten in diagonalen Bahnen über das Bild, umgeben von Symbolen in grellem Zyanblau.

»Frimner kann sich meiner Zufriedenheit sicher sein.«

Adrian erschrak über die unerwartet laute Bemerkung. Das Bild war verschwunden, und der Stuhl hatte sich erneut gedreht. Molto Dangruber schien beim Sprechen in eine aufgeklappte Schachtel mit Karten vertieft zu sein.

»Sie sind also eine der biegsamen Speichen im Rade von Frimner?«

»Ach, die Biegsamkeit zeigt sich unter der Last, die die Speiche tragen muß«, improvisierte Adrian. »In dieser Hinsicht ist mir noch keine Prüfung zuteil geworden, bei der ich diese Qualität hätte unter Beweis stellen können.«

Dangruber blätterte schweigend in seinen Papieren, einem großen Stapel viereckiger Karten, die über und über mit Buchstaben bedeckt waren.

Adrian fühlte sich immer unwohler. Die Stille gefiel ihm nicht. Dangruber ignorierte ihn vollkommen. Er wagte es nicht, einfach wegzugehen, hatte jedoch auch das Gefühl, nicht mehr viel länger warten zu dürfen. Plötzlich erschien es ihm ziemlich tollkühn, einfach hierhergekommen zu sein, ohne zu wissen, was ihn in einer solchen Situation erwartete. Schweißperlen standen ihm auf der Stirn. Molto Dangruber ordnete die Karten und behandelte Adrian immer noch, als wäre er Luft.

Dieser versteckte vorsichtig hinter seinem Rücken die

letzte Ecke des gestohlenen Dokuments im Ärmel. Warum hatte er das bloß getan? Es war eine Eingebung gewesen. Nun bereute er, daß er sich so hatte gehen lassen. Falls Molto Dangruber den Diebstahl bemerkt und mittels einer unauffälligen Alarmanlage Helfer verständigt hatte, die jetzt vielleicht schon im Anmarsch waren, während ihm hier nichts weiter übrig blieb, als hilflos abzuwarten? Ohne weiter nachzudenken, unterbrach er die angespannte Stille.

»Erlauben Sie mir, Frimner eiligst Ihre Mitteilung zu überbringen.«

Ohne aufzuschauen händigte Dangruber ihm den Stapel Karten aus und sagte: »Statt immer noch hier herumzustehen und sich sogar zu erdreisten, unaufgefordert das Wort zu ergreifen, können Sie besser dieses Unit zu Zelda-c-meta bringen.«

Adrian war auf der Hut. Er nahm das Päckchen Karten an und hoffte, das Richtige zu tun, indem er jetzt fortginge. Vorsichtig drehte er sich um und lief auf die gläserne Tür zu. Alles ging gut, bis er die Tür öffnete.

»Halt, sage ich!« donnerte es hinter ihm.

Sein Herz pochte bis zum Halse, doch er drehte sich gelassen um.

Molto Dangrubers Gesicht war zu einer Grimasse verzerrt. »Sie glauben also, Sie könnten hier fortgehen, ohne sich für Ihr beleidigendes Verhalten entschuldigt zu haben? Sie werden Frimner ausrichten, daß Sie sich persönlich für ein scharfes Training in gelassener Ausdauer anmelden. Ihr Quotient liegt weit unter dem akzeptablen Niveau. Sie stören mich mit dem Hinweis auf einen trivialen Auftrag, den man Ihnen gegeben hat. Ihr Benehmen ist äußerst empörend! Deshalb werden Sie Frimner außerdem bitten, Sie in eine Säuberungseinheit internieren zu lassen, aus der Sie erst wieder entlassen werden, wenn Dhor seine fünfzigste Spiegelung auf den Quon wirft. Lassen Sie sich untersuchen und korrigieren, damit Sie zu Ihrer eigenen Vervollkommnung gelangen! Und nun gehen Sie und tun Sie unverzüglich, was ich Ihnen befohlen habe!« Dangrubers Stuhl drehte sich mit einem heftigen Ruck zur Wand zurück, und schon tanzten die farbigen Figuren wieder über das Bildmosaik.

Erschrocken verließ Adrian das Büro. In kürzester Zeit stand er wieder auf der Straße und atmete erleichtert auf. Draußen war nicht viel Betrieb. Ein Geruch, der an Terpentin erinnerte, drang durch die Gitter der Kanalisationslöcher auf die Straße. Adrian eilte in Richtung Rasthaus. Natürlich hatte er nicht vor, sich auf Befehl von Molto Dangruber internieren zu lassen. So dumm war er nun auch nicht. Er hoffte nur, daß Dangruber sich nicht die Mühe machen würde, weitere Information über ihn einzuholen oder zu überprüfen, ob Adrian seinen Befehl ausgeführt hatte. Das ängstliche Verhalten des Angestellten, dem er den Rapport für Dangruber abgeschwatzt hatte, ließ darauf schließen, daß eifriges Verteilen derartiger Strafen unter den Führungskräften der Bürokraten allgemein üblich war.

Im Gehen untersuchte er das Papier, das er von Dangrubers Schreibtisch gestohlen hatte. Es schien eine Art Reklamepamphlet zu sein, auf dem dazu aufgefordert wurde, Mitglied irgendeiner Organisation zu werden: des Arboad-Devotenkreises ... glaubte er trotz seiner mangelhaften Kenntnis der Schriftsprache zu entziffern. Was sollte er damit anfangen? Ein nutzloses Dokument! Er muß es in einem Anfall von geistiger Umnachtung mitgenommen haben. Von nun an wollte er versuchen, sich besser zu beherrschen.

Adrian überquerte die breite Straße, die die Werkstätten von der dichten Siedlung der Wohnkasernen trennte. In die dämmrigen engen Gäßchen zwischen den farblosen Pyramiden fielen die ersten Strahlen der blauen Zwergsonne Dhor, die jetzt langsam am Firmament aufstieg. Das verblassende Licht der beiden roten Sonnen strich über die Stadt und berührte nur noch die

Spitzen der höchsten Gebäude, so tief standen sie schon am Horizont. In Gedanken versunken ging Adrian weiter, bis er durch einen Schrei aus einer Seitenstraße aufgeschreckt wurde.

»Khoroviiiiig!«

Andere Stimmen fielen in den Schrei ein, und überall fingen Menschen zu rennen an. Manche versuchten, im nächsten Gebäude Unterschlupf zu finden, doch der mit einem Zweizack drohende Hausmeister jagte alle erbarmungslos wieder auf die Straße zurück.

»Khoroviiiiig!«

Adrian schloß sich blindlings einer Gruppe von vier Männern an. Sie überquerten einen kleinen Platz, eilten durch verschlungene Gäßchen, bogen um eine Ecke und scheuchten dort durch ihr plötzliches Auftauchen zwei Khorovigs auf. Unter lautem Geschrei stob das Grüppchen auseinander und suchte Schutz in den Seitengäßchen. Adrian schaute über die Schulter und sah, daß er von einem der Khorovigs verfolgt wurde. Mit federnden Sprüngen kam er schnell näher. Adrian war unschlüssig, wohin er sich wenden sollte. So rannte er einfach weiter durch einen ihm vollkommen unbekannten Stadtteil des Quons. Die Gasse führte in einer weiten Kurve um ein heruntergekommenes Lagerhaus und endete plötzlich vor einer hohen geschwungenen Mauer, der Stadtmauer der Heiligen Stadt. Nach Luft schnappend lehnte er sich dagegen und gönnte sich eine kurze Verschnaufpause. Viel Zeit blieb ihm dazu nicht. Der Khorovig näherte sich ihm bis auf ungefähr sieben Meter und blieb dann fauchend und schnaubend mit zitternden Peitschenfühlern stehen. Es war ein kräftiges Exemplar, allerdings kam es Adrian etwas kleiner vor als seine Artgenossen. Die schuppigen Teile des Tieres leuchteten im bläulichen Schein der Zwergsonne. Adrian schaute sich um und versuchte, sich unauffällig einem Stück Verpackungsmaterial zu nähern, das etwas weiter weg auf dem Boden lag. Doch das schien dem

Khorovig nicht zu gefallen. Er machte einen Satz nach vorn und holte blitzschnell mit seinem rechten Peitschenfühler aus. Adrian versuchte sich wegzuducken, wurde jedoch zwischen den Schulterblättern getroffen. Ein stechender Schmerz schoß durch seine Nervenbahnen, konnte ihn jedoch nicht von seinem Vorhaben abbringen. Durch seine Wimpern schätzte er die Entfernung ab und sprang. Der Khorovig antwortete mit einem panischen Peitschenschlag, der Adrian jedoch verfehlte. Adrian hatte mit seinem Sprung das Stück Kunststoff erreicht, das hart wie Stein war und das er nun dankbar als Waffe umklammerte. Der linke Fühler schoß surrend durch die Luft, vermutlich, um Adrians Aufmerksamkeit von dem gutgezielten Schlag des rechten Fühlers abzulenken. Adrian reagierte instinktiv und wehrte mit aller Kraft den auf seinen Kopf zuschießenden Peitschenschlag ab. Das Wesen stieß einen markerschütternden Schrei aus, als die beiden Waffen nur einen Meter vor Adrians Gesicht entfernt aufeinanderprallten. Adrian verlor keine Zeit mehr und hackte erneut auf das Tier ein. Nach ein paar weiteren Schlägen leistete das Wesen zu seinem Erstaunen kaum noch Widerstand und brach schließlich an der Fassade des schmutzigen Lagerhauses zusammen. Zweifellos war es von der unerwarteten Gegenwehr seines vermeintlichen Opfers völlig überrumpelt worden. Er war es einfach nicht gewohnt, daß die Bewohner von Momdule ihm Widerstand leisteten. Wenn der Khorovig jagte, flohen die Stadtbewohner. Das war für ihn die natürliche Ordnung der Dinge. Nachdem die Ruhe wieder eingekehrt war, sammelte Adrian die auf dem Boden verstreuten Karten von Molto Dangruber auf und fragte sich, wie es jetzt weitergehen sollte. Auf jeden Fall mußte er die Leiche des Khorovigs so rasch wie möglich verschwinden lassen. Wenn sie gefunden würde, würde sich möglicherweise einer aus der Gruppe, mit der er geflüchtet war, an ihn erinnern. Und infolge seiner Notwehr von einem

Haufen verwirrter Gesetzesdiener zu Mus verarbeitet zu werden, war nicht gerade eine verlockende Aussicht.

Er schleppte das Wesen zur Stadtmauer und stopfte es in eine Öffnung der Kanalisation. Dann legte er das Gitter wieder auf die Öffnung und verließ, so schnell er konnte, den unheilvollen Ort. Nach einigem zum Glück unbeachteten Umherirren fand er schließlich ungehindert den Weg zum Rasthaus zurück.

Er verzehrte Sanukes Essen — ein paar trockene Küchlein aus gepreßten Fasern und Blättern, übergossen mit einer pikanten Soße — und erzählte dem Amatokdes seine Erlebnisse. Dieser antwortete mit einer Reihe von grellfarbenen, aggressiven Bildern, denn auch er hatte Neuigkeiten. Während seines mittlerweile zehntägigen erzwungenen Aufenthalts in den dunklen Räumen des Rasthauses hatte er ständig die Luke im Auge behalten, die jenem Unbekannten als Fluchtweg gedient hatte, der Adrian in dem Kakargen-Tank hatte ertränken wollen. Vor wenigen Stunden war die Luke geöffnet worden — daran bestand kein Zweifel: Zwei hauchdünne Fäden, die der Amatokdes gespannt hatte, waren am Morgen noch unversehrt gewesen, am Mittag jedoch gerissen. Bei genauerer Untersuchung hatte sich herausgestellt, daß einer der zuvor leeren Räume plötzlich bewohnt war. In feurigen Bildern schlug der Amatokdes vor, diesem Raum einen Besuch abzustatten. Adrian nippte nachdenklich an seinem Kelch Plurg. Vielleicht wäre es besser abzuwarten, bis Wagenführer zurückgekehrt wäre, was allerdings bestimmt noch einige Tage dauern würde, da er gerade erst zur Wechselstation aufgebrochen war. Der Amatokdes warf mit einem lauten Knall den Ciendor auf den Tisch. Um die beiden nicht unbewaffnet zurückzulassen, hatte Wagenführer ihnen bei seiner Abreise sein Exemplar dieser hier beliebten Stichwaffe überlassen.

Adrian war zwar klar, daß der langweilige Hausarrest

den Amatokdes zu dieser etwas gewagten Aktion trieb, doch wäre es tatsächlich schade gewesen, die Gelegenheit ungenutzt verstreichen zu lassen. Mit Grauen dachte er daran zurück, wie er tief in den Tank mit den glitschigen Kakargen gedrückt worden war und wie sich der Deckel mit einem dumpfen Dröhnen über seinem Kopf geschlossen hatte.

Er sprang auf, packte das Messer und schlich hinter dem Amatokdes her nach oben. Hinter der Tür, auf die Adrians Gefährte deutete, war kein Laut zu hören. Vorsichtig versuchte Adrian, den langen Türriegel zu verschieben, der sich dann auch leise zur Seite schob. Im Innern ertönte ein leises Knarren und ein Geräusch, das vom Verschieben eines schweren Gegenstandes herzurühren schien. Adrian machte die Tür auf und spähte in die tiefrote Dunkelheit des nur spärlich beleuchteten Raums. Abgesehen von ein paar einfachen Möbelstükken schien er leer zu sein. Den Ciendor drohend vor sich haltend, trat Adrian vorsichtig ein. Der Amatokdes folgte ihm und drehte sich ein paarmal schnell um seine eigene Achse. Adrian schaute ihn verwundert an. Seine unausgesprochene Frage wurde mit einem Bild von einem Teil der Wand unmittelbar neben der Tür beantwortet. Adrian besah sich die Stelle, ohne etwas zu begreifen. Plötzlich schoß der Amatokdes mit großer Geschwindigkeit vorwärts und warf sich gegen die Wand. Diese brach auf, und ein Teil von ihr vollführte eine halbe Drehung. Adrian blickte direkt in das erschrockene Gesicht eines schwarzhaarigen Mannes, der sich auf einem Sims eng an die drehbare Wand drückte. Bevor der Fremde sich rühren konnte, hielt Adrian ihm schon den Ciendor dicht vors Gesicht. Der Blick des korpulenten Mannes wurde sofort glasig. Offenbar war er an schnelle Situationsänderungen gewöhnt, denn seine Augen ließen trotz der blinkenden Messer, die sich wenige Zentimeter vor seinem Gesicht befanden, keinerlei Emotionen erkennen.

»Wir wollten einmal bei Ihnen vorbeischauen, weil ich nur zu gerne wissen möchte, weshalb Sie mich vor kurzem ertränken wollten«, bluffte Adrian.

In den dunklen Augen des Mannes blitzte leichter Spott auf, sonst nichts.

»Vielleicht bin ich noch nicht deutlich genug geworden. Sie scheinen nicht zu begreifen, daß es mir bitter ernst ist. Ich bestehe darauf, daß Sie mir eine sinnvolle Erklärung geben.«

Wieder gab der Mann keinen Ton von sich.

»Dieser Ciendor ist von hervorragender Qualität«, versuchte es Adrian noch einmal und ließ das doppelte Messer scheinbar achtlos durch das fettige Haar des Schweigenden sausen, so daß die abgeschnittenen Lokken umherwirbelten.

Ob der Mann eine andere Sprache sprach und ihn nicht verstand?

»Ich kann Ihnen ein ausgezeichnetes Angebot für dieses Tier da machen, sagen wir ... drei Vasen Turlimne-Balsam erster Ernte ...«

Adrian war einen Augenblick lang völlig überrumpelt. Viele Reaktionen hatte er für möglich gehalten, doch mit dieser hatte er nicht gerechnet.

»Eventuell bin ich sogar bereit«, fuhr der Mann fort, »Ihnen außerdem eine Kassette Kehlfarben zu beschaffen. Dann müßten Sie mir allerdings als Gegenleistung auch die vollständige Gebrauchsanweisung für dieses Exemplar mitliefern.«

»Erstens«, sagte Adrian, »habe ich Ihnen eine Frage gestellt, die Sie mir noch nicht beantwortet haben. Zweitens ist dieser Amatokdes kein Tier, sondern ein respektabler Bewohner eines weit entfernten Landes, das Ihnen offenbar unbekannt ist. Außerdem ist es nicht meine Art, meine Freunde gegen Luxusartikel an Unbekannte zu verhökern.«

»Lochrast nennt man mich, und wie Sie wahrscheinlich gemerkt haben, zähle ich zu den Unreinen. Es wäre mir ein Vergnügen, Ihren Wünschen entgegenzukommen, vor allem, wenn Sie mir gestatten, diese unbequeme Haltung gegen eine komfortablere einzutauschen.«

Unter Adrians wachsamem Blick nahm er auf einem Sitz in der Mitte des Zimmers Platz. Seine Augen, die tief in dem stark zerfurchten Gesicht verborgen waren, schienen jetzt sogar einen Anflug von Fröhlichkeit auszustrahlen.

»Meiner Meinung nach regen Sie sich etwas übertrieben über meinen leider mißglückten Versuch auf, Sie für die Weiterverarbeitung einzukassieren.«

Adrian seufzte: »Können Sie das vielleicht näher erklären?«

»Wie Sie wünschen.« Der Mann, der sich Lochrast nannte, wurde sichtlich auskunftsfreudiger.

»Wenn ich Ihren Körper zur Verarbeitung einem Saftzieher hätte anbieten können, hätte er seine Getränke mit Ihrem Körper angereichert, und seine Kunden hätten zu Recht ein zufriedenes Brummen von sich gegeben. Natürlich hätte ich ihm für meine Dienste eine bescheidene Vergütung vorgeschlagen. Doch das sollte leider nicht sein, und jetzt ist es zu spät. Aber vielleicht können wir uns doch noch bezüglich dieses unscheinbaren Geschöpfs hier einigen.« Der Mann deutete auf den Amatokdes.

»Warum ist es jetzt zu spät?« fragte Adrian und ignorierte damit die Frage des anderen.

Lochrast stand langsam auf. »Sie sind doch inzwischen ein Registrierter. Wie könnte ich Sie da noch anrühren?« sagte er in gelangweiltem Ton und schielte dabei heimlich zu dem Amatokdes hinüber. »Gestatten Sie, daß ich Ihnen einige meiner Schätze zeige. Ich bin überzeugt davon, daß wir uns über den Tausch noch einigen werden.«

»Ach hören Sie doch auf! Ein für allemale: Wenn Sie dieses Rasthaus bei lebendigem Leibe verlassen wollen, dann verschwenden Sie kein Wort und keinen Gedanken mehr an dieses Thema!« sagte Adrian scharf. »Erzählen Sie lieber, wie Sie an die Information über meine Registrierung und ähnliches gekommen sind.«

»Wer seine Dienste jedem anbietet und wer die speziellen Nöte anderer kennt, erhält viele Informationen, besonders wenn bekannt ist, daß man für jedes Gerücht materiellen Dank erntet«, sagte Lochrast geheimnisvoll. »Erweist sich solch eine Nachricht als zutreffend, so darf der Vermittler sogar mit einer Verdoppelung der Belohnung rechnen.«

»Wer hat Ihnen Informationen über uns gegeben?«

»Zwecklos, zwecklos. Lochrast hört zu. Der Botschafter spricht. Lochrast schweigt und handelt. So arbeitet ein erfolgreicher Unreiner. Doch ich will Ihnen etwas zeigen.« Mit ein paar schnellen Bewegungen klappte er ein benachbartes Sitzteil auf und holte eine Menge seltsam geformten Nippes daraus hervor.

»Sehen Sie hier, eine Vielfalt des Unmöglichen, wie sie nur Lochrast bieten kann.«

»Ich muß Sie ernstlich warnen«, sagte Adrian, während er seinen Ciendor wieder kurz vor Lochrasts Kehle hielt.

»Seien Sie unbesorgt«, versicherte dieser, »ich werde nicht mehr von den imposanten Reichtümern reden, die ich Ihnen im Tausch für dieses alberne Wesen anbieten möchte.«

»Davon würde ich Ihnen auch dringend abraten, ebenso wie von irgendwelchen gegen uns gerichteten Handlungen.«

Lochrast schüttelte heftig den Kopf.

»Sie kommen zweifellos aus einer sehr weit entfernten Region, in die der Weg der Unreinen noch kein Wissen gebracht hat, sonst würden Sie solche Bemerkungen nicht machen.«

»Das ist unwichtig, solange wir einander nur gut verstehen«, erwiderte Adrian, blieb jedoch weiter auf der Hut. Auch der Amatokdes, der während des Gesprächs vor der Tür Platz genommen hatte, war die Wachsamkeit in Person.

Lochrast griff in eine kleine Schachtel mit einem Schiebedeckel und warf eine Handvoll Körner in die Flammen der Lichtrinne. Sofort verwandelte sich das schwache Licht in einen Regenbogen feuriger Farben, aus dem angenehme, sanft läutende Akkorde aufstiegen. Mit stolzem Gesichtsausdruck rief Lochrast: »Schauen Sie hier, dies ist eine einfache, aber äußerst zweckmäßige Methode, um einen Einwohner der heiligen Stadt einen Augenblick lang glauben zu machen, er stehe vor einem Mandirre.«

»Was ist das denn?« fragte Adrian.

Lochrast starrte ihn einen Augenblick lang schweigend an und sagte dann: »Zum Mandirre wird nach der Legende ein Glaubensanhänger, der sich die Lehre so zu eigen gemacht hat, daß sie jede Zelle seines Körpers durchdringt. Wenn sein Körper auf diese Weise von der Lehre durchtränkt ist, mutiert der Gläubige und verfügt dann über besondere Gaben, die ihn zu einem Mandirre machen.«

»Gibt es viele von diesen ... Mandirre?«

»In der ganzen Geschichte der Lehre hat es nur sechs solche Gesalbten gegeben.«

Die Funken, Sterne und Lichtkristalle von Lochrasts künstlicher Aura verblaßten allmählich, erloschen dann nach und nach und schienen in der Luft zu einer gelben Aschflocke zusammenzuschrumpfen, die zu Boden taumelte. Der Strahlenkranz war verschwunden, und die Beleuchtung im Raum war wieder wie zuvor.

»Greifbare Illusionen von ähnlich erhabener Art würde ich Ihnen für die zuvor von mir vorgeschlagene Transaktion bieten, über die wir auf Ihre Bitte hin kein Wort mehr verlieren wollen ...«

»Allmählich scheinen Sie es zu begreifen«, antwortete Adrian, »allerdings muß ich sagen, daß Ihre Darbietung ein gewisses Interesse in mir geweckt hat.«

»Dann werde ich Sie mit den Defonischen Drassaten überzeugen«, begeisterte Lochrast sich. »Das sind Klänge, die ihresgleichen nicht haben. Es handelt sich dabei um lebende Akkorde, die jahrhundertelang mit Liebe, Furcht und Uneigennutz gehegt und gepflegt wurden. Akkorde, die das Universum umspannen ...«

Nach diesen Worten donnerte ein Akkord aus Tausenden von Klängen und Trillern durch den Raum. Die geniale Tonkonstruktion war erstaunlich geschmeidig. Die Klänge bewegten sich fortwährend in einer wirbelnden Bewegung und entfalteten sich zu den unterschiedlichsten Figuren. Der Akkord bewegte sich, erzählte eine Geschichte: Er lebte.

Adrian spürte, wie sein Gemütszustand sich veränderte. Musik, die aus diesen Tönen und Akkorden bestünde, würde ungeahnte Möglichkeiten bergen. Mit ihnen könnte man Kompositionen schaffen, die selbst handelten. Musik als Träger und Vermittler von Aktion!

»Halt!« rief er und riß sich aus dem Gedankenstrom, den der Akkord bei ihm ausgelöst hatte. »Halt! Gleich wimmelt es hier von Neugierigen. Das ist viel zu laut! Bei dieser Lautstärke kann man uns bis weit in den Quon hinein hören!«

Lochrast schaute ihn amüsiert an und sagte: »Sie glauben offenbar, es mit einer törichten Varompe-Larve zu tun zu haben ... Wir Unreinen existieren dank unserer schattenreichen Anonymität ... Der dunkelste Schatten ist unsere Ruhestätte ... und selbst unser lautester Schrei verbreitet außer der Botschaft nur Stille.«

Verwirrt dachte Adrian einen Augenblick lang nach und fragte dann vorsichtig: »Demnach sind diese Klänge nur für denjenigen hörbar, für den sie bestimmt sind?«

»Genau«, antwortete Lochrast zufrieden. »Ein anderer Weg wäre nicht der eines Unreinen.«

Plötzlich sah Adrian eine Anzahl von Möglichkeiten, die sein sehnliches Verlangen, die Rätsel dieses Planeten aufzuklären, neu entfachten.

»Hören Sie zu«, sagte er zu Lochrast, »ich möchte Ihnen ein interessantes Geschäft vorschlagen.«

»Gerne, ich sehe es als meine Pflicht an, Ihre Wünsche zu erfüllen, insofern die gegenseitigen Leistungen einander ausgleichen«, kicherte Lochrast.

Adrian gab dem Amatokdes den scharfen Ciendor und wandte sich dann wieder an Lochrast:

»Sie als Unreiner«, begann er, »sind mit der Dunkelheit vertraut. Ihr Weg führt durch die schwärzesten Schatten, denn Sie wollen unbemerkt bleiben. Doch trotz der scheinbar unbegrenzten Möglichkeiten ist Ihr Leben mit vielen Unannehmlichkeiten verbunden. Um beispielsweise hierher zu kommen, mußten Sie an einem rauhen Seil über die Stadtmauer klettern und eine gefährliche Reise über hochgelegene Simse zurücklegen. Sie mußten sich über ein präpariertes Fenster in dieses Rasthaus einschleichen. Kurz und gut, eine ganze Reihe von gefährlichen Risiken.«

Wieder hörte Lochrast ohne jede Reaktion zu. Adrian holte tief Luft und fuhr fort: »Deshalb biete ich Ihnen die unmögliche Möglichkeit, frei in der Luft zu schweben. Ich gebe Ihnen die Möglichkeit, zu fliegen. Dafür brauchen Sie mir nichts weiter zu geben als die vollständige Skala von Tönen, Klängen und Akkorden aus Ihrer Sammlung.«

Lochrast starrte auf die Wand, während er murmelte: »Die Legende vom fliegenden Triganten ... eine solche Bewiszrr ...«

»Ich kann Sie nicht verstehen. Sind Sie daran interessiert?«

»Natürlich, natürlich«, sagte Lochrast jetzt laut und deutlich und fügte hinzu: »Mir scheint, daß wir zum Tausch der von Ihnen genannten Sache kommen könnten, allerdings möchte ich zuerst eine Demonstration sehen.«

»Das ist leider nicht möglich«, antwortete Adrian. »Das Fliegen erfordert eine spezielle Apparatur, die ich hier nicht zur Verfügung habe, deren Standort ich Ihnen jedoch mitteilen werde.«

»Woher soll ich wissen, ob Sie die Wahrheit sprechen?« fragte Lochrast.

»Schauen Sie uns genau an, dann werden Sie feststellen, daß wir nicht aus dieser Gegend stammen. Es ist unmöglich, Momdule anders zu erreichen als mit den Wagen. Kein Wagenführer würde es riskieren, Fremde wie uns zu befördern. Und doch stehen wir jetzt hier. Wie sind wir also hergekommen? — Natürlich fliegend!«

Adrian hatte das letzte Wort mit besonderem Nachdruck gesprochen. Es hatte seine Wirkung offenbar nicht verfehlt, denn Lochrast fragte sofort, wie lange es wohl dauern würde, bis er die Kunst des Fliegens beherrschte.

»Das kann ich nicht vorhersagen«, antwortete Adrian. »Ich besorge Ihnen nur die Geräte zum Fliegen. Es liegt dann bei Ihnen, diese zu ergründen und in Gebrauch zu nehmen. Schließlich bekomme ich von Ihnen auch nur die Töne und die Akkorde und muß die Musik selbst schaffen.«

Lochrast schien sich dieser Argumentation anschließen zu können. Damit hatte Adrian mit ihm leichteres Spiel als mit dem Amatokdes, der schon mehrmals Bilder ausgesandt hatte, in denen er fragte, was Adrian denn um Himmels willen vorhätte. Adrian beruhigte seinen Gefährten so unauffällig wie möglich, konzentrierte sich dann wieder auf Lochrast und beschrieb diesem, wo genau der Raumkreuzer zu finden sei. Er erwähnte auch den möglichen Maschinenschaden, doch Lochrast schien dies nicht zu interessieren. Vielmehr hing er geradezu an Adrians Lippen und saugte gierig jedes Wort über die technischen Details auf. Es war nur zu offensichtlich, daß der Mann nichts sehnlicher wünschte, als das Raumfahrzeug so bald wie möglich aufzusuchen.

Die Zeit verstrich, doch an Schlaf war nicht zu denken. Stundenlang wurde Adrian in die Kunst eingeweiht, die lebenden Akkorde zu erwecken und für ungewünschte Ohren unhörbar auszusenden. Durch leise gemurmelte Worte und Formeln wurden Klänge freigesetzt, die Adrian nur aus einigen wenigen Träumen kannte, wobei allerdings selbst die Töne in den Träumen blasser gewesen waren als diejenigen, die er nun erzeugen konnte.

Nach und nach würde er sich darin üben, die erzeugten Töne zu von ihm selbst ersonnenen Mustern aus Formen und Rhythmen zu ordnen. Er würde die Kompositionen in seinem Gehirn reifen lassen, bevor er sie in die gewünschte Richtung aussenden würde, und sein Gehirn würde dabei als Verstärker fungieren.

Als die letzte Kanne Plurg, die der Amatokdes freundlicherweise herbeigeholt hatte, geleert war, beendete Lochrast seinen Unterricht. Sie hatten die lange Liste von Wörtern, mit denen die Klänge hervorgerufen werden konnten, vollständig durchgearbeitet. Aus einem mit verschnörkelten Zeichen verzierten Etui holte Lochrast ein schmales Röhrchen hervor, an dem er mit ein paar Werkzeugen herumhantierte. Dann bat er Adrian, dessen Nase ausmessen zu dürfen. Kurz darauf spürte dieser, daß Lochrast etwas in sein linkes Nasenloch drückte. Ein starkes Prickeln breitete sich bis in seine Stirn aus. Lochrast trat einen Schritt zurück und nickte ihm zufrieden zu.

»So«, sagte er, »jetzt kannst du die Texte nicht mehr vergessen. Ich habe die Nahrung der Oszillatoren in den Flimmerhärchen deines Nervensystems verankert. Du kannst die richtigen Klangworte durch tiefes Einatmen abrufen. Sie blitzen dann in deinem Geist auf. Damit sind unsere gegenseitigen Vereinbarungen erfüllt, und ich möchte jetzt die Flugmaschine aufsuchen.«

»Ich möchte gerne noch etwas über die Herkunft der

Akkorde erfahren und wer sie außer mir benutzt und ...«

»Die Akkorde«, unterbrach Lochrast ihn hastig, »wurden in den Klöstern von Brolagnor gezüchtet. Die Klänge können jahrhundertelang weiterleben, wenn sie von einem lebenden Wesen genährt werden. Die Akkorde passen sich dann allmählich dem Charakter dieser Person an. Benutzen Sie sie nach Herzenslust, denn ich habe die letzte Züchtung von den flüchtenden Mönchen übernommen, nachdem ihre Klöster von den wilden Horden der grimmigen Tille Tweisand-Bewegung besetzt worden waren. Kein anderer Benutzer dieser Töne ist meines Wissens noch am Leben. Aber seien Sie gewarnt. Benutzen Sie die Defonischen Drassaten nicht, ehe Sie nicht Schritt für Schritt damit experimentiert, sie ausprobiert und sich in ihrer Anwendung geübt haben. Ein unbedachter Aufruf der Akkorde bei unzureichender Beherrschung kann Zerstörung von einem Ausmaß bewirken, die auch den Besitzer der Klänge nicht ungeschoren läßt. Vergessen Sie das nie!«

Lochrast stand auf. Offensichtlich wollte er gehen.

»Einen Augenblick noch«, sagte Adrian. »Wofür haben Sie die Töne denn gebraucht?«

»Ich sie gebraucht? Ich werde mich hüten! Ein Unreiner handelt und wandelt, enthält sich jedoch solcher Handlungen, die Aufruhr erzeugen könnten, es sei denn, sie sind seinem Geschäft förderlich, wie im vorliegenden Fall.«

Adrian wollte noch viel mehr Fragen stellen, er sah aber ein, daß dies zwecklos wäre.

Lochrast verpackte seine Objekte in einen geräumigen Ranzen und verabschiedete sich mit den Worten: »Ich habe die Ehre, Sie geziemend zu grüßen.«

Ein grelles Licht erfüllte den Raum mit einem Glitzern und Funkeln, und nichts war mehr zu erkennen außer blitzenden und blinkenden Lichtkristallen. Der Spuk war ebensoschnell wieder verschwunden, wie er aufgetaucht war, doch tanzten noch Stunden später gelbe und grüne Flecken vor Adrians Augen. Lochrast war wie vom Erdboden verschluckt.

Nachdem Adrian und der Amatokdes in ihr Zimmer zurückgekehrt waren, hörten sie, daß es auf der Straße allmählich wieder lebendig wurde. Bald würde die erste Arbeitsperiode beginnen. Adrian hatte sich entschieden, an diesem Tag ein letztes Mal seine Sklavenarbeit anzutreten, doch dann war es endgültig genug damit. Es wurde höchste Zeit, zusammen mit dem Amatokdes sein Schicksal selbst in die Hand zu nehmen.

Mit einer üppigen Mahlzeit, die Sanuke für ihn und den Amatokdes auftrug, schloß Adrian die Aktivitäten ab, die genauso lange wie die erste Arbeitsperiode gedauert hatten. Inzwischen hatte er einen Plan ausgeheckt und sich der Mitarbeit Sanukes versichert. Ein guter Anfang, dachte er, und ließ sich den saftigen Krumenberg der in verschiedene likörartige Sirupe getunkten Teigbrocken schmecken. Da ein arbeitsreicher Tag vor ihm lag, verließ er den Tisch schneller als gewöhnlich. Er nahm den Packen Informationskarten und begab sich auf dem kürzesten Weg zur Nabenputzerwerkstatt beziehungsweise zum Arbeitsplatz für »Grundfrüchtige«, wie die Arbeiter selbst ihn nannten.

Nachdem er dort angekommen war, wandte er sich sofort an seinen Nabenputzerkollegen Zew Druyrg, der äußerst unzufrieden darüber war, daß sein Kombinant die ganze erste Arbeitsperiode lang unentschuldigt gefehlt hatte. Mit zischender Stimme beschimpfte Zew seinen Kollegen als einen unnützen, arbeitsscheuen Schlappschwanz, der für das schöne Handwerk der Nabenputzer ein lebenslanger Makel sei und um den man am besten ebenso einen großen Bogen mache wie um die von der berüchtigten Markfäule befallenen. Adrian ließ Zew geduldig ausreden und berichtete ihm dann, man habe ihm angeboten, ab sofort eine andere Arbeit zu verrichten. Damit verabschiedete er sich von Zew, der ihm mit einer weiteren Schimpftirade noch einmal klarzumachen versuchte, daß er ihn auch nicht einen einzigen Augenblick lang vermissen würde.

Grosol Hugmells' Kabine war leer. Rasch blätterte Adrian durch die Dossiers und Papiere, die auf dem Schreibtisch herumlagen. Bevor er jedoch irgend etwas Interessantes gefunden hatte, ertönte hinter ihm eine schneidende Stimme.

»Ist das etwa der Kombinant, der nicht nur seine Arbeitspflicht versäumt, sondern dazu auch noch meiner besten Arbeitskraft den Tag vergällt?«

Adrian antwortete sanft, aber bestimmt: »Ich rate Ihnen, die Tür hinter sich zu schließen und gut zuzuhören, was ich Ihnen zu sagen habe.«

Grosol antwortete mit einem übertrieben schrillen Lachanfall. Dann rief er: »So so, der schwachbegabte Nabenputzer will Grosol Hugmells vorschreiben, was er zu tun hat!«

»Genau«, antwortete Adrian, der selbst zur Tür gegangen war und sie geschlossen hatte. In der plötzlichen Stille war das schwere, fast röchelnde Atmen von Hugmells hörbar. Mit dem Rücken zur Tür gab Adrian dem verblüfften Hugmells Anweisungen.

»Ich habe einen Spezialauftrag von Molto Dangruber, über den ich Ihnen natürlich keinerlei Mitteilung machen darf. Sie sollen nur dafür sorgen, daß mein Verschwinden kein unnötiges Aufsehen erregt, das erwartet man von Ihnen. Jedem, der nach mir fragt, haben Sie mitzuteilen, daß ich meine alte Tätigkeit als Nabenputzer auf der Wechselstation wieder aufgenommen hätte.«

Grosol schnaubte irritiert und keifte: »Molto Dangruber scheint senil zu werden. Wer gibt einem Kombinanten solche Spezialaufträge!« Ungläubig starrte er Adrian an. Dieser spürte, daß die Zweifel des Vorarbeiters allmählich zunahmen.

Zwischendurch: [redacted] Mit einer üppigen Mahlzeit schließt Adrian seine Aktivitäten ab und läßt sich die in verschiedene likörartige Sirupe getunkten Teigbrocken schmecken ... [redacted] Vielleicht ist eine üppige Mahlzeit dieser Art nicht jedermanns Sache, doch Geschmäcker sind zum Glück verschieden. Wichtiger ist es bisweilen, auch etwas für den kleinen Appetit zwischendurch zu finden. Unkompliziert und schmackhaft. Das Angebot dafür ist von üppiger Vielfalt: Man braucht nur einen Löffel, fünf Minuten Geduld und ...

[redacted]

»Erscheint es Ihnen denn vielleicht auch unglaubwürdig, daß ein Kombinant völlig im Bilde ist über Ihr kompromittierendes Treiben mit einigen Anhängerinnen der Lehre in ebendiesem Raum?«

Stammelnd versuchte Grosol dies abzustreiten. Adrian befahl ihm zu schweigen und fuhr fort: »Von Reinheit zu singen, fällt dem Chor nicht schwer, entsprechend zu handeln, liegt einigen Mitgliedern offenbar weniger. Meine Zeit ist zu kostbar, um sie hier mit Ihnen zu vergeuden. Sie wissen jetzt, was man von Ihnen erwartet. In Ihrem eigenen Interesse sollten Sie sich genauestens an die Anweisungen halten. Es könnte sein, daß Frimner und vielleicht sogar Molto Dangruber selbst nach mir fragen. Wenn sie das tun, so nur, um Sie auf die Probe zu stellen. Merken Sie sich also gut, was ich Ihnen gesagt habe!«

Adrian verließ Grosols Zimmer und schlug die Tür hinter sich zu. Dann begab er sich auf direktem Weg zu den Büros des administrativen Sektors, wo er einen bleichen Mann in einer weiten, rosafarbenen Limarna fragte, wo er Zelda-C-Meta finden könne. Der C-Meta-Block lag genau gegenüber der Werkstatt. Es war eine farblose graue Pyramide, wo der größte Teil der bürokratischen Angelegenheiten des Quons abgewickelt wurde. Zelda hatte offenbar eine wichtige Position inne, denn Adrian wurde in ein für quonische Verhältnisse luxuriöses kreisrundes Zimmer geführt. Kurze Zeit später trat eine junge Frau mit streichholzkurzem blonden Haar ein, die sich als Zelda-C-Meta vorstellte. Adrian ließ seinen Blick über sie gleiten, was Zelda nicht verborgen blieb — im Gegenteil, sie ermutigte ihn sogar mit einem Lächeln. Adrian raschelte etwas linkisch mit den Papieren.

»Wenn Sie mir sagen, weshalb Sie kommen, können wir vielleicht gleichzeitig das Spiel des Kennenlernens, ›die vollständige Verzückung‹, praktizieren, wie es in dem Buch *Die Lehre der Einfachheit und*

Zufriedenheit, Tachtor zehn bis siebzehn, beschrieben wird.«

Noch bevor Adrian sich eine passende Antwort hatte ausdenken können, öffnete sie schon ihre Limarna. Auf ihren Körper war ein kunstvolles Linienspiel tätowiert, und an den Schnittpunkten der Linien befanden sich zahlreiche kleine vorstehende Spitzen. Sensistoren hießen sie, so hatte man ihm erzählt, und sie bildeten zusammen mit den Linien eine Art sinnlicher Landkarte. Diese trug den Namen »Das Relief von Demor ...« — und noch etwas, das er vergessen hatte. Nur wenige hohe Amtsträger schienen eine solche Körperzeichnung zu besitzen. Adrian fühlte sich übrigens alles andere als wohl. Er erzählte der schon halb entkleideten Zelda rasch, er sei in einer besonderen Mission gekommen, die keinen Aufschub dulde. Er solle ihr auf Befehl von Molto Dangruber persönlich diese Karten aushändigen. Etwas enttäuscht, doch keineswegs entmutigt nahm Zelda die Papiere entgegen, wobei sie sich so hinstellte, daß ihr Körper sich Adrian von der vorteilhaftesten Seite zeigte. Die zahlreichen goldenen Kontaktpunkte funkelten im Licht. Sie blätterte flüchtig die Papiere durch und sagte: »Aha, die endgültige Liste der Pilger.« Dann schenkte sie ihm erneut ein wollüstiges Lächeln. Adrian kam sich vor wie ein entsetzlicher Stümper, wie er so dastand und herumdruckste, doch es erschien ihm am ratsamsten, ihr Verhalten einfach zu ignorieren und sich aus dem Staub zu machen. Deshalb grüßte er Zelda flüchtig mit einem Kopfnicken und verließ schnell den Raum.

Als er wieder auf der Straße stand, wunderte er sich erneut über den geringen Unterschied zwischen den Bewohnern von Sobriëtas und den Erdbewohnern: Die fahle Hautfarbe, der mehrfarbige Haarwuchs und das Verhalten waren zwar nicht ganz identisch, doch erschien ihm dies in Anbetracht des riesigen Abstandes zwischen den beiden Welten unwesentlich. Hätte er sich in diesem Augenblick bei einem der letzten Pygmäenstämme der guten alten Erde befunden, so wäre er mit wesentlich größeren Unterschieden konfrontiert worden als hier.

Eine meergrüne Treppenpyramide, deren Farbe schon halb abgeblättert war, lenkte ihn von seinen Grübeleien ab. Er suchte den Eingang und trat dann ins Innere. Mit einem Knall schlug die graue Tür hinter ihm zu.

Song 5

❖

Hallucinado

7

Am nächsten Morgen — so hatte er die Zeit getauft, in der das verblassende blaue Licht von Dhor sich mit dem aufglühenden Rosa des zuerst aufgehenden Duo-Sterns Rill vermischte — harrte Adrian hinter einer fensterlosen Mauer der Dinge, die da kommen würden. Am Dock herrschte mäßige Betriebsamkeit, obwohl dort in Kürze ein riesiger Wagen einlaufen sollte. Eine lustlose Patrouille trieb sich auf den erhöhten Anlegebrücken herum. Das rohe Gelächter der sechs Gardisten, das ab und zu die Stille zerriß, hallte als dumpfes Dröhnen von den Kaimauern wider. Irgend etwas stimmte nicht an dem gewohnten Bild eines Landungsdocks kurz vor dem Einlaufen eines Gefährts. Wo waren die Wagenführer, die oft in ihrer freien Zeit dort herumspazierten, um gemeinsam die Manöver ihrer diensthabenden Kollegen zu kritisieren? Wo waren die Lader und Entlader, die sich sonst immer laut fluchend den Lademeistern als Arbeitskräfte anboten? Und wo waren die bunten Lenker der vielen hellgelben Schiebekarren mitsamt ihren Fahrzeugen geblieben?

Adrian wußte, warum sie fehlten. Er kannte die Ladung des hohen Quonwagens, der jetzt würdevoll unter lautem Knirschen in das Dock einlief. Der diensthabende Wagenführer brachte den Giganten der Ebene millimetergenau zwischen den Anlegestellen zum Stillstand. Adrians Spannung nahm zu, als er sah, daß nicht sein Freund, wie er sehnlichst gehofft hatte, sondern ein anderer Wagenführer den Wagen steuerte. Bald würde sich zeigen, ob sein sorgfältig ersonnener Plan Aussicht auf Erfolg hatte. Außerdem brauchte er Glück, viel Glück. Als er um die Mauer spähte, sah er, wie drei Männer einen mit Handelswaren beladenen Schiebekarren in die Nähe der Fahrergondel fuhren. Die Gardisten interessierten sich kaum dafür, auch nicht, als einer der drei

Männer laut rufend versuchte, die Aufmerksamkeit des Wagenführers auf seine Produkte zu lenken. Dieser öffnete seine Kabine, beachtete jedoch ebensowenig den wild gestikulierenden Kaufmann, da er ganz davon in Anspruch genommen war, den sieben Passagieren beim Aussteigen behilflich zu sein. Als der Wagenführer eben seinem letzten Passagier von Bord geholfen hatte, nahm der Kaufmann einige Artikel von seinem Wagen, lief die Gangway hinauf und drückte die Waren dem Wagenführer in die Hände. Während die sieben Neuankömmlinge hintereinander die Anlegebrücke hinabgingen und die Patrouille die Passagiere am Ende des Landungsstegs in Empfang nahm, tauchte plötzlich ein weiterer Kaufmannswagen auf. Er wurde von zwei muskulösen Männern im Trab an Adrians Versteck vorbeigeschoben und jagte dann in einem halbkreisförmigen Bogen auf das Ende des Anlegestegs zu, wo die Patrouille sich postiert hatte. Alles ging blitzschnell. Zuerst stieß der Wagen gegen die Anlegetreppe, kippte und riß dabei zwei Gardisten mit sich. Darauf entstand ein Tumult zwischen den schreienden Kaufleuten und den drohend dreinschauenden Gardisten. Hunderte von Waren lagen auf der Straße verstreut, zwischen denen Adrian, immer nach Deckung suchend, zu dem anderen Kaufmannswagen sprintete.

Auf ein Zeichen des Kaufmanns, der sich immer noch an Bord des Quonwagens befand, ergriffen seine Kumpane einen Passagier und schleppten ihn hinter ihren Wagen. Adrian kletterte blitzschnell auf den Anlegesteg und mischte sich unter die verwirrten Passagiere. Schon kam es zum ersten Schlagabtausch zwischen den muskulösen Bruchpiloten und einigen Gardisten, die jedoch auf Befehl ihres Anführers hin von anderen Uniformierten zurückgehalten wurden. Dann verließen die drei Kaufleute, die zuerst aufgetaucht waren, mit ihrem Wagen im Trab den Tumult. Ruhe kehrte jedoch erst wieder ein, als die Muskelprotze plötzlich einlenkten und unerwartet fügsam den Anweisungen des Patrouillenführers Folge leisteten. Bis auf ein paar Prellungen waren die beiden angefahrenen Gardisten offenbar nicht verletzt. Immer noch standen die Passagiere verwirrt am Ende der Anlegebrücke. Der Patrouillenführer forderte die Besucher auf, ihm zu folgen. Die muskulösen Männer stellten ihren Wagen wieder auf und sammelten die verstreuten Waren ein. Einer der Gardisten blieb bei ihnen. Der Rest eskortierte die Besucher.

Adrian schielte vorsichtig zu seinen Schicksalsgenossen hinüber. Diese starrten unentwegt zum Horizont. Adrians Spannung nahm ab. Sanuke hatte also recht gehabt. Man hatte den Pilgern tatsächlich während der Reise tranceerzeugende Mittel gegeben.

Die Gruppe marschierte durch den Quon zum Hauptportal der Stadt Momdule. Überall herrschte ein geschäftiges Treiben, und nur hin und wieder hielten die Bewohner kurz inne, um die Gruppe unter ihren forschenden Blicken passieren zu lassen. Unter den Zuschauern war auch Sanuke. Als Adrian sie erblickte, zwinkerte er ihr zu, mehr wagte er nicht zu tun. Die gute, unscheinbare Sanuke! Ohne ihre Hilfe hätte er nie geeignete Helfer für das Ankunftsdesaster gefunden. Behäbig öffneten sich nacheinander die sechs Pforten des Stadttors. Die Gardisten blieben zurück, und nur die Pilger setzten unter dem kunstvollen Bogen der Tunnelpforte ihren Weg fort.

Ein quonischer Gardist war schließlich nicht mehr als ein Gardist aus dem Quon, deshalb galt auch für ihn: bis zum Tor und nicht weiter!

Die Tunnelpforte führte in einem leichtgeschwungenen Bogen durch die Stadtmauer nach oben, bis die Pilger eine breite Allee erreichten und dort von einem Mann in organgefarbener Tunika empfangen wurden. Dieser schritt schweigend vor ihnen her, wobei er stolz ein glänzendes Banner emporhielt, auf dem ein Muster aus Linien zu sehen war, das Adrian bereits kannte. Es war das gleiche, das er schon auf Zelda-C-Metas Körper hatte bewundern können.

In der Ferne hörte er ein klagendes Geräusch. Die Gebäude waren ebenso wie im Quon Treppenpyramiden, sahen jedoch völlig anders aus. Sie waren besser erhalten, kunstvoll bemalt, mit üppigen Ornamenten verziert und verjüngten sich oben zu einer zwiebelförmigen Spitze. Außerdem hingen an den Giebeln aus Bast geknüpfte Matten mit prachtvollen Farbmustern. Diese Matten zu knüpfen, war die tägliche Arbeit der Bewohner von Momdule. Sanuke hatte ihm erzählt, daß die Bewohner all ihre Fähigkeiten aufböten, um immer kunstvollere Muster zu entwerfen. Der farblose Bast wurde in heiligen Bassins gefärbt, wobei schon allein das Ansetzen der Farbstoffe tagelange Rituale erforderte. Die Lehre versprach demjenigen, der nach Einsicht strebte, daß er sie in den Mustern seiner eigenen Teppiche finden würde.

Das Schauen ohne zu sehen: der erhabene Zustand des Seins. Die Gebetsmatten — denn jedes Muster sandte einen Lobgesang zum heiligen Boden — hatten eine festgelegte Größe von 1,10 x 1,60 Meter. Jedes Kind fing mit dem Knüpfen an, sobald es das Alter von acht Jahren erreicht hatte, und fuhr bis zu seinem Tode damit fort.

Allmählich war das undefinierbare Geräusch lauter geworden. Die Allee brachte den Zug zu einem großen, tiefergelegenen Platz. Als Adrian den Platz betrat, schwoll das Geräusch zu einem alles übertönenden Brummen aus Tausenden von Kehlen an. Die gesamte Bevölkerung — nach dem, was Sanuke gesagt hatte, mußten es fünfzehntausend Seelen sein — hatten sich auf dem riesigen Platz versammelt. Jeder stand auf seinem eigenen Stein. Alle waren mit einfarbigen Limarnas bekleidet, die ebenso weitfallend geschnitten waren wie die im Quon. Die Position der Stadtbewohner auf dem Platz und die Farben ihrer Kleider bildeten zahlreiche geometrische Muster in Gelb, Schwarz, Bernstein und Aubergine. Die Farben gaben auch über den sozialen Status des Trägers Aufschluß.

Der Platz war von hohen Säulen aus blauem Gestein umsäumt, die wie Schilfbündel geformt waren: Siebenhundert Säulen waren es, so hatte Sanuke erzählt. Lükken gab es nur an Stellen, wo eine der zahlreichen Seitenstraßen einmündete. Es war nicht zu übersehen, daß der Platz als eine Art Vestibül für das riesenhafte, hoch aufragende Bauwerk fungierte. Adrian hatte noch nie ein so gewaltiges Bauwerk gesehen. Der reich verzierte Koloß war in zwei hohe, spitz zulaufende Gebäude unterteilt, die hoch oben jeweils einen eigenen Eingang hatten, von dem Steinstufen nach unten führten. Auf halber Höhe trafen die Treppen der beiden Gebäude an einem breiten Treppenabsatz aufeinander und führten von dort als eine allmählich breiter werdende majestätische Treppe zum Platz hinab. Tatsächlich handelte es sich um zwei Gebäude, die zu einer einzigen eindrucksvollen Form verschmolzen. Dies waren die Tempel von Momdule: auf der einen Seite der Sitz des Garanten, auf der anderen die Halle der Priesterin Misharna, der Hüterin der sakralen Fundamente. Beide Würdenträger standen mit ihrem Gefolge auf dem Treppenabsatz, als die Pilger zu ihnen geführt wurden. Sieben breite, tiefschwarze Stufen markierten die Plätze, die den Pilgern zugedacht waren.

Wie auf ein Zeichen hin verstummte das dröhnende Summen der riesigen Menge. Ein bleicher, schmächtiger Mann, der über und über mit blinkendem Zierat behangen war, löste sich aus dem Gefolge des Garanten und schritt dem Bannerträger entgegen. In seiner Hand hielt er eine Pergamentrolle, die er entrollte und leise murmelnd vorzulesen begann, wobei er die Pilger der Reihe nach mit einem durchdringenden Blick musterte. Er überprüfte die Personenbeschreibung der Pilger.

Adrian ließ diese Prozedur gelassen über sich ergehen, da er wußte, daß die Beschreibung, die zum Namen Parzuuf Ramalcotte gehörte, perfekt auf ihn zutraf — schließlich hatte er sie ja eigenhändig angefertigt. Nur geringfügige Korrekturen auf den Dokumenten, die Molto Dangruber ihm für Zelda-C-Meta mitgegeben hatte, waren erforderlich gewesen. Neben dem untersten Namen der Gruppe von Pilgern hatte er die Personenbeschreibung von Parzuuf Ramalcotte durch die eigene ersetzt, bevor er die Liste persönlich der mannstollen Zelda überbracht hatte. Viel schwieriger war es gewesen, den echten Parzuuf unbemerkt von der Bildfläche verschwinden zu lassen. Doch die »Kaufleute« Sanukes hatten hervorragende Arbeit geleistet. Da sie mit der Personenbeschreibung des echten Parzuuf ausgestattet waren, war es für sie nicht schwierig gewesen, sich den richtigen Mann herauszugreifen.

Nun wandte sich der Bannerträger der Menge zu und rief: »Frequenten von Momdule! Höret den Gryr!«

Der mit dem blinkenden Zierat behangene Mann erhob seine Hände zum Himmel und verfiel in ein markerschütterndes Geheul, das sofort von der Menge beantwortet wurde. Danach sang er mit erstaunlich hoher Falsettstimme:

»Ihr, die Ihr meiner Seele Flügel wiedergabet,
mit denen ich aufflog, mich selbst zu finden,
Ihr machtet mich bereit, Euch zu dienen.
Ich küsse die Fesseln, die mich binden.

Ich bin ein Teil, aus Euch geboren,
und nun vereint in neuem Kleid
entfloh ich erbarmungswürdigem Leiden.
Dank ziemt dem Herz, das ihr mir leiht.

Daendelan Swantui
Daendelan Swantui
Ich knüpfe die Teppiche zu Mustern
der Einsicht.«

Nachdem das Lied beendet war, stieg erneut eine Jammerklage aus fünfzehntausend Kehlen auf. Der Körper des Gryrs schüttelte sich in einem heftigen Stakkato kleiner ruckartiger Bewegungen. Die Strahlen der Duo-Sterne Rill und Atrion, die sich in dem verschwenderischen Zierat spiegelten, verwandelten den Gryr in eine stroboskopische Lichtfontäne, die nach Adrians Ansicht selbst ein kurzsichtiger Maulwurf irgendwo hinten in der Menge nicht hätte übersehen können.

»Frequenten«, schallte die Stimme des Gryrs erneut über den Platz.

»Mutter Boden nimmt, was Sie uns einst gab, und wird geben, was Sie nie genommen hat!
Unsere Verfehlungen sind so zahlreich wie die Körper des Bodens! Reinigt euch!
Befreit euch von dem Staub, der euren Blick trübt und eure Taten befleckt!
Werdet rein wie die edlen Stämme der Säulenbäume, die Momdule tragen!
Unsere heiligen Pfeiler, getragen von Ihr, der wir ewige Treue schuldig sind: unserer Mutter, dem Boden ...!«

»... dem Boden ...!« wiederholte die Menge und senkte dabei demütig den Kopf.

»Frequenten, reinigt euch und befreit euch bis zum Momentum von Farskwill von eurer Schande!«

»Reinigt euch, reinigt euch!« kam das Echo aus der Menge. »Knüpft eure dicksten Teppiche. Die Zeit ist gekommen!«

Der Gryr drehte sich um und rief mit erstickter Stimme: »Diener, eilt!«

Aus dem Gefolge des Garanten lösten sich zwei Männer und eilten im Trab auf den Gryr zu. Das gleiche geschah im Gefolge der Priesterin Misharna. Einer der Diener trug ein großes Tuch aus glänzendem Goldlamee, das er dem ersten Pilger über den Kopf warf. Unterdessen hielten die beiden Diener des Garanten den religiösen Gast mit aller Kraft fest. Die Pilger waren allesamt noch völlig benommen. Sie schienen von den Ereignissen kaum Notiz zu nehmen. Aus seinen Augenwinkeln sah Adrian, wie der Gryr sich vor den mit dem Tuch bedeckten Pilger stellte und erneut seinen klagenden Singsang anstimmte, diesmal jedoch unterstrichen durch beschwörende Gesten. Dann beobachtete Adrian, wie der andere Helfer des Gryrs ein kleines Röhrchen mit einer scharfen Spitze in den Körper des Pilgers stach und es in Windeseile entleerte. All dies vollzog sich unter dem überhängenden Tuch, unsichtbar für die Menge auf dem Platz. Die Wirkung ließ nicht lange auf sich warten. Schon nach wenigen Sekunden vollführte der Pilger seltsam abgehackte Bewegungen, eine Art verkrampfter Sprünge. Dann wurde das Tuch wieder zur Seite gezogen. Das Volk jubelte. Der Gryr verfiel erneut in seine Jammerklage, und der nächste Pilger wurde der gleichen Behandlung unterzogen.

Adrian sah untätig zu und wartete darauf, daß er an die Reihe käme. Als schließlich das Tuch auch über ihn fiel, konzentrierte er sich auf die Bewegungen des Einspritzers. Dieser zog seinen Arm etwas zurück und ließ ihn dann vorschießen. Adrian sah die Hand, die Spritze, das Aufblitzen der Nadel. Er packte das Armgelenk, drehte seinen Rumpf blitzschnell zur Seite und zog die fremde Hand weiter, so daß die Nadel im Oberschenkel eines anderen Helfers landete. Der Diener des Garanten stieß einen Schrei aus und vollführte seinen unbeabsichtigten Tanz. Adrian schien es das Beste, es ihm gleichzutun, um nicht noch mehr Verwirrung zu stiften.

Das Volk war außer sich vor Freude darüber, daß seine Heiligkeit, der Gryr, nicht nur die Pilger, sondern auch seine Diener in rituelle Trance versetzte. Mittlerweile sanken die Tänzer keuchend zu Boden und schnappten nach Luft. Adrian ahmte sie so exakt wie möglich nach. Er wollte das Mißtrauen des Gryrs, der seinen lauernden

Blick keinen Augenblick von ihm abwandte, nicht noch weiter schüren.

»Wie unsere Boden-Grundsätze lehren«, fuhr der Gryr fort, »werden euch diese Gereinigten bis zum Momentum von Farskwill als Vorbilder dienen! Gehet und handelt entsprechend!«

Zehn Bläser mit langen hölzernen Zinken bliesen ein paar langgezogene Triller, worauf die Masse folgsam den Platz verließ. Die menschlichen Muster lösten sich allmählich in den Seitenstraßen des Platzes auf. Damit waren die Feierlichkeiten beendet.

Adrian merkte, daß sich das Bewußtsein seiner Mitglieder mit Abklingen der Injektion, die sie zu ihrem kopflosen Tanz veranlaßt hatte, wieder klärte. Sie blickten etwas benommen um sich, als würden sie aus tiefem Schlaf erwachen. Einer von ihnen wandte sich ihm zu und rief in höchstem Entzücken: »Endlich ist es soweit! Millionen Umläufe der Sterne lang werde ich demütig und glücklich hier meine Teppiche knüpfen. Ich habe so lange dafür gearbeitet! Alles habe ich hergegeben! Ist es nicht wunderbar? Oh, Steburlug ... Du hast es geschafft!«

Adrian fand das alles nur sehr mäßig. Doch alle anderen Pilger waren ebenfalls begeistert. Als er sich gerade überlegte, was wohl jetzt folgen würde, strömte eine große Gruppe von Einwohnern in Panik auf den Platz zurück, ohne daß irgendein Grund dafür ersichtlich war. Immer mehr Menschen drängten aus den Seitenstraßen zurück auf den Platz.

Die beiden Diener des Garanten irgnorierten die Ereignisse auf dem Platz und forderten die Pilger auf, ihnen zuzuhören. In kurzen Sätzen erklärten sie, daß jeder von ihnen jetzt tun und lassen könne, was er wolle. Fünf Umläufe lang, bis zum Momentum von Farskwill, betrachte jeder Bewohner von Momdule es als eine Ehre, die Pilger zu bewirten, sie bei sich aufzunehmen und sie den Wünschen der Lehre gemäß zu behandeln, so versicherten die beiden. Dann würden weitere Anweisungen folgen.

Die Angstschreie auf dem Platz kamen näher und wurden nun verständlich.

»Khoroviiiiig! ... Khoroviiiiig! ...«

Während die Bewohner in alle Richtungen auseinanderstoben, kam ein Khorovig auf den Platz gerannt und jagte direkt auf den Tempel zu. Entsetzen breitete sich sowohl im Gefolge des Garanten wie auch unter den Dienern der Priesterin aus, die beide in höhergelegene Bereiche flohen.

Der Khorovig näherte sich der Treppe. Niemand stellte sich dem Tier in den Weg. Diesmal gab es keine Anwärter für einen frühen Tod, den eine unerwünschte Berührung mit dem Wesen unvermeidlich zur Folge gehabt hätte.

Vorsichtig schritt Adrian die Treppe hinab. Als der Khorovig nur noch ungefähr zehn Meter von der Tempeltreppe entfernt war, sprang Adrian auf die unterste Stufe. Der Khorovig blieb abrupt stehen, und beide standen einander regungslos gegenüber. Plötzlich sauste ein Peitschenschlag durch die Luft, der Adrian dank eines schnellen Ausweichmanövers um ein Haar verfehlte. Adrian fing an, in dem gleichen langsamen Rhythmus vor dem Tier hin- und herzuspringen, wie Wagenführer es in Sanukes Rasthaus getan hatte. Die Bewegungen ähnelten einem langsamen, drohenden Tanz. Wieder peitschte ein Fühler des Tieres durch die Luft, und wieder verfehlte er Adrian knapp. Nun erfolgten zwei blitzschnelle gefährliche Schläge zugleich, denen Adrian jedoch auch diesmal geschickt ausweichen konnte. Sein Gegenangriff erfolgte in Form von beschwörenden Bewegungen, die er dem Gryr abgeguckt hatte. Seine hypnotisierende Pantomime wurde mehrmals durch heftige Angriffe des Khorovigs unterbrochen, denen er jedoch jedesmal auf wunderbare Weise auswich. Allmählich schien die Aggressivität des Tieres zu erlahmen. Vorsichtig näherte Adrian sich ihm bis auf einen halben Meter. Keine Reaktion! Dann ging er langsam rückwärts. Der Khorovig folgte ihm. Adrian hielt an. Das Tier ebenfalls.

Ein ehrfürchtiges Raunen ging über den Platz. Dies war ein denkwürdiger Augenblick in der Geschichte Momdules. Ein Khorovig war gezähmt! In welche Richtung sich Adrian auch bewegte, der Khorovig folgte ihm fügsam und friedlich.

Mit dem gleichen Erstaunen wie die Bewohner Momdules verfolgten auch die Herrscher Adrians Tun. Dieses Ereignis erforderte eine offizielle Reaktion. Einige Bewohner brachen schon in ausgelassene Jubelschreie aus.

»Ein Wunder! Ein Mandirre! Ein wahrer Mandirre ist auferstanden!«

Immer mehr stimmten in die Rufe ein. Nur mit allergrößter Mühe gelang es dem Gryr, die Menge zum Schweigen zu bringen.

»Ein Zeichen wurde uns gegeben«, rief er. »Gehet hin in Frieden! Eure Führer werden das Zeichen untersuchen. Gehet hin in Frieden!«

Die Gardisten strömten die Tempeltreppe hinab und zerstreuten die Menge mit sanfter Gewalt. Das gleiche taten sie mit den sechs Pilgern, die sich unsicher unter die Bewohner mengten und von diesen mit Ehrerbietung und Wohlwollen aufgenommen wurden.

Einer der Diener der Priesterin Misharna kam auf Adrian zu und blieb in größerer Entfernung als üblich stehen, um Adrian anzusprechen. Mit einem ängstlichen Seitenblick auf den Khorovig lud er Adrian zu einem Treffen mit der Priesterin ein. Eine Gruppe von mindestens zwanzig Tempelwächtern in handgeschmiedeten Rüstungen eilte aus großer Höhe die Treppe herunter, um Adrian zu eskortieren. Während des Aufstiegs blitzte in Adrians Gehirn das Bild des Khorovigs auf, der ihm folgte, und anschließend eine Reihe schnell wechselnder Aufnahmen vom außergewöhnlichen Innern des »Tieres«. Ohne daß die Diener es hörten, zischte Adrian: »Du spielst deine Rolle großartig! Halte durch!«

Die Antwort des Amatokdes erfolgte wie jedesmal in einer Reihe von Bildern. Diesmal enthielten sie die verzweifelte Bitte, etwas langsamer zu gehen, was Adrian sofort tat. Er konnte zufrieden sein. Bis jetzt hatten sich die Dinge so entwickelt, wie er gehofft hatte. Nach den Gesprächen mit Sanuke und den Unreinen hatte sein Plan allmählich Form angenommen. In den sakralen Bodengrundsätzen war von den wundertätigen Mandirre die Rede. Also gut, dann würde er eben Wunder vollbringen. Einen Khorovig zähmen! Deshalb hatte er in einer Nacht-und-Nebel-Aktion die Leiche des Khorovigs aus dem Kanalloch im Quon geholt. Sanuke hatte aus dem Fell einen passenden Anzug für den Amatokdes schneidern lassen, und über die Schleichwege der Unreinen hatte dieser »Spezial-Khorovig« den Versammlungsplatz erreicht. Bei seiner Ankunft auf dem Platz hatte der Amatokdes Adrian signalisiert, daß er aktionsbereit sei. Auf das vereinbarte Zeichen hin hatte er sich in Bewegung gesetzt, und das Ergebnis war genau dasjenige, das Adrian sich erhofft hatte: ein näherer Kontakt zu den Herrschern von Momdule. Nur durch sie würde er etwas über Radenack erfahren können und über die Möglichkeiten, diesen Planeten wieder zu verlassen. Als Adrian von der immer noch höher führenden Treppe auf die Stadt und das umliegende Land blickte, überfiel ihn plötzlich heftiges Heimweh nach der guten alten Erde.

Dieses Gefühl rückte jedoch schnell wieder in den Hintergrund, als er Misharna vor sich sah. Die Entfernung zwischen ihnen betrug diesmal nur noch wenige Meter, nicht mehrere Dutzend wie während der Zeremonie auf den Tempeltreppen.

Sofort konnte er feststellen, daß seine Hormone bezüglich der Angelegenheiten, die das andere Geschlecht betrafen, auch außerhalb der Erde optimal funktionierten. Er war augenblicklich zutiefst beeindruckt von der geheimnisvollen Schönheit Misharnas, der Hüterin der sakralen Fundamente. Mit verträumtem Blick starrte er sie an, während sie sich mit ein paar Dienern unterhielt. Howard Hughes hätte ihr in seiner besten Zeit wohl auf der Stelle eine Filmrolle angeboten!

Song 6

❖

Nostalgia for Earth

[Replay]

Ihre Formen waren nicht zu verachten! Wieder dachte Adrian über die rätselhafte physische Ähnlichkeit zwischen den Bewohnern der Erde und dieses Planeten nach. Zugegeben, es gab Unterschiede. Die mandelförmigen Augen Misharnas waren von einem intensiven Grün, wie er es auf seinem Heimatplaneten noch nie gesehen hatte, ebensowenig wie ihre langen rotbraunen Haare, die wie der Pelz eines Rotfuchses vom Kopf über ihren Rücken flossen. Zeit für weitere Betrachtungen blieb ihm nicht, denn er selbst war inzwischen ins Zentrum ihrer ungeteilten Aufmerksamkeit gerückt.

»Parzuuf Rmalcotte«, sagte sie. »Sie haben heute Geschichte gemacht.«

Adrian hörte ihre warme, dunkle Stimme, versank im Smaragdgrün ihrer Augen und geriet völlig aus dem Häuschen. Das Gespräch, das er mit ihr hatte — oder besser gesagt, sie mit ihm, denn er konnte nicht mehr als ein paar schafsköpfige Antworten stammeln — dauerte mindestens zwanzig Minuten.

Als er es hinter sich gebracht hatte und mit leichtem Nachdruck von zwei Dienern in einen anderen Raum geleitet wurde, kam es ihm vor, als hätte die Unterhaltung kaum fünf Minuten gedauert.

Der Amatokdes, der immer noch sorgfältig in seinem Khorovis-Outfit verpackt war, konnte Adrians Reaktionen überhaupt nicht verstehen und teilte ihm dies auch mit, als sie einen Augenblick lang allein waren. Adrian versuchte, seinem Freund seine Gefühle so klar wie möglich zu beschreiben, wußte aber schon im Voraus, daß es zwecklos sein würde. Das Begriffsvermögen eines Amatokdes, der aus der Formfusion dreier voneinander halb-abhängiger Organismen in den Schlammbänken seines Heimatplaneten entstanden war, hatte zweifellos seine Grenzen. Allerdings Adrians Auffassungsgabe offenbar auch, denn der Amatokdes sandte ihm erstaunt die Frage zu, weshalb er auf die Einladung von Misharna, im Tempel zu logieren, so vage geantwortet hätte. Adrian mußte zugeben — und er kam sich dabei selbst ziemlich lächerlich vor —, daß er den größten Teil des Gesprächs im Strudel seiner Gefühle nicht mitbekommen hatte. *Ich führe mich auf wie ein Pubertierender,* dachte er verärgert. Unglaublich! Da wurde er doch tatsächlich eingeladen, und dann nahm er diese Einladung nicht an!

Drei Diener betraten das Zimmer. Zwei von ihnen trugen eine auf Hochglanz polierte Platte aus blauem Gestein. Die steinerne Scheibe war über und über mit aromatisch duftenden Speisen beladen. Die Diener setzten sie ehrerbietig vor Adrian auf den Boden und verschwanden dann lautlos, wobei sie die Augen demütig niedergeschlagen hielten. Adrian lief beim Anblick der üppigen Mahlzeit das Wasser im Munde zusammen.

»Ich glaube, wir bekommen hier die VIP-Behandlung«, murmelte er dem Amatokdes zu und probierte vorsichtig eine salzig riechende Fleischfaser. Jetzt erst bemerkte er einen weiteren Diener, der aus der Entfernung zuschaute. Als Adrian ihn neugierig musterte, bewegte sich der Mann eine Zeitlang unruhig hin und her, trat dann nervös ein paar Schritte vor und wandte sich mit atemlosem Flüstern an ihn:

»Ihr dürft mich nicht falsch beurteilen, wenn ich Euch bitte, die nun übermittelte Botschaft zu beherzigen. Als demütiger Diener ehre ich die Boden-Grundsätze und handele im Lichte der unausgesprochenen Wünsche von Misharna, unserer Hüterin. Doch gerade deshalb möchte ich Euch dies hier aushändigen. Ich möchte aufrichtig bitten, mit niemandem darüber zu sprechen. Ich werde übrigens jederzeit leugnen, daß es jemals zu diesem Treffen gekommen ist. Selbst wenn man mich in ein Nest blutrünstiger Satyre werfen sollte, meine Lippen werden verschlossen bleiben, und kein Wort wird ihre Pforte verlassen.«

Damit überreichte der Diener Adrian eine kleine Rolle

aus papierähnlichem Material und verschwand aus dem Raum, noch bevor Adrian ihm hatte versichern können, er werde schweigen. Um die Botschaft lesen zu können, mußte man die Rolle wie ein Zentimeterband herausziehen.

✡ Die Zeit ist gekommen ✡ Wie unsere Brüder uns immer geschworen haben ✡ Die Gefahr, die Euch droht, ist die Gefahr, die uns droht ✡ Euer Untergang der unsrige ✡ Eilt deshalb zur Stütze der Samarinde ✡ Hütet Euch vor dem Garanten ✡ Im Boden ist es gut ✡ Die Getreuen von Jehu ✡

Adrian seufzte tief und murmelte: »Das macht die Sache auch nicht gerade leichter.«

Während sie das Mahl beendeten, besprachen sie die Strategie für die kommenden Stunden. Der Amatokdes würde im Tempel von Misharna bleiben, Adrian versuchen, den Getreuen von Jehu einen Besuch abzustatten. Er beeilte sich jedoch, zuvor Misharna ausrichten zu lassen, daß es ihm eine Ehre sei, ihre Einladung anzunehmen.

Die Duo-Sterne Rill und Atrion hatten ihr Licht schon von den Straßen von Momdule abgezogen, als Adrian die lange Tempeltreppe hinabstieg. Das trübblaue Licht von Dhor behinderte seine Sicht. Unter ihm auf dem Absatz, wo die beiden Treppen zusammentrafen, stand ein Grüppchen von Wächtern. Mit ihren hellroten Glühstäben hatten sie ein paar Stufen beleuchtet, auf denen einige von ihnen hockten und sich beim Spiel vergnügten. Eine kleine Kugel aus einem schweren Material war mit drei dicht beieinanderstehenden scharfen Spitzen versehen. Sie wurde von einem der Männer geworfen und von einem anderen mit der flachen Hand aufgefangen. Wenn die Kugel mit den Spitzen nach unten auf der ausgestreckten Hand landete (was keineswegs immer glückte), mußte der Getroffene, ohne einen Gesichtsmuskel zu verziehen, den Ball dem nächsten Kandidaten zuwerfen. Zumindest war das der Sinn des Spiels, so wie Adrian ihn verstand.

Als Adrian an den Wächtern vorbeiging, klirrten diese mit ihren Waffen. Das war unter den Waffenträgern Momdules Sitte und drückte eine Art kritischen Wohlwollens dem anderen gegenüber aus.

Der Platz war wie ausgestorben. Im Schein von Dhor sahen die beiden Fußabdrücke im Zentrum einer jeden Fliese des Platzes etwas makaber aus. Die Stadt hatte fünfzehntausend Bewohner, und jeder von ihnen war durch seinen oder ihren Fußabdruck auf einer der Fliesen registriert. Gleichzeitig war dies der rechtmäßige und verpflichtende Platz des oder der Betreffenden bei den zeremoniellen Feierlichkeiten und bei offiziellen Zusammenkünften.

Adrian bog auf gut Glück in die breiteste Straße ein, die vom Platz wegführte, und hielt nach einem lebenden Wesen Ausschau, das er nach dem Weg hätte fragen können. An allen Giebeln hingen Stränge von gefärbtem Bast zum Trocknen, die aus den religiösen Farbbädern stammten, doch ebenso wie auf dem Platz war auch hier alles wie ausgestorben. Plötzlich leuchtete kurz hinter der ersten Kurve etwas Gelbes vor der Häuserreihe auf.

Als er näherkam, sah er einen qualmenden Öldocht in einer nach Mottenkugeln stinkenden Flüssigkeit brennen. Die spärliche Beleuchtung versorgte eine dreirädrige Kabine von oben mit genügend Licht, so daß Adrian die offenstehende Tür erkennen konnte. Plötzlich tauchte das verstörte Gesicht eines Mannes auf, der sich seinem Aussehen nach zu schließen reichlich mit in Momdule nur schwer erhältlichen Rauschmitteln benebelt hatte.

»Die Bewegung von Ihren Füßen
würde ich gerne versüßen.«

schmetterte er in einem weinerlichen Singsang und viel lauter, als nötig gewesen wäre. Bevor Adrian irgend etwas darauf erwidern konnte, fuhr er fort:

»Worum ich bitte, ist nicht viel,
dann bring ich Euch zum Reiseziel.«

»Ich würde Ihre Dienste ja gerne in Anspruch nehmen, ich habe aber nichts, was ich Ihnen geben könnte«, sagte Adrian.

»Bittet für mich um Nachkommen geschwind,
während wir auf dem Wege sind.«

grölte der Mann und öffnete den dreirädrigen Karren für Adrian. Auf der Holzwand, die der rohbehauenen hölzernen Bank gegenüber lag, stand etwas geschrieben. Nachdem Adrian sich auf der Bank niedergelassen hatte, schob der Mann die qualmende Öllampe ins Innere und rief:

»Ruft fest und laut, was Ihr hier lest,
dann wird das Reisen Euch ein Fest.«

Er schlug die Tür zu, die Adrian jedoch sofort wieder öffnete.

»Wollen Sie denn nicht wissen, wo ich hin will?« fragte er mißtrauisch.

»Ihr lest und sprecht,
Ich dreh' das Rad.
Solang' Ihr ruft,
geht alles glatt.«

Jetzt schrie der Mann aus vollem Halse und drückte schon wieder gegen die Tür, die Adrian mit aller Kraft offenhielt. »Ich muß zur Stütze der Samarinde, aber ich weiß nicht genau, wo das ist.«

Nun schien der Fuhrmann doch kurz den Faden zu verlieren. Er starrte einen Augenblick lang nachdenklich in die bläuliche Dämmerung und plärrte dann:

»Mehr werd ich tun, als Euch zu chauffieren.
Mit Fußgestampf werd ich Euch führen.«

Mit einem lauten Knall schlug die Tür zu, da Adrian nun nicht mehr dagegendrückte.

Der Karren schwankte heftig hin und her, als der Fuhrmann obenaufsprang. Da Adrian seine Neugierde nicht bezwingen konnte, öffnete er zum drittenmal die Tür, um nachzuschauen, was über ihm geschah.

Er sah, daß oben an der Häuserreihe entlang ein schmales Gleis aus Nocken verlief, in die ein Zahnrad griff, das auf dem Dach des Wägelchens befestigt war. Wenn der Fuhrmann an einem damit verbundenen Rad drehte, bewegte sich der Karren vorwärts.

Das ist die Kleinausgabe des Quonwagens, dachte Adrian und setzte sich wieder hin.

Oben auf dem Dach brüllte der Fuhrmann unter lautem Stampfen:

»Eilt Euch und erhebet Eure Stimme!
Die Räder sind schon aus der Klemme.«

Adrian kam sich ziemlich albern vor, als er die Zeilen, die in die gegenüberliegende Wand geritzt waren, aufzusagen begann.

Hört, wie er sich abmüht, seine Knochen krachen.
Nie wird er seine Pflicht verlachen.
Ein Beispiel ist er für alles, was ist.
Das bezeuge ich, auf daß ihr es wißt.

Bodenfrüchte ist er bis auf die Knochen.
Doch Kinder wollen an seine Tür nicht pochen?
Im Namen der Sakralen Fundamente.
Schenkt ihm Nachkommen, flehe ich, ein
Frequente.

Diesen Text mußte Adrian ständig wiederholen. Jedesmal, wenn er an der letzten Zeile angekommen war, schrie der Fuhrmann über ihm, er solle wieder von vorne anfangen und das Gedicht viel lauter aufsagen, wenn er wolle, daß er, der Fuhrmann, sich weiter so anstrenge für jemanden, der da unten so bequem säße und nichts weiter zu tun bräuchte, als ein Gedicht herzusagen. Adrian war froh, als der Fuhrmann endlich mit lautem Stampfen anzeigte, daß sie am Reiseziel angelangt waren.

Die Stütze der Samarinde war ein Bauwerk ganz im Stil von Momdule. Es lehnte mit der Rückseite an der westlichen Stadtmauer und verdankte seinen Namen der einzigartigen Tatsache, daß ein riesiges Exemplar einer Samarinde, einer wuchernden Schlingpflanze mit haarigen grauen Röhrenblättern, von außen über die Stadtmauer mit dem Haus verwachsen und mittlerweile bis zu dessen Spitze hochgeklettert war. Den Eingang bildete keine Tür, sondern ein Vorhang aus winzigen länglichen Glöckchen, die bei Adrians Eintreten klingelten. Er stand in einem dunklen Gang, der leicht anstieg. In der Ferne meinte er Stimmengewirr zu hören. Noch einmal mußte er einen Glöckchenvorhang passieren, dessen Glöckchen jedoch heller klingelten als die des ersten. Dann war es plötzlich totenstill. Der Gang verlief in einer scharfen Kurve nach links, und Adrian stand im Stockfinsteren. Bis zum Zerreißen gespannt und auf das Schlimmste gefaßt, tastete er sich an der Mauer entlang vorwärts. Plötzlich machte die Mauer einen Knick von neunzig Grad. Aller Wahrscheinlichkeit nach stand er nun in einem größeren Raum. Doch nicht nur das! Er spürte, das irgend jemand anwesend war. Er war nicht allein! Eine beklemmende Spannung herrschte in der Finsternis des Raums. Manch einer hätte in einer solchen Situation seine Zuflucht in Ausrufen wie: »Ist dort jemand?« gesucht. Doch er haßte nichts mehr als solche idiotischen Aktionen. Natürlich war »Etwas« oder »Jemand« da, wenn man sich plötzlich den Drang verspürte, so etwas zu fragen. Außerdem enthielt die Fragestellung ja schon, daß der Sprecher davon ausging, daß der geheimnisvolle Andere verborgen bleiben wollte. Folglich brachte man sich durch eine solche dumme Frage bewußt in Gefahr, denn einmal teilte man dem anderen mit, daß man ihn gehört hatte, und zweitens verriet man seine eigene Position, wodurch man sich geradezu als Zielscheibe anbot. Allerdings fiel ihm selbst auch nichts Besseres ein. Er dachte fieberhaft nach. Er stellte eine Verbindung zwischen dem Inhalt des Briefes der Getreuen von Jehu mit seinen neuesten Erfahrungen mit dem Fuhrmann her und sagte vorsichtig: »Im Boden ist es gut!«

Gleichzeitig duckte er sich und schlich ein paar Schritte zur Seite. Dann hörte er ein Schlurfen.

»Im Boden ist es gut«, antwortete kurz darauf zögernd eine Stimme aus der Dunkelheit, worauf andere dies ebenfalls wiederholten.

Zischend blitzte ein feuriger Ball in einer Lichtrinne an der gegenüberliegenden Wand. Langsam kroch das rötliche Licht durch die Feuerrinne, bis alle Wände des Raumes beleuchtet waren.

Vier ältere Männer standen nicht weit von ihm entfernt hinter einem schweren Gitter und starrten ihn an. Als er sich die armdicken Stäbe näher anschaute, sah er, daß sie mit einer klebrigen Substanz bestrichen waren. Einer der Alten stand auf und kam Adrian langsam entgegen. Kurz vor dem Gitter blieb er stehen.

»Sie müssen verstehen, daß gewisse Vorsorgemaßnahmen nicht zu vermeiden sind.« Gleichzeitig riß er ein

Stück aus seiner schmuddeligen Limarna und warf es gegen eine der Gitterstangen. Brodelnd und zischend fiel der Stoff auseinander, und in wenigen Sekunden war nichts mehr davon übrig außer einem unangenehmen Fischgeruch.

»Natürlich wissen wir«, fuhr er fort, »daß eine Waffe wie diese für einen Mandirre wie Sie keinerlei Risiko darstellt.«

»Ja ja, natürlich«, stimmte Adrian zu und dachte: »So so, da hätte ja nicht mehr viel gefehlt, und von mir wäre nichts mehr übrig geblieben, außer dem Duft eines vergammelten Fischstäbchens.«

Der alte Mann hatte eine pockennarbige Haut und ging gebückt, wirkte jedoch in Anbetracht seines Alters erstaunlich elastisch. Er hatte sich wieder hingesetzt.

»Sie verzeihen uns hoffentlich, daß wir uns entschieden haben, auf dieser Seite zu bleiben. Wir verfügen nun einmal nicht über so hochwertige Qualitäten wie Sie, Parzuuf Ramalcotte.«

Adrian nickte und betrachtete die anderen. Alle drei mußten ein hohes Alter erreicht haben. Aus ihren Minen entnahm er, daß der Wortführer derjenige war, auf den es ankam.

»Sie kennen meinen Namen, Sie kennen meine Person«, stellte Adrian fest. »Vielleicht können Sie mich auch bezüglich Ihrer Identität aufklären und mir mitteilen, weshalb mein Erscheinen hier so dringend gewünscht wird.«

Wieder ergriff der gleiche das Wort.

»Meine Getreuen und ich haben unsere Namen schon vor langer Zeit abgelegt. Wir sehen sie als nutzlos an; sie dienen nur der überflüssigen Glorifizierung der Person.«

»Das ist zweifellos richtig«, stimmte Adrian zu, womit er die gespannte Atmosphäre entschärfen wollte.

»Aha, Sie unterstützen diesen Gedanken!« erwiderte der Wortführer.

»Natürlich«, improvisierte Adrian schnell. »Namen sind unwichtige Codierungen, die höchstens den besserwisserischen Autoritäten und ihren manipulativen Mitarbeitern nützen.«

Seine Zuhörer schauten ihn verständnislos an, und er nahm sich vor, beim nächstenmal vorsichtiger zu sein.

»Wir betrachten uns als die Getreuen von Jehu«, fuhr der Wortführer fort. »Er ist der zuletzt registrierte Mandirre, und kein anderer Titel erscheint uns zutreffender. Was den zweiten Teil Eurer Frage anbetrifft, möchte ich Euch sagen, daß wir es nach den Ereignissen vor dem Tempel für möglich halten, daß Ihr ein neu manifestierter Mandirre seid. Tausende von Umläufen von Rill und Atrion lang haben wir auf diesen Augenblick gewartet. Für viele von uns überstieg das Warten die physischen Grenzen. Deshalb preisen wir uns glücklich, diesen Augenblick außergewöhnlichen Triumphs erleben zu dürfen. Wenn Ihr tatsächlich der neu manifestierte Mandirre seid — und der Khorovig ist der erste Beweis dafür —, dann befindet Ihr Euch in höchster Gefahr! Zweifellos müßten Eure Kräfte ausreichen, um jede Bedrohung mühelos für ewig verstummen zu lassen. Doch da wir den Feind kennen und dem Weg Jehus folgen, ist es unsere Pflicht, im Dienste des neuen Lichts zu handeln. Wenn Ihr mir erlaubt, werde ich versuchen, dies näher zu erläutern.«

Adrian nickte und hörte aufmerksam zu.

»Wie Ihr wißt, lehren unsere Boden-Grundsätze, daß die Planetenkruste heilig ist. Ihre Kräfte sollen in Ehren gehalten werden, frei von jeglicher Befleckung. Wer den Boden betritt, soll zu Staub zermahlen werden; ebenso derjenige, der seine Blicke schamlos auf dem mütterlichen Boden verweilen läßt. In alter Zeit ist unsere Heilige Stadt entstanden, da Mutter Boden die Säulenbäume wachsen ließ, auf die Momdule gebaut wurde. Sie hat gegeben — wir durften nehmen.« Der alte Mann geriet in Verzückung und erhob sich. »Schon die ersten Schriften geben Auskunft über die Regierungsform der Stadt, so wie sie noch heute besteht. Ebenso wie das Licht von Rill und Atrion leuchtet auch hier die Kraft der Zwei-Einheit. Die erste Stelle nimmt die Hüterin der sakralen Fundamente ein, die für die Erhaltung und Auslegung der Lehre verantwortlich ist. Ihr zur Seite steht der Garant von Momdule, dem die Verantwortung für die Umsetzung der Lehre in der alltäglichen gesellschaftlichen Praxis obliegt.«

Der Sprecher legte eine kleine Pause ein. »Letzterer ist der Gegenstand unserer scharfen und fundierten Kritik. Bereits unsere alten Schriften sprechen von einer Anzahl von Bauwerken außerhalb unserer Stadtmauern, die auf den jungen Schößlingen der Säulenbäume errichtet wurden, von denen, die sich gerne die unsrigen nennen würden, es jedoch nie sein konnten, da sie Nachkommen der Unreinen sind. Gefährliches Gesindel, dessen Vorfahren vermutlich direkten Kontakt mit dem Boden hatten.

Es ist richtig, wenn der heutige Garant von Momdule sagt, dieses Wohnviertel, der sogenannte Quon, habe schon immer existiert. Aber wir, die Getreuen von Jehu, gewissenhafte Befolger der Lehre, sind nicht der Meinung, daß die Kontakte zu diesen unerwünschten Gebieten ausgeweitet werden sollten, wie es bereits seit einiger Zeit der Fall ist. Beobachter im Dienste der Lehre haben uns berichtet, daß dort Fahrzeuge von riesigem Ausmaß kommen und gehen, die den Boden durch ein metallisches gelöchertes Band entweihen. Diese unerträglichen Taten und Schändungen sind es, die uns Grauen vor dem Teil der Autoritäten einflößen, die im Namen des Garanten handeln.«

Die Weitschweifigkeit des Wortführers kam Adrian nicht ungelegen, denn auf diese Weise erhielt er weitere Informationen über das Leben in Momdule. Doch begriff er immer noch nicht, was all das mit ihm zu tun hatte. Also fragte er danach.

»Wir können mit Gewißheit sagen«, antwortete der Getreue von Jehu mit feuriger Stimme, »daß dem Garanten alles daran liegt, dem Pilger Parzuuf Ramalcotte, der die Zeichen eines wahren Mandirre trägt, so schnell wie möglich das Leben zu nehmen.«

»Aber warum denn?« fragte Adrian.

»Weil nur ein neu manifestierter Mandirre Leben und Wirken des Garanten beurteilen und notfalls beenden darf, wenn ein Antrag zu einer solchen Beurteilung gestellt wird. Und wahrscheinlich werdet Ihr meinen Worten Glauben schenken, wenn ich sage, daß solch ein Antrag mit Sicherheit gestellt werden wird.« Seine Augen leuchteten auf.

»Dann sind wir alle in Gefahr«, folgerte Adrian erschrocken.

»Es ist, wie Ihr sagt«, antwortete der Wortführer, »es sei denn, Ihr als potentieller Mandirre seid für eine solche Situation besser gerüstet als wir.«

Adrian seufzte und sagte: »Der Garant kann mich kaum in aller Öffentlichkeit aus dem Wege räumen. Deshalb werde ich mich so oft wie möglich in großen Menschenmengen aufhalten.«

Die Getreuen von Jehu ließen Überraschung erkennen, und drei von ihnen schauten den Wortführer entsetzt an.

»Aber gerade in der Gesellschaft lauert doch die Gefahr! Immerhin tragt Ihr den Status eines Pilgers«, rief der Sprecher aus. »Es bleiben Euch nur noch wenige Tage, dann ist die Entscheidung gefallen.«

»Welche Entscheidung?« fragte Adrian erstaunt.

»Dann wird Momdule wissen, ob ein neu manifestierter Mandirre den Tempel des Garanten säubern wird. Denn nur ein Mandirre wäre in der Lage, das Momentum von Farskwill zu überleben.«

Je mehr Information Adrian erhielt, um so stärker wurde paradoxerweise sein Gefühl, daß er gar nichts wußte.

»Erzählen Sie mir doch etwas über diese Pilgerrituale«, bat Adrian.

Das Gesicht des Wortführers verhärtete sich. Die anderen Getreuen von Jehu rutschten unruhig auf ihren Sitzen hin und her. Mit einem deutlich anderen Klang in seiner Stimme fuhr der Sprecher fort: »Wie jeder Pilger weiß, der nach sorgfältiger Selektion durch den Boden und seine Vertreter zu uns gebracht wird, wird er bis zum Momentum von Farskwill in unserer Gemeinschaft von einem jeden, der sich leichter Verfehlungen schuldig gemacht hat, wie ein Erhabener empfangen. Die erlesensten Speisen und Getränke stehen ihm zu. Nur das Beste vom Besten wird ihm angeboten, in jedem Bereich und ohne zu zaudern. Diejenigen jedoch, die wissen, daß sie sehr schwer gegen die Lehre gefehlt haben, jagen den Pilgern nach und trachten ihnen nach dem Leben, um sich von ihrer eigenen Schande zu reinigen. So werden sie unserer Mutter, dem Boden, ein Leben opfern, die nimmt, was sie einst gegeben hat, und die gibt, was sie nie genommen hat.«

»... was sie nie genommen hat«, wiederholten die übrigen Getreuen von Jehu hinter dem Sprecher im Chor.

»Ich bezweifle stärkstens, daß alle Pilger darüber informiert sind«, sagte Adrian bedrückt.

»Unerhört!« rief der Wortführer und schien ebenso wie die anderen zutiefst empört zu sein. »Dies ist ein weiterer wichtiger Punkt bei der Beurteilung des Garanten. Er ist der Hüter der Pilger. Er allein ist dafür verantwortlich, daß sie für ihre Aufgabe bereit sind. Brüder, dies ist ein weiterer Beweis für sein Versagen!«

»Das lohnt sich«, murmelte Adrian, während die vier aufgeregt miteinander murmelten. Er selbst überlegte, was er nun am besten tun sollte.

»Das Momentum von Farskwill beginnt in ein paar Tagen. Können Sie mir vielleicht sagen, wie ich ...«

»Ich bedaure außerordentlich«, unterbrach ihn der

Wortführer, »aber ich kann Euch nicht mehr sagen. Wir Getreuen von Jehu, Anhänger des letzten registrierten Mandirre, wundern uns über Eure Unwissenheit. Wie ist es möglich, daß ein wahrer Mandirre nicht über dieses einfache Wissen verfügt! Wir haben uns ...«

Das Klingeln des Glöckchenvorhangs ließ ihn verstummen. Die drei anderen erhoben sich wie auf Kommando von ihren Sitzen. Hastig fuhr der Sprecher fort: »Gestattet, daß wir uns jetzt zurückziehen. Unser Gespräch war deutlich genug. Wir sind nicht an Begegnungen mit ungeladenen Gästen interessiert. Wie Ihr bereits zu Anfang unserer Begegnung sagtet: Im Boden ist es gut!«

Das Licht in den Feuerrinnen erlosch. Wenige Sekunden später stand Adrian wieder im Stockdunkeln.

»Wartet!« wollte er ihnen hinterherrufen, doch erkannte er, daß das sinnlos gewesen wäre. Deshalb konzentrierte er sich auf das Kommende. Ein erneutes leises Klingeln in veränderter Tonhöhe verriet ihm, daß der Eindringling nun auch den zweiten Vorhang passiert hatte. Lautlos zog Adrian sich zurück, bis er die Seitenwand in seinem Rücken spürte. Ein dumpfer Knall, vermischt mit den Geräuschen sich entfernender Schritte, zeigte ihm, daß die Getreuen von Jehu ihren Privatausgang benutzt hatten. Vielleicht lenkte das Geräusch die Besucher ab? Die Sekunden bis zur unvermeidlichen Konfrontation verstrichen quälend langsam.

Alles deutete darauf hin, daß jemand den Raum betreten hatte: Ein scheuerndes Geräusch von Stoff an Stoff. Das durchdringende *Knacks* ... eines Käfers, der unter einem Fuß zermalmt wurde. Ein Schütteln, das er nicht einordnen konnte ... oder doch? Er näherte sich vorsichtig dem Geräusch. Ein sanftrotes Leuchten tauchte in der Dunkelheit auf. Adrian reagierte sofort. Ein schneller Angriff, gefolgt von einem kräftigen Stoß, ließ den Eindringling vorwärtsstraucheln und gegen das Gitter fallen. Ein eisiger Schrei erfüllte den Raum, und anschließend hallten schnelle Schritte durch den Gang.

Es sind noch mehr, schoß es Adrian durch den Kopf, und er ergriff den am Boden liegenden Glühstab. Er schüttelte ihn heftig, bis das Licht hell aufleuchtete, und rannte den Schritten entgegen. Um selbst möglichst unsichtbar zu bleiben, hielt er den Glühstab weit von sich. Im Dämmerlicht tauchte ein Gardist auf. Adrian stöhnte und hielt sich eine Hand vor den Mund. Die Lichtquelle richtete er auf die Augen des heranstürmenden Helfers.

»Schnell, schnell!« rief er erstickt und wimmerte, als ob er unter heftigen Schmerzen litte.

»Was hast du, bist du verwundet?« rief der Gardist in der Meinung, einen Kollegen vor sich zu haben.

»Schnell, schnell! Da drinnen! Schnell!« stöhnte Adrian. Der Gardist rannte mit vorgehaltenem Ciendor weiter, überzeugt davon, daß die Gefahr von dort drohte. Doch diese kam von hinten. Die furchtbare Szene von vorher wiederholte sich: Auch der zweite Gardist fiel wie der erste gegen das tödliche Gitter. Die grauenhafte Waffe lähmte das Opfer im Bruchteil einer Sekunde nach der ersten Berührung, wodurch jeder Versuch, dem furchtbaren Tod zu entgehen, unmöglich wurde.

Nachdem Adrian festgestellt hatte, daß die kläglich jammernden Eindringlinge nur zu zweit gewesen waren, blieb er keinen Augenblick länger in dem Haus. Der penetrante Fischgestank verfolgte ihn bis nach draußen. Auf der Straße regte sich nichts. Eng an die Häuser geduckt hastete er davon, um den Abstand zwischen sich und der düsteren Stütze der Samarinde so rasch wie möglich zu vergrößern. Durch verwinkelte Gäßchen, die er den geraden Alleen und breiten Straßen vorzog, setzte er seinen Rückweg zu Misharnas Tempel fort.

Sein Orientierungssinn führte ihn von einem Gäßchen ins andere. Der scharfe Geruch von Färbemitteln reizte seine Schleimhäute. Mit wild pochendem Herzen trabte er weiter, als er plötzlich im blauen Dämmerlicht sah, daß sich vor ihm etwas bewegte. Ein paar Meter weiter an einer dreifachen Weggabelung baumelte etwas hin und her. Er näherte sich vorsichtig und erkannte nach einer Weile eine dunkle Gestalt, die an einer dünnen Kette hing.

Es war der leblose Körper eines der Pilger, der an einem Arm aufgehängt worden war und sich im warmen Wind langsam um seine eigene Achse drehte. Adrian erhob seinen Blick zum Sternenhimmel, und Dhor wurde Zeuge eines feierlichen Gelübdes.

Das Klappern hastiger Schritte riß ihn aus seinen düsteren Grübeleien. Eine Gruppe von Gardisten eilte im Trab aus einer der Seitensträßchen auf die Weggabelung zu. Einen Moment lang sah es so aus, als ob sie auf ihn zukommen würden, doch im letzten Augenblick bog der Anführer in eine andere Gasse ab. Adrian verschwand rasch in der Straße, aus der die Gruppe gekommen war.

Er hatte aber nicht viel Glück. Kaum zehn Minuten später und kaum drei Straßen weiter hörte er schon wieder das Geräusch rhythmischen Trabens, vermischt mit Waffengeklirr. Diesmal kamen die Gardisten über die volle Breite der Straße auf ihn zu. Rückzug war seine einzige Chance. Es bestand keinerlei Möglichkeit, sich zu verstecken. Ohne sich zu zeigen, huschte er von Schatten zu Schatten, so schnell er konnte. Es war zwecklos. Wenn er glaubte, unbemerkt bleiben und gleichzeitig seinen Vorsprung halten zu können, würde er einen bösen Fehler begehen. Es blieb ihm nur eine einzige Möglichkeit. Er sog ein paarmal tief die kühle sauerstoffreiche Luft ein, um sich für einen Sprint vorzubereiten. Dann schoß er los.

Sofort erschollen hinter ihm verwirrte Rufe, gefolgt von einem rauhen, alles übertönenden Befehl stehenzubleiben. Doch Adrian rannte weiter. Etwas prallte über seinem Kopf gegen eine Mauer und fiel auf die Straße. Ein Blick über die Schulter informierte ihn über die Art der Wurfwaffe, die gegen ihn eingesetzt worden war. Es war eine Variante des messerscharfen Ciendors: ein Kreuz aus vier Klingen, das um seine eigene Achse wirbelnd auf sein Ziel zusegelte — ein rasend schneller Todesbote. Noch ein zweites und drittes Exemplar sausten über Adrians Kopf hinweg. Glücklicherweise verlief die Straße immer wieder in leichten Kurven, so daß die Gefahr auf die geraden Strecken begrenzt blieb. Da seine Verfolger ein schnelles Tempo vorlegten, gelang es ihm nicht, seinen Vorsprung zu vergrößern, glücklicherweise wurde er aber auch nicht kleiner.

Dankbar schoß er in eine Seitenstraße, sobald sich ihm die Gelegenheit dazu bot. Zu seiner Freude merkte er, daß nun viele Quergäßchen seinen Weg kreuzten. Ohne daß ihn seine Verfolger sehen konnten, bog er in eines dieser Gäßchen ein und fand eine weit vorspringende Mauerstrebe eines hohen Gebäudes, hinter der er sich sofort versteckte. Keuchend wartete er die Reaktion der Gardisten ab.

Daß er auch ausgerechnet auf eine Gruppe von Fanatikern stoßen mußte, statt auf die Drückeberger, die sich am liebsten in passivem Widerstand übten und die in solchen Funktionen gewöhnlich in der Überzahl waren!

Die Gardisten schienen ihrer Aufgabe außergewöhnlich gut gewachsen zu sein, denn plötzlich bogen vier von ihnen in die Gasse ein, in der sich Adrian befand. Er hatte so sehnlichst gehofft, daß sie an ihm vorbeilaufen würden! Zumindest war er jetzt ein paar der Verfolger los, versuchte er sich selbst aufzumuntern, während sich die vier vorsichtig seinem Versteck näherten.

Weiter geht's! Mit dem Mut der Verzweiflung rannte er weiter. Die Gardisten drehten im Laufen wild eine Art Rassel, die ein hohes knatterndes Geräusch erzeugte. Wenn das so weiterginge, würde er nicht mehr lange durchhalten. Da sah er plötzlich hinter einer scharfen Kurve am Ende des Gäßchens eine Gruppe Uniformierter. Doch auch sie hatten ihn gesehen. Ende der Reise, dachte er hoffnungslos, als die Neuankömmlinge Anstalten machten, ihn zu umzingeln.

Ohne weiteren Widerstand zu leisten, ließ er sich von ihnen ergreifen. Erschöpft schnappte er nach Luft und versuchte, nicht an das traurige Schicksal zu denken, daß ihn nun zweifellos erwartete. Auch die vier Verfolger waren mittlerweile herangekommen. Noch immer schwenkten zwei von ihnen, die in einiger Entfernung stehengeblieben waren, die ohrenbetäubenden Rasseln. Wahrscheinlich war es ein dringender Ruf nach Verstärkung!

Vornübergebeugt, die Hände auf den Knien, schnappte Adrian nach Luft und versuchte, wieder zu Kräften zu kommen. Einer seiner Verfolger ergriff das Wort: »Danke für Eure Hilfe, Sufier Garmalloi ... Ich möchte diesen Widerspenstigen im Namen des Garanten von Momdule, unseres tüchtigen Führers und Stützpfeilers, von Euch übernehmen, um ihn auf den Weg zu schicken, den Er ihm zugedacht hat.«

Der Angesprochene nickte ernst und sprach: »Wir hielten es für unsere Pflicht, Waffenbruder, Euch diesen Gefallen zu tun, da dies dem Willen unserer Herrin Misharna dient, der Hüterin der sakralen Fundamente, unserer unermeßlichen Zuversicht.«

Adrian achtete kaum auf die förmliche Konversation zwischen den beiden Gardisten, bis er plötzlich begriff, was da im Gange war. Sofort mischte er sich ein.

»Wer führt hier den Befehl über Misharnas Gardisten?« rief er.

Überrascht antwortete der Anführer: »Wer wendet sich an Sufier Garmalloi, den Vertrauten Misharnas, der Hüterin der sakralen Fun ...«

»Ja ja, Fundamente«, unterbrach Adrian ihn gereizt und fuhr fort: »Vor Ihnen steht Parzuuf Ramalcotte, der während des letzten Umlaufs von Rill und Atrion einen Khorovig gezähmt hat und der seitdem Gast der erhabenen Misharna ist. Ich teile Ihnen hierdurch offiziell mit, daß ich während eines kurzen Spazierganges plötzlich von einer großen Anzahl dieser sogenannten Diener des Garanten verfolgt wurde. Da ich eine wichtige Verabredung mit Misharna habe, schlage ich vor, daß Sie nicht länger zögern, sondern mich unter Ihrem und Ihrer Gardisten Geleit sofort zum Tempel bringen.«

Die Gardisten hatten seinem Wortschwall regungslos zugehört. Der Gardist des Garanten, der Garmalloi angesprochen hatte, brachte nun lauthals seine Einwände vor. Sufier Garmalloi befand sich offenbar in einem heftigen Zwiespalt. Aus den Augenwinkeln beobachtete Adrian, wie sich weitere Gardisten näherten. Sie hatten sich also in Grüppchen aufgeteilt, um ihn zu suchen, und wahrscheinlich würden durch das nicht endende Gerassel in Kürze noch mehr von ihnen herbeigerufen werden.

»Sufier Garmalloi, ich mache Sie im Namen von Misharna, der Hüterin der sakralen Fundamente, persönlich für meine unverzügliche sichere Rückkehr in den Tempel verantwortlich.« Dann wandte Adrian sich seinen Verfolgern zu: »Sagen Sie Ihrem Auftraggeber, dem Garanten, wenn Rill und Atrion im nächsten Zenit stünden, würde ich ihn aufsuchen, so daß er mir seine dringenden Angelegenheiten direkt mitteilen könne. Damit ist Ihr Auftrag zweifellos erfüllt, also halten Sie uns bitte nicht länger auf!«

Widerwillig, doch überrumpelt durch den für sie ungewohnten Widerstand ließen die Gardisten des Garanten Adrian abziehen, und die Getreuen von Misharna folgten ihm zögernd. Unter den Gardisten des Garanten entstand nun ein großer Tumult, und Adrian beeilte sich fortzukommen, damit seine Verfolger sich nicht doch noch eines anderen besännen. Ohne ein Wort mit Misharnas Getreuen zu wechseln, erreichte Adrian den Tempel und ließ sich bis an die Grenze von Misharnas Territorium geleiten. Dann entließ er seine Begleiter mit einem kurzen Nicken.

Momdule war offenbar ein wesentlich gefährlicheres Pflaster, als er anfänglich geglaubt hatte. Vielleicht hätte er doch auf Wagenführers Rückkehr warten und diesen dazu überreden sollen, den Amatokdes und ihn selbst zur Wechselstation zu schmuggeln. Das Schicksal, das man hier den Pilgern zugedacht hatte, behagte Adrian ganz und gar nicht. Offenbar war dies eines der sorgfältig innerhalb der Mauern von Momdule gehüteten Geheimnisse, die nicht einmal Sanuke zu Ohren gekommen waren.

Nachdem Adrian dem Amatokdes über seine Erlebnisse berichtet hatte, fühlte er sich plötzlich sehr müde. Wahrscheinlich hätte er sich sofort schlafen gelegt, hätte er nicht noch etwas anderes vorgehabt. Mit Hilfe eines der vielen Diener, die sich hinter den vielen Säulen postiert hatten, konnte er sich Zugang zu Misharnas Gemächern verschaffen.

»Willkommen in meinem Dhor-Wohnsitz«, sagte sie und schenkte ihm ein Lächeln, das ihm sofort den Boden unter den Füßen wegzog. Verzweifelt suchte er nach den verlorengegangenen Bruchstücken seiner zuvor sorgfältig präparierten Rede.

Die verführerische Misharna, die große und schlanke, kräftige und doch so geschmeidige Priesterin mit den hypnotisierenden großen aquamarinblauen Augen, lag anmutig unter einer Gaze-Glocke. Ihr Gesicht mit der bernsteinfarbenen Haut strahlte geheimnisvoll. Sie neigte den Kopf auf dem zierlichen Hals leicht nach hinten, als gäbe er unter der Last ihres üppigen Schmuckes nach.

Niemals hätte Adrian blauem Licht eine so schmeichelnde Wirkung zugeschrieben. Doch der Lichtschein, der sich auf eine bloße Handbewegung hin aus der sich lautlos öffnenden Decke auf sie herabsenkte und über ihren Körper floß, verlieh ihr eine göttliche Erscheinung, wie er sie sich selbst in seinen schönsten Träumen nie hätte ausmalen können.

Die kreisförmig aufgestellten Säulen, die sie zu Dutzenden umgaben, waren mit schmalen Lichtrinnen versehen, wodurch die Säulen wie überdimensionale rötliche Glühstäbe wirkten.

Der Raum war höher als lang, und der Boden stieg zur Mitte hin leicht an. Die Reliefs und Zeichen auf den Mauern bildeten komplizierte Muster: Strukturen in einem einfachen Farbspektrum, die wichtige Nachrichten und Botschaften aus ferner Vergangenheit übermittelten und der Hüterin der sakralen Fundamente ständig zur Verfügung standen. Misharna schaute ihn durchdringend an. »Es wird viel über den Pilger Pazuuf Ramalcotte gesprochen«, sagte sie und ließ eine Hand mit dem weichen glänzendvioletten Stoff ihrer weitfallenden Limarna spielen.

»Das habe ich inzwischen auch gemerkt«, antwortete er so nüchtern wie möglich, »und nicht nur das!«

Allmählich befreite Adrian sich aus Misharnas hypnotisierender Bezauberung, indem er sich ganz auf seine Worte konzentrierte. Er erzählte ihr von seinen neuesten unangenehmen Erlebnissen. Da sie dies jedoch nicht sonderlich zu beeindrucken schien, kam er schnell auf den Kern seines Anliegens zu sprechen, nämlich auf die an den Garanten adressierten Beschuldigungen der Getreuen von Jehu.

Sie schenkte ihm wieder ihr süßes Lächeln. »Ich kenne sie gut, die die Gesetze der Lehre so streng abwägen«, sagte sie, und ihre Stimme klang dabei wie eine getragene Melodie. »Ihre Verdächtigungen dem Garanten gegenüber sind vielfältig ... In ihren Träumen der Bewahrung des Alten spielt das Verlangen nach der Manifestation eines neuen Mandirre die Hauptrolle ... Ihre Gedanken und Ideen wirbeln vermutlich zur Zeit in einem schwindelerregenden Strudel durcheinander, angetrieben von der sehnlichen, an Verzweiflung grenzenden Erwartung, daß Parzuuf Ramalcotte ›Ihr‹ Mandirre sein wird.«

Sie schien kurz abgelenkt, als ein glänzender schwarzer Schal von ihrer Schulter glitt und sie ihn anmutig wieder zurückschob. »Habt Ihr Euch unter der Samarinde getroffen?«

Adrian nickte.

»Ihr erhabener Ort«, erklärte sie, »geheiligt und beschützt durch den Abgesandten des Bodens, die Samarinde, die sich mit ihren Wurzeln direkt mit dem mütterlichen Boden verbinden darf.«

»Dann wird mir sicherlich jeder zustimmen«, fuhr Adrian ungerührt fort, »daß der Garant nichts Gutes mit mir im Sinne hat.«

»Der Garant und sein Vertrauter, der Gryr, bedienen sich auch heute der Farben, die sie nur aus der Palette der sakralen Fundamente wählen dürfen. Ob es sich um die Farben der Entscheidung des Garanten oder um die Farben aus den Färbemitteln der Teppichknüpfer handelt — sie alle werden von mir im Lichte der Lehre abgewogen. Das Urteil fällt der Mandirre. So behütet der Boden seine Diener, denn:

Unten ist das Bild von Mutter Boden.
Das Bild der unbegrenzten Möglichkeiten.
Das Bild ist verborgen.
Ihr Anblick ist zu erhaben.
Wer Ihr Angesicht stiehlt, wird vernichtet werden.
Wer Ihr standhaft dient, wird zur Einsicht gelangen.
Geht — und findet die Muster der Einsicht!
Im Boden ist es gut!«

Misharna hatte die letzten Worte wie ein Gebet gesprochen und schien aus einer Art Trance zu erwachen. Sie schaute ihn einen Augenblick lang schweigend an und sagte dann: »Der Pilger Parzuuf Ramalcotte verhält sich nicht wie ein demütiger Diener.« Und zögernd fügte sie hinzu: »Und der Mandi ... der ... ah ... mögliche Mandirre Parzuuf Ramalcotte verhält sich nicht wie ein Erhabener.

Ich suche die Muster der Einsicht.
Mit der Kraft von Dhor: dem Licht!«

Wie Deckblätter, die sich entfalten und die Blüte freigeben, fiel ihre Limarna vom Körper. Völlig überrumpelt starrte Adrian auf Misharnas einladenden Körper und auf das raffinierte Linienspiel der Tätowierung. Die mattgefärbten, vorspringenden Linien dieser Zeichnung überzogen ihren Körper wie ein erotisches Relief. Die Schönheit, die dieses Relief ausstrahlte, beschränkte sich nicht nur auf den visuellen Reiz eines ästhetischen Anblicks. Adrian blickte auf ein biotronisches Muster, das, reich verziert mit hypersensiblen Sensistoren, zu innigem Kontakt geradezu einlud.

Wie aus dem Nichts tauchten ein paar Dienerinnen auf, die Adrian eine Art Becher reichten und ihn mit sanftem Nachdruck zum Trinken aufforderten. Ein sinnliches Prickeln durchströmte seine Speiseröhre und schien von dort seinen ganzen Körper in einen ultrasensiblen Nebel zu hüllen, in dem er jede einzelne Zelle der Finger, die ihn aus seiner Kleidung schälten, wahrnehmen konnte. Als sein Körper, nur mit den dunkelblauen Schleiern von Dhor bekleidet, Misharna vorgeführt wurde, tauchte auch auf ihrem Gesicht jenes Erstaunen auf, das er schon bei den weiblichen Bediensteten bemerkt hatte.

»Wo ist das Relief von Demorzan, warum ist ...« Sie wandelte ihre Frage in eine Feststellung um:

»Parzuuf Ramalcotte ist kein Pilger!«

Adrian brachte kein Wort über die Lippen. Verzweifelt versuchte er, seine fünf Sinne beieinanderzuhalten in dem reißenden Strudel der Emotionen, der ihn aufgrund der Einwirkung des Trunks nun stärker denn je ergriff. Er wußte nicht, ob Minuten oder Stunden verstrichen waren, als er spürte, wie Frauenhände auf seinem Körper eine Zeichnung anbrachten und dabei an vielen Stellen kleine Kreise aus Edelmetall hineindrückten. Das

Relief von Demorzan. Jeder Sensistor wurde genau dort angebracht, wo sich Nervenbahnen und Meridiane kreuzten, so daß ein unglaublich starkes erogenes Kraftfeld entstand, das die ursprünglichen erogenen Zonen um ein Vielfaches übertraf.

Mit Augen, die eher fühlten, als daß sie sahen, registrierte er durch einen kaleidoskopischen Farbenregen hindurch, wie sich sein Körper dem von Misharna näherte und wie sie ihn nach allen Regeln der Kunst willkommen hieß. Als sie die Sensistoren einander begegnen ließ, stürzte er in einen Orkan der Glückseligkeit.

Song 8

❖

Relief of Demorzan

Als er allein in einem kleinen, mit Bastteppichen behängten Zimmer erwachte, in das Rill und Atrion ihren warmen Schein ergossen, wußte er, daß er nie mehr der gleiche wie vorher sein würde. Sein körperliches Erlebnis mit Misharna hatte in ihm nicht nur den unauslöschlichen Eindruck hinterlassen, die Gipfelpunkte sexuellen Genusses erreicht zu haben. Er fühlte sich körperlich fit und erquickt und bemerkte eine erstaunliche Veränderung seiner Wahrnehmung. Ihm war, als ob sich an manchen Stellen in seinem Gehirn kleine Blasen befänden. Zarte, fragile Bläschen, die ein friedvolles Vakuum umschlossen.

Später, nachdem er sich von den sanft federnden Matten erhoben und eine Dienerin ihn mit süßen Speisen bewirtet hatte, lernte er Ursache und Wirkung dieses seltsamen Gefühls kennen. Die Dienerin führte ihn durch die Gänge des Tempels in ein großes Gemach, in dem er Misharna wiederbegegnete. Sie hatte ihm den Rücken zugewandt und schaute aus dem riesigen Fenster, das weit unten die Stadt zeigte und noch tiefer die sanft wogende Landschaft, die sich schließlich am Horizont in rosigen Nebelschwaden verlor, die über den Boden krochen.

Der Boden! Sie erlaubte ihm, ihr Allerheiligstes anzuschauen. Als Adrian sie so dastehen sah, war er fast geblendet von ihrer Schönheit — ein Bild, das er in seinem Herzen bewahren wollte. Die warme Morgenglut Atrions spielte in ihrem Haar, während sie vage lächelnd zum Horizont schaute. Ihre wohlgeformten Beine waren teilweise hinter einer mit Schnitzereien verzierten Kiste versteckt, die wie ein Sarkophag aussah.

Sie schaute ihn an. Als ihre Augen einander fanden, wußte er, daß sie es wußte.

»Sie ist wunderschön ...«, durchbrach sie die zarte Stille, » ... die Erde.«

»Ja.« Er stimmte ihr einfach zu, doch in seiner Stimme schwang die unergründliche Tiefe seines Gefühls mit. Er spürte, wie seine Augen feucht wurden, wollte etwas sagen, brachte aber kein Wort über seine Lippen. Als der zärtliche Augenblick vorüber war, schien es, als ob ihr Kontakt direkter geworden sei. Das Spannungsfeld, das vorher zwischen ihnen bestanden hatte, war zwar immer noch da, nur schien es jetzt vollkommen auf beide Beteiligten abgestimmt zu sein. Misharna führte ihn zu ein paar Sitzmatten, die vor einem meterhohen Wandrelief lagen. Es war eine Abbildung des Reliefs von Demorzan.

»Eine seltsame Erfahrung«, sagte er schüchtern, und bevor sie etwas erklärt hatte, wußte er, daß Demorzan der dritte manifestierte Mandirre gewesen war. Er hatte das Relief von Demorzan geschaffen. Das biotronische Netz, das eine Koppelung zwischen zwei Seelen in einem vollkommenen geistigen Austausch ermöglichte. Der Kontakt zweier lebender Systeme bewirkte ein Zirkulieren der Erfahrungen, dessen Ausmaß von der Stärke der physischen Anziehungskraft zwischen den beiden Partnern abhing; ein Strom von Reizen, der vom einen Körper zum anderen floß und dabei ständig seine Form änderte — durch körperliche Signale, Emotionsfelder und Gedankenfragmente. Wenn der Höhepunkt der Vereinigung erreicht war, kannten beide Partner die Wissens-, Begriffs- und Gedankenwelt des anderen. Misharna hatte in Adrians Seele geschaut, wie er in die ihre. Da diese Erfahrung jedoch völlig neu für Adrian war, hatte er nicht wie sie bestimmte Bereiche verborgen halten können. Auch hatte er längst nicht soviel von dem einströmenden Wissen in seinem Gedächtnis speichern können wie Misharna. Trotzdem betrachtete er die Welt nun mit völlig anderen Augen.

»Ich mußte es wissen«, sagte sie, als ob sie ihm eine Erklärung schuldig sei. »Wenn du der neue Mandirre gewesen wärest ... Zuviel hing davon ab. Ich werde dein Geheimnis bewahren und versuchen, dir zu helfen. Den Weg zu der Person, die sich Radenack nennt, kann ich dir nicht weisen. Ich hüte unsere Werte, unsere Normen, die sakralen Fundamente. Meine Mission ist es, dafür zu sorgen, daß sie im Sinne der Lehre fortbestehen. Die Anwendung derselben, die Führung, das direkte Handeln, all dies obliegt dem Garanten. Er verfügt über das hierzu erforderliche spezifische Wissen und über die Mittel, es in die Tat umzusetzen. Bei ihm liegen die Möglichkeiten, die du suchst.«

»Aber kann ich ihm vertrauen?« fragte er. Sie schwieg, stand auf und ging zum Fenster.

»Vertraust *du* ihm?« wandelte er seine Frage um. Sie starrte in die nebelige Weite und antwortete: »Es liegt nicht in meiner Macht, ihn zu beurteilen. Das wird die Aufgabe des neuen Mandirre sein. Der Garant ist ein sorgfältiger Beschützer der Lehre, und das Leben in Momdule verläuft stetig und devot. Jedes Momentum von Farskwill bringt verfeinertere und raffinertere Teppiche hervor.«

Adrian runzelte die Stirn und stellte verärgert fest: »Tja, aber das Knüpfen immer schönerer Teppiche ist ja wohl nicht der wichtigste Maßstab. Wie steht es denn zum Beispiel um den Quon? Wie verläuft das Leben dort? Wer sorgt denn für die Anlieferung aller notwendigen Güter, wenn nicht die hart arbeitenden Einwohner des Quon. Im Widerspruch zur Lehre *muß* jeder Transport über den Boden führen. Glaube mir, jeder, der dort lebt, fürchtet die Knute des Garanten, während hier so nett die Teppiche geknüpft werden. Was meinen die Getreuen von Jehu, wenn sie die Politik des Garanten anprangern und seine Doppelzüngigkeit beschimpfen und verurteilen? Warum wird den Pilgern ein ruhiges Leben in der Stadt Momdule versprochen, während sie in Wirklichkeit auf niederträchtige Weise ums Leben gebracht werden? Und um dieser Ehre teilhaftig zu werden, dürfen sie vorher auch noch all ihre Besitztümer abgeben! Ich kann nicht behaupten, daß mich das sogenannte vertrauenerweckende Element dieser Politik sehr beeindruckt.«

Mit dieser sarkastischen Bemerkung beendete er seine

kritische Rede. Eine gespannte Stille entstand. Während seiner Rede hatte sich Misharna ein paarmal zu ihm umgewandt und ihn durchdringend angeschaut. Das Gespräch verlief völlig anders, als er erwartet hatte, obwohl er sich andererseits auch keine bestimmten Vorstellungen davon gemacht hatte. Verärgert über seine eigenen unklaren Gefühle verlängerte er das Schweigen, indem er auf das Relief von Demorzan starrte. Schließlich trat Misharna auf ihn zu.

»Ich möchte dir danken, Parzuuf Ramalcotte ... oder besser, Adrian.« Nach leichtem Zögern hatte sie seinen Namen zärtlich ausgesprochen.

»Weshalb?« fragte er leise.

»Weil ich aus dem, was du mir gesagt hast, erkenne, daß du mir vertraust, und ich weiß, daß so etwas für einen Menschen von der Erde viel bedeutet.« In verändertem Ton fuhr sie fort: »Der Augenblick der Charlweihung ist gekommen.«

Bevor sie den Raum verließ, wandte sie sich noch einmal zu ihm um.

»Wir kennen genügend übereinstimmende Gefühle, die uns verbinden und einander verstehen lassen können, doch die Argumentation unserer Logik ist von unterschiedlicher Art. Eine Barriere, zu deren Überwindung nur ein langer Weg führen kann, doch ... ich habe Vertrauen in das seltsame Blau deiner Augen, das hell aufleuchtet, wenn du von den Dingen sprichst, die dein Herz berühren. Es wird dich zu deinem Ziel führen und dir Erfolg bei dem bringen, was du erreichen willst.«

Adrian blieb mit dem irritierenden Gefühl zurück, etwas falsch gemacht zu haben. Nachdem sie einander so nahe gekommen waren, daß das Gespräch wie von selbst die Kluft zwischen ihren Gedanken direkt zu überbrükken schien, hatte plötzlich etwas den Kontakt wieder gestört. Nachdenklich schaute er aus dem großen Fenster und sah, wie Frequenten große steinerne Kübel auf Achsen mit kleinen Rädern über den Platz bis kurz vor die

Tempeltreppe schoben, wo Misharna, umringt von Dienern in roten und blauen Limarnas, sie erwarteten. In den Kübeln sollten die Farbstoffe angesetzt und gesegnet werden. Die Charlweihung. Er seufzte tief und verließ den Raum, um seinen Freund, den ›Khorovig‹, zu suchen.

8

Er konnte nur zu gut verstehen, weshalb die Amatokdes so beliebte Arbeiter waren, wie Onalm, der Glifon, ihm damals erzählt hatte. Sie waren intelligent, freundlich, entgegenkommend und zudem außergewöhnlich geduldig, wie Adrian wieder einmal feststellen mußte, als er den Amatokdes wie immer gut gelaunt antraf. Die Amatokdes schienen sich an jeden Ort des Weltalls anpassen zu können, selbst im beengenden Fellkostüm des hier in Momdule so gefürchteten Khorovigs. Adrian hatte auch nicht den Eindruck, daß sein Freund unter Heimweh litt. Als er den Amatokdes danach fragte, antwortete dieser ihm mit einer Reihe bunter Bilder: Solange alle drei — womit er sich selbst meinte — gesund wären und somit keiner von ihnen ein Bad in den Schlammbänken des Mutterplaneten benötigte, sei es ihm egal, wo er sich aufhielte, wenn die Stimmung nur gut sei und es etwas zu essen gäbe.

»Was die Stimmung anbetrifft, kann ich dir angesichts unseres bevorstehenden Treffens mit dem Garanten von heute ab nichts mehr versprechen«, antwortete Adrian leicht spöttisch. Einige Diener besorgten ihm eine Eskorte von zwölf Tempelwächtern, die ihn zur Domäne des Garanten führen sollten. Die Wächter waren stämmige Männer mit kahlgeschorenen Köpfen, die schweigend vorwärtsstapften und einander ab und zu durch Augenrollen Zeichen gaben. Dies war eine ihrer spärlichen Kommunikationsmöglichkeiten, da ihr wichtigstes Kommunikationsmittel außer Kraft gesetzt war: Wie allen Tempelwächtern, so hatte man auch ihnen die Zungen herausgerissen! Dies sollte verhindern, daß sie Unbefugten unerwünscht Informationen gaben, beispielsweise ihren Kollegen, den Gardisten, die niemals über den breiten Teil der Tempeltreppe hinauskamen. Von dort aus reichte der Blick nur bis zu den Stadtmauern. Darüber begann das Territorium der Tempelwächter, das den gesamten Treppenabsatz umfaßte und eine Aussicht bot, die nur ganz wenige in Momdule jemals in ihrem Leben genießen durften: die umliegende Landschaft oder der heilige Boden!

Die Diener arbeiteten und wohnten oben in den Tempeln und kamen nur bei religiösen Feiern und im Gefolge ihrer Führer auf den Treppenabsatz. So bildeten die Tempelwächter einen stummen Puffer zwischen den Herrschern und dem Volk von Momdule.

Die zwölf Tempelwächter verbeugten sich tief vor ihren Kollegen, die vor dem Eingang des Tempels des Garanten postiert waren. Ein hagerer Diener trat aus einem Wachhäuschen und fragte Adrian von oben herab, was er hier wolle. Obwohl das überdeutlich war, gab Adrian ihm, ohne eine Miene zu verziehen, Antwort und verwies auf seine Verabredung mit dem Garanten.

»Das da kommt mir aber nicht hinein«, sagte der Diener höhnisch und deutete auf den Khorovig.

»Das da kommt *ganz bestimmt* mit hinein«, entgegnete Adrian entschieden, »es sei denn, Sie wollen persönlich ›das da‹ in Ihre Obhut nehmen, mit allen damit verbundenen Risiken. Dafür kann ich dann natürlich keine Verantwortung übernehmen.«

Der Diener sagte nichts mehr. Sichtlich wütend drehte er sich mit einem Ruck um, deutete mit einer vagen Geste so etwas wie ›hier gehts lang‹ an und stapfte dann davon. Adrian und der Khorovig folgten ihm, die Eskorte der Tempelwächter blieb zurück. Obwohl der Tempel des Garanten in Form und Größe identisch mit Misharnas Tempel war, wiesen die beiden Gebäude eine sehr unterschiedliche Einteilung und Einrichtung auf. Über schnurgerade Galerien brachte der Diener ihn zu zwei riesigen Bogentüren, in denen Adrian mehrere kleinere Türen von identischer Form ausmachte. Die kleinste wurde von zwei der sechs dort postierten Tempelwächter geöffnet; sie führte in einen riesigen Saal von ungewöhnlichem Aussehen. Eigentlich glich er mehr einem überdimensionalen Faß. Vom Eingang aus führte eine lange breite Treppe hinunter zu dem schwarz-rot gekachelten Fußboden. Zahlreiche chromfarbene Säulen reichten bis unter die Kuppel, die den Saal überspannte. In der Mitte erhob sich der Thron aus stahlgrauem Marmor, eine Miniaturausgabe des Plateaus, auf dem die beiden Tempel errichtet waren. Die schräg emporsteigenden Wände des Throns ragten so hoch auf, daß Adrian schon aufschauen mußte, als er noch oben auf der Treppe am Eingang stand. Das Plateau war ungefähr fünfzehn mal fünfzehn Meter groß und füllte den rückwärtigen Teil des Saales aus, war jedoch immer noch ein paar Meter von der Rückwand des Saals entfernt. Plötzlich erschien oben auf dem Rand des Plateaus der Garant. Der Block mußte innen hohl sein, eine Höhle aus grauem Marmor sozusagen. Ein Raum in einem Raum unter ein und demselben Dach. Die Gemächer des Garanten!

Der Garant schritt feierlich die einzige Treppe hinab, mit der sein steineres Fort ausgestattet war. Seine wichtigsten Wächter, Diener und Berater, die nebeneinander in einer langen Reihe auf Sitzen saßen, welche in die Vorderseite des Marmorthrons gehauen waren, bedachten sein Erscheinen mit ungeteilter Aufmerksamkeit. Adrian und der Khorovig wurden nach vorne bis an die Treppe des Throns geleitet. Der Garant hatte sich ein Stückchen über ihnen auf einem Sitz niedergelassen, der blitzschnell von vier Dienern herbeigebracht worden war und der in drei Stufen paßte, so daß er in jeder gewünschten Höhe niedergesetzt werden konnte. Diesmal war der Sitz ziemlich niedrig angebracht worden, woraus Adrian schloß, daß der Garant ein starkes Interesse an ihm haben mußte, denn sonst hätte er zweifellos in einer imposanteren Höhe Platz genommen.

Plötzlich erklang die Stimme des Gryrs, der hinter ihnen eingetreten war.

»O Garant, du Stützpfeiler aller«, sang er mit nasaler

Stimme in einer schwülstigen Melodie. »Erbarmt Euch dieses Pilgers, der demütig um Eure Aufmerksamkeit fleht.«

Nun, das ist ja wohl reichlich übertrieben, dachte Adrian verärgert. Ein Trommler setzte zu einem dröhnenden Trommelwirbel auf einer Pauke an, die aufgrund der Akustik des Saales besonders lange nachklang. Dann wurde es totenstill, und alle Anwesenden warteten demütig darauf, daß der Garant das Wort ergriffe: Ein rotes, aufgedunsenes Gesicht und ein Körper, der dem kugelrunden Kopf um nichts nachstand.

Dem würde es sicher nicht schaden, sich jeden Morgen ein paar Stunden im Gymnastiksaal abzurackern, dachte Adrian, als er die fette Gestalt mit einem zunehmenden Gefühl des Unbehagens betrachtete. Offenbar litt der Garant unter einer Augenentzündung, denn seine Augenlider waren gerötet, und er tropfte sich regelmäßig mit einer Pipette eine gelbbraune Flüssigkeit in die Augenwinkel. Einige Tempelwächter hatten sich auf ein Handzeichen des Gryrs hin erhoben und stellten sich in einem großen Kreis um den Khorovig auf, dessen Peitschenfühler hin und wieder gefährlich zitterten.

Der Garant hickste ein paarmal, wobei sein Körper gefährlich anschwoll, und ergriff dann das Wort: »Das ist also der Pilger, der glaubt, er könne hier eindringen, wann es ihm gerade paßt.«

Er sprach so leise, daß Adrian ihn nur äußerst mühsam verstehen konnte. Offenbar erwartete der Garant aber keine Antwort, denn er fuhr fort: »Nachdem er das Volk durch Kunststückchen eines Tieres mit geringen geistigen Fähigkeiten unterhalten hat, glaubt er, er könne sich über die hier üblichen guten Manieren hinwegsetzen. Ein seltsames Gebaren für einen Auserwählten, meinen Sie nicht auch?«

»Ach«, begann Adrian, den der Redestil an den von Grosol Hugmells, seinen mürrischen Vorgesetzten, erinnerte. »Ein Mann, der von seinem Gastgeber gehetzt und fast umgebracht wird, achtet nicht sonderlich auf so triviale Details.«

Der Garant schnaubte verärgert, und Adrian las auf den Gesichtern der Umstehenden ernstliche Besorgnis. Der Garant fuchtelte mit einem seiner Wurstfinger in der Luft herum und gab einem Wächter ein Zeichen. Dieser näherte sich unterwürfigst. Der Garant forderte den Mann auf, noch näher heranzukommen, und flüsterte ihm etwas ins Ohr. Panik flammte in den Augen des Wächters auf. Mit dröhnenden Schritten trat er zurück, blieb dann stehen und wählte nach einigem Zögern einen seiner Untergebenen aus, der sich in ungefähr zehn Metern Entfernung neben dem Thron aufstellen mußte. Dann klappte er ein kreuzförmiges Messer auseinander, in dem Adrian den fliegenden Ciendor wiedererkannte, und warf diesen wie einen Bumerang in Richtung seines Kollegen. Röchelnd stürzte der Unglückliche zu Boden, dessen Kehle von einem makellosen Schnitt durchtrennt war. Ansonsten herrschte im ganzen Saal Totenstille. Niemand sagte ein Wort, niemand rührte sich.

Der Garant durchbrach die Stille.

»Siehst du, Pilger, ein Leben ist für mich nur ein unwichtiges Detail. Denk daran, daß ich es kneten kann wie eine Vagrydattel.«

Adrian fand die Vorführung ekelerregend. Und dieser tyrannische Herrscher sollte angeblich die Interessen der Lehre schützen! Schließlich handelte es sich um eine Lebensform, die den mütterlichen Boden als Erzeugerin allen Lebens verehrte. Außerdem gebot die Lehre, allen Geschöpfen des Bodens die gleiche Achtung entgegenzubringen. Adrian merkte, daß er sich vorsehen mußte. Andererseits würde sich der Garant niemals erlauben können, einen potentiellen Mandirre während eines offiziellen Besuchs in seinem Tempel umzubringen — das hoffte Adrian zumindest. Also beschloß er, bei seiner riskanten Gesprächsstrategie zu bleiben.

»Ich bin mir nicht so sicher, ob man es überall auf diesem Planeten gutheißen wird, daß hier so verschwenderisch mit Leben umgegangen wird«, sagte er auf gut Glück.

Der Garant neigte den Kopf auf die Seite und ließ ein paar Tropfen aus der Pipette in ein Auge fallen, während er mit dem anderen Adrian fixierte.

»Der Stelle, die sich mit solchen Dingen beschäftigt, liegen nur positive Berichte über diesen frommen Ort vor«, sagte er fast unhörbar und unterzog anschließend sein anderes Auge einer sorgfältigen Behandlung. Dann fuhr er lauter fort: »Wer könnte je etwas anderes berichten? Ein Frequent? Ein Arbeiter aus dem Quon? Keinem von ihnen würde es gelingen, die Reise zu beenden oder auch nur das Gebiet von Momdule zu verlassen. Zuviele Sicherheiten schützen mich, als daß ich jemals daran zweifeln müßte. Das Schicksal solcher Vermessener wäre gerechtfertigt, wenn auch keineswegs zu beneiden.«

Er machte eine kurze Pause, schien nachzudenken, und verzog dann sein Gesicht zu einem breiten Grinsen.

»Ein Mandirre«, krächzte er laut, »ja natürlich, ein Mandirre könnte Veränderungen herbeiführen.« Dann fuhr er wieder flüsternd fort: »Sagen Sie mir, sind Sie vielleicht der neu manifestierte Mandirre, nach dem einige hier so sehr schmachten?«

Adrian überlegte sich seine Antwort gut. Ihn ekelte vor dem selbstherrlichen Zug auf dem Gesicht des Garanten, der, tief überzeugt von seiner eigenen Genialität und umgeben von geheuchelter Bewunderung seiner Hofschranzen, sich so völlig selbstverständlich in der überlegenen Haltung des Machthabers suhlte, der scheinbar alles durchschaute. Adrian entschied sich dafür, die Konfrontation aufzuschieben: »Wenn die Zeit gekommen ist, wird der Beweis geliefert.«

Der Garant gurrte: »Na schön, versuche erst einmal, deinem Schicksal als Pilger zu entrinnen, dann werden wir weiter sehen.«

Adrian konnte der Versuchung nicht widerstehen. »Ist es üblich, daß Sie Leute, die sich hier in Frieden niederlassen wollen, um ihr gesamtes Hab und Gut bringen?«

»Dort, wo sie hingehen, brauchen sie keinen Besitz mehr«, kicherte der Garant, der sich plötzlich köstlich zu amüsieren schien.

»Paßt es denn zur Lehre«, fuhr Adrian ungerührt fort, »daß die Pilger ermordet werden?«

»Fängst du jetzt schon wieder davon an?« fuhr ihn der Garant gereizt an. »Hör endlich auf mit dieser Nörgelei! Wenn dich deine Informanten gut beraten hätten — zweifellos waren es diese verklemmten Idioten, die Getreuen von Jehu —, dann hättest du gewußt, daß die Pilger bis zum Momentum von Farskwill zum Bußopfer eines Verirrten werden können, der mit sich ins reine kommen will. Deshalb ist deine Frage überflüssig und dumm. Sie hätte lauten müssen, warum die Pilger nicht vorher über den Lauf der Dinge informiert werden. Doch diese Frage ist uninteressant, denn die Gründe dafür liegen auf der Hand: Man hätte sie nämlich dann gar nicht anwerben können oder nur mit viel größerer Mühe und vor allem mit beträchtlichen Kosten.«

Der Garant machte eine kurze Pause, um seine Augen erneut zu beträufeln, und fuhr dann mit seinem Solo fort.

»Da meine Verpflichtung der Lehre gegenüber darin besteht, dafür zu sorgen, *daß* Pilger kommen, nicht darin, *wie* sie kommen, komme ich dieser Aufgabe auf meine Art nach. Ob andere dies billigen oder tadeln, ist für mich nicht von Interesse, es sei denn, es handelt sich um einen Mandirre. Der zuletzt registrierte Mandirre, Jehu, nach dem sich diese Idioten benannt haben, hat mich, bevor er verschied, auf diesen Platz gesetzt. Der nächste Mandirre hat das Recht, mein Tun und Lassen zu beurteilen, und sein Urteil wird bindend sein ... vorausgesetzt, er erhält die Gelegenheit, es auszusprechen und zunächst einmal überhaupt als Erhabener erkannt zu werden. Damit sind wir wieder bei meiner Frage angelangt: Schlummern in Parzuuf Ramalcotte jene erhabenen Kräfte, die einen Mandirre auszeichnen? Daß ein Mandirre im Gewand eines Pilgers auftaucht, ist höchst ungewöhnlich. Es wäre jedoch, hätte er meine Pläne durchschaut, eine unauffällige Art, die Stadt zu betreten. Andererseits scheint die Möglichkeit, daß es sich nur um einen unbedeutenden Betrüger handelt, ziemlich groß. Eine dritte Möglichkeit bezüglich dieses Vorfalls — nämlich daß er lediglich auf Zufälligkeiten beruht — schließe ich aus.« Nun kam der Garant allmählich in Fahrt. Mit ständig wechselnder Mimik hielt er ein Zwiegespräch mit sich selbst und brachte eine Vermutung nach der anderen vor. Adrian traute diesem Schauspiel nicht. Er bekam immer mehr das Gefühl, daß dies alles Teil eines ausgeklügelten Plans war, der nur dazu dienen sollte, ihn für immer zum Schweigen zu bringen.

Die Pipette baumelte nun in der Kolbenflasche mit der Flüssigkeit und saugte einige Kubikzentimeter des Zeugs auf, das in wenigen Minuten die Augenränder des Garanten befeuchten würde. Der Mann ratterte mit unveränderter Geschwindigkeit weiter.

»Nein, entweder geht es hier um einen wahren Mandirre oder um einen Betrüger, und letzteres wäre auch nicht das erstemal. Die falschen Mandirre, die wir bis jetzt erlebt haben, haben nur Wunder von sehr geringer Qualität vollbracht, und ihre Anhänger waren vermutlich extrem leichtgläubig. Doch wir werden sehen, was die Zukunft uns bringt. Vergiß nicht, daß die falschen Mandirre nie etwas anderes gewesen sind als Werkzeuge ihrer Anstifter.«

Das war es also! Nun war Adrian klar, worauf der Garant hinauswollte: Er befürchtete ein Komplott. Adrian hatte sich schon gewundert, wie unverhohlen der Garant seine Gedanken geäußert hatte. Er hatte dies für einen Ausdruck maßloser Selbstüberschätzung gehalten, die so typisch für Diktatoren war, doch jetzt merkte er, daß diese Selbstüberschätzung beim Garanten auch noch mit der in solchen Fällen häufig auftretenden Paranoia verbunden war. Da er sich immer noch in einer ziemlich bedenklichen Lage befand, schien es ihm das Beste, die Besorgnis des Garanten weder zu bestätigen noch zu zerstreuen. Es könnte nicht schaden, wenn dieser Kerl dächte, er, Adrian, würde möglicherweise von oppositionellen Gruppierungen innerhalb der Stadt unterstützt.

»Ich nehme an, Sie hätten mir all dies niemals erzählt, wenn ich mich gestern von Ihren Gardisten hätte überrumpeln lassen.«

»Man hätte Ihre sterblichen Überreste im Wind baumelnd gefunden, so wie es einem heiligen Bußopfer geziemt.«

Grinsend schätzte der Garant die Wirkung seiner Worte ab, die auf Adrians Gesicht deutlich zu erkennen war, obwohl dieser nach besten Kräften versuchte, sich nichts anmerken zu lassen. Inzwischen war ein Diener im Trab in den Thronsaal gekommen und flüsterte dem Gryr unter heftigem Gestikulieren etwas zu. Der Garant beachtete den Boten nicht. Mit unerwarteter Lautstärke rief er: »Sagt dir dein Gehirn schon, weshalb ich dich hier empfange?«

Er wartete einen Moment lang, und als Adrian nicht antwortete, fuhr er fort: »Weil ich dir persönlich mitteilen möchte, daß während des nächsten Umlaufs von Dhor das jämmerliche Versagen einiger minderwertiger Kräfte korrigiert werden wird. Das Bußopfer wird dargebracht werden. Nur wird es diesmal etwas anders dargebracht werden. Inzwischen ist dir vermutlich klar, daß du diesen Raum nicht lebendig verlassen wirst. Hier wirst du dein letztes Stündlein erleben, und nur Dhor wird zusehen, wie du als willenlose Hülle an einem dunklen Ort in der Stadt aufgehängt wirst. Problemlos und im Einklang mit der Lehre werde ich mich so des

Kerns des Bösen entledigen. Der beste Mandirre ist in meinen Augen eine Leiche!«

Der Gryr war zögernd nach vorne gekommen und versuchte verstohlen die Aufmerksamkeit seines Herrn auf sich zu lenken. Nach der schockierenden Eröffnung des Garanten war Adrian wie vom Schlag getroffen. Er suchte fieberhaft in seinem adrenalinüberschwemmten Gehirn nach Möglichkeiten, wie er sein trauriges Schicksal doch noch abwenden könnte. Seine Vorahnung hatte sich also bestätigt. Dem Garanten war nicht zu vertrauen.

Der Gryr erhielt nun das Wort: »Oh Garant, unser aller Stütze«, sang er, »viele Rufende stehen / auf dem Platz / eine Schar von Frequenten / wendet sich an Euch.«

»Was suchen sie da?« schnauzte der Garant. »Schick sie zurück zu ihren Teppichen! Wenn sie Bitten vorbringen wollen, können sie das auf die vorgeschriebene Weise tun.«

»Es betrifft eine von der Lehre gerechtfertigte inständige Bitte ersten Ranges«, erklärte der Gryr. »Wie verlautet, hat Misharna, unsere Hüterin der sakralen Fundamente, das Relief von Demorzan mit jemandem geteilt.«

Plötzlich war der Garant ganz Ohr.

»So, so ...«, murmelte er und strich sich nachdenklich mit zwei dicken Wurstfingern über das Kinn. »So, so ... und ist dies bestätigt?«

»Unsere Gardisten berichten, daß überall in der Stadt offizielle Proklamationen aufgehängt worden sind«, versicherte der Gryr.

Der Garant schnalzte vor Überraschung mit der Zunge. »Tss ... Tss ... Tsss ... so, so ... schau einmal an ... diese Misharna ... nun ... dann bekommen unsere Frequenten das, worauf sie ein Recht haben.« Dann fragte er: »Wer ist es, mit dem der Austausch stattgefunden hat? Der Betreffende muß ja über *sehr* außergewöhnliche

Qualitäten verfügen, wenn Misharna sich dazu durchgerungen hat.«

Der Gryr genoß es sichtlich, im Mittelpunkt der Aufmerksamkeit zu stehen. Er blickte mit funkelnden Augen um sich, als ob er sich vergewissern wollte, ob ihm auch alle zuhörten. Sein magerer Körper reckte sich zu einer Haltung, die nur zu deutlich demonstrierte, daß er selbst davon überzeugt war, sehr imposant zu wirken.

»Es ist der Name von Parzuuf Ramalcotte, dem Pilger, welcher in diesem Zusammenhang genannt wird«, sprach der Gryr langsam.

Der Garant kniff seine Augen zu bösartigen Schlitzen zusammen und zischte: »Wieder der Pilger Parzuuf Ramalcotte. Sein Verhalten nimmt allmählich wahrlich interessante Proportionen an.«

Mit einer jähzornigen Geste ergriff er die Pipette und ließ die Tropfen in sein rechtes Auge regnen, bis die trübe Flüssigkeit in Tränen über seine Wangen lief.

»Das bedeutet, daß dein Schicksal ein anderes sein wird, als ich dir zugedacht hatte, aber ich werde dafür sorgen, daß es noch schrecklicher ausfallen wird«, zischte er grimmig. »Gryr!« Seine Stimme donnerte nun durch den Thronsaal. »Führe die von der Lehre geforderten Zeremonien durch.« Danach stand er auf, stampfte, ohne irgend jemanden noch eines Blickes zu würdigen, mit schnellen, wütenden Schritten die Treppe hinauf und verschwand über den Rand des Plateaus in die Tiefe seiner Privatgemächer.

Adrian begriff zwar, daß sich seine Situation verändert hatte, doch war ihm nicht klar, wie die Veränderungen aussehen würden. Deshalb wandte er sich an den Gryr, der Adrian jedoch plötzlich wie Luft behandelte, als hätte er zusammen mit dem Auftrag des Garanten zugleich auch dessen Status erhalten. Trotzdem erfuhr Adrian, daß derjenige, der mit der Hüterin der sakralen Fundamente das Relief von Demorzan geteilt hatte, sich den heiligen Gesetzen gegenüber verantworten mußte. Der

Betreffende mußte sich — so befahl es die Lehre — den ›Unerbittlichen Aufgaben‹ stellen. Dabei handelte es sich um eine Reihe von Aufgaben, die über Leben und Tod des Kandidaten entschieden. Gelang es ihm, die ›Unerbittlichen Aufgaben‹ zu lösen, so galt er als jemand, der mit erhabenen Fähigkeiten ausgestattet war. Wer sich des direkten Kontakts mit den mächtigen Wissensspeichern und der zarteren Gefühle der höchsten Vertreterin der Lehre als würdig erwiesen hatte, bekleidete fortan eine begünstigte Position innerhalb der Gesellschaft von Momdule. Er wurde fast wie ein Heiliger behandelt, wie ein erleuchteter Geist, und er genoß zahlreiche gesellschaftliche Privilegien. Die ›Unerbittlichen Aufgaben‹ sollten verhindern, daß die wertvollen geistigen Besitztümer der Lehre an einen Unwürdigen gerieten und von diesem falsch interpretiert oder angewendet wurden.

Verzweifelt erkundigte sich Adrian, welcher Art die Prüfungen seien, die ihn erwarteten. Er erfuhr, daß ein spezielles Tribunal über den Schweregrad seiner Aufgaben beraten würde. Erst wenn die geachteten Mitglieder dieser Versammlung ihre Entscheidung getroffen hätten, würde ihm Genaueres mitgeteilt werden. Alle weiteren Fragen, die er stellte, stießen auf Granit. Der Gryr schaute durch ihn hindurch, als ob er Luft wäre.

Eine Gruppe von Tempelwächtern brachte Adrian und den ›Khorovig‹ hinaus, wo die Eskorte von Misharnas Getreuen auf sie wartete. Der bissige Diener trat wieder aus seinem Häuschen am Eingang und erklärte den Wächtern umständlich, der aufmüpfige Pilger, den sie eskortierten, solle den ›Unerbittlichen Aufgaben‹ unterworfen werden. Als er merkte, daß Adrian und der ›Khorovig‹, die von den Dienern des Garanten umringt waren, ihn hören konnten, fügte er höhnisch hinzu, so ein unverschämter Pilger wie dieser habe natürlich keinerlei Chance, die ›Unerbittlichen Aufgaben‹ zu überleben. Dabei schielte er zu Adrian hinüber, um dessen Reaktion abzuschätzen. Doch Adrian kümmerte sich nicht um die Gehässigkeit des Dieners. Seine Gedanken konzentrierten sich auf die Zukunft, die ihm plötzlich als äußerst unsicher erschien. Mit einem Auge verfolgte er das ›Gespräch‹ der Anführer der Tempelwächter.

In ihrer Sprache, die aus Gebärden, Grimassen und unartikulierten Ausrufen bestand, entschieden sie, was weiter mit ihrem Protégé geschehen sollte.

Der Diener, der ihre Sprache beherrschte, mischte sich in das Gespräch ein. Er versuchte wieder, einige gehässige Seitenhiebe auszuteilen. Doch das paßte den Anführern offenbar nicht, so daß der Diener schließlich verärgert abzog.

Sobald die Anführer sich geeinigt hatten, umringten Misharnas Getreue die beiden wieder, und der Zug setzte sich in Richtung von Misharnas Tempel in Bewegung. Plötzlich teilte sich die Gruppe, und der eine Teil zog Adrian mit sich. Der Amatokdes sandte ihm eine Reihe von Bildern, die Panik signalisierten, und wollte wütend reagieren, doch Adrian rief ihm zu, er solle sich ruhig verhalten und erst einmal abwarten. Die beiden Gruppen entfernten sich schnell voneinander. Das letzte, was Adrian von seinem Freund sah, war, daß er behutsam in Misharnas Tempel geführt wurde. Er selbst stieg inzwischen unter schwerer Bewachung die große Steintreppe hinab, die vom Tempel nach unten auf den Platz führte.

In der Mitte des Platzes lag eine große Kugel aus schweren, grob zusammengeschweißten Stangen. An der Kugel war eine dicke Kette befestigt, die an der Spitze eines im Pflaster verankerten glatten Pfahls aufgehängt war. Eine Gruppe Neugieriger wurde von den Gardisten auf Abstand gehalten, als Adrian mit seiner Eskorte den Platz erreichte. Das Gitter der Kugel hatte an einer Seite eine Öffnung, die kaum groß genug war, um einen Mann durchzulassen. Trotzdem gelang es Adrian dank der brutalen ›Nachhilfe‹ einiger Gardisten. Zwei Männer in grauen Limarnas, wie er sie nur im

Quon gesehen hatte, traten näher und verschlossen die Öffnung mit einer Gittertür, die sie mit drei Zangen festklemmten. Danach verbanden sie die Zangen durch Kabel mit einem anthrazitfarbenen Kästchen. Der eine nickte dem anderen zu, und beide traten ein paar Schritte zurück. Instinktiv tat Adrian das gleiche und entfernte sich so weit von der Öffnung, wie der Raum in der Kugel es erlaubte. Genau an der Stelle, wo der Griff der Zangen das Gitter umfaßte, leuchtete das Metall dunkelrot auf. Lautlos verschmolzen die äußeren Stäbe der Gittertüre mit denen der Kugel, so daß diese perfekt versiegelt wurde und der Käfiginsasse jeden Gedanken an Flucht vergessen konnte.

Fanfarenstöße schallten über den Platz, und oben auf dem Treppenabsatz erschien der Gryr. Die Menge neigte demütig das Haupt, und alle verweilten in dieser Haltung, während sie zu den Kacheln mit ihren Fußabdrükken eilten.

»Frequenten!« Die makellose Akustik des Platzes mit den siebenhundert Säulen ließ die Stimme des Gryrs auch ohne künstliche Verstärkung laut erschallen.

»Eure inständige Bitte ersten Ranges wurde vom Garanten erhört. Seht den Pilger Parzuuf Ramalcotte ... Er, der mit unserer Priesterin Misharna, der Hüterin der sakralen Fundamente, das Relief von Demorzan teilte, bereitet sich auf die ›Unerbittlichen Aufgaben‹ vor. Das Tribunal ist bereits dabei, das Gewicht der Last festzulegen, die ihm auferlegt werden soll. Wenn Rill und Atrion uns wieder ihr Licht schenken, wird er die Last tragen.«

Überraschte Rufe erschollen in der Menge. Doch als der Gryr die Arme hob, verstummten die Stimmen. »Rill und Atrion werden dieses Mal statt Dhor zuschauen, denn in Kürze wird Dhor in stachelige Schleier gehüllt sein ... Frequenten ...« Er senkte die Tonhöhe seiner Stimme um eine Quint. »Euer Garant unterrichtet euch hiermit von dem Flüchtigen Besucher. Sein grünes Kleid wird uns schon bald bedecken. Gehet schnell und laßt eure fromme Andacht emporsteigen, wie die Lehre es befiehlt, auf daß es uns wohlergehe.«

Hier legte der Gryr eine kurze Pause ein, gab dann den Bläsern ein Zeichen und beendete seine Rede mit der »Hymne der Geborgenen«. Die Bläser hoben ihre hölzernen Zinken und bliesen eine Folge von schrillen Klängen. Alle Anwesenden senkten gleichzeitig den Kopf und hoben zu einem wehmütigen Lied mit vielen lang ausgehaltenen Tönen an, das sie erstaunlich präzise im Unisono sangen. Nach drei Textstrophen summte die Menge weiter und entfernte sich dann langsam vom Platz.

Zehn Minuten später war Adrian allein. Auch auf dem Treppenabsatz rührte sich nichts mehr. Nur unten an der Treppe entdeckte er noch zwei Gardisten. Sie trugen eine gerippte Kappe, die ihr Gesicht wie eine Biwakmütze schützte und Augen und Ohren hinter einer spitz zulaufenden Maske verbarg. Obwohl sie weit von Adrian entfernt standen, vermutete dieser, daß sie ihn bewachten. Die Vorsorgemaßnahmen der Wächter erfüllten ihn mit Furcht vor dem ›Flüchtigen Besucher‹, wie der Gryr ihn genannt hatte. Er zog sich an den Wänden seines Käfigs hoch, so daß die Kugel langsam herumrollte und rasselnd nach einem neuen Gleichgewichtszustand suchte. Die Köpfe der Gardisten drehten sich ruckartig in seine Richtung, und in ihren Händen blitzten Ciendors auf. Adrians Vermutung bestätigte sich. Die Aufmerksamkeit der Wachen blieb jedoch nicht lange bei ihrem Gefangenen, denn sie wurde schon bald von dem wolligen Grauschleier abgelenkt, der plötzlich wie aus dem Nichts über der Stadt auftauchte. Schon nach wenigen Minuten konnte Adrian nur noch ein paar Dutzend Meter weit sehen. Ein dicker, drückender gelblicher Nebel kroch über die Bauwerke der Stadt nach unten und breitete sich auf dem Platz aus. Der aufkommende Wind trieb ein paar schwere Nebelschwaden von wechselnder Dichte an ihm vorbei. Das Licht der Duo-

Sterne war schon zu sehr verblaßt, so daß es die Stadt nicht mehr erreichte. Dhor stieg gerade in steiler Bahn am Himmel auf, durchbohrte mit seinen ersten tiefblauen Strahlen das graugelbe Nebeldach und tauchte die Stadt in eine düstere, unheimliche grüne Glut. Plötzlich nahm der Wind stark zu. Adrian band seine Limarna mit den Hand- und Fußgelenkbändern sorgfältig fest. Er war froh, daß er darunter, immer noch Onalms Anzug trug, sonst hätte ihm die jetzt aufkommende Kälte wohl sehr zugesetzt. Höllische Windstöße pfiffen durch den Käfig, der langsam ins Rollen kam, bis die Kette straff gespannt war. Mit dem ›Flüchtigen Besucher‹ war zweifellos dieser grüne Nebelsturm gemeint, dachte Adrian, während er krampfhaft versuchte, trotz der ständigen ruckartigen Bewegungen der Kugel das Gleichgewicht zu halten.

Paafff! Eine heftige Sturmbö hatte den Käfig samt Insassen vom Boden gehoben und dann gleich wieder auf den Platz geworfen. Adrian bekam es mit der Angst zu tun. Die Kugel, die Kette und der Pfahl konnten zweifellos einiges aushalten, doch dieser Sturm entwickelte sich allmählich zu einem Orkan. Der Pfahl, an den sein Käfig gekettet war, bog sich schon beängstigend unter der Gewalt dieses sogenannten Flüchtigen Besuchers. Adrians Gesicht verzog sich vor Schmerz, als sich plötzlich eine Wolke von scharfen Körnern tief in seine Haut bohrte. Sie waren größer und schärfer als Sandkörner, sausten in gräulichen Schwaden durch die Stadt und geißelten unbarmherzig jedes Hindernis, das sich ihnen in den Weg stellte. Adrian zerrieb einige dieser Körner zwischen seinen Fingern und merkte, daß es sich um die gleichen Körner handelte, die die Hügel rund um die Stadt mit einer dicken Schicht bedeckt hatten und ihm schon einmal ziemlich lästig geworden waren. Erneut wurde sein Käfig in die Luft gehoben und anschließend wieder auf den Platz geworfen. Den Aufprall spürte er bis in seine Knochen. Körner peitschten ihm ins Gesicht und auf die Hände, blieben jedoch diesmal nicht an ihm kleben. Unterdessen tobte und heulte der Sturm. Alles zitterte und bebte. Das Plateau, auf dem die heilige Stadt errichtet war und das auf Hunderten jetzt schwankender Säulenbäume ruhte, wurde bis zum Äußersten belastet.

Adrian klammerte sich ängstlich an die Stäbe. Eine plötzliche Aufwärtsbewegung hob den Ball so hoch, wie es die Kette zuließ.

Durch Löcher in der Nebeldecke sah er die umliegende Landschaft aufblitzen. Alles war in Bewegung. Staubwolken trieben mit großer Geschwindigkeit umher, und ganze Hügel schienen sich zu bewegen. Dann stürzte die Kugel mit rasender Geschwindigkeit wieder auf den Platz. Beim Aufprall lösten sich Adrians Hände von den Stangen, und er wurde gegen die andere Wand des Käfigs geworfen, wo er so unglücklich landete, daß er eine rauschende Fontäne glitzernder Streifen und Funken sah und ihn Ohnmacht fiel.

Vielleicht hatte all dies nur ein paar Sekunden gedauert, überlegte er stöhnend, als er die Augen wieder öffnete und den Eindruck bekam, daß sich nicht viel verändert hatte. Andererseits war es durchaus möglich, daß er stundenlang bewußtlos dagelegen hatte. Der Sturm warf den Käfig immer noch hin und her, hatte jedoch etwas an Kraft verloren. Mühsam zog sich Adrian an den Stäben hoch. Er hatte am ganzen Körper Prellungen und leichte Schwellungen und war vermutlich mit zahllosen blauen Flecken übersät.

Die Körner scheuerten unter seinen Kleidern. Die brutale Gewalt des Sturms hatte sich tatsächlich etwas gelegt. Zumindest die Wurfspielchen mit seinem Aufenthaltsort blieben jetzt aus. Vorsichtig versuchte er mit ein paar Übungen die durch die Kälte taub und steif gewordenen Arme und Beine wiederzubeleben. Er erstarrte mitten in einer schnellen Bewegung, als er plötzlich hinter sich ein Geräusch hörte. Seine Augen hatte er zum Schutz gegen den unaufhörlichen Ansturm von Körnern zu schmalen Schlitzen verengt. So spähte er in die düsteren grünen Nebelfetzen. Das Heulen des Sturms — das Rasseln der Kette — er fragte sich, ob er in diesem Lärm überhaupt noch irgend etwas anderes hören könnte. Doch da war es wieder! Ein Irrtum war ausgeschlossen. Adrian zählte die Sekunden, in denen das Geräusch verstummte. Sieben Sekunden später hörte er es wieder. Was es auch sein mochte, auf jeden Fall näherte sich da etwas. Einen Augenblick lang vermutete er, die Gardisten hätten vielleicht irgend etwas ausgeheckt, doch diesen Gedanken ließ er sofort wieder fallen, als er etwas Dunkles auf dem Boden sah, das sich in unregelmäßigen Abständen näherschob. Mit angehaltenem Atem und ohne sich zu bewegen, starrte er auf den schwarzen Flecken, der in den Nebelschwaden auftauchte.

Zggratssrrr! Wieder einen halben Meter näher. Bald würde er sehen, was es war.

Zggratssrrr! Das Etwas schob sich in zwei Bewegungen über den Boden. Zuerst lautlos, dann mit einem schürfenden Geräusch.

Zggratssrrr! Er erkannte eine kniende menschliche Gestalt in den wolligen Nebelschwaden, die sich mühsam vorwärtsschleppte.

Zggra ... Der andere hatte ihn ebenfalls erblickt und hatte angehalten. Sie starrten einander regungslos an. Adrian sah einen Halbnackten auf Händen und Knien vor sich, dessen Körper mit stark eiternden braunen Geschwüren übersät und dessen Gesicht durch bösartige rote Striemen und tiefe Schnitte bis zur Unkenntlichkeit entstellt war.

Der andere erkannte ihn zuerst. »Par ... Parzuuf ... der Pilger«, röchelte die Gestalt und kroch mit spastischen Bewegungen schneller näher. Kurz vor dem Käfigball erhob er sich auf die Knie und schaute Adrian direkt in die Augen. Entweder weil Adrian keinerlei Zeichen des Erkennens von sich gab oder weil sich das Entsetzen ungewollt in seinen Augen abzeichnete, fingen die Schultern des Mannes wie bei einem Weinkrampf zu zucken an, ohne daß er jedoch einen einzigen Laut über seine schwer strapazierten Lippen brachte.

»Ist es so schlimm«, stammelte er nach einer Weile. »Du erkennst mich nicht einmal mehr. Roojb Steburlug, dein Mitpilger!«

Schockiert erinnerte sich Adrian nun an die Gestalt des Pilgers, so wie er ihn beim Einweihungsritual gesehen hatte, bevor sie sich auf den Tempeltreppen getrennt hatten.

»Was ist passiert?« fragte Adrian sanft. Er erinnerte sich jetzt wieder an die Begeisterung dieses Pilgers, der ihm beteuert hatte, wie überglücklich er sei.

»Gehetzt wie ein giftiges Schleimschwein«, murmelte Roojb Steburlug mit leerem Blick. »Anfangs wurde ich von einzelnen aufgenommen, doch dann wurde ich plötzlich von irgendwelchen benebelten Schmutzhirnen angegriffen ... Wir beide sind die einzigen Überlebenden, weißt du das?« sagte er mit hysterischer Stimme und schaute Adrian mit feuchten Augen an.

»Das hatte ich schon befürchtet«, antwortete dieser.

»Sie haben mich vergiftet, diese Sumpfbiester! — Lange werde ich es auch nicht mehr machen. Dann bist nur du noch übrig!« Er zitterte und krümmte sich zusammen, als eine Wolke von Körnern seinen Rücken geißelte. Adrian konnte es nicht länger mit ansehen. Er zog seine Limarna aus und schob sie durch die Stäbe.

»Hier, zieh das an, es wird dir gut tun!«

»Nicht lange«, antwortete Roojb, »aber trotzdem danke«, und fuhr keuchend fort, während er sich in das Kleidungsstück wurstelte: »Ich wünschte, ich würde diesem stinkenden Deng-Fresser von Dangruber noch einmal begegnen.«

Mit einem Mal war Adrian ganz Ohr.

»Dangruber? Meinst du etwa Molto Dangruber?«

»Und ob ich den meine, dieses faulende Schmutzhirn! ... Mit seinen schönen Geschichten über Momdule! ... Alles habe ich ihm gegeben! — Alles! Alles!«

Roojb wurde von ohnmächtiger Wut überwältigt.

»Meine Schimmelgärten waren die besten von ganz Arboad ... Siebenundzwanzigtausend Krumenarbeiter bearbeiten die Bassins mit Hingabe ... alles weg! — getauscht mit Dangruber ... gegen das ewige Leben in der Stadt der Erfüllung: Momdule! ... Dieser stinkende Deng-Fresser! Oh, würde ich ihn wiedersehen, ich würde seine Eingeweide verfüttern an die ...«

Ein unerwartet heftiger Windstoß unterbrach ihn, und er klammerte sich an den Stäben fest. Roojb und Adrian krochen fast ineinander, um sich vor dem Sturm zu schützen. Nur die Stäbe trennten sie noch. Der Wind peitschte minutenlang über die gekrümmten Rücken der Kauernden. Roojb stöhnte, und Adrian zermarterte sich das Gehirn.

Als wieder etwas Ruhe eingekehrt war, fragte Adrian Roojb, wo Arboad läge und wie er Dangruber kennengelernt hätte. Stockend und stammelnd antwortete ihm der Unglückliche, Arboad sei ein Nachbarplanet, auf dem Dangruber als Führer einer wichtigen religiösen Bewegung bekannt sei, die überall auf dem Planeten sogenannte Lehrschulen ausbeute. Die heilige Stadt Momdule auf Sobriëtas werde als göttlicher Ursprung der Lehre angesehen, wo die Heiligsten der Heiligen ein erleuchtetes Leben führten. Jeder, der in dieser Stadt wohne, habe die Kraft des ewigen Lebens empfangen und erlebe die höchsten Höhen des Glücks. Alle fünf Jahre dürften ein paar Pilger Momdule betreten, um sich dort niederzulassen und im erquickenden Licht der Lehre zu leben. Er selbst sei jahrelang ein treuer Besucher der Lehrschulen gewesen, bis ihn eines Tages Molto Dangruber besucht und ihm erklärt hätte, er sei dazu auserkoren, in die Heilige Stadt zu ziehen. Er hätte überglücklich seinen gesamten Besitz der Lehrschule überlassen, sich von seiner Familie verabschiedet und in einem Kosmo-Kreuzer der Lehrschule die Reise nach Sobriëtas angetreten. Über seine Reise wüßte er nur noch, wie er in der riesigen Metropole angekommen sei. Was danach geschehen sei, wüßte er nicht, denn er habe eine Gedächtnislücke, die bis zum Ankunftsritual in Momdule reiche. Nach seinem Bericht verfiel Roojb wieder in ein leises Jammern, das er ab und zu mit einem wilden Fluch unterbrach.

»Es gibt also noch eine Stadt auf diesem Planeten, größer als diese«, dachte Adrian laut.

»Ja, natürlich!« sagte Roojb. »Die Kronstadt Sobriëtas mußt du doch kennen!«

Adrian antwortete nicht. Seine Aufmerksamkeit war ganz von einer Vorstellung beansprucht, die plötzlich in seinem Kopf aufgeblitzt war.

Inzwischen hatte sich der Sturm gelegt. Merkwürdigerweise rasten die Nebelschwaden nach wie vor in gleicher Geschwindigkeit über den Platz. Körnerwolken sausten wie Schrotladungen an ihnen vorüber. Adrian nahm das erstaunliche Naturphänomen jedoch kaum wahr, so sehr war er mit dem Gedanken beschäftigt, der sich ihm nun aufdrängte.

»Da komme jemand«, flüsterte er Roojb zu, dessen Augen sich vor Angst weiteten. Woher er das so sicher wußte, hätte Adrian auch nicht sagen können. Keinerlei Geräusch bestätigte seine Behauptung, und ebensowenig war in dem dämmrigen Nebel etwas auszumachen.

»Sie kommen wegen mir«, jammerte Roojb. »Dir kann ja nichts geschehen. Du bist unantastbar.«

Adrian seufzte: »Da bin ich mir nicht so sicher.«

»Ich weiß es genau. Ich habe gehört, wie in der Stadt über dich geredet wird. Die ›Unerbittlichen Aufgaben‹ erwarten dich, und bis dahin bist du unantastbar.«

»Davon habe ich noch nicht viel bemerkt«, antwortete Adrian leichthin und dachte dabei an all die Prellungen und Quetschungen, die er sich in den letzten Stunden zugezogen hatte.

»Vielleicht solltest du dich am besten aus dem Staub machen«, schlug er vor.

»Wohin denn?« rief Roojb verzweifelt. »In dieser verdammten Stadt finden sie mich doch überall! Wenn es wirklich sein muß, dann lieber hier und jetzt ... Ich habe es satt ... Roojb Steburlug flieht nicht mehr!«

Mit angstverzerrtem Gesicht starrte er in den Nebel. Immer noch deutete nichts auf die Ankunft eines Besuchers hin. Und doch spürte Adrian deutlich, daß ein Dritter in der Nähe war. Er ertappte sich dabei, daß er in eine bestimmte Richtung spähte, als wüßte er, woher der Unbekannte komme. Wenige Sekunden später bestätigte sich seine Vorahnung. Genau dort, wo er es vermutet hatte, tauchte ein kleiner schwarzer Schatten aus dem Nebel auf. Auch Roojb hatte ihn gesehen und kreischte: »Da kommt wieder so eine, so eine graue Schorfratte.«

Obwohl kaum etwas zu erkennen war, tauchte in Adrians Geist plötzlich ein scharfes Bild auf.

»Der Amatokdes!« rief er erfreut, und kurze Zeit später stand tatsächlich sein außergewöhnlicher Freund vor ihm. Der Amatokdes hatte sich aus seinem Khorovig-Kostüm befreit und sich einen Weg gesucht, auf dem er unbemerkt sowohl in den Tempel wie auch hinaus gelangen konnte, ohne Gefahr zu laufen, entdeckt zu werden, zumindest solange niemand in seiner Abwesenheit dem Khorovig in seiner Isolierzelle einen Besuch abstattete.

Der Amatokdes brachte Neuigkeiten über Misharna mit.

In dunklen Farben schilderte er eine Unterredung zwischen Misharna und dem Garanten, die er belauscht hatte. Es bestand kein Zweifel: Die beiden spielten das gleiche Spiel! Der Garant hatte Misharna erzählt, er werde dafür sorgen, daß man Adrian die schwerstmöglichen ›Unerbittlichen Aufgaben‹ stellte, so daß er vernichtet würde, denn er sehe Adrian als eine Gefahr für Momdule und die Lehre an. Misharna sei ganz seiner Meinung gewesen und habe ihm sogar Vorschläge bezüglich der Aufgaben gemacht.

Das war ein harter Schlag für Adrian, obwohl er sich schon selbst einzureden versucht hatte, daß er aus seinem erotischen Abenteuer mit der Hüterin der sakralen Fundamente keinerlei Schlußfolgerungen ziehen könne. Doch daß sie eine Verräterin sein sollte, darauf war er nicht vorbereitet gewesen. Er konnte es nicht lassen, sich das Bild dieser geheimnisvollen Schönen vor Augen zu führen, die einen so verhängnisvollen Einfluß auf ihn ausübte, einen Einfluß, der stärker als jeder Schutzwall war, den sein Verstand aufzubauen versuchte, um nicht aus dem Gleichgewicht zu geraten.

»Wo ist sie jetzt?« fragte er leise.

»Vermutlich immer noch beim Garanten, denn ich bin während des Gesprächs verschwunden, um dich zu suchen«, übersetzte Adrian die visuelle Antwort des Amatokdes.

»Was will dieser kleine blaue Gratvarch von dir?« rief Roojb, der offensichtlich nichts verstand und ängstlich zum Amatokdes hinüberschielte.

»Es ist in Ordnung. Er kommt, um uns zu helfen«, erklärte Adrian.

»Der soll mir nur nicht zu nahe kommen!« drohte Roojb. »Ich vertraue diesem Schmutzhirn nicht ... Wenn ich du wäre, würde ich mich in acht nehmen!«

Auf die Bitte Adrians hin zerschmolz der Amatokdes die zusammengeschweißten Glieder des Gittertürchens. Es fiel unter lautem Geklapper auf die Steine. Adrian zwängte sich durch die Öffnung, wobei er sich vor lauter Ungeduld an den noch heißen Stäben verbrannte. Er wollte so schnell wie möglich an den Ort, wo der Amatokdes das Gespräch belauscht hatte. Vielleicht würde er dort erfahren, welche Scheußlichkeiten man sich für ihn ausdachte.

»Du bist hirnkrank! Es ist um dich geschehen«, behauptete Roojb. »Die Kugel ist der sicherste Ort in dieser ganzen Dengfressenden räudigen Stadt.«

Adrian ignorierte das Gezeter.

»Komm schnell, zeige mir den Weg!« rief er dem Amatokdes zu. Beide verschwanden in den grünlichen Schwaden und ließen den nun völlig tollgewordenen Roojb, der ihnen seine guten Ratschläge noch eine Weile hinterherschrie, am Käfig zurück.

»Diese dummen Schmutzhirne!« murmelte er, während er sich zur Öffnung der Kugel schleppte. Unter Einsatz aller seiner Kräfte zog er sich hoch und zwängte sich durch die Öffnung. Dann ließ er sich in den Käfig fallen und blieb keuchend liegen.

»Dumme Schmutzhirne ... hier ist es sicher!« Er krümmte sich zusammen, um sein schon arg strapaziertes Gesicht so gut wie möglich vor den fliegenden Steinchen zu schützen, und fiel erschöpft in eine tiefen Schlaf.

Zwei Gestalten näherten sich dem Käfig, indem Roojb immer noch fest schlief.

»Schließlich kehrt wieder alles zu seinen wahren Proportionen zurück, meinen Sie nicht auch?« sagte die eine der beiden Gestalten. Die andere antwortete nicht, sondern fuhr mit einem kurzen Stab über die Stäbe. Roojb schreckte hoch.

»Seid Ihr es?« rief er heiser.

»Wenn Sie damit uns meinen, kann ich diese Frage mit ja beantworten«, sagte die Gestalt, die auch zuvor gesprochen hatte.

Roojb geriet in Panik. »Was wollt ihr? Seht ihr nicht, daß ich unantastbar bin?«

Die beiden kamen bis an die Gitterstäbe.

»Ihre sogenannte Unantastbarkeit wird Lügen gestraft durch die Behandlung, die Ihr Angesicht und Ihr Körper erhalten haben ... Wäre ich nicht bezüglich

Ihrer Identität gut informiert, ich hätte Sie niemals erkannt.«

Roojb wurde unruhig. »Wer seid ihr?«

Der Sprecher blickte seinen Kollegen an. »Nun ja, die Verwirrung bezüglich der Identität scheint auf Gegenseitigkeit zu beruhen. Herr Brisk, würden Sie die Freundlichkeit haben, einmal vor unserem Zuschauer zu pirouettieren, damit er Ihre funkelnagelneue Verkleidung bewundern kann.«

Der andere drehte sich ruckend um seine eigene Achse.

»Vermag dieses nach unseren Maßstäben erstaunliche Resultat auch Ihre Bewunderung zu erregen?« krächzte der Sprecher mit unüberhörbarem Sarkasmus.

Roojb wich zurück.

»Geht weg, Ihr faulenden Schmutzhirne! Ich habe mit euch nichts zu schaffen!«

»Tss, tss, tss ... Herr Brisk, hören Sie, was für krasse Ausdrücke man uns entgegenschmettert?«

»Erlauben Sie mir eine Bemerkung, Herr Drandel«, ergriff nun der andere das Wort. »Ich möchte vorschlagen, Herr Drandel, uns jeglicher übermäßiger Konversation zu enthalten ... Dieser Erdling soll uns nun angemessene Kompensation für das, was er uns angetan hat, verschaffen, woraufhin wir den Anverwandten Radenack mit einem ähnlichen Besuch beehren werden.«

»Herr Brisk, das sind passende Worte. Darf ich Sie bitten, Ihren Wünschen nun nachzugehen.«

»Nein, nein, Herr Drandel. Gönnen Sie mir die Ehre, Ihnen diese Aufgabe zu überlassen.«

»Davon kann keine Rede sein, Herr Brisk. Angesichts der Art der Belästigung, die Sie zu erleiden hatten, steht Ihnen jegliche Form der Ausführung rechtmäßig zu.«

Brisk antwortete gerührt: »Ich möchte, daß Sie wissen, wie sehr ich diese Geste zu schätzen weiß.«

Roojb starrte die rechte Gestalt mit vor Angst geweiteten Augen an, als diese ein glühendes Band mit ein paar schmalen Röhrchen von seinem Hals nahm. »Ihr Verhalten ist wirklich äußerst zuvorkommend, Herr Drandel.«

Dann spien die Röhrchen hauchdünne Lichtstrahlen aus, die auf dem Körper des Mannes im Käfig einen Kreis zeichneten. Die dumpfe Explosion, die daraufhin erfolgte, schlug mitten in Roojbs Brust ein faustgroßes Loch.

»Darf ich Sie auffordern, daß wir unsere Reise nun fortsetzen, Herr Drandel.«

»Nachdem ich zunächst Ihre große Geschicklichkeit loben möchte, Herr Brisk, werde ich Ihnen mit Stolz und Vertrauen folgen.«

Die beiden Gestalten verschwanden im Nebel.

9

Eingezwängt in den kleinen Hohlraum, den der Amatokdes in einem der Pavillons über dem Thronsaal gefunden hatte, versuchte Adrian zu verstehen, was tief unter ihm gesprochen wurde. Von seinem Versteck aus konnte er nur einen kleinen Teil vom Privatgemach des Garanten in der Mitte des Thronsaals überblicken. Doch dies reichte, um feststellen zu können, daß die Einrichtung zum größten Teil aus hochmodernen Apparaturen bestand. Schalttafeln, Bildschirme und zahlreiche kleine Kästchen und Röhren, deren Funktion ihm völlig unklar war, zeugten mit ihren zitternden Lichtpulsen von einem regen kybernetischen Leben.

Eine dunkle Gestalt in einer Limarna aus einem bronzefarbenen metallischen Stoff tauchte in seinem Blickfeld auf. Im ersten Augenblick glaubte er, in der massigen Figur den Garanten wiederzuerkennen, doch wegen des rötlichen Haarschopfs und der anders klingenden Stimme verwarf er diesen Gedanken sofort wieder. Der Mann war in ein lebhaftes Gespräch mit jemandem auf der anderen Seite des Raums verwickelt. Das wenige, das Adrian aufschnappte, machte ihn auch nicht viel klüger. Wahrscheinlich unterhielten sich die beiden über irgendwelche technischen Probleme. Als der zweite ebenfalls in seinem Blickfeld auftauchte, erkannte er in ihm sofort den Gryr, der mit der gleichen weichen metallischen Limarna bekleidet war und heftig gestikulierend im Raum auf und ab ging. Von Misharna war keine Spur zu sehen. Zweifellos war sie wieder in ihre eigenen Gemächer zurückgekehrt.

Der Amatokdes schlug vor, einmal dort nachzusehen, doch Adrian bedeutete ihm zu warten. Die Vorgänge unter ihm nahmen seine ganze Aufmerksamkeit in Anspruch. Wer war die Gestalt, mit der der Gryr in ein so lebhaftes Gespräch verwickelt war? Und was hatten die auffälligen Uniformen zu bedeuten? Ihm war klar, daß in nächster Umgebung des Garanten Dinge geschahen, die genau das Gegenteil von dem waren, was man in Momdule offiziell erwartete. Wehen Herzens dachte er an Misharna und daran, daß sie eine äußerst üble Doppelrolle zu spielen schien. Plötzlich erinnerte er sich wieder an ihre Antwort, als er sie gebeten hatte, ihm zu helfen, Radenack zu finden. Misharna hatte ihn an den Garanten verwiesen, da dieser über das nötige ›Werkzeug‹ für solche Probleme verfüge. Einen Teil dieser Werkzeuge sah er im Augenblick zweifellos vor sich. Nur zu gerne hätte er sich einmal die ganze Werkzeugkiste angeschaut.

Die beiden unter ihm umwanden nun ihren Kopf mit einer dicken schwarzen Binde aus dem metallischen Stoff, aus dem auch ihre Limarnas gemacht waren. Obwohl dieser merkwürdige Stoff bedeutend steifer war als normaler, fiel das Metall in weichen Falten und lag wie eine glänzende elastische Hülle um ihre Körper.

Einer der beiden Männer ließ den anderen nun aus einer Anzahl runder kleiner Siebgitter zwei auswählen. Dieser besah sie gründlich und hielt sich verschiedene vor die Augen, bevor er sich endgültig entschied. Anschließend wählte der erste ebenfalls zwei der Gitter aus. Dann schraubten beide die kleinen Siebgitter vor ihre Augenhöhlen und verschwanden aus Adrians Blickfeld. Gespannt harrte Adrian der Dinge, die nun folgen würden.

Plötzlich ertönte ein Geräusch, als ob Tausende von Zikaden gleichzeitig zu zirpen angefangen hätten. Es endete jedoch ebenso abrupt wieder, wie es eingesetzt hatte. Minuten verstrichen, ohne daß irgend etwas geschah. Adrian registrierte auch nicht die geringste Spur eines Geräuschs oder einer Bewegung. Vorsichtig kroch er rückwärts und teilte dem Amatokdes mit, daß er sich unten einmal umschauen wolle.

»Kannst du mich unbemerkt dorthin führen?« flüsterte er.

Mit flammenden Bildern riet der Amatokdes Adrian von diesem Vorhaben ab, weil das Risiko viel zu groß wäre.

Adrian nickte und flüsterte: »Du hast recht, aber was habe ich schon zu verlieren. Wahrscheinlich werde ich die netten ›Unerbittlichen Aufgaben‹, die sie für mich bereithalten, ohnehin nicht überleben. Und mir schwant, daß es kaum noch etwas Schlimmeres gibt, was mir zustoßen könnte ... Selbst wenn dort unten alles völlig danebengehen sollte ... Außerdem ist dies unsere einzige Chance, mehr zu erfahren. Vielleicht findet sich dort sogar die Lösung.«

Rote Lichtkegel blitzten über seine Netzhaut. Die Warnung des Amatokdes brachte ihn gerade noch rechtzeitig dazu, sein Flüstern abrupt zu beenden. Ein Tempelwächter eilte über die Galerie, hinter der ihr Versteck lag. Der Mann ging vornübergebeugt, ohne nach rechts oder links zu schauen. Sein Gemurmel erzeugte ein dumpfes Echo, das noch nachhallte, als er schon um die Ecke verschwunden war. Nicht alle Frequenten schienen im Augenblick vor ihrem Altar zu sitzen und ihre Sturmverse zum Boden hinabzuschicken, wie es vorgeschrieben war. Während Adrian darüber nachgrübelte, welchen Sinn eine solche Vorschrift haben mochte, die ein ganzes Volk während eines rasenden Sturms vor einem Altar in der dunkelsten Ecke ihres Hauses verbannte, folgte er dem Amatokdes zum Thronsaal.

Dort angekommen, setzte er seinen Weg allein fort.

An dem majestätischen Eingang mit seinen vielen Türen rührte sich nichts. So lautlos wie möglich öffnete Adrian die kleinste Tür in der Mitte und trat behutsam in den dämmrigen Thronsaal ein. Die einzige Lichtquelle war ein indirekter Schein aus den geschützten Privatgemächern des Garanten, der von Dach und Säulen zurückgeworfen wurde. Adrian hastete durch den Saal zu den marmornen Privatgemächern. Wie eine scheue Katze in der Nacht schlich er die Treppe hinauf und stand schon bald im Heiligtum des Herrschers. Auf zahlreichen Bildschirmen verschiedener Größe waren Reihen hin- und herspringender Symbole zu sehen.

Von den beiden Männern war keine Spur zu entdekken. Wie sie den Raum verlassen hatten, war Adrian ein Rätsel. Der einzig sichtbare Zugang war derjenige, den er soeben benutzt hatte und den er von seinem Versteck aus hatte beobachten können.

An den Wänden des Raumes befanden sich imposante Apparaturen. Adrian untersuchte die Bodenoberfläche sehr gründlich, fand jedoch keinerlei Anzeichen für einen weiteren Ausgang. Das einzige Interessante, was er entdeckte, war eine kleine quadratische Erhebung im Boden, ungefähr 20 x 20 cm groß: eindeutig viel zu klein, um als Durchgang dienen zu können. Auf Händen und Füßen kriechend untersuchte er den sonderbaren Flekken. Als er sich wieder erhob und sich dabei zufällig auf eine Schalttafel stützte, hörte er ein mehrfaches Klikken. Plötzlich kam Adrian eine Eingebung. Er trat auf das Quadrat und legte beide Hände auf die blinkende Schalttafel vor sich. Wieder folgte das Klicken, und anschließend schallte eine hohe Stimme durch den Raum.

»Manda ... pfert ... phala ... bereit für Schaltungen nach Ihren Wünschen ...«

Überrascht schaute er sich die Schalttafel an, die ihn angesprochen hatte. Unverständliche Symbole in den seltsamsten Formen jagten mit hoher Geschwindigkeit über den Bildschirm.

»Bereit für Schaltungen nach Ihren Wünschen«, wiederholte die Maschine, begleitet von einem leisen, doch gleichzeitig schrillen Geräusch.

Ohne über etwaige Gefahren nachzudenken, riskierte Adrian eine Frage: »Bitte um Information über die Kronstadt Sobriëtas.«

Gespannt wartete er die Antwort ab. Auf dem Schirm blitzten bunte Strahlen auf. Dann meldet sich die Stimme wieder: »Nähere Details erforderlich: : : : Informationsstrom direkt verfügbar: Sechzehn Umläufe von Rill und Atrion: : :«

Soviel Zeit, um sechzehn Tage und Nächte lang ununterbrochen Information abzuhören, hatte er nun auch wieder nicht!

»Gib die geographische Lage von Momdule in bezug auf die Kronstadt Sobriëtas an.«

Ein kompliziertes mehrfarbiges Sternmuster explodierte auf dem Bildschirm und erstarrte allmählich zitternd zu einer flimmernden Komposition aus Linien und Flächen. Nach einiger Zeit entdeckte Adrian ein Gebilde, das offenbar die Stadt Momdule darstellte und von einer erstaunlich weitläufigen Landschaft umgeben war. Das Gebiet um Momdule erstreckte sich über Tausende von Kilometern und war an vielen Stellen von Bergketten durchzogen. Dann plötzlich entdeckte Adrian die Schienen — den einzigen Zugang zum Land und zur Stadt Momdule. In einer bizarren Linie, die manchmal an Kindergekrakel erinnerte, schlängelten sich die Gleise an Bergen, Seen und Sümpfen vorbei und erreichten die Grenze schließlich an einer Stelle, wo sie der Stadt Momdule am nächsten kam.

Das Gebiet außerhalb der Landesgrenzen von Momdule stellte der Bildschirm nur in groben Linien dar. Adrian schätzte, daß die Kronstadt Sobriëtas mehrere Wochenreisen von der Stadt Momdule entfernt liegen müsse. Orangefarbene Streifen blitzten über das Bild und lenkten seine Aufmerksamkeit wieder auf das Gebiet rund um Momdule. Innerhalb der Landesgrenzen schien sich noch eine weitere Grenze zu befinden. Adrian bat die Maschine um eine Erklärung.

Statt einer Antwort öffnete sich unter dem Bildschirm eine Luke, aus der sich eine Art Tastatur schob. Die Maschine erklärte, damit könne man zur genaueren Untersuchung bestimmte Gebiete vergrößern. Der orangefarben leuchtende Kreis, der sich um das weite Land von

Momdule zog, entpuppte sich als unüberwindliche Barriere: ein schmaler aggressiver Strahlungsgürtel, der jeden lebenden Organismus, der sich in dieses Gebiet vorwagte, vernichtete. »Diese effektive Sicherheitsvorkehrung garantiert die perfekte und problemlose Fernhaltung von Humanoiden«, bemerkte die Maschine. Die unsichtbare Strahlung beförderte jeden Passanten völlig unerwartet ins ewige Schweigen. Ein so getroffener Körper desintegrierte innerhalb weniger Tage zu einer dünnen graugrünen Schimmelschicht, die sich auf dem Boden absetzte und dort unter anderem die wilde Nebeldistel üppig gedeihen ließ.

Deshalb also waren illegale Reisende von und nach Momdule nie lebend angekommen! Ein unsichtbarer Mörder, der direkt hinter der offiziellen Landesgrenze seinen Tribut — das Leben der Reisenden — einforderte, verhinderte jede Flucht und jedes unerwünschte Eindringen. Wollte Adrian jemals diese Stadt verlassen, so mußte er unbedingt versuchen, mehr über diese Vorrichtung zu erfahren.

»Gib alle Information über die orangefarbene Barriere«, sagte er.

Die Maschine antwortete schon, noch bevor er seinen Satz beendet hatte.

»Verfügbare Information nur zugänglich nach Sondergenehmigung: : : Geben Sie bitte Ihre Codenummer an: : :«

Adrian dachte kurz nach und sagte dann so beiläufig wie möglich: »Ja natürlich ... nun, äh ... das mache ich gleich. Aber zuerst möchte ich noch kurz die Karte studieren.«

Vorsichtig drückte er auf einen Vergrößerungsknopf und wartete gespannt auf die Reaktion der Maschine, die jedoch folgsam eine bildfüllende Vergrößerung des entsprechenden Gebiets lieferte. Erleichtert betrachtete Adrian den Ausschnitt und stellte überrascht fest, daß die Projektion keine Vergrößerung der zuvor gezeigten

Karte, sondern eine direkte »Live«-Nahaufnahme des betreffenden Gebiets war. Er sah die Staubkörner in den Nebelschwaden vorübersausen.

Überrascht suchte er den Ort auf, wo er Sobriëtas zum erstenmal betreten hatte. Nachdem er verschiedene Vergrößerungen durchprobiert hatte, fand er schließlich die richtige Taste. Er erkannte sogleich die Landschaft wieder, durch die sie gekommen waren. Im Zentrum des Bildes bewegte sich etwas: Es war die Stelle, an der sie den Raumkreuzer zurückgelassen hatten. Völlig von Erdresten befreit, glitzerte der Braxlior im Lichte Dhors. Kleine schwarze Striche bewegten sich um die Maschine herum — vermutlich die Helfer von Lochrast, dem Unreinen. »Der hat kein Gras über die Sache wachsen lassen!« murmelte Adrian. Nicht weit entfernt von dieser Stelle sah er wieder eine Andeutung der orangefarbenen Strahlenbarriere, und kurz dahinter glitzerte ein unermeßlicher bronzefarbener Ozean.

Plötzlich heulte ein Vierton-Signal durch den Raum, das sich ständig wiederholte.

»Was ist denn das?« fragte er erschrocken.

»Der Spion gibt Alarm«, antwortete die Maschine prompt.

Erschrocken blickte Adrian in die Richtung, aus der das Geräusch kam, und rief: »Kannst du nicht dafür sorgen, daß er mit diesem Lärm aufhört ... Gleich wimmelt es hier von Neugierigen!«

»Genau das ist die Aufgabe des Spions: : : Es steht mir nicht zu, ihn von der Erfüllung seiner Aufgabe abzuhalten: : : Er funktioniert völlig automatisch: : : : Sein Auftrag lautet, unbefugte Anwesenheiten der vierten Kategorie zu registrieren und zu signalisieren: : : Demzufolge sind seine Aktivitäten vorschriftsmäßig ...« Die Maschine unterbrach ihre Erklärung abrupt, weil Adrian aus dem Quadrat getreten war, um sich in Sicherheit zu bringen.

Er wagte es nicht, den Raum zu verlassen, weil das Risiko, auf der Treppe entdeckt zu werden, zu groß war. Er schaute sich nach einem Versteck um und untersuchte hastig die verschiedenen Maschinen, bis er eine gefunden hatte, die sich ein wenig zur Seite rollen ließ. Dahinter befand sich eine niedrige Nische, durch welche dicke schlaffe Schläuche liefen, die aus der Rückseite der Maschine heraustraten. Ab und zu blähten sie sich auf, als flösse in regelmäßigen Abständen eine zähe Flüssigkeit durch sie hindurch. Adrian kroch auf den Knien in die enge Öffnung und schob dann die Maschine wieder auf ihren alten Platz zurück. Ein besonders gutes Versteck war dies zwar nicht, das war ihm klar, doch er hatte keine andere Wahl. Ein aufmerksamer Beobachter würde bald entdecken, daß die Maschine ungewöhnlich weit vorstand, und das würde für Adrian ziemlich unangenehme Folgen haben. Doch er verbannte diesen Gedanken aus seinem Kopf.

Das durchdringende Geheul des Spions wollte nicht enden. Plötzlich zog ein starker Luftstrom durch den Raum, und das Grillenkonzert, das er schon zuvor gehört hatte, setzte erneut ein. Adrian hielt den Atem an. Die Instrumententafel schräg gegenüber war langsam zur Seite geschoben worden, und statt der Eingeweide der Maschine tauchte nun die klaffende Öffnung eines kreisrunden, einer Zieharmonika ähnelnden Gangs auf, der in die Tiefe führte. Einen Augenblick später erschienen der Gryr und sein Begleiter auf der Bildfläche und betraten den Raum. Ihre bronzefarbenen Limarnas waren mit einem grünen Puder bestäubt, das bei jeder Bewegung in Wölkchen aufwirbelte. Mit ein paar Handgriffen entfernte der Gryr die Binde und die Augenschutzgitter von seinem Gesicht. Dann ließ er sich von dem Spion identifizieren, worauf das ohrenbetäubende Getöse verstummte. Der Spion gab nun einen Wasserfall von skurrilen Klängen von sich, offenbar eine Art Code, während farbige Muster über die Bildschirme zogen.

»Infiltration im Zentrum Akio IV!« rief der Gryr bestürzt.

»Von welcher Art und Macht?« fragte sein Begleiter nüchtern und entfernte unterdessen seine letzte Gesichtsbinde. Er hatte Adrian den Rücken zugekehrt, wofür dieser eigentlich hätte dankbar sein sollen. Doch da ihn die Identität des anderen ungeheuer interessierte, platzte er fast vor Neugier. Er hoffte sehnlichst, daß die Maschine, mit der die beiden sich jetzt lebhaft unterhielten, nicht seine Personenbeschreibung preisgeben würde.

Adrian stellte überrascht fest, daß er sich eigenartigerweise weniger vor einer eventuellen Entdeckung fürchtete als davor, in seiner derzeitigen Haltung ertappt zu werden. Während er hinter diesem sobriëtanischen Computer hockte, mußte er unwillkürlich an eine Episode aus seiner Kindheit denken: Damals hatte er in der gleichen Haltung in einer Nische hinter dem Küchenofen gehockt, um einer Züchtigung seines Vaters zu entgehen. Er hatte eine Johannisbeertorte gestohlen, die die Nachbarn zum Abkühlen ans offene Fenster gestellt hatten. Als sein Vater ihn nach langem Suchen in seinem Versteck gefunden hatte, bis zu den Ohren mit Beerenflecken übersät, war er in lautes Gelächter ausgebrochen. Aus irgendeinem Grund war dies für Adrian schlimmer gewesen, als wenn er eine Tracht Prügel bezogen hätte.

Unterdessen wurde der Gryr genauestens instruiert. Anschließend verließ er eilig durch den offiziellen Ausgang den Raum, um das Zentrum von Momdule von ein paar Patrouillen durchkämmen zu lassen. Der andere blieb zurück, drehte sich langsam um und ging dicht an Adrian vorbei. Sogleich verging Adrian jeder weitere Gedanke an sein Beerentortentrauma, denn er hatte einen Augenblick lang in das Gesicht Molto Dangrubers geblickt. Der hohe Beamte aus dem Quon, der zugleich Führer einer dubiosen religiösen Bewegung auf einem anderen Planeten war, unterhielt offenbar außerdem auch noch eine sehr enge Beziehung zu den Autoritäten von Momdule.

Adrian ahnte, daß ihm zur Lösung eines sehr komplizierten Rätsels nur noch ein Faktor fehlte: das Rätsel selbst. Er kannte die Antwort auf eine ihm zwar unbekannte, aber äußerst wichtige Frage, ohne daß ihn dies der Lösung seines Problems nähergebracht hätte.

Inzwischen bediente Molto Dangruber blitzschnell die Apparate zu seinen Seiten. Dann verschwand er ebenso schnell, wie er gekommen war, in dem grauen Ziehharmonikagang. Nachdem sich die Tür zirpend hinter ihm geschlossen hatte, war Adrian wieder allein.

Unverzüglich zwängte er sich aus seinem Versteck und rannte zur Treppe. Nachdem er sich davon überzeugt hatte, daß der Thronsaal leer war, sprintete er unter Ausnutzung der dunkelsten Ecken zum Ausgang. Noch bevor er das Portal erreicht hatte, gab ihm der Amatokdes das Zeichen ›Die Luft ist rein‹. Zusammen eilten sie durch die Gänge. Der Amatokdes leitete ihn sicher zum Ausgang des Gebäudes. Hinter ihnen hallten die Schritte der Tempelwächter durch die Korridore. Der Gryr hatte sie in ihren Sturmgebeten aufgestört und sie auf die Suche nach dem Eindringling geschickt.

Nebelschwaden von einem nahezu greifbaren, klebrigen Grün jagten durch die Stadt und behinderten nicht nur die Sicht, sondern auch die Atmung. Die Luft reizte Adrians Kehle und verursachte eine starke Schleimbildung. Den Amatokdes schien dies überhaupt nicht zu stören. Hustend erreichte Adrian den Käfig und entdeckte als erster die Leiche. Erschrocken betrachtete er den leblos daliegenden Roojb, jenen Pilger, den er nur flüchtig gekannt hatte. Die klaffende Wunde in Roojbs Körper war mit Staubkörnern bedeckt, und eine schmutzige Flüssigkeit tröpfelte aus ihr heraus.

Hinter sich hörte Adrian in der Ferne ein seltsames Flattern und Rauschen. Voller Abscheu machte er sich daran, Roojbs leblosen Körper aus seiner Limarna zu schälen. Dann hob er den Toten aus dem Käfig und schleppte ihn ein paar hundert Meter weiter, wo er ihn einsam im grünen Nebel zurückließ.

Als er den Käfig wieder erreicht hatte, stellte er fest, daß das merkwürdige Geräusch mittlerweile sehr viel nähergekommen war. Der Amatokdes ermahnte ihn zur Eile. Er kletterte schnell in den Käfig zurück und zog die durchlöcherte und blutbesudelte Limarna rasch über den Anzug von Onalm. Unterdessen schweißte sein Freund die Gittertür wieder zu. Der Amatokdes verabschiedete sich mit einem kurzen visuellen Gruß und machte sich auf den Weg zu Misharnas Tempel. Das merkwürdige Rauschen schien inzwischen von allen Seiten zu kommen. Im dichten Nebel glaubte Adrian hie und da etwas flackern zu sehen.

Nach einer Weile wußte er, was es war: Ein paar Gardisten näherten sich mit Fackeln, aus denen meterhohe Stichflammen aufschossen, wenn sich das Feuer an den Nebelschwaden entzündete. Die Stichflammen warfen tanzende Schatten auf ihre gespannten Gesichter. In der freien Hand hielten die Gardisten ihren scharfen Ciendor. Zweifellos würden sie auf das geringste Zeichen ihres Hauptmanns angreifen. Adrian war nun froh, daß er in den Käfig zurückgekehrt war. Vermutlich würde es in Momdule schon bald von Suchtrupps nur so wimmeln.

Fünf Gardisten näherten sich seinem Käfig. Zischend züngelten die Flammen ihrer Fackeln in den Himmel. Adrian erkannte unter den Männern einen von denen, die ihn in den Käfig eingesperrt hatten. Diesmal war er offenbar in der entgegengesetzten Absicht gekommen, denn er setzte zwei gegabelte Zangen auf das Gitter. Ein hohes Summen ertönte. Die Gittertür sprang aus der Öffnung und wurde geschickt von dem Mann aufgefangen, der als einziger den Ereignissen völlig gleichgültig gegenüberzustehen schien. Die Gardisten waren schon vorher nie besonders redselig gewesen, doch diesmal brachten sie allesamt kein einziges Wort über ihre dünnen Lippen. Der Hauptmann gab ihm mit einer Geste zu verstehen, er möge den Käfig ›wie der Blitz‹ verlassen.

»Wohin geht die Reise?« fragte er gespielt leutselig.

Vier Gesichter, die im flackernden Licht der Flammen nur teilweise zu erkennen waren, schauten ihn schweigend an. Der fünfte Gardist hatte sich über die beiden Zangen gebeugt, die er mit einem fast liebevollen Blick in einem groben Stoffbeutel verstaute.

»Folgen!« schnaubte der Anführer der Gardisten barsch, und die Gruppe setzte sich in Bewegung. Adrian fragte sich, was sich die mediokren Verwaltungsbeamten wohl jetzt wieder für ihn ausgedacht haben mochten. Ob sie den Amatokdes abgefangen hatten? Düstere Gedanken quälten ihn, während er vom Platz geführt wurde. Die Schritte der Gardisten trommelten ein makaberes Stakkato, in unregelmäßigen Abständen ergänzt durch das Zischen eines sich plötzlich entzündenden Nebelschleiers. Obwohl sich das Wetter allmählich wieder normalisierte, war die Umgebung immer noch nicht zu erkennen.

Ab und zu drang ein feierliches nasales Summen an sein Ohr, das fromme Anhänger der Lehre vor ihren Hausaltären zum heiligen Boden hinabsandten.

In schnellem Marschtempo durchquerten sie zahlreiche verschlungene Gäßchen, durch die Adrian sich, wäre er allein gewesen, mühsam hätte hindurchtasten müssen. Entweder verfügten die Gardisten seiner Eskorte über ein besonders scharfes Sehvermögen oder über einen außerordentlichen Orientierungssinn. Doch jetzt war keine Zeit, um sich darüber Gedanken zu machen. Seine Gedanken kreisten um die verschiedenen Variationen eines einzigen Themas: Überleben. Dennoch wurde Adrian immer wieder von einem Gefühl der Irrealität überfallen, das ihn dazu verführte, irgend etwas Unsinniges zu tun, beispielsweise, dem neben ihm hergehenden Gardisten eine schallende Ohrfeige zu versetzen. Er unterdrückte diesen heimlichen Impuls nur, weil ihm völlig klar war, daß dies seine Lage nur noch verschlechtern würde. Das ganze war wie absurdes Theater. Er hielt sich an die Regeln eines Spiels, das inzwischen insgeheim gegen ein anderes ausgetauscht worden war. Er spielte die Hauptrolle in einem Schauspiel, dessen Text er nicht kannte und das höchstwahrscheinlich für ihn äußerst ungünstig ausgehen würde.

Dieses melancholische Philosophieren versetzte ihn in einen depressiven Zustand, gegen den er sich jedoch instinktiv zu Wehr setzte. In diesem Augenblick hielt die Gruppe vor einem Gebäude aus dunkelbraunem Stein an und riß ihn aus seinen Grübeleien. Der Giebel des Bauwerks war nur teilweise sichtbar, da der Rest in dikken Nebelschwaden verborgen war. Bei der ersten Berührung des Hauptmanns schwang eine der beiden hohen Bogentüren auf, und Adrian wurde ins Innere des Gebäudes geführt.

Im dunkelroten Schein einer schmalen Lichtrinne erkannte er den Gryr, der umgeben von Tempelwächtern und Gardisten neben drei flachen, ovalen Schachteln thronte. Ohne auch nur eine Minute ungenutzt verstreichen zu lassen, stand der Gryr auf und wandte sich mit einem nachdrücklichen »Parzuuf Ramalcotte!« an ihn.

Die Gardisten erstarrten zu Statuen. In dieser bedrükkenden Stille deutete der Gryr mit einer weitausholenden Geste auf die Schachteln, wobei er Adrian mit seinem Blick fixierte.

»Das Wissen, das zu bedeutenden Taten anspornt, läßt sich von außen nicht erkennen«, deklamierte er. »Ein Relief zeigt neben seiner direkten, zweidimensionalen Darstellung die Träger jener Dimension, die seinen Inhalt erfahren ... Dies ist es, was die Kraft von Demorzan symbolisiert ... Das Relief von Demorzan zu erfahren, ist so, als würde man aus der Quelle der tausend Wahrheiten schöpfen ... Wenn jedoch der Eimer, mit dem geschöpft wird, verschmutzt ist, so bringt selbst die reinste Flüssigkeit nur Verderben ... Deshalb müssen wir die kostbare Flüssigkeit filtern und den Eimer genauestens daraufhin untersuchen, ob er seiner Aufgabe gewachsen ist ... Dann kann er noch rechtzeitig gereinigt werden ... Die Untersuchung kommt von außen — die Reinigung wirkt von innen ... Dies lehren uns die ›Unerbittlichen Aufgaben‹, denn Wahl und Konsequenz bewirken die definitive Reinigung ...«

Adrian ärgerte sich über das pseudomystische Kauderwelsch und den theatralischen Ton, in dem der Gryr seine ›Weisheiten‹ verkündete. Es war klar, daß sie sich etwas ›Nettes‹ für ihn ausgedacht hatten. Ihm wäre lieber gewesen, sie hätten ihn sofort damit konfrontiert, ohne den barocken Aufputz und das leere Gewäsch. Natürlich war ihm klar, daß die Macht des Garanten und seiner Trabanten gerade auf der Wirkung derartigen Theaters beruhte. Die Bedeutung der verschleiernden Bildersprache war Adrian auch nicht entgangen. Der Eimer, der aus der Quelle der tausend Wahrheiten geschöpft hatte, war er selbst. Deshalb mußte er geprüft werden, um festzustellen, ob er des erworbenen Wissens würdig war. Andernfalls würde er ›gereinigt‹ werden. Er fürchtete, daß Letzteres ein Euphemismus für eine äußerst unangenehme Prozedur war. Langsam arbeitete der Gryr auf einen Höhepunkt hin. Mit grotesken Gebärden, als stünde er auf dem Tempelplatz vor der gesamten Bevölkerung von Momdule, fuhr er beschwörend mit seinen Armen über die Schachteln und rief: »Nehmt Euren Kopf! ... Lest Eure Gebeine auf! ... Sammelt Eure Glieder und schüttelt den Staub von Eurem Fleisch ... Denn groß ist die Einsamkeit und das Erschaudern auf dem Pfad der ›Unerbittlichen Aufgaben‹ ... Laßt die Aufgaben beginnen ... Wählt den Helfer nach Eurem Herzen!«

Adrian zögerte. Ob der Gryr etwa meinte, er solle sich eine dieser Dosen aussuchen?

»Wählt!« wiederholte der Gryr mit hohler Stimme.

Ohne sonderlich von der Vorstellung des Gryrs beeindruckt zu sein, nahm Adrian die erstbeste Schachtel vom Boden und fragte nüchtern: »So, mein Herr, und was jetzt?«

Drei Gardisten traten vor und führten ihn tiefer in das Bauwerk. Alle anderen folgten, der Gryr an der Spitze. Am Ende des tiefliegenden Raums stießen sie auf eine Wand, die von den drei Gardisten sorgfältig mit Fackeln ausgeleuchtet wurde.

Adrian sah ein riesiges Wandgemälde, umgeben von drei schweren rostigen Speichenrädern, deren Achse in der Wand verschwand. Das Gemälde bestand aus einem großen Kreis, reich verziert mit verschnörkelten Buchstaben und religiösen Symbolen in dunklem Braun.

Die Gardisten, die ihm vorausgegangen waren, ergriffen je eines der Räder und drehten es in gleichem Rhythmus, bis der Kreis auf der Wand in Bewegung kam und langsam aus der Mauer hervortrat. Nachdem sich eine metergroße granitartige Steinplatte aus der Wand herausgeschoben hatte, kam hinter der schweren Scheibe eine schwarze Öffnung zum Vorschein. Adrian begriff nun, daß die riesige Steinplatte, die mindestens ein paar Tonnen wog und auf drei starke Metallstangen montiert war, ein Eingang war. Auf die fragenden Blicke, die Adrian dem Gryr zuwarf, antwortete dieser mit einem donnernden »Geht hinein und erfüllt die Aufgaben!«

Als Adrian zögernd in die tiefe Finsternis des schwarzen Lochs spähte, das sich vor ihm auftat, versetzte ihm der Gryr ungeduldig einen Stoß in den Rücken.

»Wie soll ich hier jemals wieder herauskommen?« fragte Adrian. Dabei schwang der ganze Argwohn, den er diesem Mann gegenüber hegte, in seiner Stimme mit.

»Geht vorwärts bis ans Ende!« antwortete der Angesprochene kühl. »Wenn Ihr die Aufgaben erfüllt habt, werdet Ihr Momdule schon wiedersehen — zumindest dann, wenn Ihr den Aufgaben gewachsen seid, so wie die Aufgaben Euch gewachsen sind.«

Der Gryr gab einem Gardisten ein Zeichen, der daraufhin eine Fackel an der Lichtrinne entzündete und sie Adrian gab. Diesem entging nicht die Ehrerbietung, mit der der Gardist ihm die Lichtquelle aushändigte.

Jedenfalls würde sein Ansehen in Momdule sehr steigen, wenn er diese Aufgaben erfüllte, dachte er und grinste über die Absurdität der Situation. Auf den Gesichtern der Umstehenden zeichnete sich Erstaunen ab.

»Also Jungs, stellt schon mal den Champagner kalt!« rief er in einer Anwandlung von Galgenhumor, zuckte die Achseln und trat kopfschüttelnd in die Finsternis.

Er stand in einem Tunnel. Hinter sich hörte er ein Geräusch. Als Adrian sich umblickte, sah er, wie ein Gardist hastig die Schachtel, die er ausgewählt hatte, ins Innere der Höhle schob. Dann schob sich die Steinscheibe ächzend und schürfend wieder an ihren alten Platz. Die Flamme seiner Fackel schrumpfte zusammen, als der Eingang verriegelt wurde, und der Luftstrom versiegte, und kam dann allmählich wieder zur Ruhe. Adrian wartete, bis sich seine Augen an das spärliche Licht gewöhnt hatten. Sein Atem und das Knistern der Fackel waren die einzigen Geräusche, die von den Steinwänden zurückgeworfen wurden. Dies verstärkte das Gefühl von Einsamkeit des Auf-sich-selbst-Zurückgeworfen-Seins noch verstärkt.

Als erstes untersuchte Adrian die ovale Schachtel. Nach langem Herumprobieren gelang es ihm schließlich, das sperrige Ding aus mattem Kunststoff an der Unterseite zu öffnen. Ein paar Werkzeuge fielen auf den Boden. Adrian fragte sich, bei welchen ›Unerbittlichen Aufgaben‹ ihm diese Hilfsmittel wohl nützen sollten. Schließlich wählte er seufzend zwei davon aus: ein spitzes glänzendes Stäbchen, das vermutlich zur Familie der Schraubenzieher gehörte, und einen vierzinkigen Kratzer mit gerippten Handgriff, den er für die geeignetste Waffe hielt. Schließlich wußte er nicht, was man sich für ihn Nettes ausgedacht hatte. Er betrachtete ein letztes

Mal die seltsame Ausrüstung und wollte gerade aufstehen, um seine Reise anzutreten, als er im Deckel der Schachtel noch etwas glitzern sah: eine Miniaturausführung der Schachtel, die jedoch zusätzlich noch mit einer Tülle versehen war. Im Innern dieses Schächtelchens gluckerte es. Nach längerem Suchen fand er schließlich den Schiebeverschluß, und die Flüssigkeit lief hinaus. Vorsichtig kostete er sie — zähflüssiger Plurg! Gut schmeckte das nicht, aber das hatte er auch eigentlich keinen Augenblick lang erwartet. Er war schon froh, daß sein Körper die Nahrung von Sobriëtas bis zu diesem Zeitpunkt vertragen hatte, obwohl er unter einem permanenten krampfartigen und bohrenden Gefühl in seinen Eingeweiden litt.

Er steckte die Utensilien in seine Limarna und betrat den Tunnel. Ein langer Gang, der so schmal war, daß nur drei Menschen eben noch nebeneinander hergehen konnten, verlor sich in einer finsteren Weite. Das graue Gestein war mit blaugeäderten weißen Beulen übersät. Vermutlich Schimmelpilze, dachte Adrian, als er den Schein seiner Fackel über die pockennarbigen Wände streifen ließ. Der Tunnel verlief in einer geraden, horizontalen Linie. Äußerst behutsam arbeitete er sich Meter um Meter vor.

Plötzlich spürte er, wie das Gestein unter seinen Füßen wegsackte. Ein blitzschneller Reflex ließ ihn vorspringen, gerade noch rechtzeitig, um der massiven steinernen Wand auszuweichen, die herabstürzte. Keuchend vor Schreck stellte er fest, daß der Rückweg nun hermetisch abgeriegelt war, zweifellos durch einen Mechanismus, den er mit dem Fuß ausgelöst hatte. Von nun an würde er bei jedem Schritt äußerste Vorsicht walten lassen müssen. Wenn der Reflex ihn nicht hätte nach vorne springen lassen, so müßte er jetzt im nun abgeschlossenen Teil des Tunnels auf seinen Tod warten. Leicht vornübergebeugt, um den Boden besser ableuchten zu können, setzte er seinen Weg behutsam fort.

Abgesehen davon, daß sich der Tunnel leicht verjüngte, bemerkte Adrian über Dutzende von Metern keinerlei Veränderung. Schweiß rann ihm über die Stirn, doch ob dies eine Folge der Anspannung war oder ob es von einem Ansteigen der Temperatur herrührte, konnte er nicht feststellen.

Schrrrk ... knirschte es plötzlich kaum hörbar unter seinen Füßen, und der Boden gab minimal nach. Blitzschnell sprintete Adrian vorwärts. Erst als er ein ganzes Stück gerannt war, blieb er stehen. Seine Rückenmuskeln spannten sich in Erwartung der Steinmassen, die jeden Moment niederprasseln konnten. Doch diesmal blieb es still. Nichts geschah. Adrian traute dem Braten nicht. Er war sich ziemlich sicher, einen ähnlichen Mechanismus wie zuvor aktiviert zu haben. Das spärliche Licht seiner Fackel spielte unruhig über die unheimlichen Steinwände. Nervös ging er weiter. Die Fackel würde bald ausgebrannt sein. Deshalb wollte er sich beeilen, um so lange wie möglich von dem Licht zu profitieren.

Als plötzlich eine zweite Steinwand mit ohrenbetäubendem Lärm herabstürzte, wäre ihm fast das Blut in den Adern gefroren. Eine dunkle Masse donnerte genau auf die Stelle, wo er gerade noch gestanden hatte. Er war fest davon überzeugt, keinen weiteren Auslöser aktiviert zu haben. Oder war der Stein nur ein Signal, das den unfreiwilligen Kandidaten davor warnen sollte, daß ihm etwas Unangenehmes bevorstünde? Wurde erst danach die Schaltung, die die Steinmasse in Bewegung brachte, auf andere Weise von ihm aktiviert?

Möglicherweise wurden diese tödlichen Scherze auch aus der Entfernung initiiert, und irgendein finsterer Jünger des Garanten saß in diesem Augenblick grinsend vor seinem Bildschirm. Er leuchtete den ganzen Raum ab, konnte jedoch nirgendwo eine Kamera oder etwas auch nur entfernt ähnliches entdecken. Schimmelüberzogenes Gestein hingegen gab es hier im Überfluß. Die Fakkel mahnte Adrian zur Eile. Bei jedem Schritt wurde der Tunnel enger. Die erste Kurve kam unerwartet und knickte im rechten Winkel zur bisherigen Route ab. Er war sich jetzt völlig sicher, daß die Temperatur anstieg. Sein Rücken war schweißüberströmt. Der Tunnel wurde unwegsamer. Der Boden war mit Steinen verschiedener Größe übersät, die sich an manchen Stellen sogar auftürmten. Adrian merkte, daß er es trotz seines Versuchs, sich so gut wie möglich zu beherrschen, allmählich mit der Angst zu tun bekam, denn wegen der Steinhaufen wurde es praktisch unmöglich, ein Warnsignal auf dem Boden zu erkennen.

Das Licht seiner Fackel schrumpfte zu einer winzigen Flamme und flackerte nach einiger Zeit wieder etwas heller auf. Bald würde ihn das Licht im Stich lassen. Er hatte keine Wahl: Wenn er nicht im Dunkeln unter einer schimmelnden Steinmasse enden wollte, mußte er vorwärts. Die Seitenwände des Tunnels rückten einander bei jedem Schritt näher. Immer höhere Steinhaufen verstellten Adrian den Weg. Manchmal reichten sie fast bis zur Decke. Dann schob und kratzte er kniend mit seinem Kratzer das lockere Gestein weg, bis er durch das so entstehende Loch kriechen und sich weiter vorkämpfen konnte. Der Gang wurde immer kurvenreicher. Nach einer Weile hatte Adrian jegliche Orientierung verloren. Er hatte schon mehrfach den Verdacht gehabt, daß der Abstieg von manchen Steinbergen länger dauerte als der vorherige Aufstieg. Vermutlich führte der Gang also abwärts. Aber sicher war er sich nicht. Eigentlich war er sich keiner Sache mehr sicher.

In der drückenden Hitze kämpfte er sich durch die Steinmassen und versuchte, seine Angst, daß dies vielleicht gar kein Durchgang sei, zu ignorieren. Der Tunnel könnte ja auch in einem immer enger werdenden Trichter enden, in welchem er schließlich mit Händen und Füßen im massiven Gestein festhängen würde, ohne genügend Raum zum Umkehren zu haben, und in dem er zu guter Letzt doch noch unter einer niederstürzenden Wand lebendig begraben würde.

Dieser Gedanke lähmte seine Muskeln. Nach Luft schnappend und schweißgebadet blieb er einen Augenblick lang in dem Loch liegen, das er sich soeben gegraben hatte. Die Flamme an der Fackel flackerte wie ein Streichholz kurz vor dem Erlöschen. Er griff nach der Lichtquelle, die er in den Steinberg gesteckt hatte, um beide Hände zum Graben frei zu haben, doch als er die Fackel anrührte, erlosch die Flamme.

Mutlos blieb er liegen. Scharfe Steinkanten bohrten sich in seinen Körper, doch er hatte keine Kraft, sich zu rühren. Mit geschlossenen Augen dachte er über sein trauriges Schicksal nach. Die Neigung, sich selbst aus der Distanz zu betrachten, als studiere er die Eigenarten eines seltsamen Wesens, verließ ihn auch in dieser Situation nicht. In Gedanken sah er sich selbst dort liegen, in jenem engen unterirdischen Gang auf einem fremden Planeten sterbend. Er konnte sich schwer vorstellen, daß sein Leben so enden sollte. In farbigen Bildern zogen die emotionalen Höhepunkte seines Lebens an ihm vorüber: Der erste Tag im Kindergarten, ein wunderschöner Sommertag mit seinen Eltern, das lange blonde Haar seiner ersten Freundin — eine lange Reihe kostbarer Erinnerungen, wie ein Film, der sein Leben noch einmal vor ihm abspulte. All dies erschien ihm so sinnlos, wenn es auf diese Weise enden sollte. Er hatte sich nie eine Vorstellung vom endgültigen Abschluß seines Lebens gemacht, aber irgendwie hatte er doch unbewußt immer gehofft, daß ihn ein ruhmreiches Finale erwarte: Glorreiche Augenblicke, die ihm in ihrer Schönheit signalisieren würden, daß dies der Höhepunkt seiner Existenz sei, und die darauffolgenden Tage bis zu seinem endgültigen Abschied würden die Atmosphäre eines würzigen Herbsttages atmen.

Vielleicht war er doch jener Romantiker, den er immer so sehr verabscheut hatte. Wie konnte jemand ein Leben lang einen so naiven Gedanken hegen und ihn sogar vor sich selbst verborgen halten! Doch jetzt schon den Löffel abgeben? Jetzt aufgeben? Nie! Dieser Neo-Romantiker wollte erst einmal zeigen, was er noch alles in sich hatte. Die Fackel war erloschen, aber das Feuer der Lebenskraft flammte in ihm auf wie nie zuvor.

Adrian öffnete die Augen, rappelte sich hoch und zwängte sich auf Händen und Füßen durch das Loch. Vorsichtig erhob er sich und rutschte gebückt nach unten, bis er tief genug gekommen war, um sich ganz aufrichten zu können, ohne mit dem Kopf anzustoßen. An den scharfen Steinwänden entlangtastend, suchte er sich seinen Weg. Er konnte nicht vermeiden, immer wieder schmerzhaft anzustoßen, doch das machte ihm inzwischen nichts mehr aus. Er wollte sich selbst etwas beweisen. Er würde sich aus dieser nervenzerrüttenden, elendigen Tiefe befreien! Er würde sich aus diesem Pfuhl des Todes herauskämpfen!

Jeder Schritt vorwärts stärkte ihn in seiner Überzeugung. Ab und zu stolperte und fiel er vornüber auf die Steine, doch er ließ es nicht zu, daß der stechende Schmerz auch nur für einen Augenblick sein Tempo drosselte. Der Tunnel war jetzt so schmal geworden, daß Adrian beide Hände über die Wände gleiten lassen mußte, um die ärgsten Zusammenstöße zu verhindern. Der Boden wurde etwas gleichmäßiger. Meter um Meter kämpfte er sich vor wie ein Zombie, der in Trance vorwärtswankt. Die Wände rückten immer noch dichter zusammen. Schließlich kam er nicht mehr vorwärts, ohne sich seitwärts zwischen den Wänden hindurchzuzwängen. Noch ein paar Meter weiter, dann würde er festsitzen. Er zwängte sich zurück und holte, nachdem er sich befreit hatte, mit steifen Händen den Flüssigkeitsbehälter aus seiner Brusttasche. Wieder versuchte er sich zwischen den scharfkantigen Wänden hindurchzuzwängen. Dazu benötigte er jedoch beide Hände, so daß er den Flüssigkeitsbehälter zurücklassen mußte. Er tastete nach dem Schiebeverschluß. Schlürfend, ohne zu schmecken, trank er den Inhalt aus. In der bedrückenden Hitze tat die Flüssigkeit gut. Nachdem er den letzten Tropfen getrunken hatte, ließ er den Behälter fallen und zwängte sich wieder durch den Tunnel. Doch plötzlich sank ihm das Herz in die Hose: Ganz deutlich spürte er, wie der Boden unter seinen Füßen mit einem dumpfen Knirschen ganz leicht nachgab. Das Signal!

Wieviele Sekunden würden ihm diesmal bleiben, um sich in Sicherheit zu bringen, bevor die Steinluke herabstürzen würde? Und wo würde sie herunterkommen? Er mußte versuchen, daran vorbeizukommen.

Adrian zwängte sich mit Gewalt zwischen den beengenden Wänden weiter. Von blinder Wut und Verzweiflung getrieben, schürfte er an gezackten Vorsprüngen vorbei. An einer scharfen Kurve drehte er sich fast um seine ganze Achse, bevor er, wie er schon am Anfang befürchtet hatte, auf eine Steinwand stieß. Der Gang war zu Ende!

Wie ein Wahnsinniger tastete er die Wand ab. Überall war Stein, nur über seinem Kopf nicht. Diese Feststellung verdrängte schlagartig alle anderen Gedanken. Verkrampft kletterte er unter größter Anstrengung in den Felskamin hoch.

Ein Geheul durchbrach die Stille. Nicht weit unter ihm war die steinerne Luke zugefallen. Erneut war ihm der Rückweg versperrt. Adrian seufzte erschöpft. Er hatte den Schacht gerade noch rechtzeitig entdeckt. Dann ließ er sich einen halben Meter absacken, um sich auf einem Steinplateau ein wenig auszuruhen. Plötzlich spürte er, wie die schwere Steinmasse unter seinem Gewicht leicht nachgab. O nein! Schon wieder ein Signal.

Als er gerade beginnen wollte, sich mit dem Mut der Verzweiflung erneut im Schacht emporzuarbeiten, stellte er fest, daß das nicht mehr nötig war. Direkt über ihm verschloß eine bröckelige Steinplatte dröhnend den einzigen Ausweg. Benommen und mutlos ließ er sich zurückfallen. Alles war vergeblich gewesen. Er würde also doch in einer steinernen Katakombe enden. Jetzt brauchte er nur noch auf den Erstickungstod zu warten, der vermutlich in weniger als zwanzig Minuten eintreten würde.

Als er zehn Minuten später nach Luft schnappend wie ein nasser Putzlappen auf dem Boden lag und etwas in seinem Kopf platzen hörte, glaubte er, daß sein letztes Stündlein geschlagen hätte. Doch sein Sarkophag klappte in voller Breite auf und ließ eine Fontäne strahlendweißen Lichts herein sowie eine volle Ladung frischen Sauerstoffs. Blinzelnd blickte er auf eine gigantische Ebene unter einem silbrig strahlenden Himmel.

Adrian hatte ein paar Stunden damit verbracht, sich wieder in Form zu bringen. Zuerst hatte er ein wenig geschlafen, dann ein paar Körperübungen gemacht und schließlich war er dem Ruf der Natur gefolgt. Jetzt fühlte er sich wesentlich besser. Er würde die Benommenheit schon von sich abschütteln! Doch durfte er es nicht übertreiben, denn er fühlte sich noch immer wie nach einem schweren, unruhigen Traum, wie man ihn gelegentlich nach einer üppigen Mahlzeit und einem anschließenden Gruselfilm hat.

Seine Umgebung stellte ihn vor ein Rätsel. Das helle Licht stammte aus einer verborgenen Quelle. Der strahlende Himmel war wahrscheinlich längst nicht so hoch, wie er zu sein schien, vermutete Adrian nach einer gründlichen Untersuchung. Offenbar handelte es sich um eine optische Täuschung. Dies war kein Teil des Kosmos, sondern ein spitz zulaufendes, glänzendes Kuppeldach von unvorstellbaren Ausmaßen wölbte sich über ihm. Als er aus seiner steinernen Grabkammer gekrochen war, war diese hinter ihm zugefallen, und er hatte einsam auf einer Ebene aus silberglänzendem Metall gestanden. Der indirekte Lichtschein war unglaublich intensiv und zeichnete glitzernde Lichtblitze auf die schier endlose Ebene.

Eine künstliche Stille lastete über allem, eine bedrükkende Sterilität, die fast greifbar war. Ihm war, als seien seine Ohren mit riesigen Wattebäuschen bedeckt. Außerdem hatte er einen unangenehmen Geschmack im Mund. Der fette Plurg stieß ihm auf und hinterließ eine ekelhafte Flüssigkeit in seiner Kehle. Er fühlte sich elend, unterdrückte jedoch die aufwallende Depression. Er würde dagegen angehen! Er würde sich nicht unterkriegen lassen!

Aber wogegen wollte er angehen? fragte der Opponent in seinem Geist gehässig. Doch Adrian ignorierte diesen Gedanken. Er würde sich nicht in ein solches inneres Frage- und Antwortspielchen verwickeln lassen.

Adrian schaute sich um. Die metallische Oberfläche erstreckte sich bis an den Horizont. Er überlegte, warum wohl in der Ferne keine Wände zu sehen waren, obwohl die Kuppel hoch über seinem Kopf anzeigte, daß es eine Mauer oder einen Stützpfeiler geben mußte. Der Boden glänzte wie Quecksilber in der Sonne. Die Oberfläche war spiegelglatt poliert, doch fünf tiefe Furchen durchschnitten den Boden bis zum Horizont, als ob eine riesige Klaue darübergefahren wäre. Adrian beschloß, einen der schmalen Hügelrücken zu überqueren, die zwischen den Furchen entstanden waren. Auf diese Weise wäre er seitlich vor möglichen Verfolgern gedeckt. Schließlich mußte er mit allem rechnen. Doch er hatte nun neuen Mut geschöpft. Die Tatsache, daß sich die Tunnelwand geöffnet hatte, stärkte seine Überzeugung, daß ein ehrliches Spiel gespielt wurde. Wenn man nichts weiter im Sinn gehabt hätte, als ihn aus dem Weg zu räumen, wäre es nicht zu diesem letzten Vorfall gekommen. Oder spielten sie doch nur ein Katz-und-Maus-Spiel mit ihm? Darüber wollte er lieber nicht nachdenken.

Der Hügelrücken war gut begehbar. Die Hänge waren nicht so rutschig, wie er zunächst befürchtet hatte. Das

Metall war nicht glatt, so daß Adrians Schuhwerk selbst bei großen Schritten genügend Halt fand. Er kam schnell vorwärts. Als er sich viele Stunden später umschaute, war der Hintergrund in die gleiche glänzende Spiegelung gehüllt wie die noch vor ihm liegende Landschaft. Die Kuppel über ihm war das einzige Zeichen, das noch auf das riesige Gewölbe hindeutete, in dem er sich befinden mußte. Das Licht verfärbte sich langsam zu einem warmen Rot, als ob er sich im vollen Licht der untergehenden irdischen Sonne befände. Nur schien der Lichtschein wie in Tausenden von Fontänen aus der Ebene herauszuspritzen, ohne daß die Oberfläche auch nur durch die geringste Öffnung oder durch das geringste Kräuseln getrübt wurde. Es war ein wunderschöner Anblick, allerdings schränkten die hellen Reflexe die Sicht stark ein.

Wenn er nur die gleichen visuellen Fähigkeiten wie der Amatokdes hätte, dachte er seufzend, dann wüßte er jetzt viel besser, welchen Weg er einschlagen mußte. Er vermißte seinen Freund. In der kurzen Zeit ihrer Bekanntschaft hatten sie eine innige Beziehung zueinander entwickelt. Dieses außergewöhnliche Geschöpf nahm einen besonderen Platz in seinen Gedanken ein. Während er den Marsch über den Hügelrücken aus glitzerndem Chrom fortsetzte, dachte er darüber nach, wie schnell sich die Kommunikation zwischen dem Amatokdes und ihm weiterentwickelt hatte. Im Laufe der Zeit hatte er Adrian sogar die Lebensgeschichte seiner Art in verständlichen Bildern vermitteln können. Der außergewöhnliche Lebenszyklus dieser Wesen basierte auf einem raffinierten Drei-Einheits-Prinzip.

In den warmen Schlammseen ihres Heimatplaneten, irgendwo im Sternenquadranten Plivas, wimmelte es von Mikroorganismen. An manchen Orten war das Nahrungs/Temperatur-Verhältnis so ideal für diese Einzeller, daß sie dort in Massen zu finden waren. Zu einem bestimmten Zeitpunkt entwickelte sich in dieser hohen

Konzentration von Kleinsttierchen plötzlich das unbezwingbare Bedürfnis, sich ineinander zu verbeißen, wodurch die einzelnen Organismen langsam abstarben. Auf diese Weise entstanden riesige Klumpen sterbenden Plasmas. Aus diesem Humus von Millionen verschiedenartiger Organismen entstand nach einigen Monaten neues Leben. Je nachdem, welche Arten von Einzellern sich verklumpt hatten, entstanden drei Varianten. Das waren die drei unterschiedlichen Teile, die Adrian in den Fässern auf Onalms Raumschiff angetroffen hatte.

Diese Einheiten bildeten ganze Bänke von Mitgliedern ihrer eigenen Art und führten eine schläfrige Existenz, bis sie nach einem jahrelangen Prozeß ausgewachsen waren und sich, einem plötzlichen Impuls folgend, trennten, um nach geeigneten Partnern zu suchen, mit dem sie verschmelzen konnten. Die Reise, die eine solche Einheit zurücklegen mußte, um ihren Partner zu finden, variierte von ein paar Metern bis zu Tausenden von Kilometern. Durch das Verschmelzen zweier Exemplare entstand ein neuer physiologischer Zyklus mit einer übergeordneten Persönlichkeit, deren Lebensziel es war, einen neuen, dritten Partner zu finden. Nachdem es zur Vereinigung dieser drei Teile gekommen war, verließ der nun vollständige Amatokdes den Schlamm, um in höhergelegenen Gebieten unter seinen Artgenossen zu leben. Viele erlebten diesen Augenblick nie, da sie einzeln oder in der Zweierform dem Lymat zum Opfer fielen, einer häufig vorkommenden, giftigen Schlammschlange.

An Land lebte der Amatokdes in tiefen Gangsystemen, die er mit Hilfe seiner telekinetischen Fähigkeiten, die sich in dieser Phase zu entwickeln begannen, im Boden anlegte. Die unter den Amatokdes, die sich aus dem Schlamm erhoben und an Land krochen, entwickelten in kurzer Zeit gleichzeitig mit den kinetischen auch telepathische Fähigkeiten.

Die Gesellschaft der Amatokdes zeichnete Einfachheit und Ruhe aus, da diese Wesen nichts weiter wünschten, als ihre Primärbedürfnisse zu erfüllen. Da Nahrung in Form von Pflanzen jeder Art, Insektenartigen und sogar Felsschotter (vorzugsweise aus großer Tiefe) stets in ausreichender Menge vorhanden war, war der Kampf ums Dasein für den Amatokdes in diesem Stadium seines Lebenszyklus beendet. Die Verschmelzung der drei Körper und Geister zu einer neuen, integrierten Einheit bewirkte ein hohes Maß an geistigem Gleichgewicht und an Entwicklung. Nicht gequält durch die emotionale Unruhe und die hormonelle Labilität, die den irdischen Menschen auf seiner Lebensreise begleitet, lebte der Amatokdes auf dem Land ohne sexuelle Konkurrenz in philosophischer Gleichmut. Wenn ein Segment erkrankte, löste es sich von den übrigen beiden und starb ab. Die beiden übriggebliebenen Teile zogen sich dann wieder auf die Schlammbänke zurück, um einen neuen Partner zu suchen, woraufhin es wiederum zur Verschmelzung kam.

Während Adrian so daherging, hatte er seinen Blick einen Augenblick lang über die metallische Ebene gleiten lassen, und für kurze Zeit hatte es so ausgesehen, als würde die Oberfläche wie ein stiller See bei einem flüchtigen Windstoß gekräuselt. Er blinzelte, doch das Bild veränderte sich nicht. Die Ebene hatte sich tatsächlich in einen metallischen Ozean verwandelt, von dem er zweifellos verschlungen worden wäre, hätte er seine Reise nicht auf einem der Hügelkämme forgesetzt. Die glitzernde Oberfläche kam nun in Bewegung, als ob sich in ihr heftige Strömungen und Strudel bewegen würden. Er erschauderte. Diese ganze Situation machte ihn allmählich nervös. Gegen derartige Umstände war er geistig kaum gewappnet. Wie hatte er dies voraussehen können? Nur der Zufall hatte ihn vor einem grauenhaften Tod bewahrt! Zwar hatte er vorsichtshalber einen schmalen Hügelrücken der offenen Ebene vorgezogen, doch dabei auch nicht im entferntesten daran gedacht, daß sich das massive Metall so mir nichts dir nichts in ein Meer von Chromwirbeln verwandeln könnte.

Der rote Lichtschein gab der Szenerie einen romantischen Anstrich, was in krassem Gegensatz zu Adrians Gefühlen stand. Er wandte seinen Blick von dem märchenhaften Ozean ab und beschloß, nur noch auf seine Füße zu schauen. Er setzte seinen Weg fort, ohne noch einmal auf- oder umzublicken. Doch schon ein paar Kilometer weiter konnte er sich nicht mehr beherrschen. Seine Augen glitten unwillkürlich wieder über die Ebene, gerade lange genug, um zu erkennen, daß das Meer verschwunden und der alte Zustand wiederhergestellt war.

Der Hügelrücken fiel sanft ab, bis Adrian sich schließlich nur noch ein paar Meter über der Oberfläche des Bodens befand. Weil seine Füße vor Müdigkeit schmerzten und kribbelten, ließ er sich zu einer kurzen Ruhepause verleiten. Erschöpft ließ er sich auf den Boden sinken, schoß aber sofort wieder hoch. Der Boden war siedend heiß! Das brennende Kribbeln in seinen wunden Füßen hatte offenbar einen anderen Grund, wie er erschrocken feststellte. Trotz seiner Müdigkeit folgte er seinem ersten Impuls und ging weiter. Das zinnoberrote Licht war von solcher Intensität, daß es in seinen Augen schmerzte. Dadurch war seine Aussicht auf wenige Dutzend Meter beschränkt. Gefangen in roten Reflexen setzte er seinen Weg wie durch einen unsichtbaren Irrgarten fort. Das schwere Licht — so hatte er die Erscheinung benannt — kapselte ihn bei jedem Schritt auf dem heißen Boden ein. Ohne das Schuhwerk von Onalm wäre er jetzt schon in einer kritischen Lage. Nun ja, so, wie die Dinge lagen, war das auch nur ein sinnloser Aufschub — ein armseliger Vorteil. Der Boden wurde immer heißer. Vielleicht verstärkte die rote Spiegelung diesen Eindruck, doch Adrian war sich ziemlich sicher, daß die Metallfläche nun glühend heiß war. Ein starker Brandgeruch reizte seine Schleimhäute. Die Temperatur wurde seinem Schuhwerk allmählich zum Verhängnis. Ihm war klar, daß er den Hügelrücken würde verlassen müssen, doch die Vorstellung, von einem metallischen Meer verschlungen zu werden, war nicht gerade ermutigend. So wie im Moment konnte er allerdings auch nicht mehr lange weitergehen. Ein Schrei der Verzweiflung entfuhr ihm und wurde von einem unerwartet intensiven Echo beantwortet, das schließlich in der Ferne erstarb. Dann vernahm Adrian ein unheimliches Gurgeln, das synchron zu dem Echo auf ihn zu wogte. Ein zweiter herzzerreißender Schrei entfuhr ihm, weil der Boden unter seinen Füßen jetzt eindeutig glühend heiß war. Auch diesmal wurde er mit einem Gurgeln beantwortet. Kurz darauf hörte Adrian ein lautes Zischen auf der rechten Seite des Hügelrückens. Ein dünner Strom einer dunkelroten Flüssigkeit schlängelte sich durch das Tal zu seiner Rechten. Der Strom bewegte sich träge auf ihn zu, bis er zischend verdampfte und nur einen Farbstreifen zurückließ. Adrian schrie noch einmal und versuchte, seine Stimmbänder dabei so lange wie möglich vibrieren zu lassen. Wieder folgte seinem Ruf als Antwort ein gurgelnder Strom.

Dann sprang er von einem Fuß auf den anderen und schrie so lange und so laut wie möglich, wobei er mit einer Mischung aus Angst und Hoffnung im Herzen auf den roten Strom starrte, der jetzt langsam, aber stetig anschwoll. Nach einigen Minuten wurde ihm allerdings klar, daß der kühle Ausweg, den er auf unbegreifliche Weise mit Hilfe seiner Stimmbänder aktivierte, niemals rechtzeitig groß genug werden würde, um ihn davor zu bewahren, unwiderruflich gegrillt zu werden.

Wenn Lautstärke hier die Rettung war, dann war eine Kraft erforderlich, die in wenigen Sekunden die Klangwellen zu einem Orkan anschwellen lassen konnte, eine Kraft, die seine körperlichen Fähigkeiten bei weitem überstieg. Plötzlich mußte er an den bizarren Lochrast denken, der ihm die Defonischen Drassaten überlassen hatte.

Adrian faßte sich an seine Nase und fühlte durch das Fleisch hindurch immer noch die Versiegelung, die Lochrast dort angebracht hatte. Damit mußte es ihm gelingen, die Gurgelklänge zu analysieren und in seinem Geist gleiche Akkorde von einer Lautstärke zu bilden, gegen die das Original verblassen würden. Fieberhaft versuchte er, sich an die Rituale zu erinnern, die der zwielichtige Unreine ihm beigebracht hatte. Adrian machte sich mit aller Kraft an die Arbeit. Ohne den Übergang bemerkt zu haben, hörte er plötzlich wie das Gurgeln, das er erzeugt hatte, um ihn zu kreisen begann und zu einem ungeheuren Getöse sowohl aus tiefen Bässen wie auch aus schrillen hohen Tönen anschwoll.

Der Klangkreis wirbelte immer schneller um ihn, erfaßte schließlich heulend seine Gedanken und schleuderte sie in seinem Geist wie eine verrücktgewordene Zentrifuge herum.

Er versuchte, sein Ich zusammenzuhalten, indem er sich in eine Bewußtseinsverengung zurückzog, während eine schonungslose Kraft daran riß und zerrte.

Wie ein Besessener wirbelte er im Kreis herum, bis er das Gleichgewicht verlor und zu Boden fiel. Ein lähmender Schmerz durchfuhr seinen Körper, als er mit der glühendheißen Oberfläche in Berührung kam. Sich windend vor Schmerzen glitt er den Hügel hinab. Einen Augenblick lang schien er zu schweben, dann fiel er in den glutroten Strom, der ihn abkühlte ... und abkühlte ... und abkühlte ... bis der Klangtornado erstarb und wieder Stille einkehrte.

Keuchend versuchte Adrian sich an den schrägen Wänden hochzuziehen, doch die nasse glatte Oberfläche machte alle seine Bemühungen zunichte. Immer wieder glitt er hilflos zurück wie eine Spinne in der Badewanne. Der Strom war nun auch zum Stillstand gekommen und hatte sich in ein stehendes Gewässer verwandelt.

Viel Zeit, um zu sich zu kommen, war ihm dennoch nicht vergönnt. In der Ferne ertönte erneut das gurgelnde Geräusch. Er fühlte, wie die Flüssigkeit wieder in Bewegung kam: Sie ebbte langsam in die Richtung ab, aus der sie gekommen war. Die Strömung nahm zu und sog ihn mit sich fort. Seine Hände fanden auf dem spiegelglatten Metall keinen Halt. Auch der Kratzer, mit dem er über die Chromoberfläche fuhr, bewirkte nichts. Wenige Sekunden später wurde er wie ein Strohhalm auf einem reißenden Fluß mitgerissen. Der blutrote Strom jagte dahin und verschwand schließlich Hunderte von Metern weiter in einem gähnenden Loch und riß auch Adrian mit. Als der letzte Tropfen in der Tiefe verschwunden war, schloß sich das Loch mit einem leichten Kräuseln von glitzerndem Chrom, und nichts erinnerte mehr an den dunklen Strom außer einem breiten, unheimlichen Streifen in einem Tal aus glänzendem Metall.

SOBRIËTA

Song 9

❖

Delicate Balance

Der rote Nebel vor seinen Augen lichtete sich langsam. Er fühlte sich wider Erwarten gut. Sogar ein gesunder Hunger machte sich bemerkbar. Er schaute sich erstaunt um und stellte fest, daß er sich in einem kleinen Raum befand. Auf der gegenüberliegenden Seite des Mattenstapels, auf dem er lag, stand ein merkwürdiger Schreibtisch aus geflochtenen Zweigen. Die Wände des Raums waren in sanften Farben gestrichen. Das spiralförmige Muster auf Boden und Wänden setzte sich auf der flaumigen Stoffschicht fort, in die sein Körper eingepackt war und die ihn wie eine wattierte Haut umhüllte. Allmählich tauchten die letzten Ereignisse, an die er sich erinnern konnte, wieder in seinem Gedächtnis auf. Was war inzwischen geschehen?

Plötzlich blickte er geradewegs in das Gesicht eines mageren alten Mannes mit grauer, gegerbter Haut, den Adrian nicht hatte eintreten sehen.

»Nicht schlecht ... hmmmrrmmrm ... gar nicht schlecht ...«, murmelte der schmächtige Alte fast unhörbar.

»Wer sind Sie, und wo bin ich hier?« fragte Adrian.

»Ja, gar nicht schlecht«, murmelte der Mann wieder und nahm hinter dem knarrenden Schreibtisch Platz. Erstaunt musterte Adrian den Mann, der aus einer Spalte in der Schreibtischplatte ein dickes Päckchen verknitterter gelber Karten zog.

»Wer sind Sie?« wiederholte er seine Frage, jedoch diesmal viel lauter.

»Nein, nein, nicht schreien ... mmmrrmmrm ... kann Lärm nicht ausstehen. Sie haben sich nicht schlecht gehalten ... mmmrrmmrm ... gar nicht schlecht ... ich werde Ihnen in der letzten Phase beistehen, mehr nicht ... nein, nein, mehr nicht ... mmmrrmmrm ...«

Adrian sah, daß dem Alten Speichel aus dem Mund tropfte. Klebrige Tropfen fielen auf die Karten, die er mit ernstem Gesichtsausdruck betrachtete und nervös sortierte. Vorsichtig versuchte Adrian aufzustehen. Er war positiv überrascht darüber, wie gut es ihm nach all den mühseligen Abenteuern ging. Wie lange war er wohl schon hier, und wie war er hierher gekommen? Alle Versuche, das aus dem Alten herauszubekommen, waren vergeblich. Das nervöse Kerlchen plapperte stammelnd jeweils ein paar Sätze, die nur wenig oder gar nichts mit seinen Fragen zu tun hatten. Als Adrian sich wieder hinsetzen wollte, war der Mattenstapel, der zuvor hinter ihm gelegen hatte, auf rätselhafte Weise verschwunden.

»Wie sind die denn so schnell verschwunden?«

Das Männchen machte sich eifrige Notizen auf gelblichen Blättern und murmelte: »Kann nur vorwärts … mmmrrmmrm … nie zurück … mmmrrmmrm … gewesen ist gewesen …«

Adrian schaute sich um, konnte aber nirgendwo eine Tür entdecken.

»Wie kommen wir hier heraus?« fragte er.

»Nicht so schnell … bin nicht so schnell … mmmrrmmrm … muß notieren … beschreiben … aufschreiben …«

Adrian zuckte die Achseln. Hier würde er nichts erfahren. Er zupfte an dem Stoff, der seinen Körper bedeckte. In großen Lappen zog er ihn von seiner Haut ab. Er war als perfekt isolierende Schicht auf seiner Kleidung angebracht. Immer leichter löste er sich. Die Unterseite war fettig, und als er sich gerade nach dem Grund dafür fragte, entdeckte er die abscheuliche Wahrheit: Seine Beine waren mit riesigen Brandwunden übersät! Und seine Kleidung war an diesen Stellen zu einem schmutzigen Brei verkohlt, der mit den tiefen Wunden verschmolzen war. Ein grauenhafter Anblick! Fassungslos zog er die letzten Stoffreste ab. Der Anblick seines stark versengten eigenen Fleischs schockierte ihn zutiefst.

»Mmmrrmmrm … nicht schlecht … gar nicht schlecht … mmmrrmmrm …« brabbelte das Männchen.

Eine wahnsinnige Wut überfiel Adrian. Er rannte auf

den Alten zu und holte aus, doch bevor seine Faust den stumpfsinnigen Ausdruck von dessen Gesicht vertreiben konnte, traf ihn ein niederschmetternder Schlag und warf ihn zu Boden.

»Mmmrrmmrm ... Unangenehm! ... mmmrrmmrm ... unangenehm! ... Halten Sie sich gefälligst an die Regeln! ... mmmrrmmrm ...«

Benommen sah Adrian, wie der Alte ihm eine Kanne reichte. Unter Stöhnen trank er ein paar Schlucke von der leicht süß schmeckenden Flüssigkeit. In kräftigen Zügen leerte er die Kanne und blieb liegen.

Als Adrian später die Augen wieder öffnete, war er allein in dem Raum. Er fühlte sich gestärkt. Zweifellos hatte der Trank ihn in einen langen, vielleicht sogar in einen tagelangen, tiefen Schlaf versetzt. Nun stand er auf. Der schlimmste Hunger war gestillt. Er streckte den Rücken, versuchte, nicht an seine Wunden zu denken, und ging zu der am weitesten entfernten Wand, um dort nach einem Ausgang zu suchen. Doch das war nicht mehr nötig. Als er sich näherte, spaltete sich die Wand in zwei gleiche Teile, und ein Gang wurde sichtbar, an dessen Ende Adrian Tageslicht zu sehen glaubte. Das Gehen fiel ihm leicht. Seine Wunden boten zwar immer noch einen schrecklichen Anblick, schmerzten aber nicht mehr. Vielleicht hatte ihm das groteske Männchen ein Schmerzmittel gegeben. Aus der Ferne drang ein Rauschen an sein Ohr, das anschwoll, je näher er dem Tageslicht kam.

Plötzlich stand er in hellem Licht. Der Wind strich über sein Gesicht. Er befand sich unter freiem Himmel. Das Rauschen entpuppte sich als Murmeln aus Tausenden von Kehlen, das bei seinem Erscheinen schlagartig verstummte. Eine gespannte Stille herrschte. Adrian stand in einem ovalen Amphitheater mit zehn Meter hohen, wellenförmigen Wänden, über denen viele Reihen von Frequenten saßen, die ihn von allen Seiten anstarrten. Vor ihm, in der Mitte der ersten Reihen, befand sich eine breite Tribüne, auf der er zwei Gesichter erkannte, die ihn eingehend musterten: Der Garant und der Gryr waren in vollem Ornat erschienen, umgeben von grimmigen Tempelwächtern. Misharna und seinen Freund, den Amatokdes, konnte er nicht entdecken. Das Raunen hatte wieder eingesetzt. Adrian entnahm den schockierten Gesichtern über sich, daß man sich über sein stark demoliertes Äußeres unterhielt. Dann erhob sich der Gryr und sang:

»Frequenten, o Frequenten!
Seht den Pilger,
der sich bereit macht für
DAS KARUSSELL DES LETZTEN TANZES.«

Der Gryr erhob mit einem hochmütigen Blick seinen Arm und deutete in die Tiefe auf das Zentrum der Arena. Vor Adrians Füßen erhob sich ein geniales Bauwerk mit seltsamen Auswüchsen, als hätte ein verrückter Baumeister die Maschinen von sechzehn beliebigen Fabriken auf einen Haufen werfen und aneinanderschweißen lassen. Adrian schaute zur Tribüne hinauf und bemerkte das falsche Lächeln auf dem Gesicht des Garanten.

Er gab sich einen Ruck, hob den Kopf und machte eine zwar steife, aber dennoch elegante Verbeugung. Der Garant grinste übertrieben breit und rief: »Alle Achtung ... Euer Körper mag verletzt sein, doch der Geist scheint noch bei weitem nicht gebrochen. Eine erfreuliche Tatsache, denn glaubt mir, gerade letzterer soll sich hier verantworten ...«

Adrian schwieg und beobachtete sorgfältig jede Bewegung des Sprechers.

»Warum seid Ihr so still?« höhnte der Garant. »Wo bleiben die ausführlichen Kommentare und Kritiken, wie ich sie von Euch kenne? Habt Ihr sie etwa verschluckt? ... Welch erfreuliches Resultat, möchte ich sagen ... und das bereits in diesem Stadium der Behandlung. Ich nehme an, daß Ihr nach all dem um einiges ruhiger sein werdet ... — Wie nennt man das doch? — Totenstill?«

Adrian spürte, wie die Wut in ihm aufstieg, aber er wollte nicht reagieren. Er wußte nur zu gut, daß der Garant versuchte, ihn aus dem Gleichgewicht zu bringen. Deshalb konzentrierte er sich auf die Hände des Garanten und versuchte sich einzureden, die Spottrede sei gar nicht an ihn gerichtet. Sein Blick fiel auf eine unmittelbar vor dem Sitz des Garanten befestigte Platte, aus der Hebel herausragten. Das Gesicht des Garanten war zu einer grausamen Grimasse verzerrt, als er mit einer weit ausholenden Bewegung einen weißen funkelnden Stein aus einer ihm dargebotenen Schale nahm und diesen scheinbar achtlos in hohem Bogen in den mit einer rosafarbenen Flüssigkeit gefüllten Graben warf, der eine künstliche Grenze zwischen dem bizarren Gebilde und dem glatten Mosaikmuster der hochaufragenden Tribünen bildete. Der glitzernde Stein plumpste in die Flüssigkeit und verschwand darin. Nur ein paar kreisförmige Wellen blieben zurück, die sich sanft auf der Oberfläche kräuselten. Adrian grübelte über den Sinn dieses Rituals nach und erblickte eine halbkreisförmige Tür an der gegenüberliegenden Seite des bizarren Gartens, den der Gryr als DAS KARUSSELL DES LETZTEN TANZES bezeichnet hatte. Adrian rechnete damit, daß hinter der Tür eine unangenehme Überraschung für ihn bereitgehalten wurde, die jeden Moment zum Vorschein kommen konnte.

In atemloser Stille folgten Tausende von Augen den Wellen, die der Stein erzeugt hatte. Adrian folgte den Blicken der Zuschauer, und allmählich begriff er das raffinierte Prinzip, welches DAS KARUSSELL DES LETZTEN TANZES in Bewegung setzen sollte. Die Wellen, die sich sanft über die Oberfläche ausbreiteten, bewegten sich teilweise in Richtung einer breiten, durchsichtigen Röhre, deren offenes Ende nur einige Millimeter aus der Flüssigkeit herausragte. Die Röhre lief auf einen Mechanismus zu, der sich ein paar Meter über dem rosafarbenen Saft befand und einer großen, altmodischen Waage glich, die mit einer Anzahl rätselhafter Stangen und einem riesigen Zahnrad versehen war. Die erste Welle erreichte das offene Rohrende und spritzte ein paar Tropfen hinein. Auch bei der folgenden Welle verschwanden wieder ein paar Tropfen in der Öffnung. Irgend etwas geschah nun im Innern des Rohrs. Adrian sah, daß aus dem Flüssigkeitsspiegel in der durchsichtigen Röhre wirbelnder brauner Rauch aufstieg. Der Rauch wirbelte immer schneller, wurde allmählich dichter, verfärbte sich mehrmals und wurde schließlich zu einem tiefschwarzen Gas, das durch den Druck der chemischen Reaktion in einem dünnen Strahl aus einer Tülle an der Oberkante der Röhre gepreßt wurde. Der Rauchstrahl schoß mit immer größerer Kraft aus dem Rohr und erreichte so schließlich die rechte Schale der schweren Waagenkonstruktion. Als das Gas die Waagschale berührte, entstand ein heftiger indigofarbener Lichtblitz. Entsetzt beobachtete Adrian die Folge. Durch die Explosion war das ausbalancierte Gewicht des Stoffs in der rechten Schale offenbar so stark verringert worden, so daß das empfindliche Gleichgewicht gestört wurde und die Waage sich nach links senkte, bis diese Bewegung schließlich mit einem lauten, metallischen Ticken eine Stange vorschießen ließ. Diese war von einer langen, zusammengedrückten Spiralfeder gehalten worden, welche bis zu diesem Augenblick von einem Arm der ausbalancierten Waagschalen zurückgehalten worden war. Die Stange schoß wie ein Speer vorwärts, um zehn Meter weiter mit großer Kraft genau in das Zentrum einer bronzefarbenen Kugel zu stechen, die auf einem langen, schlanken Kelch lag.

Die Zuschauer auf den Tribünen jubelten, als der Speer sein Ziel getroffen hatte, doch Adrian beachtete sie nicht. Wie hypnotisiert verfolgte er die Bewegung der Kugel, die durch die Kraft des Speers von ihrem Kelch gestoßen wurde und nach unten stürzte. Er entdeckte, daß an der Kugel eine Kette befestigt war, die dafür sorgte, daß der Ball im Fallen mit einem langen Schwenker auf eine etwas weiter entfernt aufgestellte Konstruktion fiel, die wie eine mysteriöse futuristische Statuengruppe emporragte. Ein kleiner Teil der Statue, der horizontal verlief, war mit der Kette umwunden. Die Schwerkraft bewirkte, daß die Kugel im Fallen um die Statue herumgeschleudert wurde, und bei jeder Drehung wickelte sich die Kette weiter von der Statue ab. Als nach einer letzten, zögernden Drehung das riesige Bild entfesselt war und die Kugel endlich mit einem dumpfen Plumps in einem Berg grünlichen Schotters auf dem Boden landete, wurde klar, woher das KARUSSELL DES LETZTEN TANZES seinen Namen erhalten hatte. Von der schützenden Umklammerung der Kette befreit, spaltete sich die verrostete Statue in zwei Teile, und eine Hälfte schob sich samt eines großen Teils des umgebenden Bodens mindestens einen Meter zur Seite. Nun begriff Adrian den Sinn dieses Todesgartens, den ein völlig wahnsinniger Geist erfunden haben mußte. Der bizarre Irrgarten aus messerscharfen kleinen Gängen, Mauern, Hecken und Zäunen hatte sich durch die Bewegung verschoben. Wege, die zuvor passierbar gewesen waren, waren nun plötzlich versperrt, und umgekehrt. Vor ihm lag ein Irrgarten, der sich unter bestimmten Voraussetzungen verändern konnte, wodurch dem Umherirrenden, der sich mühsam einen Weg suchte, jeder Anhaltspunkt genommen wurde.

Adrian konnte sich denken, was als nächstes folgen würde: Man würde ihm einen zwingenden Grund geben, das Karussell zu betreten.

Wie gelähmt harrte er der Dinge, die da kommen würden. Auf der Tribüne in den Reihen der Zuschauer erhob sich ein aufgeregtes Gemurmel, das plötzlich verstummte, als ein schrilles, metallisches Kreischen aus dem Innern des zerborstenen Standbildes ertönte. Ein dunkler Schatten bahnte sich einen Weg ins Freie. Mit einem heftigen Ruck kam der Insasse des Standbildes zum Vorschein.

»Lernt den Bewohner kennen!« schrie der Gryr.

»Den Bewohner«, wiederholten die Frequenten im Chor.

Wie das riesige Gerippe eines Regenschirms kam Adrian das merkwürdige Ding mit den vielen eingeknickten Armen und Ärmchen vor, die kreuz und quer aus einer Art zentralem Nervenstrang mit rauhen, faserigen Geschwülsten herausragten. Die Enden der zahlreichen Arme zitterten nervös in der Luft wie Kolibris und produzierten ein hohes, schrilles Surren.

Von der Tribüne erscholl blutdürstiges Gebrüll. Die Menge war nicht mehr zu halten. Sie befand sich in einem Zustand höchster Erregung und schien auf eine bestimmte Handlung des Gryr zu warten. Wie gewöhnlich genoß dieser es sichtlich, im Mittelpunkt der allgemeinen Aufmerksamkeit zu stehen, und wartete in starrer Haltung, bis die Raserei der Zuschauer sich etwas gelegt hatte.

Dann warf er einen Stein mit einem kräftigen Wurf in einen trichterförmigen Fortsatz eines Objekts in der Nähe. Unter großem Beifall traf der Stein sein Ziel. Die Erregung der Menge stieg. Es kam zu einer zweiten Kettenreaktion von ähnlichem Ausmaß wie zuvor. Zahnräder drehten sich knirschend, Teile des Bodens verschoben sich ruckartig, und der Irrgarten veränderte sich wieder. Erst jetzt entdeckte Adrian, daß die surrenden Endstücke des vorwärtsschwankenden Skeletts aus rotierenden Scheiben bestanden, die sich ihm wie blitzende Kreissägen drohend näherten. Er hatte das Gefühl, einer lebendig gewordenen Vision des surrealistischen Malers Carlos Revilla gegenüberzustehen.

Offenbar hatte der Gryr mit seinem Wurf den übrigen

Geladenen ein Zeichen gegeben: Ein Hagel von weißen Steinen, die in großen Körben von Dienern herbeigeschafft und verteilt wurden, prasselte auf das Karussell herab. Es kam zu immer neuen Kettenreaktionen, die fortgesetzt, abgebrochen und durchkreuzt wurden. Kurz gesagt: Die vielen tausend Teile des Karussells bewegten sich in ruckartigen und schlingernden Bewegungen und setzten so zu einem teuflischen, blutrünstigen Tanz an.

Plötzlich schoß der ›Bewohner‹ ein paar Meter in Adrians Richtung vor. Seine Arme peitschten durch die Luft, wobei einer von ihnen zufällig gegen einen zurückfallenden Zaun schlug und im Bruchteil einer Sekunde ein Stück aus diesem herausgeschnitten hatte, als wäre er aus Marzipan und nicht aus massivem Metall.

Adrian überfiel plötzlich eine unwirkliche Ruhe. Jede Faser seines Nervensystems war zum Zerreißen gespannt. Adrenalin jagte durch seinen Körper. Knirschend kam jetzt auch der Boden unter seinen Füßen in Bewegung. Adrian drehte sich blitzschnell um, gerade noch rechtzeitig, um die Tür, durch die er eingetreten war, mit einem lauten Knall zufallen zu sehen. Einen Weg zurück gab es jetzt nicht mehr. Im blieb nur noch DAS KARUSSELL DES LETZTEN TANZES. Während alle Teile des schauerlichen Höllengartens rotierten, kippten oder sich verschoben und die Zuschauer kreischend und brüllend mit ihren Steinen immer neue Bewegungen hervorriefen, kam der ›Bewohner‹ langsam auf Adrian zu.

Die permanenten Veränderungen des Irrgartens schienen dem merkwürdigen Ungetüm nicht das geringste auszumachen, denn es gelang ihm jedesmal rechtzeitig, eine andere Richtung einzuschlagen, bevor ein Gang versperrt und ihm der Zugang verwehrt wurde. Deshalb kam es schnell vorwärts. Nur noch ein paar Meter, dann hätte der ›Bewohner‹ die letzte Kreuzung erreicht, die zwischen ihnen lag, und er würde Adrian mühelos in die Enge treiben. Adrian mußte diese Kreuzung unbedingt vor dem Bewohner erreichen, wollte er den Zeitpunkt seiner Exekution noch eine Weile hinauszögern.

Zur Überraschung aller Anwesenden rannte er plötzlich dem armeschwenkenden Monster entgegen, übersprang hochklappende und sich vorschiebende Barrieren, bis er nach wenigen Sekunden dem ›Bewohner‹ fast unmittelbar gegenüberstand. Dann schoß er blitzartig durch einen sich plötzlich öffnenden Zaun über die Kreuzung. *Kriiiskkriiüü!* Er wich seitlich aus und spürte den Luftstrom der Kreissäge an seinem Kopf vorbeistreichen. Sich duckend, kriechend und springend, versuchte er, außer Reichweite des stählernen Mörders zu kommen. Wenn er diesem unfreundlichen Gesellen nicht rasch eine Beschäftigung verschaffte, würde es ihm selbst schlecht ergehen.

Doch im Karussell eines Verrückten kommt man nur schwer vorwärts. Umherwirbelnde, ruckende und plötzlich umkippende Objekte drohten Adrian mit ihren messerscharfen Fortsätzen zu verwunden, während der Boden unter seinen Füßen heftig hin und herrüttelte und er seine Richtung immer wieder entsprechend den sich ständig verändernden Wege und Durchgänge korrigieren mußte. Wieder fiel ihm auf, wie relativ leicht sein brutaler Verfolger sich offenbar seinen Weg durch dieses Gewirr von Barrieren bahnte. Vermutlich wurde das Wesen mit einem speziellen Steuermechanismus geführt. Inzwischen war das stählerne Monster ihm schon wieder gefährlich nahe gekommen. Er mußte etwas unternehmen, sonst hätte er keinerlei Chance. Aber was? Plötzlich schwenkte eine merkwürdige gerippte Stahlkonstruktion quer über den Durchgang. Gezackte und stachelige, aufgesprungene Beulen ragten wie überreife Samenkapseln einer prähistorischen Pflanze auf langen Stengeln in einem chaotischen Wirrwarr vor ihm auf. Einem Reflex folgend, ließ Adrian sich auf den bebenden

Boden fallen. Er kroch auf dem Bauch und wand sich so unter den kürzesten Fortsätzen des Angreifers hindurch, bis er hinter ihm stand. Das Kreischen von malträtiertem Metall übertönte das Gebrüll der Zuschauer und marterte Adrians Trommelfell. Ihm verging Hören und Sehen. Besessen davon, ihn zu erreichen, hatte sich der Bewohner mit brutalem Fanatismus auf die Barriere gestürzt. Die scharfen rotierenden Sägeblätter fraßen sich gnadenlos durch das Gerippe des stacheligen Objekts, das den ›Bewohner‹ von seiner Beute trennte.

Adrian kroch durch einen Regen von Funken und Stahlsplittern über den schwankenden Boden. Um auf die Füße zu kommen, zog er sich zu einem langgestreckten Gitter hoch, das jedoch, als er es fast geschafft hatte, unversehens vornüberklappte und ihn, bevor er loslassen konnte, mit sich zog. Er rollte in einen engen Graben, der innen mit faustgroßen rostigen Geschwülsten übersät war. Bei der ersten Berührung mit dem Graben fing dieser heftig zu schlingern an, so daß es Adrian unmöglich war, wieder auf die Beine zu kommen. Er mußte sich festhalten, um nicht hinausgeschleudert zu werden. Ehe er über seine neue Situation nachdenken konnte, sank das Ende des Grabens in die Tiefe, und er fiel hilflos mit hinab. Benommen und erschöpft blieb er auf einem muschelförmigen Plateau liegen, auf welches der Graben ihn geschleudert hatte. Sein Körper brannte von den schmerzhaften Berührungen mit den Rostgeschwülsten. Das Geschrei auf den Tribünen schwoll wieder an. Noch immer warfen erregte Zuschauer Steine auf die Startanlage des Karussells. Voller Abscheu ließ er seine Blicke über die erhitzten Gesichter schweifen, bis er plötzlich den Garanten erblickte. Ein verbissener Zug umspielte seinen weichlichen Mund, und er interessierte sich offenbar nur für die Tafel mit den Hebeln, an denen er unentwegt herumfingerte. Die naheliegende Schlußfolgerung riß Adrian augenblicklich aus seiner Benommenheit: Der Garant steuerte mit diesem

Apparat den mörderischen Bewohner des Karussells! Um den ›Bewohner‹ auszuschalten, mußte er sich also auf den Garanten konzentrieren! Hinter ihm bahnte sich der ›Bewohner‹ mit beängstigender Geschwindigkeit seinen Weg.

Der unglückliche Fall hatte Adrian einen kleinen Vorsprung verschafft. Er rappelte seinen arg mitgenommenen Körper wieder hoch. Die Menge reagierte darauf mit einem begeisterten Johlen. Offenbar waren die Zuschauer äußerst zufrieden mit der Show, die ihnen geboten wurde. Nun, sie sollten etwas zu sehen bekommen!

Noch immer wie betäubt, schleppte er sich zu dem Mechanismus, der das Karussell in Bewegung gesetzt hatte. Der Bewohner mußte noch eine lange Galerie von schwankenden Objekten passieren, bevor er über eine steile Abschrägung zur unteren Etage hinabsteigen konnte, die bis an den rosafarbenen Graben reichte.

Vorsichtig kletterte Adrian auf die glatten Spanten des Mechanismus, die aus der rosafarbenen Flüssigkeit herausragten. Schritt für Schritt balancierte er über eine Querstrebe zum Zentrum des Apparats. Hoch über ihm ertönten überraschte Ausrufe. Nachdem er sich auf einer Eckverstrebung in Sicherheit gebracht hatte, schaute er sich zuerst nach seinem Verfolger um und dann zur Tribüne hinauf. Der Bewohner hatte die Abschrägung fast erreicht. Adrian blieb nicht mehr viel Zeit. Die Überraschung des Publikums galt offenbar nicht ihm, sondern einer Gruppe von Gästen, die gerade angekommen war. Als Adrian sah, um wen es sich handelte, wäre er vor Schreck fast von dem Balken gestürzt: Umgeben von Dienern und Tempelwächtern stand Misharna im Durchgang zwischen den Tribünen und blickte ihn mit unbeweglichem Gesichtsausdruck an. War sie gekommen, um ihn untergehen zu sehen oder ... *Zrreng, zzreng!* Zwei heftige Schläge ließen das Gerüst erbeben, auf dem er Zuflucht gesucht hatte; sie kündigten einen neuen Angriff des ›Bewohners‹ an. Der Garant ließ die längsten Schwenkarme des ›Bewohners‹ auf das biegsame Metall des Mechanismus donnern, und Adrian mußte sich festklammern, um nicht wie ein reifer Apfel hinabzufallen. Vorsichtig kroch er zu dem zentralen Rohr, das aus der rosafarbenen Flüssigkeit herausragte. Er zwang sich zu einem herausfordernden Lächeln und suchte den Blick des Garanten. Er hatte offenbar Erfolg: Der Garant stand kurz davor, vor Wut zu explodieren. Jähzornig riß er an den Hebeln und lenkte die messerscharfen Sägeblätter des Bewohners tief in die breiten Grundpfeiler des Mechanismus. Funken spritzten umher, während die Sägeblätter sich durch das Metall fraßen. Mit einem trockenen *Tock* knickten die beiden vorderen Stützen um, und die restlichen Pfeiler der Konstruktion bogen sich gefährlich unter dem veränderten Gewicht. Die Konstruktion senkte sich in Richtung des ›Bewohners‹ nieder, und dieser mähte von der Grabenwand aus mit seinen Schwenkarmen alles nieder, was in seine Reichweite kam.

Adrian band den metallischen Kratzer von seinem Gürtel und versuchte, das Gasrohr aus seiner Halterung zu lösen. Mühsam zwängte er den Kratzer zwischen das Rohr und die Halterung. Er hatte dazu nur einen Arm zur Verfügung, weil er sich mit dem anderen an einem Spanten festklammern mußte. Er hoffte sehnlichst, daß er nicht mit dem Gerüst zusammen in den rosafarbenen chemischen Saft plumpsen würde, bevor er seinen Plan ausgeführt hätte. Plötzlich löste sich das Rohr durch die Gewichtsverlagerung des Mechanismus von selbst aus der Halterung.

Während der Bewohner so weit wie möglich über den Graben reichte, um sein Zerstörungswerk nach bestem Vermögen fortzusetzen, stemmte Adrian sich mit dem Rücken gegen das zentrale Rohr und schob dieses unter Einsatz seines gesamten Körpergewichts in die Flüssigkeit zurück. Es würde nicht mehr lange dauern, und er hätte den ›Bewohner‹, der ihm glücklicherweise nicht über den schmalen Balken folgen konnte, übertölpelt. Langsam schob sich die breite Öffnung des Rohrs in die Flüssigkeit.

TU ES NICHT!

Ein heftiger Protest blitzte in seinem Geist auf. Erfreut erkannte Adrian, daß der Amatokdes sich zu Wort meldete. Hoch oben, inmitten von Misharnas Gefolge, entdeckte er seinen Freund im Khorovig-Kostüm. Offenbar wurde er immer noch als Symbol des Triumphes zu offiziellen Anlässen mitgenommen.

TU ES NICHT! GIB JEDEN WEITEREN WIDERSTAND AUF!

Was sollte es für einen Sinn haben, sich dem mordgierigen Bewohner widerstandslos auszuliefern? Sein Freund, der Amatokdes, mußte auf irgendeine Weise den Verstand verloren haben. Adrian drückte von neuem gegen das zentrale Rohr, bis die gebogene Öffnung in der Flüssigkeit untertauchte. Wie beim erstenmal entstand auch jetzt wieder in der durchsichtigen Röhre eine chemische Reaktion, und ein dicker schwarzer Rauchstrahl entwich aus der obersten Tülle. Adrian ignorierte die eindringlichen Warnungen und die guten Ratschläge des Amatokdes und kletterte an einem Stützpfeiler hoch, bis er mit Hilfe seines Kratzers das Loch erreicht hatte, aus dem der Rauch entwich. Mit kräftigen Schlägen verbog er die Oberkante des Rohrs, bis sie auf das Podium gerichtet war. Schwieriger war es, die spitze Tülle so zu verbreitern, daß ein Rauchstrahl, der so dick war wie der gesamte Durchmesser des Rohrs, zur Tribüne aufstieg. Innerhalb weniger Sekunden lag die erste Reihe in einer schweren schwarzen Gaswolke, die über das Podium aufwärtskroch, wo die Ehrengäste dem Spektakel beiwohnten. Adrian hörte Keuchen und Husten. Er hatte dem Garanten eigentlich nur die Sicht nehmen wollen, doch nun schien die Gaswolke eine viel durchschlagendere Wirkung zu entfalten.

Prustend und röchelnd versuchten die Zuschauer, der

Gaswolke zu entkommen. Einige von ihnen fingen an, sich zu übergeben. Der Garant hatte seinen Platz hinter der Steuervorrichtung verlassen und sich weiter oben zu Misharna und ihren Getreuen gesellt. Das KARUSSELL DES LETZTEN TANZES bebte ein paarmal leicht nach und kam dann zum Stillstand.

Keiner unter den Zuschauern dachte jetzt mehr daran, Steine zu werfen. Auf der Tribüne herrschte ein riesiges Tohuwabohu. Überall auf den Treppen krochen Frequenten, die sich krümmten und kotzten und zu fliehen versuchten. Diejenigen, die das Gas noch nicht erreicht hatte, versuchten, sich in panischer Hast durch den engen Ausgang zu kämpfen. Adrian band den Kratzer an seinen Gürtel und kletterte vom Gerüst. Er mußte das letzte Stück springen, da der ›Bewohner‹ alles, was in seine Reichweite gekommen war, niedergemäht hatte.

Er landete dicht neben dem ›Bewohner‹, der jetzt bewegungslos am Ufer lag und wie ein Haufen Schrott aussah.

»Wohin?« dachte Adrian laut und hielt nach einem Fluchtweg Ausschau. Hinter ihm ertönte ein Ächzen, das in ein lautes Platschen und Krachen überging. Unter ungeheurem Getöse stürzte der Mechanismus in sich zusammen und verschwand größtenteils in der rosafarbenen Flüssigkeit. Eine letzte kugelförmige Gaswolke entwich zischend dem Wrack und wirbelte hoch.

... DIE TÜR ... blitzte es in Adrians Gehirn auf. Auf seine Netzhaut wurde die halbkreisförmige Tür projiziert, die sich am Ende einer metallischen Straße befand, die vom Zentrum des Karussells wegführte. Um seine Botschaft zu unterstreichen, brannte der Amatokdes sie in flammendem Rot in Adrians Netzhaut ein. Adrian schwindelte von der Vehemenz, mit der das eingebrannte Bild sich Zugang zu seinem Gehirn verschafft hatte. Er rannte durch das Karussell. Gut, daß der Amatokdes jetzt wieder zur Vernunft gekommen war und brauchbare Ratschläge gab.

Als er die metallische Straße erreicht hatte, die ihn zu der Tür führte, merkte er, daß das flüchtige Gas seine Wirkung noch nicht verloren hatte. Die letzte Gaswolke war rasch emporgestiegen und bildete mit dem übrigen Gas eine dicke Schicht, die auf den unteren Reihen der Tribüne liegengeblieben war. In der Gaswolke bewegte sich eine schattenhafte Gestalt über den Mittelpfad der Tribüne nach unten.

SCHNELL! ... DIE TÜR ... DIE TÜR ..., signalisierte der Amatokdes von irgendwoher aus der Dunkelheit.

Adrian wollte sich gerade wieder in Bewegung setzen, als ihm etwas auffiel: Die Tür ähnelte dem Zugang, durch den er das Karussell betreten hatte. Sie stand einladend offen. Das war nicht das Problem. Doch dieser Zugang erweckte seinen Argwohn. Die breite metallische Straße wurde von riesigen Gittern flankiert, aus denen glänzende scharfe Spieße aus einem durchsichtigen, glasähnlichen Material herausragten.

... DIE TÜR ..., drängte der Amatokdes. Adrian zögerte. Waren diese Gitter ... ?

... LOS! schnitt ein Kommando durch seine Seele, und Adrian sprintete auf die Tür zu. Er wußte, daß nicht er, sondern der Amatokdes das Kommando über seine angespannten Muskeln führte. Als kurz hinter ihm zwei Gitter donnernd gegeneinanderkrachten, erkannte er, daß es keinen Weg zurück mehr gab. Die Spitzen der Gitter berührten einander und brachen krachend ab.

Also doch! Wie sein Argwohn es ihm eingegeben hatte, entpuppten sich die Gitter als grausame Falle für den Einfaltspinsel, der sich dazwischen wagte. Auf dem Podium vor der Steuervorrichtung stand eine graue Gestalt, die wegen der tiefhängenden Gaswolke nicht zu erkennen war. Das Gas schien ihr nichts anzuhaben. Einen Augenblick lang meinte Adrian, die Umrisse eines Khorovigs zu erkennen, der sich über die Steuervorrichtung beugte. War das der Amatokdes?

Ihm war, als würde jede Zelle in seinem Körper fühlen, wie die Gitter zu beiden Seiten auf ihn zuschossen. Verzweifelt versuchte er unter fast übermenschlichem Einsatz aller seiner Kräfte den schnellen Spurt abzubremsen und ihn in einen Sprung rückwärts umzuwandeln. Er drehte in der Luft eine sinnlose Pirouette, bis die eiskalten Lanzen ihre grausige Aufgabe erfüllten und ihn durchbohrten, um dann mit einem hohen Summen in seinem Körper abzubrechen.

Ein tieferes Schwarz war nicht möglich, jetzt, wo er gestorben war.

Wie würde ihm wohl ein weitfallender Mantel mit hohem Kragen aus einem derart prachtvollen schwarzen Stoff stehen. War es ein Leichenhemd? Nein, das wäre weiß gewesen, da war er sich ganz sicher. Obwohl ihm die Ohrfeige der Lehrerin der zweiten Grundschulklasse noch immer auf der Wange brannte. Zwei Männer waren in die Klasse gekommen, um mit allen Schülern eine spezielle Prüfung durchzuführen: Alle hatten den Auftrag bekommen, bestimmten Begriffen Farben zuzuordnen. Beispielsweise war der Schüler, der neben ihm gesessen hatte, gefragt worden, welche Farbe der Luft zugeordnet sei. »Blau« hatte Nol de Trooy geantwortet.

»Gut«, hatte die Lehrerin gesagt. »Jetzt du, Adrian: Der Tod.«

Er hatte nachgedacht: »Weiß«, hatte er überzeugt geantwortet.

»Das habe ich mir gedacht!« hatte die Lehrerin daraufhin gerufen. »Immer mußt du quertreiben! Der Tod ist schwarz!« Dann hatte sie ihre Bemerkung noch mit einer schallenden Ohrfeige bekräftigt.

Klatsch! ... Seine Backe hatte sich rot gefärbt und heftig geprickelt.

Klatsch! ... Warum noch eine? ... Wie war das möglich? ... Er wußte doch ganz genau, daß es nur eine einzige gewesen war!

Klatsch! ... Halt! ... Was ist das? ... Er schoß hoch. Mit flatternden Augenlidern starrte er verwirrt in einen grellen Lichtkegel.

»Ruhig, nur ruhig!« sagte eine Stimme direkt neben ihm.

Das Licht verschwand, und er sah nichts als ein Feuerwerk gelber und grüner Pünktchen und Streifen, das nur ganz allmählich vor dem Hintergrund einer zerbrochenen Mauer verblaßte. Verschwommen erkannte er die Umrisse des Raums, in dem er sich kurz vor seinem Tod noch einige Zeit aufgehalten hatte.

»Es wartet Besuch auf dich ... mmmrrmmrm ...«, sagte die gleiche Stimme wie zuvor.

Ein undeutlicher Schatten, den er nicht näher identifizieren konnte, bewegte sich von ihm weg. Jemand hatte den Raum betreten. Am Ende des Raums fiel ein Schatten auf die Wand. War es nur eine Einbildung? Er kniff die Augen zusammen. Das Bild wurde schärfer.

»Misharna!« rief er überrascht.

Sie hatte ihm den Rücken zugewandt und schaute auf das spiralförmige Muster auf der Wand, bevor sie sich langsam zu ihm umdrehte.

»Wie geht es, Parzuuf Ramalcotte?«

»Bin ich jetzt tot?« rief Adrian überrascht.

»Nein, das bist du nicht«, antwortete Misharna, »obwohl man dich nur mit größter Mühe aus einem tiefen Koma geholt hat.«

»Aber was ist dann, um Himmels willen geschehen? Ich weiß genau, daß ich von diesen Gittern durchbohrt worden bin. Ich spüre noch jetzt, wie die eiskalten Spitzen in meinen Körper eindrangen. Wie ...?«

Er schwieg. Eine heftige Gefühlsaufwallung blockierte seine Fähigkeit zu formulieren. Misharna kam auf ihn zu.

»Es war die letzte Aufgabe«, erklärte sie. »Sie haben dich die ganze Zeit über beobachtet. Seit deinem ersten Schritt in das Tunnelgrab haben sie dich beobachtet, um eine passende Aufgabe für dich zu ersinnen.«

»Wer hat das getan?«

»Das Untersuchungsgremium natürlich.«

»Wer ist das?«

»Tut mir leid, aber darüber darf ich dir keine Auskunft geben. Jedenfalls hat sich das Gremium für Synapsen-

Projektion entschieden. Dein Bewußtsein wurde dadurch auf einen ›Evid‹ übertragen.«

»Einen was?«

»Ein Evid«, erklärte sie, »ist ein körperliches Protoplasmasystem, dessen Bewußtsein abgekoppelt wurde. Die Funktion des Bewußtseins wird dann von einer externen Quelle übernommen, meist von einer Maschine, in diesem speziellen Fall jedoch von deinem Gehirn.«

»Allmächtiger!« Der Ausruf kam tief aus Adrians Herz. »Ihr baut menschliche Roboter!«

»Ach, für bestimmte Arbeiten sind sie wirklich sehr praktisch«, sagte Misharna. »Ihr Vorteil gegenüber maschinellen Arbeitern ist, daß sie nicht so schnell kaputtgehen, und wenn doch einmal etwas schiefgeht, dann heilt es meist von selbst. Die Wartung wird dadurch wesentlich einfacher.«

Adrian war fassungslos.

»Wie könnt ihr so mit euren eigenen Artgenossen umspringen!«

»Ach, das darfst du nicht so ernst sehen. Sie selbst merken überhaupt nichts davon. Ihre Gehirnfunktionen werden bereits unmittelbar nach der Geburt abgekoppelt. Sie kennen es gar nicht anders ...«

»Diese Entschuldigung habe ich schon oft gehört«, sagte Adrian resigniert.

»Wie meinst du das?«

»Ach, laß nur!«

Er mußte an all die Scheußlichkeiten denken, die Menschen auf der Erde ihren Mitmenschen unter dem gleichen Motto angetan hatten. Er seufzte und sagte: »Wenn ich es richtig verstehe, wurde mein Bewußtsein übertragen ...«

»Nein, projiziert«, unterbrach Misharna ihn mit freundlichem Nicken.

»Von mir aus auch projiziert, auf diesen sogenannten ›Evid‹. Und dadurch unterlag ich der Illusion, daß ich und der ›Evid‹ ein und dieselbe Person seien?«

»Das war auch tatsächlich so. Der Evid folgte genauestens allen Steuercodes deines Gehirns.«

»Und so wie der Evid starb ...« Er schluckte.

Misharna schaute ihn lachend an und fuhr fort: »So wärest auch du gestorben, Parzuuf Ramalcotte.«

Adrian stand auf und ging im Zimmer auf und ab.

»Darf ich vielleicht nach dem Sinn von all dem fragen?«

»Verstehst du es denn nicht? Du hast die Prüfung glänzend bestanden! Der Evid ist tot, wodurch dein Gehirn wieder das Anrecht auf seinen ursprünglichen Körper erworben hat. Du hast die letzte Aufgabe bestanden, weil du den Evid hast sterben lassen. Hätte er DAS KARUSSELL DES LETZTEN TANZES überlebt, dann hätten sie deinen Körper hier auf diesen Matten, wo du die ganze Zeit gelegen hast, sterben lassen.«

»... Willst du damit sagen, daß ich während des Karussells nur im Geiste dort anwesend war?« rief Adrian ungläubig aus.

»Ganz genau, Pilger Parzuuf Ramalcotte. Du fängst an, es zu begreifen.«

»Aber, aber ...«, stammelte Adrian, »...es ist alles so unlogisch. Zum Beispiel der ›Bewohner‹, der vom Garanten gesteuert mir nach dem Leben trachtete. Wäre es ihm geglückt, dann hätte er mir das Leben gerettet!«

»Natürlich, der Garant spielte nur mit dir und hätte dich niemals getötet, sondern dich in der Illusion entkommen lassen, du hättest ihn überlistet und die Aufgaben bewältigt. Dem Angriff des ›Bewohners‹ lag die Gewißheit deiner Reaktion zugrunde, daß du kämpfen würdest, um zu entkommen, so wie du es auch zuvor getan hattest. Und genau damit hättest du dein Schicksal besiegelt.«

»Ich werde hier noch verrückt ... völlig verrückt!« Er schlug mit der Faust gegen die Wand. »Ich muß hier weg! Was stehe ich hier herum und rede sinnloses Zeugs!«

Misharna packte ihn an den Schultern. »Ruhig, Parzuuf Ramalcotte, reg dich nicht auf!«

Er riß sich los und stapfte zur anderen Seite des Raums. »Ruhig, ruhig«, wiederholte er gereizt. »Ich höre ständig solche Phrasen, und währenddessen versucht man, mich in den Wahnsinn zu treiben.«

Wütend suchte er nach der Tür. »Wo ist die verdammte Tür?«

Misharna machte einen neuen Versuch. »Parzuuf Ramalcotte ... komm doch her!«

»Ich suche die Tür! Wie bin ich hier eigentlich beim letztenmal herausgekommen?« murmelte er und ignorierte sie.

»Ich bin hier, um dir zu helfen, Parzuuf Ramalcotte«, versuchte Misharna es wieder.

»Ja, wahrscheinlich«, höhnte er, »vermutlich in vollem Einverständnis mit dem Garanten, dem Gryr und all dem anderen Gesindel, das hier herumläuft.« Er eilte nervös hin und her und tastete mit den Händen die Wand ab.

Plötzlich drehte er sich um und sagte unerwartet ruhig: »Warum nennst du mich eigentlich jetzt wieder Parzuuf Ramalcotte?«

Offensichtlich verwirrt stammelte Misharna: »Nun ... äh ... so heißt du doch?«

»Was soll das heißen: ›so heißt du doch‹?« wiederholte Adrian scharf. »Hast du vielleicht schon wieder vergessen, wie ich hierhergekommen bin? Dank unserer köstlichen Erlebnisse mittels dieses Reliefs von Demor ... was weiß ich, hattest du die Freundlichkeit, rasch mein Herz und meine Seele zu durchleuchten, woraufhin ich mit diesen Scheußlichkeiten mit Namen DIE UNERBITTLICHEN AUFGABEN überhäuft wurde. Unterdessen steckt die edle Dame hier mit dem Gesindel des Garanten unter einem Hut, und während ich mich fast zu Tode kämpfe, um am Leben zu bleiben — haha, was für ein schönes Wortspiel! —, scheint sie eine

Weile später schon nicht einmal mehr meinen Namen zu wissen!«

Adrian geriet nun allmählich wirklich in Rage. Die Spannungen waren eindeutig zuviel für ihn gewesen.

»Wie heiße ich?« brüllte er.

Misharna war offensichtlich in großer Verlegenheit. Sie murmelte etwas Unverständliches.

»Siehst du«, schrie er, »du weißt es nicht mehr!«

Er öffnete den Mund, um eine Sturzflut von Verwünschungen auszustoßen, blieb jedoch plötzlich wie angenagelt stehen.

»Was ist los?« fragte Misharna erschrocken und wollte einen Schritt auf ihn zugehen.

»Bleib, wo du bist!« schrie er. »Schau!« Er deutete auf ihre Beine.

»Was hast du denn nur?« sagte Misharna unbehaglich.

Adrian fragte sich, ob er jetzt endgültig verrückt geworden sei. Hatten vielleicht diese ganze Reise, Sobriëtas und alle Ereignisse nur in seinem Kopf stattgefunden, und war er vielleicht in Wirklichkeit noch auf der Erde, unter gestrenger Obhut in einer Spezialklinik? Er schaute Misharna an und sah, daß sich ihre schlanken Beine in einen blassen Flecken aufgelöst hatten, in dem sich nun zwei dickere, behaarte Beine abzuzeichnen begannen. Er schnappte einen Moment lang nach Luft und versuchte, die Beherrschung über sich selbst zurückzuerlangen.

»Nichts ist«, stammelte er.

»Du mußt zur Ruhe kommen«, sagte sie. »Vielleicht ist es besser, wenn ich jetzt gehe.«

Sie stand wieder mit dem Gesicht zur Wand. Plötzlich bildete sich in seinem Geist ein schlüssiger Zusammenhang. Diese Haltung — dieser Augenblick! Er erinnerte sich ganz deutlich. Genauso hatte sie im Tempel am Fenster gestanden, nachdem er nach jener denkwürdigen Nacht zu ihr gebracht worden war. Er versuchte, sich alle Details wieder zu vergegenwärtigen, während er sie gleichzeitig überredete, noch eine Weile zu bleiben. Im Geiste erlebte er erneut das Gespräch, das sie damals geführt hatten. Wie sie ihn angeschaut hatte — das Licht in dem Zimmer — die Einrichtung — das Relief von Demorzan ... Plötzlich sah er die massive, geschnitzte sargähnliche Kiste, die zwischen ihnen gestanden hatte und die ihm einen Teil der Sicht genommen hatte: Misharnas Beine waren dahinter verborgen geblieben. Und an der gleichen Stelle schimmerten jetzt in einem gräulichen Dunst zwei völlig anders geformte Beine!

»Laß mich Abschied von dir nehmen, damit du dich noch ein wenig ausruhen kannst«, sagte Misharna und kam langsam auf ihn zu.

Verwirrung überfiel ihn. Er wurde zu einer Entscheidung gedrängt. Emotionen und rationale Argumente bekämpften einander in seinem Innern quälend lange Sekunden. In Zeitlupentempo näherte sie sich Schritt für Schritt. Sein Kopf schien Tausende von Kilos zu wiegen. Er tastete nach seiner Hüfte. Sie streckte ihre Arme lächelnd nach ihm aus. Er packte den Kratzer, der an seinem Gürtel hing; die Bewegung schien Stunden zu dauern. Sie beugte sich über ihn. Mit einem markerschütternden Schrei holte er aus und schloß die Augen, um das Ergebnis seiner Tat nicht mitansehen zu müssen. Lautlos sackte die Frau in sich zusammen. Ein dumpfer Aufprall verriet Adrian, was geschehen war.

Vorbereitet auf den schrecklichen Anblick, öffnete er vorsichtig die Augen. Ein schwaches Röcheln entwich dem übel zugerichteten Körper vor seinen Füßen: Es war der Körper des alten Mannes, der sich ihm zuvor als Helfer vorgestellt hatte. Von Misharna war keine Spur zu sehen. Er hatte also recht gehabt! Seine Eingebung hatte sich als richtig erwiesen. Wie alles genau zusammenhing, wußte er nicht, doch vermutete er, daß das Bild, das er vor sich gesehen hatte, auf irgendeine Weise in seiner Erinnerung aktiviert worden war. Der graue Fleck mit den Beinen des Helfers mußte durch seinen Argwohn aktiviert worden sein. Das Bild von Misharna war langsam zerbröckelt, und im letzten Augenblick hatte er die Gefahr erkannt. Er fragte sich, was der Unglückliche beabsichtigt hatte.

Sorgfältig untersuchte er die Kleidung des Mannes, der inzwischen das Bewußtsein verloren hatte. Adrian fand nur zwei flache Röhrchen darin, die an der Innenseite der Unterarme festgebunden waren. Als er versuchte, eines davon loszureißen, ertönte ein Zischen, und ein gelbes Wölkchen schoß aus dem Röhrchen gegen die Wand. Aus einem ziemlich tiefen Loch in der Wand tropfte eine rauchende Flüssigkeit. Adrian hatte eine Waffe aktiviert, die eigentlich ihm zugedacht gewesen war. Schon die leiseste Berührung des Unterarms hätte ausgereicht, und die Waffe hätte ihn getroffen. Adrian erschauderte. Er schaute sich suchend nach einer Tür um, bis er sich daran erinnerte, wie er beim erstenmal das Zimmer verlassen hatte.

Mit pochendem Herzen ging er zur Wand, die diesmal zurückwich. Er schaute in einen Gang, der viele Dutzende von Metern lang war. Nach ein paar Schritten blieb Adrian plötzlich stehen. Die Wand hielt ebenfalls an. Hinter ihm hatte sich der Raum zu einer bizarren, röhrenförmigen Schublade ausgedehnt. Links in der Seitenwand entdeckte Adrian einen winzigen Spalt. Er untersuchte sorgfältig die schmale Öffnung, hinter der er einen schwachen Lichtschein zu erkennen glaubte, holte das beitelartige Werkzeug aus seiner Tasche, das er immer noch bei sich trug, und machte sich daran, die Öffnung zu vergrößern. Der Spalt ließ sich nur mühselig verbreitern. Offenbar war es eine Art Schiebetür. Während er sich damit abmühte, überfiel ihn plötzlich eine große Müdigkeit. Die seelischen Erschütterungen der letzten Zeit machten ihm schwer zu schaffen. Eigentlich konnte er mit dem Verlauf der Dinge zufrieden sein.

Schließlich war es ihm gelungen, den Kopf über Wasser zu halten. Sogar eine so listige Falle wie die der »Pseudo-Misharna« hatte er durchschaut.

Als sich die Wand plötzlich mit einem lauten Summen öffnete, schreckte Adrian zurück, trat aber dann entschlossen durch die Öffnung. Geräuschlos schloß sich die Wand hinter ihm. Er stand in einem kreisrunden Gang aus blaugrauen Ziehhamonika-Lamellen, die sanft leuchteten. Vorsichtig ging er weiter.

Nach vielen Kurven stand er plötzlich in einem großen ovalen Raum, in dessen Mitte sich ein sechseckiger Tisch befand. Als er nähertrat, leuchtete die Tischplatte auf und zeigte in fünf farbigen Bildern die Räume, die sein Nervensystem so sehr strapaziert hatten: Den Tunnel, die metallischen Hügel, DAS KARUSSELL DES LETZTEN TANZES, den Raum, in dem er den alten Mann angetroffen hatte, und ein Tor. Nachdenklich betrachtete Adrian das letzte Bild. Zweifellos zeigte es das, was ihn erwartet haben mochte, wenn er den Seitenausgang nicht entdeckt hätte. Nun, auf diese letzte Überraschung würde er gut verzichten können.

Adrian schaute sich im Raum um. Es war totenstill. Lautlos strahlten die Monitore ihre Bilder aus. Vermutlich befand er sich in einer Art Kontrollraum. Kein lebendes Wesen war zu sehen.

Vielleicht hatte dieser Raum zum Reich des Mümmelgreises gehört. Eine leichte Bewegung auf dem Bildschirm, der das Tor zeigte, erregte seine Aufmerksamkeit. Erst jetzt fiel ihm auf, daß sich zu beiden Seiten des Tores eine Anzahl von Männern verborgen hielt. Sie waren sorgfältig getarnt in Limarnas, die in Farbe und Zeichnung dem Gestein des Portals ähnelten, und standen schwer bewaffnet im Hinterhalt.

»Ihr könnt lange warten«, murmelte Adrian zufrieden. Offenbar hatte der Garant auf Nummer Sicher gehen wollen, falls es dem Pilger wider Erwarten doch noch gelänge, bis zu dieser Stelle vorzudringen. Doch

Adrian würde sich vorzeitig aus diesem Kreislauf von Wahnsinn und Halluzinationen befreien.

Mit neuem Mut verließ er den Kontrollraum. Er untersuchte mehrere Gänge und Räume, bis er schließlich auf eine schwere Tür stieß. Es dauerte eine Weile, bis er den Öffnungsmechanismus gefunden hatte. Dann glitt die Tür mit einem saugenden Geräusch zur Seite. Ein dumpfes Grollen ertönte und näherte sich ihm, und gleichzeitig wurde die Luft von einem beißenden Gestank erfüllt. Der kreisrunde Harmonikagang schlängelte sich weiter, allerdings war der Teil, in den er nun kam, wesentlich schmutziger. An Vorsprüngen und Rändern klebten schmierige grüne Staubschichten. Der lauwarme Luftstrom zog unangenehm schnell an ihm vorbei. Ab und zu schwoll das Grollen zu einem lauten Trommeln an. Als er eine Kreuzung erreichte, kämpfte er einen Augenblick lang mit sich selbst. Einer der Gänge schlängelte sich in die Tiefe, wo das Grollen herzukommen schien, während der andere nach oben führte. Seine Neugier, noch zusätzlich angestachelt durch ein nun einsetzendes, langanhaltendes Rasseln, besiegte die Gegenkräfte, die er in seinem Kopf mobilisiert hatte. Ohne weiter Zeit zu vergeuden, entschied er sich für den Gang, der in die Tiefe führte.

10

Ganz Momdule war in ausgelassener Stimmung. Der Zeitpunkt für das Momentum von Farskwill war gekommen. Dies war der Höhepunkt des religiösen Lebens der Stadt und gleichzeitig die Manifestation dieses Höhepunkts auf individueller Ebene. Alle Bewohner befanden sich in einem Zustand erregter Erwartung. Bei der sakralen Verbrennung der in der vergangenen Periode geknüpften Teppiche würde die geweihte Asche vom Wind über die Stadtmauern geweht und so dem Allmächtigen Boden als Opfer dargebracht werden. Schon beim ersten Licht von Rill, noch bevor Atrion erschienen war, hatten die Frequenten alle ihre Teppiche zum Versammlungsplatz gebracht, um sie von einer Prüfungskommission beurteilen zu lassen, die dem Garanten und der Hüterin der sakralen Fundamente unterstellt war. Unter ihren rituellen Masken waren die Frequenten unkenntlich, so wie die Lehre es vorschrieb. Dies sollte Eifersucht und heimliche Begünstigungen unterbinden. Die Masken sahen alle gleich aus. Die Frequenten würden sie tragen, bis der letzte Teppich in Aschenflocken über die Stadtmauer trieb. Auf diese Weise erlebten sie ihre Emotionen, ihre devoten Anwandlungen ganz für sich allein, vor den Augen des Garanten durch die bronzene Maske geschützt, die jedes Gesicht bedeckte.

Die Teppichprüfer hatten viel zu tun. Nervös gestikulierend rasselten sie in rasendem Tempo ihre Prüfungsformeln herunter. Jeder Teppich wurde beurteilt und erhielt seinen Platz in einer Rangordnung. Der beste Teppich würde zuletzt dem Feuer übergeben, als Gipfelpunkt der in Webmustern materialisierten Frömmigkeit, als Beispiel religiöser Hingabe und esoterischer Weisheit. Die Helfer der Prüfer schleppten die Teppiche stapelweise in die Mitte des Platzes, wo sie unter strenger Aufsicht genau nach den Anweisungen der Lehre aufgestapelt wurden. Oben auf dem ersten Plateau, auf halber

Höhe des Tempels, trafen Gardisten und Tempelwächter Vorbereitungen für das Erscheinen der religiösen Oberhäupter, die die rituelle Verbrennungszeremonie mit ihrem Segen einleiten sollten. Da und dort stimmten kleine Gruppen maskierter Frequenten spontan heilige Gesänge an, um sich die Zeit zu vertreiben.

Rill und Atrion standen im Zenit, als die gespannte Erwartung auf dem überfüllten Platz ihren Höhepunkt erreichte. Erleichterte Jubelrufe erschollen, als der Gryr als erster auf dem Plateau erschien, gefolgt von Misharna und dem Garanten, die im Gleichschritt ihre Treppen herabstiegen.

Die Tamboure rasselten mit ihren Schlaghölzern, und die Bläser ließen ihre hölzernen Zinken erschallen, bis die beiden Oberhäupter ihre Plätze eingenommen hatten. Der Gryr trat an den Rand des Plateaus und stimmte sein traditionelles Geheul an, das die Menge in demütiger Verehrung beantwortete.

»Frequenten«, rief er dann. »Das Momentum von Farskwill ist gekommen.«

Das Volk jauchzte. »Die Prüfer haben ihre Aufgabe erfüllt. Die Linien der Leidenschaft sind gezeichnet! Hört, Frequenten, o höret ihn, der für seine Aufgabe von Jehu berufen wurde, dem letzten manifestierten Mandirre: Höret euren Garanten!«

Die Trommler wirbelten ein heftiges Stakkato, während der Garant sich erhob. Dann ergriff er das Wort.

»Frequenten, zum Zeitpunkt des heiligen Momentums von Farskwill möchte ich euch eine wichtige Botschaft überbringen, die mein Herz mit tiefer Trauer erfüllt.« Er legte eine kurze Pause ein, um seine entzündeten Augenränder mit der unverzichtbaren Pipette zu beträufeln.

»War es nicht ein großer Trost für jeden von uns«, fuhr er fort, »daß die allmächtigen Bodenformen sich von neuem zu manifestieren schienen. War es nicht ein großer Trost für diejenigen, die auf ein neues Zeichen hofften, als sie sahen, was der Pilger Parzuuf Ramalcotte vermochte. War es nicht unser aller Hüterin der sakralen Fundamente, die in ihrer erhabenen Weisheit mit diesem neuen Botschafter das Relief von Demorzan austauschte, als Inbegriff unseres innigen Wunsches, dem neuen Mandirre mit Offenheit entgegenzutreten. Ist nicht der größte Beweis hierfür die Zuwendung, die Misharna immer noch dem Khorovig schenkt, der durch die Fähigkeiten des Pilgers Parzuuf Ramalcotte gezähmt wurde?«

In diesem Augenblick blickte der Garant zu Misharna, die ihm zunickte und einem Diener aus ihrem Gefolge ein Zeichen gab, den Khorovig nach vorne zu führen. Der Garant zwinkerte ein paarmal mit seinen geröteten Augenlidern, bevor er erneut das Wort ergriff: »Nun ist es meine traurige Pflicht, euch mitzuteilen, daß der Pilger Parzuuf Ramalcotte dem Zeichen nicht gerecht wurde! Die UNERBITTLICHEN AUFGABEN, die ihm auferlegt wurden — für einen wahren Mandirre nur eine unbedeutende Prüfung — sind dem Pilger zum Verhängnis geworden. Er wird sich uns nicht mehr zeigen können, und nach dieser Mitteilung werden wir seinen Namen nicht mehr nennen, sein Bildnis vergessen, seine Gedanken verwerfen! Denn in ihm sahen wir nur eine Luftspiegelung jenes erhabenen Führers, nach dem unser Herz so schmachtet! Frequenten, vergeßt! Laßt das Momentum von Farskwill unser Herz erfüllen. Laßt den Feuermeister hinauf für die Segnung.«

Unten auf dem Platz regte sich in diesem Augenblick eine Gestalt und lief im Trab die Stufen hinauf. Sie atmete schwer unter ihrer bronzenen Maske, während sie unter den gespannten Blicken aller die Treppe bestieg. Misharna trat vor, in ihrer Hand ein kunstvoll geschnitzter Stab, der von einem Tempeldiener mit einer leicht entflammbaren Paste bestrichen wurde. Der Feuermeister betrat das Plateau und wurde von zwei Dienern zu dem Betkissen geleitet, wo sie ihm zuzischten, er möge niederknien, als er ihrer Meinung nach zu lange zögerte. Ein erstauntes Gemurmel erhob sich in der Menge, als der Feuermeister sich weigerte, dies zu tun, und sogar die Unverschämtheit besaß, sich umzudrehen und Misharna und ihrem Gefolge den Rücken zuzukehren. Der Feuermeister wandte sich an den Garanten.

»Die Gebräuche und Traditionen der Lehre dürfen niemals mißachtet werden, es sei denn, die Lehre erfordert dies ausdrücklich, ist es nicht so?« deklamierte der Mann mit einer Rhetorik, die es mit der des Garanten aufnehmen konnte. Der Garant war sichtlich verstimmt über diese Dreistigkeit. Ein unverzeihlicher Vorfall! Welcher Idiot hatte diesen labilen Dummkopf nur mit solch einer Aufgabe betraut? Der Garant winkte den Gryr zu sich und flüsterte ihm etwas ins Ohr.

Inzwischen stand der Feuermeister am Rand des Plateaus und rief laut: »Auch wenn er sich nicht als der langerwartete Mandirre erwiesen hat, hat der Pilger Parzuuf Ramalcotte uns doch etwas Wichtiges geschenkt.«

Aufgeregtes Gemurmel erhob sich überall auf dem Platz. Auf dem Plateau waren jetzt mehr besorgte als neugierige Mienen zu sehen. Doch der Feuermeister ließ sich nicht stören.

»Parzuuf Ramalcotte schenkt euch ein besonderes Phänomen, das in gewissen Gebieten unter dem Namen ›die Wahrheit‹ bekannt ist!«

Eine Gruppe von Gardisten wollte den Feuermeister umzingeln, doch der schrie: »Halt!« Dann griff er nach seiner Maske und riß sie sich vom Gesicht.

»Hier ist ...«, brüllte er.

» ... Parzuuf Ramalcotte« erschallte die Fortsetzung von überall her aus der Menge.

Adrian verlor keine Zeit. »Hört, Frequenten! Eure schwebende Stadt, euer Momdule birgt ein Geheimnis, das viele von euch vielleicht schockieren wird. Doch es aufzudecken, wird euch allen helfen, das zu erreichen, was euch am teuersten ist. Momdule ist nichts anderes als ein ...«

Plötzlich begannen die Musikanten mit einem chaotischen Konzert. Auf ein Zeichen des Garanten hin wirbelten die Trommler, und die Bläser bliesen schrille Töne auf eine Weise, daß den Komponisten des Werks vermutlich der Schlag getroffen hätte, wenn er zugegen gewesen wäre. Der Lärm übertönte Adrians Worte. Die Gardisten, die ihn umzingeln sollten, zögerten und gerieten völlig in Verwirrung. Er hatte nur noch eine einzige Chance. Mit großer Hingabe saugte er die Akkorde des Chaos in sich auf und ließ den Kräften der defonischen Drassaten freien Lauf. Ihm blieb keine andere Wahl. Die Trommelwirbel schwollen zu Donnerschlägen an, die die Stadt in ihren Grundfesten erzittern ließen. Die Fanfaren der Bläser wurden zu alles durchbohrenden Klangspeeren, zu einem Orkan von kreischenden Quinten.

Aufgerüttelt durch die Gewalt dieser Kakophonie rollte ein Beben wie der Vorbote einer Lawine heran. Innerhalb weniger Sekunden erhob sich eine Kraft, die die Stadt wie einen Obstbaum schüttelte.

Die Frequenten auf dem Platz gerieten in Panik und stoben kreuz und quer auseinander. Manche versuchten zu rennen, stolperten jedoch schon bald wieder über andere, die vor Angst erstarrt niedergekniet waren oder verzweifelt umherkrochen. Ächzend öffnete sich ein Spalt in der Pflasterung des Platzes. Um sich in Sicherheit zu bringen, stürmten Hunderte von Frequenten gleichzeitig wie eine wilde Horde auf die Treppe zu, die zum Plateau führte. Der Gryr schrie den Gardisten Befehle zu, um die Sturmflut abzuwehren. Auf dem Plateau zeigte sich ein erster Riß. Steine lösten sich und fielen herunter. Die Spitzen der beiden Tempel zitterten wie Schilfstengel.

Adrian hatte den Garanten unentwegt im Auge behalten. Das Chaos auf dem Plateau unterschied sich kaum von der Panik unten auf dem Platz. Tempelwächter, Diener und Gardisten rannten ziellos durcheinander und stürzten sich blindlings die Treppe hinab, der brüllenden Menge entgegen. Mit ein paar Sätzen war Adrian neben Misharna.

»Komm mit, folge mir, so schnell du kannst!«

Der Garant und der Gryr rannten mit flatternden Umhängen die Treppe zu ihrem Tempel hinauf. Adrian zog die benommene Misharna an der Hand hinter sich her und nahm die Verfolgung auf. Die heulenden und kreischenden defonischen Drassaten waren nicht mehr zu bändigen. Gellende Akkorde bohrten sich durch die dicksten Mauern und pulverisierten das Gestein an einigen Stellen zu wild umherwirbelnden Staubwolken. Inzwischen hatte der Garant den Tempel erreicht und war durch die unbewachte Eingangspforte verschwunden. Der Planet bebte und zitterte unter Adrians Füßen. Der Gryr war nur noch wenige Schritte vom Eingang entfernt, als das majestätische Tor plötzlich einstürzte. Eine Steinlawine donnerte in die Tiefe und riß den Gryr mit sich.

Als Adrian den Tempel erreicht hatte, sah er, daß die Wirkung der defonischen Drassaten nicht auf die Stadt beschränkt blieb. Auch die umliegende Landschaft war an mehreren Stellen in Bewegung. Überall bäumte sich der Boden auf, und Krater entstanden.

»Hierhin«, sagte ihm ein Bild, das plötzlich in seinem Gehirn aufblitzte. Adrian entdeckte den Amatokdes, der, aus seinem Khorovig-Kostüm befreit, in einem Riß in der Tempelmauer stand. Nacheinander zwängten sie sich ins Innere des Tempels. Der Lärm von draußen hallte wie ein bizarres Konzert durch die Gänge. Die Erregung, die Adrian überfallen hatte, als er den Feuermeister überrumpelt und seinen Platz eingenommen hatte, war völlig verschwunden. Die verschlungenen unterirdischen Gänge von Momdule, die er entdeckt hatte, hatten ihn auf diese Idee gebracht. Er hatte sich selbst vorgespiegelt, daß er mit dieser Aktion den Frequenten die Augen öffnen wolle, doch war ihm klar, daß letztlich heftige Rachegefühle den Ausschlag gegeben hatten. Kühl und mit klarem Kopf folgte er dem Amatokdes, der mit seinem außergewöhnlichen Orientierungssinn automatisch die Führung übernommen hatte. Misharna murmelte etwas Unverständliches. Der unerwartete Strom schockierender Ereignisse hatte sie in große Verwirrung gestürzt. Adrian versuchte, sie zu beruhigen.

Der Amatokdes war in einen breiten Gang eingebogen, dessen Boden mit schwarzen glasierten Kacheln ausgelegt war. Adrian zählte zwölf imposante Nischen, in denen Statuen des Garanten standen, die offenbar dessen Erhabenheit demonstrieren sollten.

Ein schrilles Kreischen und ein Rennen war hinter einer reich verzierten Bogentür zu hören, die eine Sekunde später aufflog. Drei Tempelwächter, deren Gesichter von Entsetzen verzerrt waren, rannten in äußerster Panik an ihnen vorbei. Adrian eilte auf den Lärm zu. Die anderen folgten ihm. Nachdem sie einen überdachten Innenhof mit einigen kolossalen Schreinen durcheilt hatten, die mit sitzenden Statuen des Garanten verziert waren, standen sie plötzlich vor dem überdimensionalen mehrtürigen Portal des Thronsaals. Der Eingang war zum Teil abgesackt und wirkte sehr mitgenommen. Die Türen ließen sich nicht mehr bewegen. Eine der kleinsten Türen war jedoch zersplittert, so daß sie auf Händen und Füßen in den Thronsaal eindringen konnten. Jetzt wurde auch der Grund für das Kreischen klar, das inzwischen in ein herzzerreißendes Wimmern übergegangen war. Der Sitz des Garanten lag wie ein dunkler Alabasterwürfel in dem dämmrigen Saal. Aus den Vorsprüngen an den zahlreichen glänzenden Säulen, die den Sitz umgaben, ragten hauchdünne meterlange Fühler wie Antennen hervor, die eine Art Schutzwall rund um die Privatgemächer des Garanten bildeten. Mindestens zwanzig Tempelwächter, die ihrem Herrscher treu geblieben waren, hatten sich in diesen Antennen verfangen, und das war sie teuer zu stehen gekommen. Ihre geschundenen Körper wiesen Verletzungen auf, die stark an Verletzungen durch schwere elektrische Stromstöße erinnerten.

Entsetzt wandte Misharna ihr Gesicht ab. Durch das Gewimmer der wenigen hindurch, die noch Lebenszeichen von sich gaben, hörte Adrian ein Summen. Auch der Amatokdes hatte es bemerkt und forderte Adrian auf, ihm zu folgen. Der Garant hatte sich zweifellos hinter einem Schutzwall aus technischen Geräten zurückgezogen.

»Wir müssen den anderen Eingang zu seinen Gemächern finden«, rief Adrian und dachte an das, was er bei seinem Aufenthalt in dem geheimen Raum erfahren hatte. Blitzschnell jagte der Amatokdes zu dem überdachten Innenhof zurück. Dort zögerte er für einen Augenblick, um dann rasch hinter einem der Schreine zu verschwinden. Der Fuß einer Statue verbarg den Zugang zu einem harmonikaförmigen Tunnel. In diesem Gang stank es ebenso bestialisch wie in jenen unterirdischen Gängen von Momdule, wo Adrian seine beunruhigende Entdeckung gemacht hatte.

Der Tunnel führte sie zu einem Raum, der in einem Meer von weißem Licht badete. An einer Wand standen vier verschlossene Säulen aus einem durchsichtigen Material nebeneinander, die mit einer brodelnden Flüssigkeit gefüllt waren. In der Mitte jeder Säule schwebte etwas, das wie eine Badekappe aussah. Als Adrian näherkam, erkannte er, daß es Gesichter waren: Vier lebende, einen Zentimeter dicke Masken schwebten vor seinen Augen. Eine erkannte er sofort, trotz der geschlossenen Augenlider und trotz des verknitterten Zustandes, in dem sie in der Flüssigkeit trieb. Es war das Gesicht des Garanten. Ein dickes Bündel von Adern, Sehnen und Muskeln verlief von der Innenseite der Gesichtsmasken abwärts zum Hals, wo sich eine Reihe von Kontaktpunkten befand. Der Amatokdes machte Adrian auf die Pipette und den Kolben mit der Augenflüssigkeit aufmerksam.

»Unser Freund, der Garant, hat also noch eine andere Identität«, stellte Adrian fest und betrachtete die Masken nacheinander. Dann fuhr er fort: »Und hier seht ihr noch drei weitere Identitäten. Zweifellos drei Hauptrollen in verschiedenen unerquicklichen Angelegenheiten.«

Misharna stellte sich neben ihn und sagte leise: »Ich kenne sie nicht.«

Schweigend starrten sie auf die träge in der Flüssigkeit dahintreibenden Gesichtsmasken, bis ein Geräusch ihre Aufmerksamkeit davon ablenkte. Eine Stimme sagte direkt hinter ihnen: »Haben Sie in meinem Ankleideraum gefunden, was Sie suchen?«

Adrian drehte sich um und schaute direkt in das Gesicht von Molto Dangruber. Das Gesicht war mit einem fetten, braunschwarzen Gelee eingeschmiert. Seine Kleidung war von anderem Schnitt und Stoff, als Adrian jemals zuvor gesehen hatte.

»Wie ich sehe, haben wir die Person gefunden, die in ihrer Rolle des Garanten ein ganzes Volk auf den Irrweg brachte und mir selbst nach dem Leben trachtete. Somit kann ich Ihre Frage mit ja beantworten«, bestätigte Adrian.

»Ihr überflüssiges Geschwafel steht in direkter Proportion zu Ihren Taten«, erwiderte Molto Dangruber und zwinkerte ein paarmal schnell mit seinen entzündeten Augenlidern.

»Ich verstehe«, sagte Adrian in scherzendem Ton. »Die Benutzung dieser Gesichtsmasken scheint mit einigen Nachteilen verbunden zu sein.«

Molto Dangruber schnaubte gereizt und entgegnete barsch: »Nein, ein unausrottbares Virus ist der Grund dafür, daß ich in zunehmendem Maße Probleme damit habe, diese Gesichter zu tragen.«

Misharna deutete auf die Säule mit dem Antlitz des

Garanten, und ihre Stimme überschlug sich, als sie rief: »Was ist mit ihm passiert? Hat er, seines Gesichtes beraubt, das Leben lassen müssen?«

»Ach komm, Misharna, was macht das schon? — Bin ich denn kein hervorragender Ersatz für ihn? Du hast die ganze Zeit über nichts gemerkt. Also hast du ihn nie vermißt.«

Misharna zischte ihm etwas Unverständliches zu.

»Nur ruhig, nur ruhig!« fuhr Molto Dangruber fort. »Vielleicht beruhigst du dich ja, wenn du erfährst, daß ich ihm einen einfachen Kunststoffersatz angeboten habe und daß er seitdem in einem der mir tributpflichtigen Gebiete tätig ist. Natürlich ist es keine Arbeit, die ihm besonders gefällt, aber wenn man ein künstliches Gesicht hat, darf man auch nicht so wählerisch sein, findest du nicht auch?«

Grinsend blickte Molto Dangruber von Misharna zu Adrian, der nur auf eine Gelegenheit wartete, um Molto Dangruber abzukanzeln.

»Es erscheint mir sinnvoll, Sie darauf hinzuweisen, daß mich diese Kleidung vor jeder nur denkbaren Aggression schützt«, ließ Dangruber ihn wissen. »Sie wurde in den Ateliers von Rigardel entworfen. Man kann sich keinen besseren Waffenmeister als persönlichen Berater wünschen.«

Adrian runzelte die Stirn und fragte: »Ist er vielleicht auch für diese interessante Einrichtung im Thronsaal verantwortlich?«

»Richtig, ein köstlicher Einfall, finden Sie nicht auch, und so praktisch.«

Nun schaltete Misharna sich wieder ein: »Warum mußten die sakralen Fundamente so mit Füßen getreten werden?« sagte sie niedergeschlagen. »Bedeutet die Lehre denn gar nichts, daß sie so manipuliert wird?«

Molto Dangruber schüttelte den Kopf. »Misharna, o Misharna, was für eine sentimentale Einstellung. Dir ist wohl immer noch nicht klar, worum es hier geht.«

Der Raum erbebte, und ein Splitterhagel ging von der Decke nieder. Adrian hielt sich fest. Die defonischen Drassaten waren offenbar noch immer nicht zur Ruhe gekommen. Mit einer schnellen Bewegung griff Dangruber hinter sich und zauberte einen messerscharfen Ciendor hervor. Misharna wich erschrocken zurück. Auf Dangrubers Gesicht tauchte ein amüsierter Zug auf.

»Hab keine Angst«, sagte er, »ich habe nichts Schlimmes im Sinne, zumindest ... noch nicht ...«

Er bot Adrian den Ciendor an. »Wollen Sie so freundlich sein und, um die Verständigung zwischen uns zu fördern, mir mit dieser Waffe nach dem Leben zu trachten — wenn ich Ihre eigenen Worte wiederholen darf.«

Erstaunt schaute Adrian sich das Messer an.

»Na los, vergeuden wir nicht unnötig Zeit!« sagte Dangruber ungeduldig.

Adrian wog den Ciendor eine Sekunde lang in seiner Hand und zielte dann mit einem kräftigen Wurf auf die Kehle des Herausforderers. Als die scharfen Spitzen den hohen Kragen von Dangrubers Kleidung durchbohrten, geschah etwas Seltsames: Die Waffe prallte ab und sauste mit fast doppelter Geschwindigkeit in die Richtung zurück, aus der sie gekommen war. Daß sie zitternd in der Wand landete statt in Adrians Brust, lag ausschließlich an der Reaktion Dangrubers, der seinen Standort gewechselt hatte. Grinsend genoß er die Schreckreaktionen, die sich auf den Gesichtern seiner Zuhörer abzeichneten.

»So«, sagte er, »nachdem Sie nun vermutlich von meiner Unverletzlichkeit überzeugt sind, können wir uns leichter anderen Angelegenheiten zuwenden. Wenn Sie erlauben, werde ich mich — so wie man es vom Garanten erwarten darf — um das Wohl und Wehe von Momdule kümmern ... Ihr Momdule«, er nickte Misharna zu, »... DOCH VOR ALLEM IMMER NOCH MEIN MOMDULE ...«

Die letzten Worte hatte er fast geschrien und sich unterdessen zur anderen Seite des Raumes begeben und dort ein Gerät eingeschaltet. An der Wand tauchte eine Darstellung von Momdule auf. Der Versammlungsplatz war an verschiedenen Stellen aufgerissen. Durch die klaffenden Risse konnte man in der Tiefe den Boden hindurchschimmern sehen. Misharna war zutiefst erschüttert. Nun wurden andere Teile der Stadt gezeigt, wo sich der Schaden in Grenzen hielt. Die defonischen Drassaten erschienen vor allem an der Stelle, wo Adrian sie geweckt hatte, gründlich aufzuräumen.

»Mein Momdule ...!« wiederholte Molto Dangruber mit Hingabe und ließ die umliegende Landschaft und die Stadt insgesamt auf dem Bildschirm erscheinen.

Staubwolken wehten über die Gebäude, die auf den Hunderten von Säulenbäumen, die sie hoch über den Boden erhoben, erzitterten. Zum erstenmal seit langem sah Adrian wieder den Quon. Dieser graue Stadtteil hatte die zerstörerische Gewalt bis jetzt gut überstanden. Nur wenige Gebäude waren eingestürzt. Plötzlich durchfuhr eine heftige Erschütterung die Stadt. Das Bild löste sich in eine Reihe knisternder blauer Streifen auf, erholte sich aber schnell wieder. Dangruber warf sich über seine Instrumente.

»Du, der du meine Macht angegriffen hast wie ein hartnäckiger, lästiger Schimmel«, flüsterte Dangruber mit heiserer Stimme Adrian zu. »Hast du wirklich geglaubt, daß du meinem Imperium mehr Schaden zufügen könntest als ein nichtiger Fistelwurm einem furchteinflößenden Barsunstampfer in der Paarungszeit zufügen kann?«

Er drehte wild an allen möglichen Knöpfen und Hebeln. Die Stadt erbebte heftiger als je zuvor. Eine plötzliche Schockwelle schleuderte Dangruber fast auf seine Instrumente. Die Säulen mit den Gesichtsmasken stießen klirrend gegen die Wand.

Adrian hatte seinen Arm beschützend um Misharna gelegt und stellte sich in Erwartung des Kommenden fest auf die Füße. Die Stadt sackte ab! Auf dem Bildschirm war deutlich zu erkennen, wie sie sich langsam auf eine Seite legte.

»Was passiert da?« rief Misharna ängstlich.

Adrian schaute schockiert zu. Dies ging viel weiter, als er beabsichtigt hatte.

»Schau zu und hör auf zu quengeln«, schnaubte Dangruber, »dann kannst du sehen, wer Momdule beherrscht!«

Momdule sank immer noch tiefer. Dezimeter um Dezimeter versanken auf einer Seite die Säulenbäume in den Boden, als ob sie unter der Last zusammenbrächen. Die Wände des Kontrollturms fingen gefährlich zu krachen an. Der Amatokdes signalisierte Adrian in Bildern die Aufforderung, sobald wie möglich zu verschwinden. Dangruber starrte fasziniert auf den Anblick der Stadt, die nun mindestens dreißig Grad Schlagseite hatte.

»Paßt auf, Frequenten!« rief er. »Ich schenke euch die Illusion der Freiheit!« Nachdem er erneut an einigen Knöpfen gedreht hatte, sank der Boden rund um die Stadt an mehreren Stellen ein, wirbelte riesige Staubwolken auf und hinterließ Krater, in denen sich etwas Dunkles zu bewegen schien. Erst jetzt wurde Adrian klar, daß Molto Dangruber dies alles durch seine Apparatur bewirkte. Im nächsten Moment fiel der Kolben mit den Augentropfen mit einem dumpfen Schlag zu Boden und zersplitterte. Von der neuen schrägstehenden Tischplatte mußten jeden Augenblick noch weitere Gegenstände hinuntergleiten. Doch weder Dangruber noch sonst jemand achtete darauf. Wie hypnotisiert starrten alle auf das Bild der Stadt. Etwas Riesenhaftes, das sich nicht weit jenseits der Grenzen der Stadt befand, versuchte, sich aus dem Boden zu erheben. Die Stadt rollte und kreiselte. Die Säulenbäume zitterten und schienen sich jetzt allmählich wieder aufzurichten. Es war deutlich zu erkennen, daß die Stadt sich inmitten dicker Staubschleier vorsichtig nach vorne bewegte. Etwas Riesiges schob die Stadt vor sich her. Etwas riesiges Graues, eine Art aufgesperrter Rachen erhob sich aus dem Boden, gefolgt von einer enormen Platte mit vielen rippenförmigen Erhebungen und Löchern. Auch der Unterkiefer ragte nun teilweise aus dem Boden. Die Kiefer waren offenbar aus irgendeinem schweren Metall gemacht. Statt Zähnen befanden sich Tausende von scharfen, seltsam geformten Fortsätzen an ihnen, die in langen Reihen neben- und hintereinander auf bleischweren Ketten angebracht waren. Unzähliger solcher Ketten füllten dicht gedrängt den breiten, spitz zulaufenden Rachen.

»Seht hier: Momdule, wie niemand es je gesehen hat.« Ein gewisser Stolz schwang in Molto Dangrubers Stimme mit. Die dunkelgraue Platte war jetzt so weit aus dem Boden herausgekommen, daß kein Irrtum mehr möglich war. Die Säulenbäume von Momdule ruhten auf einer kolossalen, flachen Maschine, die die Stadt an Umfang weit übertraf. Die Kiefer fraßen sich tief unter die Erdoberfläche, durch Gestein und Erde, durch den heiligen Boden.

Momdule war auf einer riesigen Minenmaschine erbaut! Oder besser gesagt, Momdule war untrennbar mit dieser Mine verbunden. Adrian hatte dies schon in den Tiefen des Ziehharmonikatunnels entdeckt; dennoch war er beim Anblick dieses überdimensionalen Riesen beeindruckt. Misharna war völlig fassungslos und brachte kein Wort heraus. Tränen strömten ihr übers Gesicht. Die Hüterin der sakralen Fundamente fiel Adrian zu seiner großen Bestürzung in die Arme. Unterdessen geriet Molto Dangruber in einen seltsamen Entzückungszustand und plapperte unentwegt wie im Rausch. Sein Bericht war von Fetzen einer unbekannten, merkwürdig krächzenden Sprache durchsetzt.

»Ist dies ein Teil von Molto Dangrubers Imperium?« unterbrach Adrian ihn. »Eine Mine unter einer heiligen Stadt von Bodenanbetern? Wo Gläubige, ohne es zu wissen, an der in ihren eigenen Augen größten Sünde mitarbeiten? Und die Werkstätten im Quon, wo die Maschinenteile der riesigen Wagen gewartet werden, die, ohne daß irgend jemand etwas davon ahnt, das Erz transportieren? Ist dies das Imperium? Oder gibt es noch mehr: zum Beispiel einen gewissen Molto Dangruber, der irgendwo in diesem Quadranten der verehrungswürdige Leiter einer religiösen Bewegung zu sein vorgibt, der reiche Unternehmer um ihre gesamte Habe bringt und ihnen als Ausgleich dafür das gelobte Land verspricht? Und dann läßt er alle, die als Pilger in das gelobte Land Momdule kommen, auf feige Weise umbringen! Ist das Ihr Imperium? Oder gibt es noch mehr?«

Dangruber antwortete mit einem fetten, glucksenden Lachen. Sein stechender Blick jedoch zeigte keine Spur von Fröhlichkeit.

»Du Einfaltspinsel«, flüsterte er fast. »Würden sich meine Interessen darin erschöpfen, dann hätte ich wohl kaum gezögert, dich schon viel früher wie ein nichtswürdiges Schnafwurmei zu zertreten. Meine Unternehmungen erstrecken sich über Myriaden von Welten. Dieser Vorfall hier ist für mich nichts weiter als ein dummes Mißgeschick. Der Verursacher muß gebührend bestraft werden, danach werde ich mich wieder meinen anderen Angelegenheiten zuwenden. Der Abbau von Lapislazuli und Kargalt aus dieser Mine bringt in letzter Zeit ohnehin enttäuschende Resultate. Die Preise sinken, die Konkurrenz wächst, und es wäre zu teuer, die gesamte Mineneinheit auf eine andere Welt zu transportieren. Überdies wäre es auch zu auffällig, und die Autoritäten sind ohnehin nicht meine unproblematischsten und preiswertesten Mitarbeiter ...«

Er schüttelte sich vor Lachen. »Eins kann man von Molto Dangruber mit Sicherheit sagen: daß er in jedem Fall alles, was er zurückläßt, schön aufräumt ... hahahaha ... Misharna, es war mir ein Vergnügen, dich kennenzulernen. Parzuuf Ramalcotte oder wer auch immer du bist — es kann mir egal sein, denn wir werden einander nie mehr begegnen. Ich grüße euch, ebenso wie diese blaue Vogelscheuche da.«

Bevor einer von ihnen reagieren konnte, war Dangruber schon aus dem Raum verschwunden. Seine eiligen Schritte hallten durch den Gang.

»Schnell, hinterher!« rief Adrian.

Der Amatokdes schoß als erster davon. Adrian hatte große Mühe, ihm zu folgen.

Bald sahen sie Molto Dangruber vor sich. Meter um Meter kämpften sie sich an ihn heran. Dangruber erreichte den Sockel einer langen Steintreppe, die steil nach oben führte. Plötzlich hielt er an und verlor dadurch noch mehr von seinem Vorsprung. Adrian begriff nicht, was Dangruber im Sinn hatte, bis er ihn auf eine Stufe steigen sah, die sich aus der Treppe emporhob und mit großer Geschwindigkeit nach oben schoß. Bevor sie die Treppe erreicht hatten, war Dangruber schon fast oben angekommen. Vielleicht gab es noch mehr bewegliche Stufen, doch sie wagten nicht, kostbare Zeit mit der Suche danach zu vergeuden. Molto Dangruber grinste ihnen von oben zu und ließ die leere Stufe über die Treppe zurücksegeln.

»Hinlegen!« brüllte Adrian dem Amatokdes zu und ließ sich vornüberfallen. Er preßte sich gegen die scharfen Ränder der eiskalten Stufen. Die schmale Plattform sauste um Haaresbreite über ihn hinweg. Dann schoß er sofort wieder hoch und nahm die Verfolgung erneut auf. Von oben drangen Vibrationswellen zu ihnen herab. Zwei Stufen auf einmal nehmend stürmte er die Treppe hinauf, bis er oben gezwungen wurde, stehenzubleiben. Das Geräusch rührte von Luken und Türen, die sich auf einen elektronischen Befehl von Molto Dangruber hin alle zugleich öffneten. Ratlos betrachtete er die vielen Gänge, die alle in einen kreisförmigen rot gekachelten Innenhof einmündeten, in dem mittlerweile auch der Amatokdes angekommen war.

»Ein schlauer Trick Dangrubers, um seine Verfolger abzuschütteln«, mußte Adrian zugeben. Ein gezwungenes, hohles Lachen rollte durch die Gänge. Der Sockel des Tempels von Dangruber alias Garant ähnelte einem wurmstichigen Apfel, den eine Kolonie emsiger Raupen in Besitz genommen hatte. Welche Richtung hatte Dangruber gewählt? Adrian hätte es in dem unbeschreiblichen Wirrwarr von Gängen unmöglich sagen können. Schließlich ergriff der Amatokdes die Initiative und schoß auf seinem einzigartigen Fortbewegungsorgan hin- und herschwankend in einen Gang. Er jagte durch viele Kurven und Verzweigungen, ohne auch nur eine Sekunde lang zu zögern, und verfolgte zielbewußt seinen Weg. Völlig unerwartet standen die Verfolger plötzlich im Thronsaal. Adrian kam gerade noch außer Reichweite der tödlichen Antennen an den Säulen zum Stillstand, die wie feierliche Wächter einen Schutzwall rund um den imposanten ›Sitz des Garanten‹ bildeten. Er versuchte, seine Augen an das grelle Licht zu gewöhnen, das den Thronsaal erfüllte. Ein gleißender Lichtschleier umgab das Bollwerk des Garanten. Der Amatokdes übermittelte ihm die Nachricht, daß die imposante Zugangstreppe auf unerklärliche Weise verschwunden sei. Tatsächlich hatte sich die Mauer dort, wo zuvor breite ausgehauene Stufen gewesen waren, in eine spiegelglatte polierte Wand verwandelt. Molto Dangruber hatte offenbar damit gerechnet, daß er sich einmal würde verschanzen müssen. Wenn sie in die Festung eindringen wollten, müßten sie dies auf anderem Wege versuchen.

Ein ächzendes Geräusch versetzte Adrians Gehirn in Alarmzustand. Die Antennen an den Säulen zitterten plötzlich heftig. Mit einem Schrei riß er den Amatokdes zurück, als sich zwei der höchsten Stufen, die das Kuppelgewölbe der Tempelspitze trugen, zur Seite schoben, als würden sie einem kolossalen Gewicht weichen. Vor ihren Augen vollzog sich ein unglaubliches Schauspiel. Der First der Tempelkuppel, die jetzt nicht mehr gestützt wurde, glitt lautlos zwischen den beiden zur Seite geschobenen Säulen nach unten. Ein schmaler Ring von Tageslicht wurde sichtbar und vergrößerte sich schnell. Das Licht von Rill und Atrion breitete sich immer mehr über die Innenmauern des Thronsaales aus. Die Kuppel glitt in einer weichen, geräuschlosen Bewegung immer weiter hinunter. Hier war zweifellos großes technologisches Können im Spiel. Fasziniert und gleichzeitig wie gelähmt sahen Adrian und der Amatokdes dem Schauspiel zu. Das Kuppeldach senkte sich langsam auf die geöffnete Oberseite des Garantensitzes. Es schien genau auf die Mauern zu passen und bildete nun ein hermetisch verschlossenes Bauwerk von außergewöhnlicher Form. Der leuchtende Lichtschleier, der es umgab, wurde durch eine mysteriöse Saugkraft an den Fuß des Gebäudes gelenkt, wo er sich in nichts auflöste. Durch einen Schock erwachte Adrian aus seiner Verzauberung, da die Synapsen seines Gehirns ein Bild übermittelten, das die vollständige Präsenz seines Geistes erforderte.

»Schnell, hier lang, wir müssen hier weg!« rief er dem Amatokdes zu und rannte los. Im nächsten Moment wurde das Bauwerk durch eine tosende Kraft vom Boden erhoben. Aus halbwegs sicherer Entfernung beobachteten sie, wie Molto Dangrubers Raumschiff sich majestätisch aus dem Thronsaal erhob und gen Himmel stieg. Kurz über dem Tempel vermischte sich das Geheul des Antriebs jedoch mit ein paar kläglichen Resten der nun allmählich zur Ruhe kommenden defonischen Drassaten, die durch das laute Geräusch noch einmal aufgejagt worden waren und einen letzten Angriff unternahmen. Ein Schallorkan von mähenden Rechteckwellen und flimmernden Sägezahnwirbeln malträtierte das Raumschiff. Es torkelte hin und her und drohte abzustürzen. Wie die Strieme eines Peitschenschlages zeigte sich ein dünner Riß in der Schiffswand. Dicker gelber Rauch quoll daraus hervor. Infolge der Explosion wurde einen Augenblick lang die gesamte Luft aus Adrians Lungen gesogen und ein starkes Schwindelgefühl überwältigte ihn. Als er nach Atem schnappend wieder hochblickte, sah er gerade noch, wie das Raumschiff torkelnd am Himmel verschwand. Es hatte sich also aus den schwindenden Kräften der defonischen Drassaten befreien können. Eine wohltuende Stille breitete sich in der Stadt aus, und das einzige, was Adrian noch hörte, war ein hohes Pfeifen in seinen Ohren, das auf den nun fehlenden Lärm zurückzuführen war.

Mit dem Amatokdes zusammen ging er vorsichtig über die geschwärzten Fliesen und verließ den Thronsaal, um Misharna zu suchen. Sie fanden sie dort, wo sie sie zurückgelassen hatten: vor dem großen Bildschirm in Dangrubers Umkleideraum. Ihr Gesicht war zu einer kreidebleichen Maske erstarrt. Sichtlich entsetzt schaute sie unverwandt auf den Bildschirm.

Adrian zog sie an sich und versuchte, sie zu trösten.

»Es wird alles wieder gut werden, es ist vorbei«, sagte er sanft.

»Genau«, antwortete sie mit brüchiger Stimme, »es ist vorbei ...«

Er merkte, daß sie am ganzen Körper zitterte und daß sie nur mit Mühe die Tränen zurückhielt. Adrian schaute sie verständnislos an.

»Sieh doch nur!« rief sie gequält und deutete auf den Bildschirm.

»Begreift ihr denn nicht?«

Adrian und der Amatokdes wandten sich nun auch dem Bildschirm zu, der die ganze Stadt zeigte. Es dauerte eine Weile, bis sie verstanden, was sie da sahen: Die Minenmaschine war wieder unter der Oberfläche des Planeten verschwunden, und nur die biegsamen Säulen, auf denen Momdule ruhte, ragten aus dem Boden. Allerdings waren sie jetzt viel kürzer geworden.

»Allmächtiger!« rief Adrian, als ihm klar wurde, was da vor sich ging. »Die Stadt ist dabei, sich zu begraben!«

Song 10

❖

A Last Farewell

11

Eine rege Betriebsamkeit herrschte. Der Sall in Misharnas Tempel war ursprünglich für die Zeremonien entworfen worden, die die Hüterin der sakralen Fundamente nach der Lehre täglich vollziehen mußte. Nie zuvor hatten uneingeweihte Füße die kristalline Struktur des Rosengranits auf dem Boden betreten. Doch nun hatte sich vieles verändert. Als Misharna umgeben von Tempelwächtern, Gardisten und Dienern eintrat, verstummte das Stimmengewirr. Nach ihr trat eine kleine Gruppe zerlumpter Gestalten ein, mit zerrissenen Kleidern, schmutzigen Gesichtern und — so schien es jedenfalls auf den ersten Blick — nur notdürftig behandelten Wunden. Ein Teil der Anwesenden bot Misharna einen religiösen Gruß. Die übrigen schauten neugierig zu. Dies war ein wichtiger Augenblick, und das schien allen Anwesenden klar zu sein. Misharna ließ ihre Blicke über die ernsten Gesichter schweifen. Zum erstenmal in der Geschichte von Momdule waren die Arbeiter aus dem Quon und die Frequenten der heiligen Stadt offiziell in einem Raum zusammengekommen. Trotz der schwierigen Situation, in der sich die Stadt befand, hatte es Misharna einiges abverlangt, sich zu dieser Geste überreden zu lassen. Doch am Ende hatte sie sich von Adrian überzeugen lassen. Sie spürte, daß das Mißtrauen der beiden Parteien gegeneinander wie ein drohendes Unwetter über dem Saal hing. Sie war völlig übermüdet. Die Ereignisse der letzten Tage hatten sie sehr erschöpft. Sie ließ sich auf dem improvisierten Audienzsessel nieder und winkte nach ein paar einleitenden Worten einen der zerlumpten Männer näher.

»Margus Dei, berichte uns!«

Ein korpulenter Gardist mit kurzem Hals, kugelrundem Kopf und einer Glatze, in die sakrale Zeichen eintätowiert waren, trat vor. Wegen einer Hüftverletzung schwankte er mehr, als daß er ging. Mit hohler Baßstimme erzählte er, wie Parzuuf Ramalcotte an ihn herangetreten war und eine Gruppe von dreizehn Männern um sich versammelt hatte. Einige dieser Männer hatte Margus Dei im Quon aufspüren müssen, auf ziemlich vage Beschreibungen hin, wie er meinte. Schließlich war die Truppe, zu der vier kräftige Monteure aus den Wartungswerkstätten, ein paar Gardisten und ein Wagenführer gehörten, unter Leitung von Parzuuf Ramalcotte in das Bergwerk hinabgestiegen. Bei diesen Worten ertönten Ausrufe des Entsetzens aus der Ecke, wo sich die Getreuen von Jehu versammelt hatten. Deshalb beschloß Margus Dei, gar nicht erst zu erwähnen, daß sie auch noch von dem merkwürdigen blauen Wesen begleitet worden waren. Er erzählte, wie die Gruppe mit Werkzeugen ausgerüstet in die Tiefe geklettert war. Gefräßige Graber mit langen gezackten Spitzhacken hatten dort unten das Gestein bearbeitet und die Brocken in riesigen metallischen Kiefern mühelos zu Staub pulverisiert. Dann waren seltsame, vielarmige Gestalten aufgetaucht, die Parzuuf als Roboter bezeichnet hatte. Aus jedem ihrer sechzehn Arme hatten sie eine stinkende Flüssigkeit gespritzt, welche den zermahlenen Stein teilweise aufgelöst hatte. Die dann noch übriggebliebenen Reste waren von einem überdimensionalen Schieber in ein eckiges Rohr geschoben worden. Der Schieber war so plötzlich aufgetaucht, daß ein Mitglied der Gruppe nicht mehr rechtzeitig zur Seite hatte springen können und ebenfalls in das Rohr geschoben worden war. Man hatte nichts mehr von ihm finden können. Dann hatten sie angefangen, alle beweglichen Teile mit Feuerlanzen zu bearbeiten, bis sie plötzlich von den automatischen Spritzern angegriffen wurden. Drei Männer waren von der ätzenden Flüssigkeit getötet worden. Schließlich waren alle Roboterspritzer von den Feuerlanzen überwältigt worden. Danach hatten sie die zentralen Teile der Maschine zerstört, auf daß diese für alle Zeiten im Boden des Planeten begraben bleiben würde.

Damit war die Gefahr gebannt. Die Stadt würde nicht mehr tiefer sinken. Allerdings ragten die Säulenbäume jetzt auch nur noch wenige Dezimeter aus dem Boden heraus.

»Das ist jetzt das Niveau für das neue Momdule«, bemerkte Misharna.

Mit einer untertänigen Geste trat Margus Dei ein paar Schritte zurück, um anzudeuten, daß sein Bericht zu Ende war. Misharna dankte ihm und schlug den Anwesenden vor, die mutigen Kämpfer, die die Maschine vernichtet hatten, zu ehren. Sie ließ sie nacheinander vortreten und merkte erst bei dieser Prozedur, daß Adrian nicht dabei war.

»Wo ist Parzuuf Ramalcotte?« fragte sie Margus Dei erschrocken, der eilig erklärte, der Pilger Parzuuf habe darauf bestanden, mit zwei anderen einen letzten Kontrollgang zu unternehmen. Misharna stand auf, gab Margus Dei den Auftrag, den Anwesenden die Minenmaschine noch einmal genau von innen zu beschreiben, und befahl ihren Dienern, den letzten Plurg auszuschenken, der die Unruhen überstanden hatte. Darauf verließ sie hastig den Saal.

Ihre Intuition führte sie aus dem Tempel und wies ihr den Weg. Die Wächter am Eingang, die sie wie immer begleiten wollten, schickte sie resolut zurück. Tief in Gedanken versunken stieg sie die Tempeltreppe hinab. In den langen Gesprächen, die sie nach den Ereignissen um Molto Dangruber mit Adrian geführt hatte, war ihr verschiedenes klargeworden. Abgesehen von seinen guten Ratschlägen waren ihr die zarten Gefühle aufgefallen, die Adrian ihr gegenüber hegte. Sie hatte diese zwar schon vorher bemerkt, hatte es jedoch für eine wohlbekannte Nebenwirkung des Reliefs von Demorzan gehalten. Doch schien dieser Fremde ihr Gefühle entgegenzubringen, die sie noch nie zuvor kennengelernt hatte. Nur sehr alte Schriften der Lehre berichteten davon, daß die verschiedenen Geschlechter früher einmal außer der emotionalen auch eine physische Anziehungskraft aufeinander ausgeübt hätten. Doch war man heutzutage der Ansicht, dies sei rein symbolisch zu deuten. Nie hätte Misharna es für möglich gehalten, daß diese Berichte auch konkret zu verstehen waren, bis sie das Verhalten dieses Fremden erlebt hatte. Anfangs hatte sie sich völlig verwundert seine Kritik an ihrem Verhalten angehört. Sie hatte seine Verärgerung über ihren Kontakt zu Molto Dangruber, den sie zu jenem Zeitpunkt nur in seiner Rolle als Garant gekannt hatte, nicht verstanden. Erst als er Worte wie »Verrat« benutzt und von einem Band geredet hatte, »daß sie nach dem Austausch des körperlichen Reliefs von Demorzan miteinander vereine«, war ihr ein Licht aufgegangen. Hier mußte es sich um »Adorto« handeln, wie die Schriften es nannten. Als sie über einen Riß im Pflaster stolperte, schreckte sie aus ihren Gedanken hoch.

Die Panik der Bevölkerung hatte sich gelegt. Die Ruhe schien wieder eingekehrt, aber ihr war nur zu klar, daß dies nur äußerer Schein war. Zutiefst schockiert hatten sich die meisten Bewohner betend vor ihre Hausaltäre zurückgezogen, soviel Angst hatten sie, mit dem verbotenen Bild des Bodens konfrontiert zu werden, was nun jedoch infolge der zahllosen Beschädigungen in der Tragfläche der Stadt unvermeidlich geworden war. Adrian hatte die vortreffliche Idee gehabt, die Quonarbeiter sofort mit den Reparaturarbeiten beginnen zu lassen. Wieder dachte sie an Adrian. Dabei hatte sie sich in letzter Zeit schon des öfteren ertappt. Dieser Fremde faszinierte sie aus mehreren Gründen. Der wichtigste war, daß er Gefühle in ihr weckte, die sie noch nie zuvor kennengelernt hatte — schwelende Emotionen, die, mit dem richtigen Brennstoff genährt, zu einem riesigen Feuer auflodern würden.

Nach einer Weile entdeckte sie durch einen Riß in der Stadtmauer in der Ferne ein paar Striche. Sie mußte sich dazu überwinden, den Boden zu betreten, obgleich ihr bewußt war, daß dies in Zukunft in Momdule niemand würde vermeiden können. Zum erstenmal in ihrem Leben spürten ihre Füße den festen Boden des Planeten. Sie streifte ihre Sandalen ab und berührte schüchtern mit ihren zarten, bleichen Füßen den groben Staub. Vorsichtig ging sie vorwärts. Das Herz schlug ihr bis zum Halse.

Jetzt, wo die Stadt so stark abgesunken war, ragte der riesige Wagen hoch auf. Unten standen Adrian und der Amatokdes mit einem Mann, den sie nicht kannte. Sie sahen nicht, daß Misharna sich ihnen näherte, so sehr waren sie in ihre Arbeit vertieft. Eine riesige Menge von Kisten, Paketen, Säcken und Krügen wurde mühsam mit Hilfe eines Flaschenzugs auf die hohe Steuergondel gehoben. Plötzlich drehte Adrian sich um, und sie standen einander Auge in Auge gegenüber, Misharna brach das gespannte Schweigen.

»Du verläßt uns«, stellte sie fest.

Mit einem verlegenen Grinsen bestätigte er dies.

»Und du wolltest nicht Abschied nehmen?« Sie schluckte und fuhr dann fast flüsternd fort: »Einfach so verschwinden, ohne etwas zu sagen?«

Ihre Gegenwart und ihr Verhalten brachten ihn aus der Fassung. Ihr Anblick entfachte immer noch ein lichterlohes Feuer in ihm. Gerade deshalb hatte er ja so sang- und klanglos verschwinden wollen! Ihm war klar, daß er jetzt etwas sagen mußte.

»Ich bin nicht gut im Abschiednehmen«, rang er sich mühsam ab.

»Dann bleib!« sagte sie sofort und schlang ihre Hände um seinen Arm. Adrian versank im Treibsand verlokkender Gefühle. Für den Bruchteil einer Sekunde beschloß er, zu bleiben und die Erde mit allem, was ihm dort lieb und teuer gewesen war, für diese geheimnisvolle Frau aufzugeben, die so viel mehr in ihm weckte, als er verstehen konnte. Er zog sie an sich und umschlang sie mit seinen Armen, in einer Mischung aus Leidenschaft und Verzweiflung.

»Ich muß zurück zur Erde«, stammelte er unbeholfen. »Zumindest muß ich versuchen, zurückzukommen.«

Er streichelte ihre Wange, glitt mit der Hand über ihren Hals abwärts und ließ die Hand auf ihrer Schulter ruhen.

»Vielleicht ... wenn es mir nicht gelingt ... komme ich zurück.« Er spürte einen Kloß in seiner Kehle. Dann küßte er sie flüchtig auf die Stirn, etwas ausführlicher auf den Mund, riß sich schließlich von ihr los und packte die erstbeste Kiste, um sie zum Flaschenzug zu tragen. Misharna beobachtete ihn einen Augenblick lang, als würde sie eine Entscheidung überdenken, und folgte ihm dann zum Flaschenzug. Sie grüßte die anderen, die sich abseits gehalten hatten und sich auf die Ladearbeiten konzentrierten.

»Wo gehst du hin?« fragte sie Adrian mit einem Ton, der zu seiner Erleichterung sachliche Neugier signalisierte. Ohne daß er es wagte, von seiner Arbeit aufzublicken, erzählte er ihr, daß er Dangrubers Büro in den Wartungswerkstätten des Quons sorgfältig untersucht habe. Die Informationen, die er dort gefunden habe, seien ausreichend, um mit Hilfe seines Freundes, des Wagenführers, die Reise zur Kronstadt Sobriëtas zu wagen. Er riet Masharna, jenes Büro genau zu inspizieren. Ein wahrer Schatz an Informationen sei dort aufbewahrt. Dangruber habe offenbar keine Zeit gehabt, Dinge zu vernichten.

Bei diesen letzten Worten hatte er ihr einen kurzen scheuen Blick zugeworfen, der jedoch ausreichte, um ihre Augen noch minutenlang in seinem Herzen nachbrennen zu fühlen.

»Momdule wird dich vermissen«, sagte sie und wandte sich von ihm ab, als ob sie sich plötzlich ungemein für die Weiten der umliegenden Landschaft interessieren würde. Dann fuhr sie zögernd fort: »Und ... *ich* werde dich vermissen.«

Diese Bemerkung ließ einen Schauer der Erregung

über Adrians Rücken laufen, doch er wußte, wenn er jetzt bliebe, hätte er seine letzte Chance verspielt, die Erde jemals wiederzusehen.

»Momdule wird bestens zurechtkommen«, sagte er leichthin. »Für die Stadt bricht eine neue Zeit an, die Möglichkeiten birgt, die ihr euch nie hättet träumen lassen.« Er keuchte unter dem Gewicht der letzten Kiste: »Schmiede deine Frequenten und die Arbeiter des Quon zu einer einzigen Gruppe zusammen, dann liegt eine goldene Zukunft vor euch.«

Langsam stieg die Kiste am Flaschenzug in die Höhe.

»Stütze dich auf Leute wie Margus Dei. Er scheint mir ein fähiger Mann zu sein, und ...«, er deutete nach oben, »wenn Wagenführer D. F. zurückkehrt, wirst du auch in ihm einen zuverlässigen Helfer haben.«

Die Kiste war oben angekommen. Wagenführer zog sie vorsichtig ins Innere des Gefährts. Adrian schaute Misharna an. Es gab noch so viel zu sagen, daß es besser war zu schweigen. Der Amatokdes knüpfte sich in eine Schlaufe des Flaschenzugs und ließ sich von Wagenführer hochziehen.

»Bei uns auf der Erde nehmen Geliebte so Abschied«, sagte Adrian und umarmte Misharna innig.

Danach ließ er sie entschlossen los, befestigte das Seil unter seinen Achseln und ließ sich ebenfalls hochziehen. Wagenführer hatte alle Vorbereitungen gewissenhaft getroffen. Mit wenigen Bewegungen befreite er die schweren Achsen mit den blitzenden Speichenrädern von der Umklammerung der Bremsklötze. Langsam und feierlich setzte sich das riesige Gefährt in Bewegung. Schlank wie ein Dreimaster früherer irdischer Zeiten verließ es den Platz, den Adrian so unerwartet liebgewonnen hatte. Schweigend schaute er von der Reling aus Misharna nach, bis seine Augen sie nicht mehr von der Umgebung unterscheiden konnten.

SOBRIËTA

Song 11

❖

The Lone Hero

12

Das metallische Lied der ratternden Speichenräder war ihm inzwischen so vertraut, daß er lange und tief geschlafen hatte. Adrian räkelte sich behaglich und sog die würzige Luft der langen gelben Gierdelstengel ein, die Wagenführer in einer ovalen Bratpfanne briet. Er hatte sich im Lauf der Reise an den Geschmack dieses Sumpfgewächses gewöhnt. Seine charakteristische Würze erhielt es, wenn man es lange genug in der Magenflüssigkeit eines schwarzgrauen Mooskriechers einweichte. Wagenführer war der Ansicht, dieses Gericht födere die Ausdauer, und dies war der einzige Grund gewesen, der Adrian schließlich dazu hatte bewegen können, dieses Gericht zu verzehren. Adrian schaute sich durch das Fernrohr, das Wagenführer ihm geschenkt hatte, die umliegende Landschaft an. Sie fuhren auf ein hohes Gebirge aus violettblauem Bimsstein zu. Kahle Felsspitzen verhinderten immer wieder, daß die Strahlen Atrions, der schon zum Horizont hinabsank, den Wagen erreichten. Rill war bereits hinter dem Horizont verschwunden. Zu beiden Seiten des Weges erstreckten sich dichtbewachsene Felder. Borstige Sträucher überwucherten das Land mit Tausenden von lederartigen, rot und gelb gefleckten Nadeln, die zischend von den Zweigen schossen, sobald auch nur das geringste Geräusch die Luft in Bewegung brachte. Grüllblumen und Heckenmatten, zwei äußerst aggressive parasitäre Schlingpflanzen, die so schnell aus dem Boden schossen, daß sich manchmal ein gemächlich grasender Grafka in ihre Ausläufer verstrickte, bevor er auch nur zweimal hatte schlucken können, waren die einzigen Gewächse, die zwischen den Sträuchern zu überleben vermochten.

Der Amatokdes stand draußen auf dem Achterdeck der Gondel. Adrian reagierte sofort auf den Ruf von Wagenführer und stürzte sich auf das Essen. Schweigend nahmen sie die Mahlzeit ein. Das laute Schmatzen von

Wagenführer, nur unterbrochen durch das Schlürfen, mit dem er die saftigen Girdelstengel auslutschte, waren die einzigen Geräusche, die sich mit dem Rattern der Räder vermischten. Die Landschaft von Momdule garantierte eine abwechslungsreiche Reise. Nach weiten, kahlen Ebenen, die mit sanft ansteigenden Felshügeln und Wäldern aus Dreizahnpalmen und Säulenbäumen abwechselten, hatte sich das Gleissystem plötzlich verändert, damit die Wagen die langgestreckten, drückend warmen Sümpfe passieren konnten. Adrian hatte stundenlang fasziniert zugeschaut, wie die schweren Speichen der Räder hinter dicken Simsen aus schwarzberindetem Holz Halt fanden, die dicht unter dem grünbewachsenen Wasserspiegel angebracht waren.

Er setzte sich auf den Rand der Steuerkabine. Sein Blick strahlte nur Ruhe aus. Wagenführer fragte ihn zum wiederholten Mal: »Wie sehen deine weiteren Pläne aus?«

Adrian schaute auf das Bimssteingebirge, das aufgrund seiner Höhe immer mehr Licht abschirmte, was eine verfrühte Abenddämmerung zur Folge hatte.

»Um ehrlich zu sein«, antwortete er schließlich nachdenklich, »ich habe keinen genauen Plan. Die Ereignisse werden uns leiten und mir hoffentlich die Mittel an die Hand geben, die uns zu einem Ort führen, von dem aus ich diesen Planeten wieder verlassen kann, beziehungsweise wo ich den Mann, der sich Radenack nennt, treffen werde. Das Wichtigste scheint mir vorerst die Wechselstation zu sein. Wie weit ist es noch bis dorthin?«

»Sie liegt gleich hinter diesem Gebirge«, antwortete Wagenführer und schwieg dann. Offenbar fand er, daß genug gesagt worden war. Adrian stand auf und ging zum Fenster. Das poröse Gestein türmte sich zu bizarren Formen auf, bis Adrian seinen Kopf in den Nacken legen mußte, um noch etwas vom Himmel sehen zu können. Der Wagen donnerte mit unverminderter Geschwindigkeit durch eine enge Schlucht, die nach unten künstlich verbreitert worden war, so daß die seitwärts vorstehenden Achsen gerade noch hindurchpaßten. Adrian erschien es merkwürdig, daß Wagenführer nichts über diejenigen wußte, die diese Gleise mit soviel Mühe angelegt haben mußten. Noch mehr befremdete ihn, daß Wagenführer sich nicht einmal dafür zu interessieren schien. Diese Einstellung machte Adrian ein weiteres Mal bewußt, daß er sich nicht unter Erdbewohnern befand.

Von draußen ertönte ein Geräusch, als würden Dutzende von weichen Gegenständen den Wagen berühren.

»Aaaah!« schrie Wagenführer. »Paßt auf, Morboleten!«

Um die Gondel wimmelte es plötzlich von bleichrosafarbenen sechsbeinigen Wesen, die entfernt Hunden ähnelten.

»Schnell, helft dem Amatokdes!« schrie Adrian, als er sah, daß sein galaktischer Freund in einen heftigen Kampf mit den runzeligen Eindringlingen verwickelt war.

Wagenführer drückte ihm eine Art Pike in die Hand und öffnete mit einem Ruck die Außentür. Sogleich sprangen drei Morboleten mit dunklem Schaum auf den Mäulern ins Innere. Wagenführer bespritzte einen von ihnen mit einem langen Schlauch, der an einen kleinen Tank angeschlossen war. Die beiden anderen Morboleten schienen in Raserei zu verfallen. Wie tollwütige Hunde stürzten sie sich auf ihren besprühten Artgenossen und zerrissen ihn in blinder Wut mit den messerscharfen Klauen, mit denen die Innenseiten ihrer Pfoten bedeckt waren.

Wagenführer riß Adrian die Pike aus den Händen und bohrte sie mit bemerkenswerter Geschicklichkeit in den Haufen Morboleten. Dann warf er die abstrusen Wesen über die Reling. Adrian übernahm die Pike wieder und schlug mit solcher Kraft auf die Köpfe der Sechsbeiner ein, daß deren Schädel zerplatzten; anschließend warf er sie über Bord. Von allen Seiten sprangen die Morboleten nun auf sie zu. Sie heulten, taumelten davon, leckten ihre Wunden und jagten erneut auf sie zu, bis die Waffen sich tief in ihr stinkendes Fleisch bohrten. Die gesamte Szenerie war in einen Nebel von dampfendem Blut gehüllt. Während der Wagen mit unverminderter Geschwindigkeit weiterdonnerte, versuchten Adrian und Wagenführer sich kämpfend dem Amatokdes zu nähern, der eine eigene Methode entwickelt hatte, sich der Untiere zu entledigen. Kreischend und überdeckt mit Brandwunden sprangen die Horden von Bord. Die Methode des Amatokdes war offenbar sehr effektiv. Eine Viertelstunde später schleuderte Adrian den letzten Morboleten in die Tiefe.

»Sie machen Jagd auf unseren Geruch«, erklärte Wagenführer. Er hielt die Spritze mit der Flüssigkeit hoch. »Aber durch dieses penetrante Aroma geraten sie völlig außer sich; und dann sind sie leichter zu überwältigen.«

Er verstaute die Waffen wieder und untersuchte seinen Körper auf eventuelle Kratzer hin, da diese sehr gefährlich werden konnten. Nur der Amatokdes hatte ein paar tiefe Striemen abbekommen, wollte aber von Wagenführer kein Heilmittel annehmen. Adrian mußte unwillkürlich bei dem Gedanken lachen, wie wohl Erdbewohner reagieren würden, wenn er erzählen würde, er sei von einer Horde von Geruchsfressern angegriffen worden. Nach ein paar scharfen Kurven rollte der Wagen plötzlich aus der Felsschlucht heraus und jagte über eine ausgedörrte Ebene. In der Ferne tauchte ein hohes Bauwerk auf.

»Die Wechselstation?« fragte Adrian.

Wagenführer nickte bestätigend. Über diesen Punkt war kein Einwohner von Momdule jemals hinausgelangt. Dort tauschten die Fuhrleute ihre Wagen gegen gleichartige Exemplare ein, die bereits in entgegengesetzter Richtung aufgestellt waren. Die Wechselstation ähnelte einem riesigen Pilz. Hoch über dem Boden, in

Höhe der Gondel des Wagens, befanden sich unheimliche Bahnsteige, die wie der Hut eines Pilzes rund um den Stamm ausfächerten, welcher in diesem Fall aus dem spitz zulaufenden, braungrünen Kern des Gebäudes bestand. Adrian bat Wagenführer, die Geschwindigkeit zu drosseln, weil er sich ein Bild über die Lage machen wollte.

»Wer wird uns dort empfangen?« fragte er.

»Es ist nie jemand außer dem Schreihals da.«

Als er Adrians fragenden Gesichtsausdruck bemerkte, ließ er eine genauere Erklärung folgen.

»Das ist eine Art sprechender Kopf auf Rädern, der plärrend hinter einem herrollt, bis man den Wagen gewechselt hat. Am besten irgnoriert man ihn so weit wie möglich, sonst gibt er keine Ruhe. Und er schreit einem die Ohren aus dem Kopf, deshalb haben wir ihn den Schreihals genannt.« Wagenführer bremste noch stärker, als der Wagen in die Wechselstation einrollte. Adrian mußte fast schreien, um das Kreischen der Bremsblöcke zu übertönen. Er redete schnell auf Wagenführer ein, der zustimmend nickte. Dann verschwanden Adrian und der Amatokdes, und der Wgen kam im Bahnhof zum Stillstand. Wagenführer öffnete die Tür der Gondel und betrat den Bahnsteig. Ein unregelmäßiges Rauschen, das von den für diese Jahreszeit und die Gegend so charakteristischen warmen Windböen herrührte, war der einzige Laut, der auf dem Bahnhof zu hören war. Er vermischte sich mit dem Widerhall von Wagenführers Schritten, der den verlassenen Bahnsteig überquerte und auf drei Wagen zuging, die auf der gegenüberliegenden Seite schon für die Rückreise bereitstanden. Vorsichtig suchte Adrian sich eine Stelle, von wo aus er den Bahnhof überblicken konnte, ohne selbst gesehen zu werden. Das Gleis, auf dem ihr Wagen stand, wurde dreißig Meter weiter von ein paar schweren Blöcken blockiert, die die Löcher, in welche die Räder greifen mußten, gänzlich ausfüllten, so daß jeder Versuch weiterzufahren unausweichlich Entgleisen zur Folge gehabt hätte.

»Wie kann man die nur entfernen«, fragte Adrian sich und schaute Wagenführer nach, der inzwischen auf den vordersten der drei Wagen geklettert war. Adrian wich zurück, als plötzlich direkt neben ihrem Wagen ein hohes Quietschen ertönte. Es sauste vorüber, und kurze Zeit später sah Adrian, wie ein länglicher Kopf auf drei dünnen Beinen mit jeweils sechs kleinen quietschenden Rädchen auf Wagenführer zurollte.

»Bist du endlich da!!! Bist du endlich da!!!« schrie der Kopf schon von weitem. Wagenführer machte eine unbestimmte Geste und rief etwas Unverständliches zurück. Sofort fing der Kopf zu schimpfen und zu fluchen an und überschüttete ihn mit Verwünschungen. Wagenführer schien sich nichts daraus zu machen und setzte ungerührt seine Arbeit fort. Adrian entdeckte ein niedriges offenstehendes Türchen. Ob der Schreihals dort herausgekommen war? Er weihte den Amatokdes in seinen Plan ein. Während der Schreihals seinen Zorn an Wagenführer ausließ und eine grobe Beleidigung auf die andere folgen ließ, schlich Adrian über den Bahnsteig auf das Türchen zu. Er hoffte inständig, daß der Schreihals das einzige Exemplar seiner Art war.

Tief gebückt betrat er einen feuchten, dunklen Raum. Nachdem seine Augen sich einigermaßen an die Dunkelheit gewöhnt hatten, entdeckte er eine Art Werkbank, auf der merkwürdige Werkzeuge beziehungsweise Teile eines ihm rätselhaften Objekts lagen. Ob der Schreihals hier gebaut worden war? Oder ob der Schreihals hier selbst etwas baute? Adrian war nicht klar, ob es sich bei ihm um einen lebenden Organismus handelte oder um ein Wunderwerk besonders weit fortgeschrittener Technologie. Hinter der Werkbank entdeckte Adrian schmale Vorsprünge, die in zwei Reihen an der Wand emporliefen. Als er einen dieser Vorsprünge zufällig berührte, entstand in der Decke eine Öffnung. Vorsichtig schob er sich Vorsprung um Vorsprung an der Wand hoch, und das letzte Stück zog er sich empor. In einem hellen Raum, der in eierlikörfarbenes, synthetisches Neonlicht getaucht war, das von den Wänden abstrahlte, stand auf einem Podest ein seltsam proportioniertes Männchen und beobachtete ihn. Adrian grüßte das Männchen höflich, woraufhin es zurückwich. Adrian wollte seinen Augen nicht trauen, als er sah, wie das Kerlchen vom Podest herabstieg, ohne kürzer zu werden. Seine Beine hatte sich blitzschnell um das Doppelte verlängert, so daß das Kerlchen nun mindestens so groß war wie Adrian. Adrian blinzelte in dem grellen Licht.

»Ich habe eine dringende Botschaft für Radenack«, setzte er hoffnungsvoll an.

Das Männchen antwortete in einer unverständlichen Brabbelsprache aus Schmatz- und Schlürflauten.

»Molto Dangruber ist von dieser Angelegenheit unterrichtet und fordert Sie hiermit auf, uns einen Wagen zur Kronstadt Sobriëtas zur Verfügung zu stellen«, setzte Adrian erneut an. Er hatte aufs Geratewohl den Namen Dangrubers genannt, in der Hoffnung, das würde den Kleinen beeindrucken.

Die Antwort bestand in einer Reihe von Lauten, die noch am ehesten einem Nießanfall ähnelten. Dann folgte krächzend: »Zeig mir das Siegel!«

Erleichtert, daß überhaupt eine Kommunikation möglich war, wiederholte Adrian seinen Spruch und fügte hinzu, angesichts der Dringlichkeit seiner Mission sei keine Zeit dafür geblieben, ihm ein Siegel zu verschaffen. Obwohl das Männchen überhaupt nicht reagierte, redete Adrian weiter und musterte gleichzeitig gründlich sein Gegenüber.

»Wahrscheinlich ist Ihnen schon aufgefallen, daß die Transporte aus den Minen in letzter Zeit stagnieren. Nun, genau darum geht es in meiner Botschaft, die ich unverzüglich Radenack oder den Autoritäten der Kronstadt übermitteln soll.«

Die stumpfen Augen des Mannes rollten ängstlich in ihren Höhlen. Da sein Gesicht noch keinerlei Runzeln hatte, war es unmöglich, sein Alter zu schätzen. Adrian fragte sich, ob es sich bei der borstigen, karierten Umhüllung seines Rumpfes um ein Kleidungsstück oder um einen Pelz handelte. Der Mann schlurfte langsam auf ihn zu und krächzte: »Hier hingebracht aus einem anderen Licht, interessiere ich mich für nichts anderes als dafür, die mir unter Zwang auferlegten Aufgaben gewissenhaft auszuführen ... Denn das ist das einzige, was mich an den Ort zurückbringen kann, von dem ich herkomme ... Zeigen Sie mir jetzt das Siegel, dann können Sie über mich verfügen, andernfalls wäre ich gezwungen, Ihnen irreparablen Schaden zuzufügen ... was eigentlich gar nicht meine Art ist.«

»Das Siegel befindet sich bei meinem Kollegen, dem Wagenführer, der sich im Augenblick auf dem Bahnsteig mit ihrem Mitarbeiter unterhält. Er wird es Ihnen auf Wunsch sofort zeigen«, improvisierte Adrian, rasch zu einer anderen Taktik überwechselnd. »Zeigen Sie mir doch inzwischen schon einmal die Route nach Kronstadt!« Schlürfend und schmatzend näherte sich der Mann einer Art Tisch. Innerhalb weniger Sekunden schrumpften seine Beine, bis er zwar immer noch auf gleicher Höhe war wie zuvor, nun jedoch auf der Tischplatte weiterging.

»Dies *ist* der Weg zur Kronstadt Sobriëtas ... *Sie* stellen vielleicht seltsame Fragen ... Ich verstehe Sie nicht«, sagte der Zwerg, dessen Kopf nun größer war als seine Beine. Dann fuhr er ängstlich fort: »Aber nun geben Sie mir doch endlich das Siegel ...«

»Wenn Sie mir nach draußen folgen wollen, wird mein Kollege es Ihnen zeigen.« Adrian blieb hartnäckig.

»Nein, nein«, rief das Männchen, »kein Licht von minderwertiger Qualität! Das wurde meine Augennerven entzünden.«

Er nahm ein farbiges Prisma vom Tisch und hielt es

schützend vor seine Augen. Die gelbe Strahlung der Wände brach sich darin in Streifen von Preußischblau und Kristallweiß.

»Also gut, ich werde Sie in Ruhe lassen und verschwinden«, sagte Adrian mit einem betont eisigen Blick, »unter der einen Bedingung, daß Sie auf der Stelle das Gleis nach Kronstadt freimachen.«

Der Zwerg wuchs blitzschnell, weil er von der Tischplatte in die Ecke des Raumes schnellte, wo er sich schützend vor einem Gestell aufbaute, auf dem drei kleine glitzernde schwarze Würfel zu sehen waren.

»Ich habe den Auftrag, nur diejenigen durchzulassen, die im Besitz des Siegels sind, sonst werde ich niemals mehr zu meiner Welt von Lanzette und Purverde im Sternenlicht des Boserg zurückkehren können.«

Adrian seufzte tief und sagte ungeduldig: »Sie dürfen es mir nicht übelnehmen, wenn ich Ihre Probleme nicht lösen kann. Im Augenblick habe ich selbst genug Probleme. Deshalb muß ich dringend zur Kronstadt Sobriëtas. Aus diesem Grunde möchte ich Sie hiermit ein letztes Mal nachdrücklich bitten, Ihre Würfel einzudrücken und so das Gleis für mich freizumachen.«

»Nein, nein, nicht eindrücken«, schrie der Wächter. »Der Würfel muß geduldig gedreht werden, sonst wird er beschädigt!«

»Aber natürlich, treten Sie zur Seite!« drängte Adrian und ging langsam auf den Mann zu, der ebenso stetig zurückwich. »Ich werde Ihnen das Geheimnis des wunderbaren Würfels zeigen!« Adrian drehte an den schwarzen Blöcken, bis in einem von ihnen ein feuriges Funkeln zu erkennen war. Das Männchen schaute jammernd zu.

»Müssen alle drei glühen?« fragte Adrian, während er die beiden anderen in verschiende Positionen brachte.

»Oh, oh, die Kräfte von Boserg lassen nicht mit sich spaßen«, jammerte der Mann. »Wenn man sie mit der rechten Ehrerbietung behandelt, stehen sie gerne zu

Diensten, doch die Spannung von Lanzette und Purverde muß einfühlsam gehandhabt werden.« Er zupfte nervös an der runzeligen Haut seiner Hände, die sich viele Zentimeter ausdehnte. Wenn er sie losließ, glitt sie wie eine zähe Flüssigkeit langsam wieder an ihren ursprünglichen Platz zurück.

»Dazu habe ich keine Zeit«, sagte Adrian verärgert. »Ein paar kräftige Schläge werden sicher Wunder wirken.«

Damit erhob er seine Hand, um den Würfeln einen Schlag zu versetzen.

»Oh, oh«, klagte der Mann und schoß vor, um mit ein paar schnellen Bewegungen die drei Würfel zum Erglühen zu bringen.

»Ist das Gleis jetzt frei?« fragte Adrian.

»Ja, ja«, antwortete der Mann hastig, während er die schwarzen kristallenen Funken schützend mit seinen erhobenen Armen bedeckte.

»Es ist gegen meinen Auftrag, da kann nichts Gutes draus werden!«

Adrian untersuchte schnell noch die angrenzenden Räume und zwang den Mann, in einem davon Platz zu nehmen. Dann verschloß er den Öffnungsmechanismus der Tür, indem er sie mit einem schweren Metallrohr blockierte, das er auf der Werkbank fand. Ein Zischen und Rattern ertönte vom Bahnsteig her. Wagenführer stand auf dem Laufsteg des hintersten Wagens, dessen Steuergondel ebenso wie die Gondeln der anderen Wagen in Flammen aufging. Der Schreihals stand auf dem Bahnsteig und drehte sich wie ein Besessener um die eigene Achse. Gleichzeitig brüllte er unzusammenhängende Laute. Wagenführer wollte auf den Bahnsteig springen, wurde aber von dem nun völlig durchgedrehten Schreihals immer wieder daran gehindert. Adrian versuchte, die Aufmerksamkeit des Schreihalses durch Rufen auf sich zu lenken, doch das war zwecklos. Der tollgewordene Kopf richtete sich in blinder Hysterie

außer Sicht war. Achselzuckend gesellte er sich zu den anderen.

Sie durchreisten nun das Land hinter der Wechselstation. Es war flach und kahl. Eine riesige graue Wüste, die mit ovalen, flachen Steinen übersät war, erstreckte sich bis zum Horizont. Die Kälte, die die Landschaft ausstrahlte, wurde noch verstärkt durch den spärlichen Wuchs von Solinten — bizarren ast- und blattlosen Stämmen, die in trostlosen Farben und krampfartigen Windungen zum Himmel emporragten. Wagenführer kannte alte Lieder, denen er allerdings bisher nie Glauben geschenkt hatte. In diesen hieß es, der Weg von Momdule zur Kronstadt Sobriëtas sei nur kurz:

»Wann wird sie betreten?
Wenn der Saum überschritten ist«,

zitierte Wagenführer, doch Adrian konnte das nicht glauben. Dem Gleis nach zu urteilen mußten sie noch viele Reisetage vor sich haben. Auch der Amatokdes gesellte sich zu ihnen auf die Galerie und schlürfte einen Krug Plurg. Adrian merkte, daß sein Freund viel stiller war als sonst. Als er ihn daraufhin ansprach, beschrieb der Amatokdes schmerzliche Gefühle. Die Steinebene hatte Erinnerungen an seinen Heimatplaneten in ihm geweckt. Um nicht selbst auch vom Heimweh angesteckt zu werden, ging Adrian ins Innere des Wagens und schenkte sich ebenfalls einen großen Krug Plurg ein.

Wagenführer betrachtete abwechselnd durch sein Fernrohr die Landschaft und dann eine Skizze auf einem der Dokumente aus Molto Dangrubers Büro. Besorgnis zeichnete sich auf seinem Gesicht ab. Nervös murmelnd drehte er das Papier um und musterte es mit unruhigem Blick, als suche er nach einer dringend notwendigen Lösung, die aus unbegreiflichen Gründen ausblieb. Der tapfere Wagenführer mit seiner gegerbten

Haut, der sich sonst nicht so leicht ins Bockshorn jagen ließ, schien mit seinem guten Rat am Ende. Als Adrian dies sah, schüttete er den restlichen Plurg aus seinem Krug mit einem einzigen riesigen Schluck in sich hinein. Als würde in seinem Magen eine Bombe explodieren, breitete sich eine brennende Hitze in seinen Eingeweiden aus. Ihm war nur zu klar, was Wagenführer so unsicher machte. Auch an ihm nagte der Zweifel, ob sie wohl die richtige Route eingeschlagen hatten. Vielleicht brachte jede Umdrehung der Achsen sie immer weiter von ihrem Reiseziel weg, vielleicht waren sie auf dem Weg zu neuen, unerwünschten Abenteuern. Da sie jedoch kein anderes Gleis gekreuzt hatten, mußten sie eigentlich auf dem richtigen Weg sein. Aber wo blieb dann die Stadt ... Die Kabinentür flog auf, und der Amatokdes stürmte in den Raum.

»Was ist los?« rief Wagenführer. Doch bevor Adrian den Bilderstrom des Amatokdes übersetzen konnte, hatte Wagenführer schon gemerkt, daß sich das Licht irgendwie verändert hatte. Erstaunt beobachteten sie, wie draußen die Aussicht zu schrumpfen begann und wie sie langsam in das Netz eines unsichtbaren Gewebes eingesponnen wurden. Keiner der drei begriff, was da vor sich ging. Bald rollten sie durch einen dicken Nebel, der ihnen jede Aussicht nahm. Dann tauchte plötzlich eine riesige Mauer aus leuchtendem Licht vor ihnen auf. Blendendes silberweißes Licht explodierte auf dem vorwärtsrollenden Wagen in Lichtblitze von Zinnoberrot, Indigo, Türkis und zahlreichen anderen Farben, die sie noch nie zuvor gesehen hatten. Goldglitzernde Lichtpünktchen schwebten zu Tausenden wie reflektierende Staubteilchen in der Luft, sowohl außerhalb wie auch innerhalb der Kabine. Adrian schloß die Augen. Der Wagen erbebte. Adrian krümmte sich zusammen. Der Amatokdes wimmerte kläglich. Adrian schrie Wagenführer zu, ob er wisse, was da vor sich gehe, erhielt jedoch keine Antwort. Plötzlich verringerte sich die Geschwindigkeit des Wagens so abrupt, daß Adrian mit dem Kopf gegen irgend etwas prallte. Kreischend bremste der Wagen weiter ab, bis er mit einem Ruck zum Stillstand kam und die Passagiere vornüberstürzten. Adrian lag benommen auf dem Boden. Er hörte schnelle Schritte und Stimmen auf der Galerie.

»Sie haben keinen Schirm benutzt«, rief irgend jemand. Dann öffnete sich die Tür, und die Kabine füllte sich mit grauen Gestalten, die ihn vorsichtig vom Boden aufhoben. Das Licht hatte sich wieder normalisiert. Ein Ozongeruch strich über seine Geschmackspapillen. Die Außenluft erfrischte ihn, und schließlich normalisierte sich auch sein Sehvermögen wieder. Der Nebel war verschwunden, und eine unglaubliche Aussicht bot sich ihm. Aus einer riesigen Fläche ragte eine riesige Plastik wie ein überdimensionales Muskelbündel hoch in den Himmel. Ein sanftes Leuchten umhüllte die zahlreichen funkelnden Terrassen, die sich erstaunlich weit aus dem muskulösen Rumpf vorwagten. Seine Gedanken wurden von einer Stimme neben ihm ausgesprochen:

»Kronstadt«, flüsterte Wagenführer ehrfürchtig.

13

Schweigend aß Adrian die nach feuchter Erde schmekkenden Fleischbrocken, gebunden in einem salzigen, glasigen Brei, der seine Finger mit einer klebrigen Kruste überzog.

»Wir möchten uns für die unvollkommene Mahlzeit entschuldigen«, sagte ein in graue Kleidung gehüllter Mann, der ziemlich verwahrlost aussah. Sein dünnes, farbloses Haar fiel wirr über seinen langen Schädel. Er trug eine Hose aus bleigrauem, synthetischem Stoff, die bis unter die Achseln reichte, und darüber eine Weste aus grobem Gewebe, die durch ein Band in Brusthöhe zusammengehalten wurde.

Adrian antwortete nicht. Er hatte in den vergangenen Stunden genug geredet. Mit Bestürzung hatte er mitansehen müssen, wie seine Freunde nach der chaotischen Ankunft von anderen Grauen weggeführt worden waren. Er hatte heftig protestiert und sich geweigert, auch nur einen einzigen Schritt ohne seine Freunde weiterzugehen. Doch sie hatten ihn mitgeschleift wie einen störrischen Ochsen und ihn mit Stimmen angeschrien, die ihn an Betonmischer erinnerten. Dann waren sie in gerippten Kabinen aus einem eiskalten, glänzenden Material durch unterirdische Kanäle geglitten, bis sie eine transparente Vakuumschleuse aus gelbbräunlichem Kristall erreicht hatten. Schließlich hatte man ihn in diesen Raum geführt. Es war ein großes, weich gepolstertes Zimmer, das von dreieckigen, rosafarbenen Mattscheiben warm beleuchtet wurde, welche in den Ecken an der Decke angebracht waren. Dort hatten ihn seine Begleiter unter der Obhut des Mannes zurückgelassen, der ihm jetzt immer noch gegenübersaß und ihm geduldig zugeredet hatte, alles, was er erlebt hätte, zu erzählen. Ob Adrian aus freiem Willen berichtet hatte oder ob er durch den dampfendheißen Trunk mit dem Geschmack exotischer Blumen beeinflußt worden war, vermochte er nicht zu sagen — jedenfalls hatte er alles erzählt.

»Nun ... alles ... äh ... jedenfalls das meiste.«

Sein Zuhörer hatte ihm viele detaillierte Fragen gestellt, und Adrian hatte mehr und mehr das Gefühl gehabt, zum erstenmal seit langer Zeit wirklich verstanden zu werden. Obwozl keine einzige seiner eigenen Fragen beantwortet worden war, hatte ihn die wiederholte Beteuerung seines Gegenübers, alle seine Nöte würden innerhalb eines annehmbaren Zeitraums »gelindert werden«, beruhigt. Für kurze Zeit hatte Adrian sogar Dankbarkeit verspürt, als der Mann den Schleier des Geheimnisvollen ein wenig gelichtet hatte, der die Kronstadt umgab.

Die Kronstadt Sobriëtas war ein mächtiges galaktisches Zentrum, das aufgrund einer ausgeklügelten Tarnung gut verborgen lag. Die ganze Stadt einschließlich der umliegenden Ebenen war in eine geniale Kuppel aus Luftspiegelungen gehüllt. Gigantische Porjektionskanonen produzierten eine permanente Fata Morgana, hinter und unter der sich die Stadt verbarg. Die schier endlose Steinwüste war schon ein paar Dutzend Kilometer hinter der Wechselstation nichts weiter mehr als eine in die Luft projizierte naturgetreue Nachbildung der realen umliegenden Landschaft.

Von der Stadt aus gesehen projizierte die Bilderkuppel ringsum den Anblick eines Hochgebirges mit schwarzen Gipfeln, durch die Rill und Atrion schienen, ohne die Projektion zu stören. Der Schutzschirm erfüllte also einen doppelten Zweck. Von außen war Unsichtbarkeit gewährleistet, und das von innen sichtbare Bild gab den Stadtbewohnern, die niemals ihre Metropole verließen, ein Gefühl der Geborgenheit, da sie sich in der Scheinumgebung eines umliegenden Hochgebirges sicher fühlen konnten.

Adrian schob den Napf mit dem Fleischbrei von sich weg. Sein Gesprächspartner, der ihn die ganze Zeit über beobachtet hatte, reichte ihm ein Schälchen mit einer zischenden und brodelnden gelblichen Flüssigkeit. Er forderte Adrian auf, einen Schluck davon zu trinken und damit lange zu gurgeln; anschließend sollte er den Saft auf einen auf dem Boden markierten Kreis spucken, so wie sein Begleiter es ihm vormachte. Das Gebräu verwandelte sich in Adrians Mund in einen dicken, grünlichen Brei, bevor er ihn angeekelt wieder ausspuckte. Er schüttelte sich förmlich wegen des ekelhaften Geschmacks, doch sein Gegenüber schien äußerst zufrieden mit ihm zu sein. Adrian nutzte dies, um eine Antwort auf seine Frage zu erhalten.

»Wie wollen Sie mir denn helfen?«

Der andere schüttelte den Kopf. »Es ist nicht meine Aufgabe, Entscheidungen zu fällen. Ich stelle lediglich Fragen und sorge dafür, daß die Antworten an die richtige Stelle gelangen.«

»Tja, aber ich möchte doch etwas wissen. Bin ich ein Gefangener? Und was wird man mit mir tun?«

»Ihre unkoordinierte Fragestellung deutet auf körperliche Ermüdung und möglicherweise sogar auf Überlastung des Geistes hin. Um dies zu verhindern, hat man mir ausdrückliche Instruktionen gegeben, die ich auf der Stelle ...«

»Von wem stammen diese Instruktionen?« unterbrach Adrian ihn gereizt.

»Es ist mir nicht gestattet, Informationen über den Dethirambe zu geben, der über Ihren Fall beschließen wird!«

»Ich will wissen, wer das ist und wann dies geschehen wird.«

»Ruhen Sie sich aus«, antwortete der andere irritiert. »Alles zu seiner Zeit! Der Dethirambe läßt sich nicht unter Druck setzen.«

Adrian sprüte, wie Wut in ihm aufwallte. Er versuchte, seine innere Unruhe zu bezähmen. Er wußte, daß heftige Emotionen und ungeordnete Gedanken ihm nicht helfen, sondern ihn eher in große Schwierigkeiten bringen würden. Er fühlte sich, als hätte er sich in einem verborgenen Sumpf verirrt. Es war ohnehin schon genug lebensgefährliches Chaos um ihn herum; wenn er selbst noch seine eigene geistige Verwirrung beisteuerte, so könnte ihm das zum Verhängnis werden. »Überleben« war seine Parole. Doch Überleben um jeden Preis? Weitere Grübeleien über diese Frage blieben ihm erspart, weil sein Begleiter sich in Bewegung setzte, um »ihn in seine Zimmer« zu führen. Sie kamen an spärlich beleuchteten Terrassen mit braunen und grünen, an Schlingpflanzen erinnernden Reptilien vorbei, die in einem in den Boden eingelassenen Becken umherraschelten. Das Hochgebirge, das durch die durchsichtigen Wände der Wandelgalerien sichtbar war, wirkte überraschend echt, obwohl Adrian wußte, daß es nichts weiter als eine ausgeklügelte Projektion war. Eine breite Tür öffnete sich, nachdem sein Begleiter sie leicht berührt hatte. Mit einem Anflug von jovialem Wohlwollen in der Stimme sagte der andere: »Betrachten Sie diese Räume als Ihr Zuhause. Wenn Sie zur Ruhe gekommen sind, hole ich Sie ab, falls es dem Dethirambe paßt.«

Bevor Adrian irgend etwas hätte tun können, war die Tür hinter ihm schon verschlossen. Vergeblich versuchte er, sie zu öffnen. Eingeschlossen! Er spähte ins Halbdunkel. Irgend etwas, das ein Stück weiter hinten im Raum stand, wurde durch einen schmalen Lichtkegel beleuchtet. Als Adrian darauf zuging, traute er seinen Augen nicht: »SONY«, las er zu seiner Verblüffung auf dem recht irdisch wirkenden Hifi-Turm. Eine Musikkassette war eingelegt.

»Tatsächlich, eine UCX-S-Kassette«, murmelte Adrian. »Die scheinen hier ja etwas von Klang zu verstehen!«

Mit zitternden Fingern bediente er den Kassettenrecorder und schaltete den Verstärker ein. Ein leises Rauschen wurde kurze Zeit später von einer unangenehm schrillen Stimme unterbrochen.

»Wir heißen Sie willkommen! — Wir möchten, daß Sie sich entspannen und ganz zur Ruhe kommen«, kreischte die Stimme. »Entspannen Sie sich ... werden Sie ruhig ... und vergessen Sie alles, was Ihre Seele bedrückt. — Entspannen Sie sich ... werden Sie ruhig ... Entspannen Sie sich!«

Ein trockenes Klicken folgte der letzten Aufforderung. Bei diesem schrillen Kreischen werde ich niemals zur Ruhe kommen, dachte Adrian und spulte das Band etwas weiter vor. Immer wieder wurde die gleiche Botschaft wiederholt, und dabei blieb es. Adrian schaute ungläubig auf die Musikanlage. Wie war die nur hierhergekommen? Er wußte ja, daß die Japaner im Export sehr aktiv waren, aber Export zu anderen Planeten schien ihm doch ziemlich unwahrscheinlich. Dicht neben seinem Kopf leuchtete an der Wand etwas Hellgrünes auf. Nachdem er sich das Ding genau angeschaut hatte, streckte er vorsichtig die Hand aus und berührte einen leuchtenden Schalter. Klares weißes Licht strömte von der Decke. Verwirrt starrte er auf das ihm von der Erde her altvertraute Modell des Lichtschalters. Der Schock wurde noch größer, als er sich im Zimmer umsah. Drei schwere Ledersofas standen neben einem reichverzierten Kaminsims aus Marmor, und in der Mitte des Zimmers war ein niedriger Teakholztisch zu sehen. An der Wand hing ein Gemälde, nein, eine Reproduktion einer lasziven Zigeunerin mit nur spärlich bedeckten Brüsten. Links in der Ecke befand sich eine Küchenzeile aus weißbeschichteter Spanplatte. Und da stand doch wahrhaftig ein Telefon! Adrian konnte es kaum glauben. Er ging zum Telefon und hielt sich den Hörer ans Ohr. Den Bruchteil einer Sekunde lang glaubte er, tatsächlich das Freizeichen zu hören, doch es waren nur die Klänge eines etwas verschlafenen Quartetts, das eine kitschige Interpretation des Muzaks »Raindrops Keep Falling on my Head« spielte. Trotzdem sog er die Klänge geradezu in sich auf, als handele es sich um eine künstlerische Spitzenleistung. Die Melodie ging in einen sich endlos wiederholenden Strom von Akkorden über. Schließlich warf er den Hörer auf die Gabel und untersuchte aufgeregt den Rest des Zimmers. Außer einem grauen Büroschrank aus Metall entdeckte er eine Tür, hinter der sich ein Badezimmer befand. Erfreut drehte er an den Hähnen, die er an einem rosafarbenen Waschbecken fand. Er hatte sehnlichst auf Wasser gehofft, doch eine goldgelbe Flüssigkeit rann aus dem Hahn. Enttäuscht untersuchte er weiter sein Domizil und fand noch einen weiteren Raum: ein Schlafzimmer. Ein altmodisches Krankenhausbett mit dazugehörigem Nachtschränkchen versetzte ihn in schieres Entzücken. Was immer geschehen mochte, in jedem Fall würde er hier ein paar Stunden lang auf irdische Weise schlafen können. Ein richtiges Bett! Er ging zurück ins Badezimmer, um den Hahn zuzudrehen. Eine dicke Schaumschicht quoll über den Rand des Waschbeckens. Er schnupperte ... dieser Geruch ... Ein Irrtum war ausgeschlossen ... Das war Bier! Vorsichtig probierte er. Verdammt! Das war tatsächlich *Bier*! Ausgelassen holte er eine kitschige Porzellanvase aus dem Wohnzimmer und füllte sie bis zum Rand. Nachdem er sich sinnlos betrunken hatte, ging er zu Bett.

Mit geschlossenen Augen tastete er im Halbschlaf nach dem Nachtschränkchen, um das lästige Klingeln des Weckers abzustellen. Er stöhnte. Igitt! Seine Finger hatten etwas Nasses berührt. Sofort war er hellwach. Ein Glas schales Bier mit einem künstlichen Gebiß stand auf dem Boden. Verwirrt fingerte er in seinem Mund herum, doch nachdem er die vertrauten Konturen seiner eigenen Zähne ertastet hatte, beruhigte er sich wieder. Dann stöhnte er erneut auf. »Was für furchtbare Kopfschmerzen!«

Er hatte einen unglaublichen Kater. Langsam kam er wieder halbwegs zu sich.

»Frühstück«, rief eine bekannte Stimme im Nebenraum.

Adrian kroch aus dem Bett und wankte ins Wohnzimmer, wo sein Gesellschafter ihn mit einem mechanischen Lächeln erwartete. »Frühstück«, wiederholte der Mann fröhlich und deutete auf das dampfende Körbchen auf dem Tisch. Wenn diese verflixten Kopfschmerzen ihm nur nicht so zu schaffen machen würden, würde er dem Kerl jetzt Löcher in den Bauch fragen, dachte Adrian und stützte seinen Kopf mit den Händen ab, als ob dieser jeden Moment auseinanderfallen könnte. Es war der gleiche Brei, den sie ihm schon einmal vorgesetzt hatten. Also los! Ein voller Magen würde zumindest seinen Kater mildern.

»Wie gefallen Ihnen die Räumlichkeiten?« erkundigte sich sein Gastgeber neugierig.

»Es würde mir hier sicher gefallen, wenn ich hinaus könnte«, murmelte er.

Der andere schaute ihn ungläubig an und fuhr fort: »Wir haben unser Bestes getan, um Ihren Aufenthalt hier so natürlich wie möglich zu gestalten. Wie Sie sehen, kennen wir Ihren Planeten, die Erde, sowie ihre Bewohner und Gebräuche sehr genau.«

Adrian knurrte etwas.

»Hie und da werden Sie vielleicht auf kleine Fehler

stoßen, wofür wir uns hiermit entschuldigen möchten.«

»Ach, das ist nicht der Rede wert«, murmelte Adrian.

»Nein, nein, wir wollen es so gut wie möglich machen. Wir haben auch selbst schon einen Fehler entdeckt. Wir hatten nämlich vermutet, daß dieser Gegenstand hier für Pflanzen benutzt wird.« Der Mann hielt die Blumenvase hoch, aus der Adrian sein Bier getrunken hatte. »Nun wissen wir, daß das falsch ist. Wie wir festgestellt haben, ist es ein Trinkgefäß.«

»Ja, ja«, seufzte Adrian kopfschüttelnd.

Nach dem Essen machte ihn sein Begleiter mit weiteren Einrichtungen vertraut. Er öffnete im Schlafzimmer einen Kleiderschrank aus Peddigrohr. Adrian war sprachlos. Verwundert befühlte er den blauen Stoff ... Tatsächlich! Er hielt eine echte Jeans in seinen Händen! Eine nähere Untersuchung des Schranks brachte ein kariertes Hemd der gleichen Marke zutage. Begeistert zog er sich um und fühlte sich zum erstenmal wieder einigermaßen wie ein Mensch. Er wollte seinen Begleiter fragen, wie, um Himmels willen, sie nur an diese perfekt sitzende irdische Jeans gekommen seien, doch dieser war plötzlich spurlos verschwunden. Auch in den übrigen Räumen war niemand zu finden. Einer plötzlichen Eingebung folgend versuchte er, die Eingangstür seiner Spezial-Weltraumwohnung zu öffnen. Ohne jeden Widerstand schnappte das Schloß auf. Er blickte in einen riesigen halbrunden Saal, der dort ganz sicher noch nicht gewesen war, als man ihn in die Wohnung gebracht hatte. Ein schwaches, diffuses Licht, das von einer Lichtquelle an der Decke ausging, strich über die Wände.

In einer dunklen Nische bewegte sich etwas. Saß dort nicht jemand? Adrian näherte sich vorsichtig. Ein Mann saß regungslos in verkrampfter Haltung vornübergebeugt da. Sein Kopf und sein Körper verschmolzen fast mit dem Dämmerlicht. Eine wahnsinnige Aufregung erfaßte Adrian und nahm ihm fast den Atem. Konnte es wahr sein! — Dieser Kopf ... diese Haare ... Er war ganz sicher, daß er sie schon einmal gesehen hatte. Vor Aufregung zitternd streckte er langsam die Hand aus und tippte der zusammengekrümmten Gestalt vorsichtig auf die Schulter. Mit einem Ruck federte der Mann hoch und starrte ihm direkt ins Gesicht. Das Wiedererkennen schien einseitig. Radenack! Er wirkte erschöpft. In den tief eingesunkenen Augen leuchteten dunkle, feuchte Pupillen.

Sein düsterer Blick hellte sich ein wenig auf, als er Adrian ansah. Er lehnte sich gegen die Wand und lispelte mühsam und mit heiserer Stimme: »Glaubt der Dethirambe noch immer nicht an meine aufrichtige Reue, daß mir jetzt diese neue Qual zugefügt wird?«

»Radenack! Es ist wirklich Radenack«, keuchte Adrian aufgeregt.

Radenack zog die Beine an, schlang die Arme um die Knie und schloß die Augen. Adrian schüttelte ihn wild hin und her.

»Ich bin es«, rief er. »Adrian von ... von ... der Erde ... äh ...« Er stotterte vor Erregung.

Radenack schaute ihn mit verwirrtem Blick an, in dem gleichzeitig Hoffnung und Bestürzung lag. Mit einer abwehrenden Geste stieß er aus: »Laß mich in Ruhe! Strafe mich, wenn ich gefehlt habe, aber quäle mich nicht unnötig!«

In Adrian krampfte sich alles zusammen. O nein! Er war völlig verzweifelt. Radenack hatte doch wohl hoffentlich nicht das Gedächtnis verloren! Oder litt er an einer schweren Krankheit, oder, was noch viel schlimmer wäre, an Wahnsinn? Gräßliche Spukbilder wirbelten durch seinen Geist. Jetzt, wo er Radenack gefunden hatte, konnte er ihn doch nicht sofort wieder verloren haben!

»Erkennst du mich denn nicht? Du hast mich doch von Onalm abholen lassen.« Er schrie, da es ihm anders nicht möglich war, seine Sorge, seine Angst und seine Hilflosigkeit auszudrücken. In Radenacks Augen flammte jetzt kurz etwas auf. Er rappelte sich mühsam hoch, zögerte und nickte dann.

»Wenn du wirklich derjenige bist, der du zu sein behauptest«, flüsterte er mit sich überschlagender Stimme, »dann kannst du mir die Person beschreiben, die uns bei unserer ersten Begegnung die Erfrischungen gebracht hat.«

Adrian kehrte in Gedanken zu der Dorfkneipe zurück, an deren Namen er sich beim besten Willen nicht mehr erinnern konnte. Mit einiger Anstrengung gelang es ihm jedoch, sich wieder an die bleiche Kellnerin zu erinnern, die ihm sein Bier gebracht hatte. Noch nie zuvor hatte er eine Frau, die ihn so wenig interessierte, so genau beschrieben. Das zuvor so unheimlich verkrampfte Gesicht Radenacks entspannte sich nun.

»Du bist es wirklich«, stammelte Radenack und murmelte noch etwas, das Adrian nicht verstehen konnte. Sie setzten sich nebeneinander und unterhielten sich eine halbe Stunde lang. Das Gespräch drehte sich hauptsächlich um Adrians Erlebnisse und verlief anfänglich ziemlich zäh, als würde Radenack immer noch an Adrians Identität zweifeln. Dann allmählich wendeten sich die Gezeiten, und Adrian ließ seinem Ozean von Fragen freien Lauf. Plötzlich und ohne erkennbaren Anlaß löste sich etwas in Radenack, und er fing an zu erzählen: »Wenn ich über mich selbst erzähle, so ist das die Geschichte eines Mannes, der schon viele Jahrhunderte lang die Erde liebt. Als ich noch jung und stark war, habe ich mich für den Einsatz in weitabgelegenen Teilen des Kosmos beworben und den Auftrag erhalten, die Erde zu inspizieren.«

»Weshalb mußte die Erde denn inspiziert werden?« fragte Adrian.

»Versuche, mich möglichst wenig zu unterbrechen«, antwortete Radenack mit rauher Stimme. »Den Menschen fällt es schwer zuzuhören, das weiß ich, aber versuche es! Im Dienste des galaktischen Sicherheitskorps von Sobriëtas wurde ich daher ›Erdvater‹. Unser Volk war aus einem bestimmten Grund an der Erde interessiert, und ich erhielt den Auftrag, so viele Informationen wie möglich über diesen Planeten und seine Bewohner zu sammeln, ohne selbst dabei in Erscheinung zu treten. Viele hundert Jahre lang habe ich meine Aufgabe treu erfüllt, doch fiel es mir immer schwerer, mich nicht in den Lauf der Dinge auf diesem Planeten einzumischen. Doch ich wußte, daß mein Auftrag lautete, nur als unsichtbarer Beobachter über diese blaue Kugel zu wachen. Das hatte ich feierlich geschworen. Leider gelang es mir nicht, die ganze Zeit von den Menschen unentdeckt zu bleiben. Bei manchen Untersuchungsreisen wurde mein Raumschiff von Erdbewohnern geortet. So entwickelten die Erdbewohner Spekulationen über andere Lebensformen im All. Ich mußte des öfteren nach Sobriëtas zurückkehren, um mir ein neues Raumschiff zu besorgen, das von der sich immer weiter entwickelnden irdischen Technik noch nicht registriert werden konnte. Ich fürchte allerdings, daß ich einer der Gründe dafür bin, warum der Mensch sich immer mehr für Reisen ins All interessierte. Wie vorsichtig ich auch vorging, ganz im Verborgenen konnte ich nicht operieren, und wenn über Ufos geredet wurde, so wurde, ohne daß jemand dies ahnte, auch über mich gesprochen, über Radenack — den Erdvater! Denn die Erde mußte gelenkt und geschützt werden ... Es gibt nämlich nicht nur auf der Erde Menschen ... ebensowenig wie nur auf Sobriëtas!«

Hier unterbrach sich Radenack und starrte minutenlang schweigend vor sich hin.

Adrian schluckte ein paarmal, doch seine Kehle blieb trocken.

»Ich habe versagt!« rief Radenack plötzlich aus. »Ich habe versagt, weil ich diesen sanft rauschenden Planeten mit seinen törichten, unausgeglichenen Bewohnern zu sehr in mein Herz geschlossen habe. Ich hörte auf, in meinen Berichten die gefährliche Lage zu beschreiben, in die sich die Erdbewohner in zunehmendem Maße brachten. Ich wollte unbedingt mildernde Umstände für die ›Menschen‹ finden, die einander permanent nach dem Leben trachteten, ihren Planeten zerstörten und mit ihrem alles andere überlagernden Territorialtrieb von langen Reisen durch den Weltraum träumten. Ich glaubte, dies sei nur ein vorübergehendes Entwicklungsstadium, das der Mensch irgendwann einmal überwinden würde. Jahrhundertelang redete ich mir ein, daß es nicht mehr lange dauern könne, bis diese Veränderung eintreten werde. Allen möglichen Zufällen dichtete ich die Qualität bedeutsamer Vorzeichen an. Erst jetzt erkenne ich, daß meine positiven Berichte über diese neue Erde das unvorsichtige Hirngespinst eines sentimentalen alten Dummkopfs waren. Aber mein größter Fehler kommt erst noch. Ich beging ihn, als ich in einer niedergedrückten Stimmung gegen alle Vorschriften verstieß und mich öffentlich unter die Menschen mischte, wodurch ich ungewollt einen Erdbewohner in Schwierigkeiten brachte: Dich!«

Adrian hörte regungslos zu, trotz der vielen Fragen, die ihm auf der Zunge brannten.

»Da zwei Vertreter einer anderen galaktischen Rasse, der Sgriars, uns bei unserer Unterhaltung beobachteten und daraus die völlig verfehlte Schlußfolgerung zogen, wir würden zusammenarbeiten, war ich gezwungen, dich von der Erde holen zu lassen, um deine persönliche Sicherheit zu gewährleisten, und mehr noch: um die Verheerung, die ich angerichtet hatte, in Grenzen zu halten. Meine ganze Arbeit wäre zunichte gemacht worden, wenn die Erdbewohner von der Existenz außerirdischer Zivilisationen erfahren hätten. Mir blieb keine andere Wahl. Tja, höchstens noch, dich zu töten. Aber das hätte nur dazu geführt, daß dieser Drandel und dieser

Brisk ihre Untersuchung auf der Erde fortgesetzt hätten. Indem ich dich auf auffällige Weise verschwinden ließ, wurde ihre Aufmerksamkeit von der Erde abgelenkt. Anfangs hatte ich dich selbst abholen wollen, doch das war unmöglich geworden, weil ich vor den Dethirambe zitiert wurde, um mich für meine zweifelhaften Berichte zu verantworten. Aaah, und ich bin schuldig«, klagte Radenack. »Mein Vergehen besteht darin, daß ich eine zu große Liebe zu dem entwickelte, was ich verschonen wollte: zur Erde!«

Kopfschüttelnd verbarg Radenack sein Gesicht in beiden Händen.

»Wovor mußte die Erde denn geschützt werden?« rief Adrian aus, der sich nicht mehr länger beherrschen konnte.

Radenack seufzte tief. Er zupfte nervös an seiner schwarzen Weste und stammelte: »Der Dethirambe wird es zwar sicher nicht gerne sehen, wenn ich es dir erzähle, aber ich weiß, daß ich dir eine Erklärung schuldig bin, auch wenn ich dafür werde büßen müssen. Hör zu!« Er räusperte sich.

»Das All wird von vielen Rassen bewohnt, die leider in zwei Hauptgruppen gespalten sind. Die Arachnoidea, die du als Spinnenartige bezeichnen würdest — Lebensformen wie Brisk und Drandel aus dem Volk der Sgriars, die sich nur in vollständiger Verkleidung unter uns bewegen können — und die Gruppe der humanoiden Lebensformen. Diese beiden Gruppen haben einen künstlichen Gleichgewichtszustand erreicht, der sich in einem intergalaktischen Rat manifestiert, welcher dem Allgemeinwohl dient, indem er das Gleichgewicht zwischen den beiden galaktischen Rassen aufrechterhält und die Einhaltung der Abkommen gewährleistet. Eines dieser Abkommen besagt, daß Zivilisationen von neuen Welten, die im All aktiv werden, daraufhin beurteilt werden, ob sie es wert sind, in die intergalaktische Gemeinschaft aufgenommen zu werden. Nun, die Erde hat sich mittlerweile auf diese Weise gemeldet und steht damit vor ihrer offiziellen Beurteilung. Ein ablehnendes Urteil des Rates würde die Auslöschung dieser Zivilisation — also ihre vollständige Vernichtung — bedeuten. Ich befürchtete, daß die Erde abgelehnt werden würde, und wollte dies um jeden Preis verhindern. Deshalb färbte ich meine Gutachten durch optimistische Berichte. Ich wollte das vernichtende Urteil unbedingt hinauszögern, da ich inbrünstig hoffte, daß sich bei den Völkern des blauen Planeten noch alles rechtzeitig zum Guten wenden würde.«

»Aber warum muß eine Ablehnung durch den galaktischen Rat zwangsläufig zur Vernichtung des betreffenden Planeten führen?« fragte Adrian. »Und wie hat sich die Erde denn gemeldet?«

Radenack schaute ihn an und sagte: »Wie kann eine galaktische Gesellschaft mit Tausenden von verschiedenen Rassen auf Myriaden verschiedener Planeten Sicherheit garantieren? Wie können sinnlose Kriege um vergänglichen Besitz am besten verhindert werden? Wie kann Blutvergießen durch bösen Willen, Unverständnis oder Dummheit am besten unterbunden werden? Indem man eine Zivilisation daraufhin prüft, ob sie in der Lage ist, in Frieden mit anderen zu leben. Die Beurteilung erfolgt in dem Augenblick, in dem die Zivilisation technisch so weit fortgeschritten ist, daß sie ihren Planeten verlassen und das All erforschen kann, denn dies würde sie irgendwann unweigerlich zu uns führen. Eine aggressive Handlung einer der kosmischen Gesellschaften gegenüber könnte eine katastrophale Kettenreaktion zur Folge haben. Das künstlich hergestellte intergalaktische Gleichgewicht ist äußerst empfindlich. Was ich der Verständlichkeit halber als intergalaktischen Rat bezeichnet habe, sind die Konstrukteure eines äußerst komplizierten Zusammenwirkens von ›empfindlich-dynamischem Gleichgewicht‹. Im Kosmos tauchen bei jedem Atemzug neue Zivilisationen auf und verschwinden andere. Abkommen, Vereinbarungen, Wünsche, Träume, Ängste und Bedürfnisse ändern sich dementsprechend schnell und sind unbeständig wie der Wind. Was aus weiter Entfernung wie ein kontrolliertes Gleichgewicht aussehen mag, entpuppt sich bei näherer Betrachtung als weißglühender Klumpen explosiver, ständig mutierender Vereinbarungen und Übereinkünfte. Es war meine Pflicht, als Erdvater den Konstrukteuren zu dienen, doch ich habe meine Gutachten verfälscht. In wollte Zeit für die Erde gewinnen, obwohl ich hätte wissen müssen, daß die Gegenkräfte stärker werden würden. Die Gegenpartei mißtraute meiner Berichterstattung, obgleich unsere Konstrukteure sie keinen Augenblick lang in Frage stellten. Warum hätten sie das auch tun sollen? Schließlich hatte ich einen Eid geschworen. Doch die

Sgriars schickten Spione aus, um mich zu kontrollieren, und ihre Konstrukteure beschuldigten die unsrigen, die Situation falsch darzustellen. Aber die unsrigen hielten diese Beschuldigungen für eine List und Taktik, denn sie glaubten ja blind meinen Informationen. Ich habe eine große Schuld auf mich geladen. Ich habe das Ansehen meiner Kaste besudelt.«

Stöhnend wandte er den Kopf ab. Wie ein alter, gebrochener Mann saß er da, der Erdvater. Er, der bereits viele Jahrhunderte lang Lebenserfahrung gesammelt hatte, ähnelte nun einem armseligen Bauern, dessen Ernte durch eine große Dürre vernichtet worden ist und dem allmählich klar wird, daß seine Familie im Herbst und Winter würde Hunger leiden müssen. Radenack versank in ein unverständliches Gemurmel. Nach einer Weile versuchte Adrian, ihn vorsichtig dazu zu bringen, ihm mehr darüber zu erzählen, warum sich die Bewohner von Sobriëtas so sehr für die Erde interessierten. Nachdem Adrian sich nicht durch mehrere ausweichende Antworten hatte abspeisen lassen, wurde seine Beharrlichkeit schließlich belohnt.

Radenack seufzte tief und begann: »Der Dethirambe möge mir vergeben. Hör zu! Die Sache der Humanoiden hat ihre Schwachpunkte, obwohl sie ausdrücklich von der Gesamtheit der Kräfte, die das kosmische Gleichgewicht bilden, vertreten wird. Die andere Seite, die Arachnoidea, deren beherrschende Rasse die Sgriars sind, verfügt über viel mehr junge, sich entwickelnde Zivilisationen als wir. Mit der Zeit wären die Sgriars daher unausweichlich stärker geworden. Deshalb beschlossen wir eines Tages, diese Entwicklung durch das Projekt ERWACHEN zu beeinflussen. Sobriëtas als souveräne, übergeordnete Einheit der Allianz der Humanoiden ging dazu über, humanoide Zivilisationen auf dazu geeignetem Nährboden zu produzieren. Wir machten uns auf die Suche nach Planeten, die sich dazu eigneten, humanoide Lebensketten zu initiieren. In diesem inzwischen eingestellten und verbotenen Erwekkungsprojekt gab es ein Dossier Erde. Dieser Planet schien über alle Voraussetzungen zu verfügen, menschliche Lebensformen zu entwickeln und am Leben zu erhalten. Die einfachen Tierarten, die wir dort antrafen, besaßen zwar primitive intellektuelle Fähigkeiten, doch schienen diese bei allen Lebewesen aus unerklärlichen Gründen stagniert zu sein. Nach langer Untersuchung wurde die offizielle Genehmigung für das Aussetzen humanoider Lebensformen erteilt, die von unseren Gelehrten speziell für die Verhältnisse auf dem blauen Planeten gezüchtet worden waren. Die Produkte dieser Züchtungen wurden an verschiedenen Orten der Erde ausgesetzt. Die Gelehrten hatten eine Anzahl unterschiedlicher Typen entwickelt, die weit entfernt voneinander ausgesetzt wurden, damit man sie leichter beobachten konnte. Die gelben, braunen, schwarzen und weißen Formen entwickelten sich gut. Versuche mit blauen und grünen Exemplaren schlugen fehl und wurden nach einiger Zeit eingestellt. Einige unserer Wissenschaftler blieben auf der Erde, um die sich schnell verbreitenden Humanoiden zu begleiten und ihren Entwicklungsprozeß zu unterstützen. Sie gaben den ersten irdischen Menschen das Feuer und lehrten sie, Selbstkenntnis zu erwerben. Aus unerklärlichen Gründen, vermutlich klimatologischer Art, litten unsere Wissenschaftler auf der Erde nach einer Weile unter ungewöhnlichen Wachstumserscheinungen. Innerhalb weniger Jahre verdoppelte sich ihre Größe. So wurde es mit der Zeit immer schwieriger, neue Wissenschaftler zu finden, die auf der Erde arbeiten wollten, da die meisten, die eine solche Verpflichtung eingegangen waren, unverzüglich zurückkehrten, sobald ihre Vertragszeit abgelaufen war. Die wenigen Kollegen, die auf der Erde zurückblieben, wuchsen immer weiter. Übrigens erwartete sie ein trauriges Schicksal, denn im Laufe der Zeit wandte sich der irdische Mensch gegen sie, und sie mußten in unwirtliche Gebiete flüchten oder wurden auf feige Weise ermordet.«

»Dann stammt der Mensch also aus den Laboratorien von Sobriëtas«, stammelte Adrian erschüttert.

»Ja, aber obwohl er in unseren Laboratorien auf das Klima vorbereitet wurde, wurde er natürlich jahrtausendelang vom Milieu der Erde geformt und von dem Sternsystem, zu dem die Erde gehört: dem kosmischen Milieu. Zu einem bestimmten Zeitpunkt entdeckten wir dann, daß das intellektuelle Wachstum zum Stillstand gekommen war. Infolge unerklärlicher kosmischer Einflüsse — übrigens den gleichen, die bei den Angehörigen unseres eigenen Volkes zu dem merkwürdig übertriebenen Wachstum geführt hatten — stagnierte die Weiterentwicklung des irdischen Gehirns. Der irdische Mensch blieb ein unvollendetes Wesen, das nur einen kleinen Teil seines Gehirnpotentials nutzen konnte und auf dieser Entwicklungsstufe steckenblieb. Was immer wir versuchten, alles mißglückte jämmerlich. So haben wir beispielsweise in unseren Laboratorien unter simulierten irdischen Bedingungen einen speziellen Menschen der weißen Sorte gezüchtet, wobei es uns nach langem Experimentieren glückte, das Gehirn vollständig zu erwecken. Dieses Exemplar brachten wir heimlich zur Erde und sorgten dafür, daß es mit irdischen Eltern und unter natürlichen Bedingungen aufwuchs. Wir hofften, daß dieser Mann sich zu einem Führer entwikkeln würde, der den Menschen vor seinen törichten Irrtümern beschützen könnte und außerdem die Verbreitung dieses neuen Menschen einleiten würde. Zuerst sah es so aus, als ob unserem Projekt Erfolg beschieden sei, da der Betreffende tatsächlich von vielen als Führer anerkannt wurde und sich sein religiöser Einfluß stark über den Planeten ausbreitete. Doch schließlich wurde er ermordet. Und obwohl sein Einfluß die Menschen fortan wie ein Nebel umhüllte, hatten wir unser Ziel nicht erreicht. Mit anders gefärbten Exemplaren erzielten wir auch keine besseren Resultate, weshalb diese Methode schließlich verworfen wurde. Obwohl wir uns für die Erde verantwortlich fühlten, beschlossen wir, daß der Mensch sich von nun an nach eigenen Maßstäben und den Umständen entsprechend frei entwickeln müsse. Unser Engagement sollte sich fortan auf die Überwachung und Erforschung des Planeten beschränken, ohne daß der irdische Mensch etwas von unserer Anwesenheit merken sollte. Wir hofften, daß der von uns initiierte technische Fortschritt mit der Zeit zu einer natürlichen Reifung des Gehirns und einem intellektuellen Erwachen führen würde.«

Radenack holte tief Luft und starrte schweigend auf den Boden. Adrians Kopf dröhnte. Was Radenack ihm da erzählt hatte, war kaum zu glauben!

Der irdische Mensch stammte aus den Laboratorien von Sobriëtas! Verwirrt ließ er sich an der Wand entlang zu Boden gleiten und versank in tiefes Nachdenken. Die Niedergeschlagenheit des Mannes, in den er seine ganze Hoffnung gesetzt hatte, machte ihm so zu schaffen, daß er den dunkelgelben Lichtkegel, der plötzlich von der Decke in den Saal fiel, zuerst gar nicht bemerkte. Eine klare Stimme schallte aus der Höhe durch den Raum.

»Mögen Ihre Verirrungen sich in Ihre Seele fressen wie ein Brandmal, das man anbringt, damit die Erinnerung im Gedächtnis haften bleibt. Denn nur das, was nie aufhört zu schmerzen, wird nicht vergessen.«

Unmittelbar unter dem Lichtkegel, der von leuchtenden Schleiern Licht umgeben war, bewegte sich eine große Gestalt mit weiblichen Formen langsam auf einem aus der Wand ragenden Balkon ohne Geländer.

»Der Dethirambe — der Träger des Großen Antlitzes ...«, wimmerte Radenack mit plötzlich aschgrauem, verzerrtem Gesicht.

War es eine Sie oder ein Er? Das Geschlecht ließ sich nicht eindeutig bestimmen, da die äußeren Merkmale beider Geschlechter vorhanden waren. Das Wesen schaute ihn mit einem unwirklich anmutenden Blick aus funkelnden, tiefgelben Augen schweigend an. Ein Hermaphrodit, vermutete Adrian. Das Wesen war von faszinierender und äußerst bizarrer Schönheit. Diese gewagten Formen der Natur schienen viel eher den Phantasien eines kubistischen Architekten entsprungen als irdisch-humanoiden Ursprungs, obwohl sie alle Elemente des letzteren aufwiesen. Die silberweiße Haut, in deren Falten ein bläulicher Widerschein zu erkennen war, erweckte den Eindruck, als ob die scheinbar durchsichtige Gestalt ein zartes, milchigweißes Licht ausstrahlen würde. Völlig überwältigt von diesem Anblick war Adrian nicht in der Lage, ein Wort über die Lippen zu bringen.

»Die Schatten Ihrer Erfahrungen zeichneten sich schon lange vorher ab«, plätscherte die Stimme des Großen Antlitzes. »Ihr Kommen, welches die Folge einer Unvollkommenheit eines der Unsrigen ist, hat Kerben im Wappen der Gegenwart hinterlassen.«

Bei dieser Bemerkung krümmte sich Radenack zusammen. Sein Gesicht zuckte, der Kopf sank auf die Brust, und er verfiel in ein nervöses Murmeln.

»Wer sind Sie?« fragte Adrian leiser, als er eigentlich vorgehabt hatte.

»Man nennt mich den Träger des Großen Antlitzes. Ich bin der Dethirambe — die Stimme, mittels derer die sieben Oberhäupter von Sobriëtas sprechen — die Augen, mit denen sie sehen — die Ohren, mit denen sie hören: das Instrumentarium ihrer Gegenwart.«

Nicht nur der Klang der Stimme war außergewöhnlich, dachte Adrian. Es war vor allem der merkwürdige synkopische Rhythmus der Intonation, der der Stimme hypnotische Eindringlichkeit verlieh.

»Ich wünsche mir nichts sehnlicher, als zur Erde zurückzukehren, und ich hoffe, daß Sie dies für mich in die Wege leiten können«, sagte Adrian.

»Dem dritten Planeten der Sonne in dem System, das wir Ursamtalor nennen, gilt bereits seit einiger Zeit unser besonderes Augenmerk. Ein Bewohner dieses Planeten darf sich hier auf Sobriëtas unserer aufrichtigen Zuneigung, unseres aufrichtigen Interesses und unserer Gastfreundschaft sicher sein.«

Adrian rutschte verlegen hin und her und beeilte sich zu sagen: »Dafür bin ich Ihnen sehr dankbar. Trotzdem sehnt sich mein Herz zurück zu jenem Planeten, von dem ich komme, zu meiner Heimat: zur Erde!«

»Ihre wirkliche Heimat ist vielleicht hier bei uns. Ist Ihnen bekannt, wo der Ursprung des irdischen Menschen liegt?«

Forschend schaute Adrian auf. Er mußte eine Hand vor die Augen halten, um sich vor dem hellen Licht zu schützen.

»Ich habe es gehört, aber ich kann es kaum glauben, es klingt so phantastisch«, sagte Adrian.

»Das Phantastische«, sagte der Dethirambe mit erhobener Stimme, »wird meist als ein Umstoßen der Naturgesetze abgestempelt, als das Unmögliche. In Wahrheit ist es nur eine Art, wie sich die Naturgesetze offenbaren können, und vielleicht ist es nur eine der vielen Masken, die das Große Antlitz trägt.«

Hier legte der Dethirambe eine Pause ein, schritt dem einfallenden Licht entgegen, drehte sich so, daß das Lichtbündel den Kopf mit einem strahlenden Heiligenschein umkränzte und sagte feierlich: »Willkommen zu Hause!«

Adrian hatte sich langsam erhoben. Die Worte des Dethirambe beunruhigten ihn. Er entnahm daraus, daß man ihn nicht zur Erde zurückkehren lassen wollte. Er erschauderte und ließ seinen Blick von Radenack, der seine geschwollenen Augen abtastete, zu der imposanten Erscheinung des Dethirambe schweifen. Das bleiche Gesicht strahlte Härte, Schönheit und einen Anflug von Grausamkeit aus. Der Mund bewegte sich langsam, und die Worte schienen ihn nur mit einer gewissen Verzögerung zu verlassen.

»Warum schweigen Sie, obgleich Ihre Augen heftige Seelenerschütterungen verraten?«

Adrian holte tief Luft und antwortete: »Ist es nicht das Recht eines Angehörigen derselben Rasse, wie auch immer die Verwandtschaft beschaffen sein mag, sein Leben nach eigenem Ermessen zu gestalten, an dem Ort, der ihm von der Natur zugewiesen wurde?«

Der Dethirambe drehte den Kopf ein wenig zur Seite, so daß ein paar Lichtstrahlen ein flüchtiges Muster auf den Boden zeichneten.

»Was weiß der irdische Mensch über sich selbst! Könnte er sich auch nur ein einziges Mal so sehen, als würde er von Röntgenstrahlen durchleuchtet! Verschweigt ihm die Natur nicht das allermeiste? Er nutzt nur zehn Prozent seiner Gehirnkapazität. Ach ... die Natur hat den Schlüssel, mit dem er sich Zugang zu sich selbst verschaffen könnte, fortgeworfen. Sogar seine verhängnisvolle Neugier, die ihn durch einen Spalt aus der Bewußtseinskammer schauen läßt, bringt ihm nicht einmal zu Bewußtsein, daß er sich in der Indifferenz seines Nicht-Wissens auf Rücksichtslosigkeit, unersättliche Begierde und Mordlust stützt.«

Intuitiv begriff Adrian, was der Dethirambe meinte, obwohl er es nicht in Worte hätte kleiden können.

»Auf den Unzulänglichkeiten, die Sie dem irdischen Menschen zuschreiben, und auf den Pfeilern, die Sie achtlos verwerfen, ruht doch eine Zivilisation, die sich immer noch weiterentwickelt und die immer noch reift.«

»So so. Wir hingegen haben festgestellt, daß die Fähigkeiten des irdischen Menschen nur Hungersnot, Terror, Chaos, Folterungen und geistige Umnachtung hervorgebracht haben. Welche Hoffnung bleibt da noch?«

Obwohl Adrian äußerlich gleichgültig und kühl wirkte, kochte er innerlich vor Wut über die Verachtung, die der Dethirambe dem irdischen Menschen entgegenbrachte. Zwar konnte er nicht bestreiten, daß der Dethirambe recht hatte, doch wurde er von einem blinden

Chauvinismus ergriffen, so daß er sich wie ein Kämpfer für die Sache der ganzen Menschheit fühlte.

»Meine Hoffnung ist ...«, beantwortete er nachdenklich die Frage des Dethirambe, »meine Hoffnung richtet sich darauf, daß ... daß sich in der Geschichte des Menschen einmal eine deutliche Linie abzeichnen wird, welche die Erdbewohner mit dem Zunehmen ihrer Fähigkeiten zu einer höheren Geisteskraft führen wird. Auf diese Weise werden wir uns zu einer Zivilisation entwikkeln, deren Mitglieder ebenso weit über den heutigen menschlichen Lebensformen stehen wie wir über den irdischen Tieren.«

Unbezähmbare Wut hatte Adrian diese Worte eingegeben. Er wappnete sich innerlich gegen die verächtliche Antwort des Dethirambe. Doch dieser sagte nichts. Plötzlich blickte Radenack auf. In seinen Augen entdeckte Adrian etwas von jenem Funkeln, das ihm schon auf der Erde aufgefallen war.

»Hmmm«, murmelte der Dethirambe. »Genau dieser Gedanke hat immer wieder unsere Hoffnung bezüglich der Erde neu entfacht, wenn die Enttäuschung über die Vorfälle dort unsere Träume Lügen gestraft hatte. Es ist frappierend, daß ein irdischer Mensch genau die gleiche Vorahnung hat. Ist der irdische Mensch vielleicht doch noch nicht verloren? Besteht doch noch Hoffnung? Wird sich die irdische Zivilisation letztendlich doch nicht selbst vernichten, wie wir bisher glaubten? Ist die Hoffnung auf ein neues Licht etwa doch gerechtfertigt? Und wie stellt sich der irdische Mensch selbst diesen Fortschritt vor?«

Adrian schluckte und antwortete: »Zweifellos leben bereits Mutanten unter uns, oder zumindest Menschen, die auf dem Weg, den wir alle einmal gehen werden, schon ein Stück weit gegangen sind.«

Plötzlich redete der Dethirambe mit verschiedenen Stimmen. Die Herrscher von Sobriëtas konferierten miteinander.

»Hoffnung und das Vertrauen sind ermutigende Facetten dieses irdischen Menschen. Sie enthüllen ein positives Potential«, sagte eine hohe Stimme vorsichtig. Dann folgte eine krächzende: »Es wäre in diesem Stadium sicher interessant, die Motive zu untersuchen, aus denen heraus der irdische Mensch offenbar bis zum heutigen Tage gehandelt hat. Doch muß zuvor bewiesen werden, daß es sich nicht nur um einen *Glauben* an diese Motive handelt, daß sie nicht nur Auswirkungen der wahren Motive sind, die diese Wesen antreibt.«

Wieder eine andere Stimme des Dethirambe sagte: »Wenn sie doch nur nicht immer solch ein Chaos anrichten würden ...«

»Es wird hier immer nur auf die Tatsache hingewiesen, daß auf der Erde ein riesiges Chaos herrscht. Doch mein Aufenthalt auf diesem Planeten, vor allem in Momdule, hat mir gezeigt, daß auch hier nicht alles mit rechten Dingen zugeht«, protestierte Adrian scharf.

Der Dethirambe antwortete, als würden die Worte wie glühende Tropfen aus seinem Mund fallen.

»Momdule ist keinesfalls repräsentativ für Sobriëtas. Es ist ein besonderes Gebiet, das nur instandgehalten wird, um uns an unsere eigenen Fehler in der Vergangenheit zu erinnern. Ich möchte nun einem unvollkommenen Organismus, dem nur ein kleiner Teil seiner eigenen Gehirnkapazität zur Verfügung steht, eine Frage stellen.«

Vergnügt stellte Adrian fest, daß diesmal der Dethirambe verärgert war.

»Warum leben die Bewohner von Momdule wohl hoch über dem Boden und müssen überdies auch noch den Anblick desselben meiden?« Während der Dethirambe die Frage stellte, bildete sich eine arrogante Falte auf seinem Gesicht.

»Weil der Glaube, daß der Boden heilig ist, sie dazu zwingt«, antwortete Adrian.

»Aha! Aber warum hat man den Boden für heilig erklärt?«

Adrian dachte nach, doch der Dethirambe gönnte ihm keine Zeit und gab die Antwort selbst: »Um der Angst ein Gesicht zu geben. Vor Tausenden von Jahren beschloß man, physikalische Kräfte zu erwecken, deren Natur und Funktionsweise man zu kennen glaubte, wobei man sich allerdings nicht genügend mit ihren Auswirkungen beschäftigte. Im Gebiet von Momdule wurde mit diesen Kräften experimentiert, bis ein verhängnisvoller Irrtum zu einer Katastrophe führte, die das gesamte Gebiet und alles Leben dort vernichtete und eine jahrhundertelange giftige Strahlenverseuchung hinterließ. Die wenigen, die diese Katastrophe überlebten, gründeten eine neue Gemeinschaft, die den Kontakt mit dem verseuchten Boden so weit wie möglich mied. Zunächst hausten diese Überlebenden in den Säulenbäumen. Später bauten sie eine Stadt hoch über dem Boden. Und als viele Generationen später die noch immer gerechtfertigte Angst vor der Verseuchung in Vergessenheit zu geraten drohte, schufen die Oberhäupter ein religiöses System, um die weitere Meidung des Bodens zu gewährleisten. Ein strenger Ritus zur Verehrung des Bodens, der auf dem Gedanken der Minderwertigkeit des Individuums gründete, erschien ihnen als die beste Möglichkeit, die Bevölkerung davon abzuhalten, die Begründung persönlich überprüfen zu wollen. Schließlich verblaßte der ursprüngliche Grund zu einem Glauben, und dieser Glaube blieb auch dann noch bestehen, als der Boden von seinem Leiden geheilt war. So lebte Momdule friedlich weiter.«

»Friedlich!« rief Adrian entrüstet. »Dann sind Ihnen wohl meine Entdeckungen dort noch nicht zu Ohren gekommen!«

»Wir sind über Ihre typischen erd-menschlichen, chaotisierenden Aktivitäten vollständig informiert worden.«

Der Dethirambe schaute ihn geringschätzig an. Nun wurde es Adrian allmählich zuviel.

»Chaotisierend?« Seine Stimme überschlug sich. »Diese Leute werden betrogen!« schrie er. »Das einzige, was ich versucht habe, ist, sie aus dieser Situation zu befreien!«

»Typisch irdisch, jetzt auch noch selbstzufrieden zu sein!« krächzte der Dethirambe. »Glauben Sie, daß die Bewohner von Momdule, die jahrhundertelang in diesem Rhythmus gelebt haben, Ihnen dafür dankbar sein werden?«

»Das tut hier nichts zur Sache«, brüllte Adrian. »Eine Veränderung braucht Zeit, bevor sie sich wirklich beurteilen läßt.«

»Glauben Sie denn, daß Sie diese Leute glücklicher gemacht haben, indem sie all ihre Sicherheiten und Grundsätze dem Boden gleichgemacht haben?«

Adrian spürte den beißenden Sarkasmus in den Worten des Trägers des Großen Antlitzes.

»Genau wie jede andere Veränderung braucht auch eine Erlösung Zeit, bevor man ihren tatsächlichen Wert beurteilen kann. Am Ende könnte dies zu größerem Glück führen ... äh ...« Adrian zögerte.

»Ja?« antwortete der Dethirambe mit gespielter Überraschung. »Sie sagen ... wahrscheinlich ... und ... am Ende ... gegenwärtiges Glück ist dann wohl unwichtig?«

»Äh ... eigentlich nicht ... äh ... nein.«

»Dann erklären Sie uns doch bitte einmal, weshalb Sie es für notwendig hielten, die Gemeinschaft von Momdule auf Jahrhunderte geistig zu zerrütten?«

»Natürlich weil die *Wahrheit* enthüllt werden muß«, schrie Adrian wütend. »Die *Wahrheit* muß siegen!«

»Hört, o Herrscher von Sobriëtas«, ließ der Dethirambe pathetisch seine Stimme erschallen. »Der Erdling gibt als Motiv den Sieg der *Wahrheit* an!« Diese letzten Worte hatte er mit unverhohlenem Abscheu ausgesprochen.

»Die *Wahrheit* scheint hier nicht sehr beliebt zu sein«, gab Adrian bissig zurück.

Der Dethirambe schüttelte bedächtig den Kopf. »Laßt uns nicht über so etwas Unbedeutendes wie die *Wahrheit* streiten. Was sind Ihre Wahrheiten denn schließlich anderes als unwiderlegbare Verirrungen unvollendeter irdischer Wesen? Können Sie sich denn nicht vorstellen, daß sich die *Wahrheit* bei zehn Prozent Gehirnkapazität von der bei zwanzig Prozent, bei vierzig Prozent, bei achtzig Prozent oder bei hundert Prozent unterscheidet, einmal ganz abgesehen von der Qualität des intellektuellen Systems. So begreifen Sie doch, daß Ihre Wahrheiten nichts weiter als traurige Luftspiegelungen sind!«

Unversehens senkte sich die Stimme des Dethirambe zu einem sonoren Baß, während er weitersprach: »Die sieben Herrscher von Sobriëtas wollen darüber beraten, ob Sie zu den Testhäusern geführt werden sollen, wo man Ihren Körper und Geist einer genauen Analyse unterziehen wird.«

Der Dethirambe schwieg, und der Nachhall seiner Worte verklang in der Ferne. Bevor Adrian irgend etwas erwidern konnte, war der Dethirambe verschwunden.

Es war Zeit für eine Bestandsaufnahme. Adrian war gleichermaßen aufgeregt, schockiert und erschöpft. Radenack starrte schweigend vor sich hin. Er war in einen Trancezustand verfallen und damit unerreichbar für Adrian.

14

Adrian trank einen Schluck von dem Milkshake, dann packte ihn das Grauen. Die Einrichtung der irdischen Traumwohnung mochte ja geglückt sein — angesichts der Entfernung konnte man über ein paar kleine Fehler hinwegsehen. Doch der Versuch, irdisches Essen zu kopieren, war seinen Gastgebern absolut nicht gelungen. Er goß den rosafarbenen schäumenden Saft in das Abwaschbecken in der Küche. Ein Schauer durchfuhr seinen Körper. Er mußte sich beherrschen, um das schlanke Glas nicht gegen die Wand zu werfen. Das untätige Warten zerrte an seinen Nerven. Vier Tage saß er jetzt schon hier.

Die lichtspendenden Deckenkacheln wurden entsprechend dem irdischen Zeitmaß ein und ausgeschaltet, als ob es hier irdisches Tageslicht gäbe. Doch diese künstlichen Tage und Nächte gefielen Adrian ganz und gar nicht. Tag für Tag hatten zwei Bewacher ihn zu einem Gespräch mit dem Dethirambe gebracht, wobei ihm immer klarer geworden war, daß von dieser Seite nicht viel Gutes zu erwarten war. Sie würden ihn nie gehen lassen, soviel hatte er inzwischen begriffen. Nichts von dem, was er vorgebracht hatte, hatte den Träger des großen Antlitzes und diejenigen, die es repräsentierte, überzeugen können. Im Gegenteil. Hartnäckig wiederholte der Dethirambe immer wieder, daß eine gründliche Untersuchung und Überprüfung von Adrians Person ihnen vielleicht zu einer Lösung für die gesamte Erde verhelfen könne. Er hatte nicht den Eindruck, daß seiner eigenen Meinung und seinen Gefühlen dabei auch nur die geringste Bedeutung beigemessen wurde. Auch Radenack war alles andere als ein Retter in der Not. Der Erdvater befand sich in einer dermaßen tiefen Reue über seinen Fehltritt, daß er, von heftigen Schwermutsanfällen heimgesucht, keinerlei Unterstützung bieten konnte.

Adrian seufzte tief. Die Bewacher konnten jeden Moment auftauchen, um ihn für sein tägliches Gespräch mit dem Dethirambe abzuholen. Es mußte etwas geschehen. Die momentane Situation würde er nicht mehr lange ertragen. Wenn man ihn zwingen würde, sein weiteres Leben auf Sobriëtas zu verbringen, wollte er alles daransetzen, wenigstens nach Momdule zurückkehren zu können. Er warf einen Blick auf die Uhr. Wo sie nur blieben? Seine Bewacher waren stets pünktlich um sieben Minuten nach zwölf erschienen. Vielleicht kamen sie nun nicht mehr. Vielleicht wußte der Dethirambe jetzt genug. Adrian dachte an die Gespräche mit dem Träger des großen Antlitzes und an dessen niederschmetternde Ansichten, die ihm schlaflose Nächte bereitet hatten. Die Tür klickte und öffnete sich. Zwischen zwei Bewachern wurde Wagenführer hereingeführt. Voller Freude sprang Adrian auf.

»Die Dauer dieses Gesprächs ist vom Dethirambe auf achtzehn irdische Mönuten festgesetzt worden«, sagte der eine der beiden Bewacher.

»Minuten«, verbesserte Adrian und wartete, bis die beiden den Raum verlassen hatten, um seinen Freund zu begrüßen.

»Es hat mich viel Mühe gekostet, aber jetzt bin ich hier, um mich von dir zu verabschieden«, sagte Wagenführer.

»Was? — Du darfst weg?« fragte Adrian überrascht.

»Ja, und nicht nur ich, sondern auch der Amatokdes wird nach Hause geschickt.«

»Wirklich? Wie geht es ihm?«

»Seit er weiß, daß er hier weg darf, viel besser.«

»Ob ich vielleicht auch …?« Adrian biß sich auf die Lippe.

Wagenführer schaute zu Boden und sagte zögernd: »Ich glaube kaum, daß sie dich gehen lassen werden. Es geht ihnen ja gerade um dich! Ich weiß es natürlich nicht sicher, aber …«

Adrian nickte resigniert und fragte: »Wo gehst du hin?«

»Zurück nach Momdule ... Sie haben mir andere Möglichkeiten angeboten, aber ich bin doch am liebsten auf meinem Wagen.« Nach einer kurzen Stille sagte er mit gekünstelter Fröhlichkeit: »Ich werde den Schreihals von dir grüßen.«

Adrian blickte schweigend vor sich hin. Beide fühlten, daß der Augenblick des Abschieds gekommen war. Adrian stand auf, bereit, seine Gefühle zu zeigen, als sich plötzlich ein Gedankenfunke zu einem vagen Plan entwickelte. So verbrachten sie die letzten Minuten von Wagenführers Besuch mit einer lebhaften Unterhaltung.

Aufgeregt ging Adrian in seiner Wohnung auf und ab. Zwei Tage lang hatte er voller Spannung abgewartet, ob es Wagenführer gelungen war, den Dethirambe davon zu überzeugen, daß es für Adrians geistige Gesundheit unerläßlich sei, sich von dem Amatokdes zu verabschieden. Er war sich darüber im klaren, daß sein Plan aus der Verzweiflung geboren war. Doch er redete sich ein, es müsse eine Möglichkeit geben, zusammen mit dem Amatokdes zu fliehen. Schließlich hatten sie schon größere Schwierigkeiten bewältigt.

Am nächsten Morgen teilten seine sonst so schweigsamen Bewacher ihm mit, er dürfe den Amatokdes noch einmal vor dessen Abreise sehen und möge sich für den Besuch bereithalten. Auch teilten sie ihm mit, später am Tag werde er zu den Testhäusern gebracht werden, wo man ihn einer Anzahl wichtiger Behandlungen und Untersuchungen unterziehen würde: »Im allgemeinen Interesse der irdischen Humanoidengemeinschaft«, so hatte es geheißen.

Schon seit Stunden ging er nun im Zimmer auf und ab. Im Geiste repetierte er seinen Fluchtplan wie ein Perpetuum Mobile. Jetzt oder nie. Er mußte versuchen wegzukommen. Ihm blieb keine Wahl, der Plan mußte gelingen. Mit dem Amatokdes an seiner Seite würde es klappen, machte er sich selbst Mut. Mit den ungeahnten Fähigkeiten seines Freundes ... Erschrocken schloß er den Mund, als er sich bei einem Selbstgespräch ertappte. Nervös kratzte er sich am Kopf. Plötzlich glaubte er hinter der Tür etwas zu hören. Er horchte mit angehaltenem Atem. Die Tür öffnete sich. Die beiden Bewacher schleppten einen schweren Kasten in den Raum und stellten ihn vor Adrian ab.

»Was habt ihr vor?« fragte er.

Die Bewacher schwiegen und hoben den Deckel von dem Kasten.

Adrian spürte, wie sich eine eisige Kälte in seinem Körper ausbreitete. Wie versteinert und mit kreidebleichem Gesicht starrte er das Ding an. Im Zentrum des massiven Quaders aus einer grauen, durchsichtigen Substanz lag der Amatokdes mit geschlossenen Augen, wie ein bunter Käfer in einer Presse.

»Was habt ihr mit ihm gemacht!« schrie Adrian entsetzt.

Seine Reaktion schien die Bewacher zu überraschen.

»Abschied«, murmelte einer der beiden verblüfft.

Ein blitzschneller Faustschlag traf seinen Kopf, und er fiel mit einem dumpfen Schlag zu Boden. Der andere schaute fassungslos zu. Adrian selbst erging es kaum anders. Impulsiv und ohne zu wissen, was er tat, hatte er auf die Gefühlsaufwallung reagiert, die die beiden ihm entlockt hatten.

»Ihr habt ihn getötet! Warum? Warum?« stammelte er verzweifelt.

»Er ist nicht leblos«, antwortete der Bewacher, der seinen lädierten Kollegen stützte. »Die außergewöhnliche Geschwindigkeit, mit der er reisen wird, macht es erforderlich, die Zellen auf eine spezielle Weise zu konservieren, damit sie nicht zerplatzen.«

Adrian hörte kaum zu. Seine letzte Hoffnung zu entkommen hatte sich zerschlagen. In einem dunkelroten

Nebel der Hoffnungslosigkeit tauchten vor seinen Augen verschwommene Gestalten auf. Stimmen schienen ihm aus Tausenden von Kilometern Entfernung etwas zuzurufen. Doch er verstand es nicht. Als er wieder zu sich kam, war er allein. *Wagenführer fort, der Amatokdes fort, und ich hoffnungslos auf einem fernen Planeten gefangen,* dröhnte es in seinem Kopf. *Meine letzte Chance ist dahin!* Wild rüttelte er an der Tür. Völlig wider Erwarten gab diese plötzlich nach, was zur Folge hatte, daß er nach hinten geschleudert wurde.

Zwei mit Staub bedeckte Männer standen in der Türöffnung. »Wollen Sie uns bitte folgen?« sagte einer der beiden gedehnt.

»Aha, ihr wollt mich sicher zu den Testhäusern bringen?« sagte Adrian höhnisch, während er entschlossen aufstand.

»Wollen Sie uns bitte folgen?« wiederholte der andere.

Adrian ging auf die beiden Gestalten zu und baute sich ein paar Schritte von ihnen entfernt auf.

»Mensch, haben sie dir keine anderen Wörter beigebracht?«

Die Männer schwiegen. Sie standen regungslos da und folgten mit kühlen Blicken jedem Detail von Adrians drohenden Gebärden.

»Richte dem Dethirambe aus, daß ich nicht mehr zur Verfügung stehe. Ich habe keine Lust dazu. Macht eure Versuche doch mit euch selbst oder zur Not mit Ratten oder weißen Mäusen, das ist schon schlimm genug. Auf Wiedersehen.«

Adrian wollte ihnen die Tür vor der Nase zuschlagen, doch diese wurde blockiert. Trotz seines verbissenen schweigenden Widerstands schoben die beiden Adrian mühelos zur Seite und packten ihn.

»Wollen Sie uns bitte folgen?« wiederholte der eine der beiden.

»Junge, Junge, ich bin Hellseher geworden, weißt du

das?« rief Adrian gereizt. »Ich wußte schon vorher, was du sagen würdest!«

Sie hielten ihn wie in einem Schraubstock fest und zogen ihn mit sich, als er versuchte, sich zu widersetzen. Schließlich gab Adrian jeden Widerstand auf.

»Und was passiert jetzt?« schnaubte er, wütend über seine Machtlosigkeit. Statt einer Antwort wurde er in eine dunkle Kabine geschoben. Bei der Berührung mit dem kühlen Metall bekam er eine Gänsehaut. Einer der Bewacher setzte sich auf ihn, der andere übernahm die Lenkung. Adrian schnappte nach Luft. Die Kabine schüttelte sich rasselnd und schoß plötzlich mit großer Geschwindigkeit vorwärts. Was genau geschah, konnte er in der bedrückenden Dunkelheit nicht feststellen, doch schien es, als ob der Transporter ein paarmal seine Richtung änderte. Einmal drosselte er seine Geschwindigkeit, und Adrian hörte Stimmen. Sein Bewacher antwortete etwas, die Geschwindigkeit nahm wieder zu, und kurze Zeit später hörte er einen Knall, gefolgt von einem anhaltenden Rauschen.

Zwanzig Minuten später hielt die Kabine an. Adrian fühlte sich am ganzen Körper wie zerschlagen. Infolge des Gerüttels und Geschüttels und vor allem der rohen Behandlung seines Bewachers, der ihn während der Reise als Polster benutzt hatte, war er mit unzähligen blauen Flecken übersät. Er versuchte aufzustehen. Ein frischer Wind spielte in seinen Haaren, als er mühsam aus der Kabine kletterte.

»Was haben wir hier draußen zu suchen?« fragte er verwundert. »Wo sind denn diese sogenannten Testhäuser?«

Mit einem eingeschlafenen Bein hinkte er zwischen den beiden her. Sie zerrten ihn in schnellem Tempo weiter. Wohin die Reise gehen sollte, war Adrian ein Rätsel. Hinter ihnen ragte die monumentale Plastik der Kronstadt Sobriëtas schräg aus der Planetenkruste in den Himmel. Vor ihm lag nichts als grobkörniger roter Sand, durch den ihn seine Bewacher zogen, bis sich am Horizont riesige blauschwarze Felsspitzen abzeichneten, die, wie er nun wußte, Luftspiegelungen waren.

Dann leuchtete in der Ferne etwas auf. Ein kleines orangefarbenes Flackern strich über den Sand. Als sie näherkamen, sah er, daß das Licht aus einem kleinen Krater leuchtete. Seine Begleiter hielten an.

Dieses Licht ... dieser Krater ... Adrian dämmerte etwas. Doch nein, das konnte nicht wahr sein. Ein törichter Gedanke, mehr nicht. Er schaute in die merkwürdig leeren Gesichter der beiden, als ob dort des Rätsels Lösung zu finden sei. Einer von ihnen vollführte mit einem eckigen Gegenstand eine blitzschnelle Bewegung in der Luft. In einem Funkenregen materialisierte sich ein riesiges Raumschiff, das die Naturgesetze zu einer Kraftprobe herauszufordern schien. Rasch wurde Adrian in eine leicht ansteigende Ausstülpung geschoben. Er war sich nun sicher: es schien zwar unmöglich, mußte aber wahr sein. Er dachte an den feurig-orangefarbenen Schein und an den Krater, den er in der allerersten Nacht in dem Wald gefunden hatte. Damals war es auch ein Raumschiff gewesen, da war kein Irrtum möglich.

Trotz seiner ängstlichen Gedanken war er sehr beeindruckt von dem Schiff und davon, wie die beiden es auftauchen und verschwinden lassen konnten. Wahrscheinlich versteckten sie es in einer anderen Dimension. Dann schloß sich die Öffnung, durch die sie in das Schiff gelangt waren. Inzwischen achteten seine Begleiter auf nichts anderes mehr als auf ihre Instrumente.

»Wer seid ihr«, rief er heiser.

Keiner der beiden blickte auf.

»Nun, ich weiß es selbst«, flüsterte er nicht ohne Angst. »Ihr seid Brisk und Drandel.«

Beide blickten gleichzeitig mit verhohlener Verwunderung in seine Richtung.

»Nun, Herr Drandel, zumindest muß ich dies ein

wahrhaftiges Durchschauen unserer doch so tadellosen Verkleidung nennen.«

»Herr Brisk, dies bestätigt uns in unseren Plänen. Denn fürwahr, diese Erdbewohner bauen ihre Logik mittels überraschender und vorerst nicht nachvollziehbarer Wendungen auf.«

Dann stieg das Raumschiff unter schrillem Geheul zum Firmament auf, wobei Adrian sich nicht sicher war, ob der Lärm vom Antrieb oder von seinem Blut herrührte, das mit erbarmungsloser Gewalt durch seine Adern gepreßt wurde.

Was Drandel und Brisk mit ihm vorhatten, erfuhr er vorläufig nicht. In einem kleinen, öden Raum, in dem er fremdartiges, wenn auch nicht unbedingt schlechtes Essen vorfand, verbrachte er Stunden, die quälend langsam verstrichen und ihm wie Tage vorkamen. Was wollten sie nur von ihm? Er verfiel in eine lähmende Passivität, in eine Art Wachschlaf. Vielleicht war das Essen der Grund dafür. Die Zeit verstrich wie in einem Fiebertraum.

Irgendwann öffnete sich die Luke, und Adrian sah aus den Augenwinkeln heraus Drandel mit einem Kolben eintreten, der mit einer Flüssigkeit gefüllt war.

Wuschhhh! zerstäubte Drandel eine beißende Flüssigkeitswolke über Adrians Kopf, die bis in jede Pore brannte. Brisk folgte seinem Kollegen in die Kabine. Zusammen hoben sie Adrian hoch, in dessen Kopf sich eine strahlende Klarheit ausbreitete. Irgend etwas geschah nun mit ihm, soviel begriff er. Etwas Endgültiges, fürchtete er.

»Nun denn, Herr Brisk, er ist reisefertig. Darf ich Sie mit allem Wohlwollen bitten, für die erforderliche Öffnung zu sorgen?«

Brisk öffnete mit ruckartigen kleinen Bewegungen eine riesige Schiebetüre im Rumpf des Raumschiffes. Ein rauher, feuchter Wind wehte ins Innere.

»Uaaah«, schauderte Brisk. »Was für ein klimatologisch unangenehmer Ort dies doch ist! Es ist mir ein Rätsel, warum sie nichts dagegen unternehmen. Was meinen Sie, Herr Drandel?«

»Ach, wie Sie sich zweifellos erinnern, sind diese armen Teufel dazu noch immer nicht in der Lage. Außerdem scheint es einigen von ihnen auch noch angenehm zu sein.«

Etwas flog Adrian ins Auge. Er versuchte, es durch Reiben und Augenzwinkern zu entfernen. Instinktiv drehte er sich mit dem Rücken zum Wind. Zwischen seinen Fingern scheuerte etwas ... Sand ... gelber Sand! Er schaute zu Brisk und Drandel hoch. Eine Frage erstarb auf seinen Lippen: Brisk und Drandel fielen auseinander! Ihre humanoide Verkleidung schälte sich in Streifen von ihnen ab. Zwei Kreaturen, die einem Alptraum entsprungen zu sein schienen, standen Adrian gegenüber.

»Wir sind Brisk und Drandel! Sehen Sie unsere wahre Gestalt! Auf daß Sie jene kennen, die Sie zu Ihrem Planeten zurückgebracht haben«, dröhnten sie feierlich im Chor.

»Ist ... ist das die Erde?« stammelte Adrian ungläubig.

»Ja natürlich, wie es Herrn Brisk und mir klargeworden ist, wünschen Sie diesen feuchten Schlammklumpen so zu bezeichnen.«

»Aber ... aber weshalb ...?« stammelte Adrian erstaunt. »Weshalb bringt ihr mich zurück?«

»Herr Drandel, würden Sie so freundlich sein?«

»Aber natürlich, Herr Brisk, ich danke Ihnen für das Vertrauen, das Sie mir entgegenbringen.«

Das schwere schwabbelige Wesen schob sich nach vorn. Unwillkürlich wich Adrian zurück.

»Mein Assistent, Herr Brisk, und ich selbst nahmen eine Zeitlang an, daß wir uns bereits ausreichende Kompensation verschafft hätten, als wir Sie vor nicht allzulanger Zeit in einem Käfig antrafen, an einem Ort, den die dort ansässige Bevölkerung Momdule nennt. Durch eine amüsante Verschiebung der Umstände jedoch, die wir hier nicht näher erläutern wollen, sehen wir uns gezwungen, Ihnen erneut diese Forderung zu stellen.«

»Wie treffend formuliert, Herr Drandel. Darf ich Ihnen als erster meine Komplimente aussprechen.«

»Aber Herr Brisk, das geht zu weit! Sie hätten mich mit Leichtigkeit übertroffen. Erlauben Sie mir, Sie zu bitten, im weiteren das Wort zu führen, auf daß ich in den Genuß Ihres außergewöhnlich gewandten Umgangs damit komme.«

»Herr Drandel, nachdem ich Ihre äußerst feinen Umgangsformen hervorgehoben habe, werde ich Ihren Vorschlag dankbar annehmen. Nun denn ... Nach ausführlicher Beratung mit meinem Assistenten, Herrn Drandel, sind wir zu dem Schluß gekommen, daß die Kompensation, die uns zusteht, nicht in einem persönlichen Opfer bestehen kann, sondern vielmehr kollektiven Charakters sein muß. Nach langer Untersuchung erkannten wir, wie wir den unserer Meinung nach so notwendigen Eingriff, diese humanoide Kolonie zurückzudrängen, in die Tat umsetzen können, und zwar auf eine sinnvolle und vor allem unbemerkte Weise. Indem wir Sie auf diesen Schlammklumpen hier retournieren, handeln wir zunächst einmal in vollkommener Harmonie mit den bestehenden intergalaktischen Satzungen, und gleichzeitig wird es diesen minderwertigen Humanoiden von Sobriëtas unmöglich, ihre Person zum Gegenstand ihrer Studien machen. So verhindern wir, daß sie von uns nicht gewünschte Lösungen für die Erde finden.«

»Herr Brisk, gestatten Sie mir, die Geduld zu preisen, die Ihre Explikation kennzeichnet. Darüber hinaus hat mich die Passage bezüglich des Handelns im Sinne der intergalaktischen Satzungen sehr beeindruckt. Die Bereitschaft, auf Gesetze von vergänglicher Art Rücksicht zu nehmen, verdient jedes Lob!«

»Aber Herr Drandel, so weit ich mich erinnere, war dies sogar Ihr Vorschlag.«

»Es ist möglich, Herr Brisk, daß mir dies während unserer ausführlichen Besprechungen entschlüpft ist, doch erst dadurch, daß Sie es in Ihre elastischen Worte gekleidet haben, kommt der wahre Geist des Gemeinten zum Ausdruck. Darf ich Sie daher bitten, Ihre Explikation fortzusetzen, auf daß ich durch die Schärfe Ihrer Darstellung geläutert werde.«

»Wenn Sie darauf bestehen, Herr Drandel.«

»Aber gewiß, Herr Brisk, mit voller Überzeugung.«

»Nun denn ... der wunderliche irdische Intellekt hat eine Zivilisation geschaffen, die die Natur beherrscht und die ihren Planeten mit monströsen Maschinen bevölkert. Der irdische Humanoide scheint dazu verdammt, blindlings den Eingebungen seines erfinderischen wissenschaftlichen Geistes zu folgen und sich selbst außerdem noch wegen seiner ›großartigen‹ Leistungen zu bewundern. Gleichzeitig ist sein Geist von der kranken Eigenschaft geprägt, Dinge zu erfinden, die immer gefährlicher werden. Langsam, aber unvermeidlich steuert der irdische Humanoide auf eine von ihm selbst erzeugte Katastrophe zu!«

»Wunderbar! Wunderbar!« ermutigte Drandel seinen Kollegen. »Welch klare Sprache! Darf ich Sie bitten, Herr Brisk, eine Schlußfolgerung damit zu verbinden?«

»Aber natürlich, Herr Drandel! Nun denn ... wenn es uns darum geht, die Erde zu vernichten, so können wir somit nichts Besseres tun, als dafür zu sorgen, daß diese Humanoiden ungestört bleiben. Für die Vernichtung werden sie selbst sorgen, zumindest ist dies die feste Überzeugung von Herrn Drandel und mir. Deshalb wünschen wir Ihnen nach gutem irdischen Brauch ›Alles Gute‹.«

Adrian, der dem Bericht der beiden mit wachsender Verwunderung zugehört hatte, wurde grob hinausgeschoben. Verzweifelt ging er ein paar Schritte durch den lockeren Sand. Doch dann stieg plötzlich eine grenzenlose Freude aus seinem tiefsten Innern auf, eine Freude, die ihn die Worte der beiden Sgriars vergessen ließ. Dies war die Erde! Und wie! Salzige Luft, Sand, Dünen! Vor Aufregung fing er an zu rennen. Mit Riesenschritten jagte er vorwärts. Jeder Schritt brachte ihn weiter von dem Raumschiff und Brisks düsteren Vorhersagen weg. Er sog sie vertraute Luft tief in seine Lungen. Er rannte und rannte, ohne sich auch nur ein einziges Mal umzudrehen.

Es war vorbei!

Eine Stunde später irrte er immer noch atemlos durch die Dünen, als er plötzlich hinter sich eine Stimme hörte.

»Guten Tag.«

Ein Mann mit einem grünen Jägerhütchen stand neben einem robusten Herrenfahrrad und wartete auf ihn. Ein Fahrrad! Ja, ein echtes Fahrrad!

Alle noch verbliebene Spannung fiel in diesem Augenblick von Adrian ab: die Angst, daß die beiden ihn vielleicht doch anderswo als auf der Erde abgesetzt haben könnten.

»Guten Tag«, sagte Adrian mit einem Enthusiasmus, der deutlich machte, daß er es wirklich so meinte.

»Darf ich Ihre Dünenkarte vielleicht einmal sehen?« sagte der Mann förmlich.

»Können Sie mir auch sagen, wo wir hier sind?« fragte Adrian.

»In den Dünen, mein Herr«, antwortete der Mann leicht unterkühlt. »Ihre Karte bitte!«

»Äh, ja, das ist mir klar, aber wo genau?«

»Nun beeilen Sie sich doch, ich habe nicht den ganzen Tag Zeit. Kann ich jetzt Ihre Dünenkarte sehen, ja oder nein?«

»Ich habe überhaupt keine Dünenkarte«, sagte Adrian ungeduldig.

»Aha, das habe ich mir schon gedacht. Name?«

»Wie meinen Sie?«

»Jetzt machen Sie doch bitte kein Theater. Dazu bin ich wirklich nicht in der Stimmung. Ihren Namen bitte!«

Eine Viertelstunde später hatte er von dem Mann außer einem Strafzettel tatsächlich doch noch die Wegbeschreibung bekommen.

Ob er seine Erlebnisse diesen Menschen erzählen sollte? Sie würden ihn ohne Pardon in eine von diesen gut ausgestatteten Einrichtungen stecken, die in einem der letzten Wälder verborgen lagen.

Nein, wenn er gesund bleiben wollte, mußte er aufpassen, was er tat.

Aber Stillschweigen über seine Erlebnisse bewahren?

Nein, das würde er auch nicht können.

In der Ferne hörte er das vertraute Rauschen einer Schnellstraße. Er faßte einen Entschluß.

Er wollte seine Erlebnisse in einem Buch, auf einer Platte und in einem Videoprojekt beschreiben. Mehr konnte er nicht tun. Dann sollte jeder selbst entscheiden, was er davon glauben wollte und was nicht. Pfeifend legte Adrian die letzten Meter bis zur Asphaltstraße zurück und streckte fröhlich seinen Daumen in die Höhe.

ZUGABE

Song 12

No News from the Western Frontier

ÜBER DEN AUTOR

Ad Visser wurde am 28. April 1947 in Amsterdam geboren. Er schrieb seine erste SF-Geschichte im Alter von sechs Jahren, in welcher er eine Idee entwickelte, die sich später bewahrheitete. Dadurch fand er die Anerkennung seines Grundschullehrers und erhielt sogar die Genehmigung, hin und wieder die ihm so verhaßten Rechenstunden mit dem Schreiben von Geschichten zu verbringen. Während seiner ganzen Schulzeit fuhr er mit dem Schreiben fort, wandte sich jedoch später der Poesie zu und fand schließlich auf der Höheren Schule zu einer neuen Liebe: der Musik. Nach einiger Zeit als Sänger und Gitarrist in mehreren Popgruppen gründete er eine Avantgardegruppe, in der Poesie, Pop, totales Theater und Action-Painting miteinander verbunden wurden. Mit dieser Gruppe trat er ein Jahr lang einmal wöchentlich im Shaffy-Theater in Amsterdam auf. Lange Zeit arbeitete er bei einer großen Schallplattenfirma und gestaltete als Labelmanager das Pop-Programm mit. Mit dem Radio-Programm Super Clean Dream Machine erlangte er große Popularität. Er schrieb und produzierte zwei Hörspielserien und spielte selbst darin mit. Nach intensiver Arbeit beim Radio holte man ihn schließlich zum Fernsehen, wo er Hollands beliebtester Pop-Moderator wurde. Unterdessen studierte er Marketing und Musik und erfand und produzierte das erfolgreiche Projekt: *Sing deine Muttersprache!*, das Literaten und Pop-Komponisten zusammenbrachte. Ad Visser schrieb eine Anzahl von Musikstücken, für die er 1980 mit der Silbernen Harfe ausgezeichnet wurde. Mit dem Synthesizer, der zu seiner Obsession wurde, schuf er die Musik für einige Fernsehproduktionen. Außerdem arbeitete er als unabhängiger Berater für Werbung und Marketing. Er schrieb in mehreren Zeitschriften über Musik und Film, unter anderem in einer wöchentlichen

Kolumne in einer großen niederländischen Tageszeitung.

1981 schrieb er mehrere Fernsehserien, von denen ein Jahr später die ersten Folgen ausgestrahlt wurden. 1982 kehrte er zu seiner Jugendliebe, der Science Fiction, zurück. Er schrieb seinen ersten Roman, *Sobriëtas*, und komponierte und produzierte eine dazugehörige »Space Opera« für Synthesizer und Computer.

Ad Visser ist ein Workaholic.

INHALT